I0694259

Gena Showalter

EL SECRETO MÁS OSCURO

Editado por Harlequin Ibérica.
Una división de HarperCollins Ibérica, S.A.
Núñez de Balboa, 56
28001 Madrid

I.S.B.N.: 978-84-9010-280-0

Estaba escribiendo este libro cuando murió mi querida amiga, Donnell Epperson. Era una mujer con una fe inquebrantable y una enorme capacidad de amar, que soñaba con convertirse en una autora con publicaciones. Por desgracia, murió antes de que su sueño se hiciera realidad. Y eso es una pena, o una «Desgracia Gloriosa», como habría dicho ella con una preciosa sonrisa de picardía. Tenía verdadero talento, y se entregaba completamente al trabajo.

Por eso, éste es para ti, amiga mía. Y cuando Jill, Sheila y yo vayamos al Cielo, me da la sensación de que estaremos hablando de dónde están situadas nuestras mansiones. Me pido la de en medio. Hasta entonces, seguiré echándote de menos con todo mi corazón. Resérvame un abrazo, y dile al Gran Jefe que no soy tan mala. Algunas veces. Mientras, no es ningún secreto que siempre te querré.

Capítulo 1

Strider, el Guardián del Demonio de la Derrota, atravesó las imponentes puertas de la fortaleza de Budapest, una fortaleza que compartía con un grupo de amigos cada vez más grande. O más bien, con hermanos y hermanas, más por las circunstancias que por los lazos de sangre.

Tenía un gran sentimiento de placer. Lo había conseguido. Después de perseguir a su enemigo por otros continentes y de haber echado por la borda una de las cuatro reliquias necesarias para encontrar y destruir la caja de Pandora, cosa por la que le iban a dar una buena paliza, después de que lo devoraran vivo los insectos y después de que le hubieran clavado un cuchillo, había vencido por fin. Y estaba dispuesto a celebrarlo.

—Soy el rey del mundo, tíos. Venid aquí a admirar mi gloria —dijo en el vestíbulo, con expectación, con impaciencia.

Nadie le devolvió el saludo.

Daba igual. Con una sonrisa, se colocó más cómodamente a la mujer inconsciente que llevaba sobre el hombro. Más cómodamente para él. Era la enemiga a la que había estado persiguiendo, y la chica que le había clavado un cuchillo en el páncreas. Estaba ansioso por contarle a todo el mundo lo que había conseguido: atraparla.

–¡Ya he llegado! ¿Hay alguien en casa?

Tampoco hubo respuesta. Su sonrisa se apagó un poco.

Demonios. Cuando perdía una batalla tenía que soportar un dolor atroz durante días. Cuando ganaba, sin embargo… Sentía una energía vibrante y caliente en las venas, un entusiasmo que quería compartir con amigos. Y, demonios, si allí vivían doce guerreros y sus compañeras, ¿no había nadie cerca para darle la bienvenida?

En realidad, se lo merecía, porque llevaba siete días sin llamar ni mandar un mensaje, aunque no hubiera sido culpa suya. Había tenido que ocuparse de su prisionera, y además, en su última llamada le habían dicho que había pasado el peligro y que todo el mundo podía volver a casa, así que había podido dejar de preocuparse por cómo estaban los demás.

Así que, bueno… Era mejor que nadie quisiera celebrarlo con él. Así podía ocuparse mejor de sus asuntos.

–Gracias, tíos. Sois los mejores, de verdad.

Siguió hacia delante, y para consolarse, imaginó cuál iba a ser la expresión de su prisionera cuando despertara y se viera encerrada en una jaula. Sin embargo, la sonrisa acabó de borrársele de los labios cuando vio que estaba rodeado por cosas muy poco familiares.

Sólo había estado fuera unas cuantas semanas, y creía que los demás también, pero en ese tiempo, alguien se las había arreglado para convertir aquella monstruosidad que ellos llamaban «hogar» en un escaparate. El suelo, que era de losas de piedra rotas y cemento, había pasado a ser de mármol blanco con venas ámbar. Las paredes, igualmente deterioradas, estaban cubiertas de madera de palisandro bien encerada.

Antes, la escalera de caracol estaba agrietada; ahora brillaba sin un solo defecto y tenía una barandilla dorada. En la esquina había una butaca tapizada de terciopelo blanco, y más allá, vitrinas de cristal que contenían jarrones de colores, cajas con piedras incrustadas y puntas de lanza antiguas.

Todo aquello era nuevo.

¿Tantos cambios en menos de un mes? Parecía imposible, ni siquiera con los Titanes apareciendo y desapareciendo a su libre albedrío. Tal vez porque a aquellos dioses les interesaba más el caos que la decoración de interiores. Sin embargo, quizá mientras se congratulaba de haber hecho bien su trabajo, se había metido en la casa equivocada. Le había ocurrido más veces.

No. Era su casa. Tenía que serlo. En la pared que había junto a la escalera estaba colgado el retrato de Sabin, el Guardián de la Duda. Desnudo. Sólo una persona tenía arrestos para tomarle el pelo por ello: Anya, la diosa de la Anarquía, que se había unido a Lucien, el Guardián de la Muerte. Una pareja rara, en opinión suya. Aunque era mejor reservársela; mejor guardar silencio que perder un miembro del cuerpo. A Anya no le gustaba que nadie la cuestionara. Sobre nada.

—Hola, Tor Tor —gritó.

Torin, el Guardián del Demonio de la Enfermedad. Nunca salía de la fortaleza. Siempre estaba allí, observando las imágenes de las cámaras que había por toda la finca en los monitores de la sala de seguridad.

Tampoco hubo respuesta, y Strider comenzó a preocuparse. ¿Había sucedido alguna catástrofe? ¿Alguien había borrado del mapa a todos los demonios? Entonces, ¿por qué seguía él allí?

Oyó unos pasos y sintió alivio. Miró hacia la parte superior de la escalera y vio a Torin, con la melena blanca alrededor de la cara, y sus ojos verdes, tan brillantes como esmeraldas.

—Bienvenido a casa —le dijo Torin, y añadió—: Capullo.

—Gracias por el saludo.

—No llamas y no escribes, ¿y quieres un abrazo?

—Pues sí.

—Era de esperar.

Torin iba vestido de negro de pies a cabeza y llevaba las manos enguantadas. Con respecto a la moda, aquellos guantes eran una exageración. Sin embargo, eran necesarios para proteger a la humanidad. Con un simple roce de la piel de Torin se desencadenaba la peste. El demonio de Torin transmitía aquella enfermedad, y aunque a Strider, como inmortal no conseguiría matarlo, sólo causarle tos, fiebre y vómitos de sangre, a la raza humana la aniquilaría. Una vez que comenzaba, la epidemia era imparable.

—Bueno, ¿y andan bien las cosas por aquí? ¿Qué tal están todos? —le preguntó a Torin.

—¿Y ahora quieres saberlo?

—Sí.

—Era de esperar. Bueno, en general las cosas marchan bien. La mayoría de los chicos están fuera, escondiendo los artefactos y buscando el último. Los que no están haciendo eso están buscando a Galen.

Torin bajó el resto de las escaleras y se detuvo. Permaneció a distancia, como siempre. Miró a la mujer con una expresión divertida.

—Entonces, ¿tú también te has enamorado? ¡Qué decepción! Creía que tendrías más sentido común.

—Por favor. Yo no quiero tener nada que ver con esta bruja —respondió, aunque no fuera cierto. Durante su viaje, que le había parecido eterno, la había deseado más y más, aunque se odiara por ello. Tal vez ella fuera puro sexo, pero también era mortal.

Torin sonrió.

—Eso es lo que dijo Maddox de Ashlyn. Y Lucien sobre Anya. Y Reyes sobre Danika. Y Sabin sobre…

—De acuerdo, de acuerdo. Lo he entendido. Ya puedes callarte.

Torin se cruzó de brazos.

—¿Y quién es? ¿Una humana con habilidades sobrenaturales? ¿Una diosa? ¿Una arpía?

Los chicos tenían tendencia a elegir mujeres de mito y leyenda. Mujeres que eran más poderosas que sus demonios. Ashlyn podía oír voces del pasado. Anya podía encender fuegos con la mente, entre otras cosas. Danika podía ver en el cielo y el infierno, y la esposa de Sabin, Gwen… bueno, ella tenía un lado oscuro que uno sólo veía antes de morir. Dolorosamente.

—Amigo, lo que tenemos aquí es una Cazadora hecha y derecha —dijo Strider, dándole unas palmadas en el trasero, como si quisiera recordarse que no significaba nada para él.

La chica no reaccionó, pero era de esperar. La había drogado repetidamente mientras la arrastraba de un extremo del mundo al otro. De Roma a Grecia, de Nueva York a Los Ángeles, y finalmente, a Budapest. Para intentar salvarla, sus compañeros los habían seguido durante todo aquel itinerario.

Pero no iban a conseguirlo.

«¡Hemos ganado!», dijo su demonio entre risas.

«Claro que sí». Strider se estremeció de gozo.

—¿Una Cazadora? —preguntó Torin, y la diversión se le borró de la cara. Sus ojos verdes se convirtieron en dos cuchillas afiladas.

—Eso me temo.

Los Cazadores. Sus peores enemigos. Los fanáticos que querían destruirlos. Los consideraban perversos más allá de toda redención. Una escoria. Los culpaban por todos los males del mundo. Eran individuos a quienes Strider iba a mandar al infierno, uno detrás de otro. O, con granadas, varios a la vez. Dependía de su estado de ánimo.

—Deberías haberla matado ya —dijo Torin—. Ahora, Sabin querrá hablar con ella.

Para Sabin, hablar era lo mismo que torturar.

—Ya lo sé. Por eso todavía sigue viva.

Ella sabía cosas sobre los dioses, y podía hacer cosas imposibles, como por ejemplo, hacer que aparecieran armas como por arte de magia. Eso era algo que sólo podían hacer los ángeles guerreros. O eso pensaba él. El problema era que ella no era un ángel. Y no sólo porque le faltaran las alas. Aquella chica tenía mal genio.

Él quería saber cuánto sabía ella, y cómo sabía lo que sabía.

Además, no había sido capaz de deshacerse de aquella Cazadora durante todo el tiempo que había estado a solas con ella. Cada vez que lo había intentado, había visto su preciosa cara y había vacilado. La vacilación había dejado paso al deseo, y él había tenido que contener las ganas de besarla en vez de terminar con ella.

Sabin no le dejaría que lo evitara. Sabin le obligaría a actuar. A Strider no le quedaba más remedio que cumplir con su obligación. Porque... Apretó los puños. Porque aquella mujer, aquella atrocidad andante...

Apretó también la mandíbula, con tanta fuerza que sintió una punzada de dolor en las sienes. Experimentaba la misma sensación siempre que pensaba en lo que había hecho aquella mujer mucho tiempo atrás. Había ayudado a decapitar a su amigo Baden, el Guardián del Demonio de la Desconfianza.

Strider nunca podría perdonárselo, ni olvidarlo.

Aquella decapitación había sucedido miles de años antes, pero para él seguía siendo algo tan doloroso como si hubiera ocurrido aquella misma mañana. Junto a su amigo, aquel día había muerto una parte de su alma, y tal y como aquella chica había podido aprender durante su viaje de vuelta a la fortaleza, también se le había marchitado una buena parte del corazón.

La misericordia no estaba entre sus cualidades. Ya no. Y menos para ella.

Strider pensaba que ya la había matado, por venganza, todos aquellos siglos antes. Recordaba la cuchillada de su espada, la marea roja de su sangre y el olor metálico de la muerte. El sonido de su cuerpo cayendo sobre las rocas, y su último aliento. Sin embargo, allí estaba, viva, coleando, volviéndolo loco.

Tal vez la hubiera matado. Tal vez ella había renacido. O tal vez su alma había ocupado otro cuerpo. O tal vez aquella mujer fuera una inmortal y se había curado después de la decapitación. Él no lo sabía, y tampoco le importaba.

Lo único importante para Strider era su identidad. Se trataba de Hadiee, de la antigua Grecia. Bueno, en la actualidad, ella se llamaba Haidee. Evidentemente, había cambiado la pronunciación de su nombre para modernizarlo. A él no le importaba. Para él siempre sería Ex, siempre sería la Ejecutante de Demonios, y eso era todo.

La prueba de sus crímenes podía leerse en sus ojos fríos de color gris. En su tono de orgullo cada vez que hablaba de aquella noche: «Me encantó cómo rodó su cabeza, ¿a ti no?». Y en los tatuajes que llevaba en la espalda: *Haidee 1. Señores 4.*

Se merecía todo lo que le hicieran Sabin y él.

—Voy a llevarla a las mazmorras. Si no te importa, dile a Sabin que…

—No, Strider. Primero tienes que ver una cosa…

Strider se detuvo con un pie a medio paso al percibir algo parecido al miedo en la voz de su amigo.

—Has dicho que todo iba bien. ¿Qué sucede?

Torin agitó la cabeza.

—No puedo explicártelo hasta que lo hayas visto. Y yo he dicho que las cosas iban bien en general, no completamente. Vamos, ven y…

—La chica…

—Tráela.

Torin comenzó a subir las escaleras de dos en dos, y Strider lo siguió con la Cazadora al hombro. ¿Qué era tan importante como para que Torin no le diera tiempo ni siquiera para encerrarla en el calabozo?

En cuanto llegó al piso superior, se quedó boquiabierto. Ángeles. Muchos ángeles. Por eso la casa tenía una decoración nueva; era la intervención divina, y todo eso. A los ángeles les gustaban las cosas bonitas.

Estaban alineados junto a la pared. Tenían las alas de plumas blancas y doradas, pero eran alas de guerrero. Su olor perfumaba el aire con aromas de orquídea, champán, chocolate y rocío matinal. Tenían estaturas diferentes, aunque ninguno medía menos de dos metros y medio. Todos llevaban túnicas femeninas de color blanco, pero su musculatura no tenía nada que envidiarle a la de los Señores.

Casi todos eran seres masculinos, pero todos ellos eran asesinos de demonios, entrenados para perseguir y destruir, o para proteger cuando se les encomendaba la tarea. Como no se abalanzaron sobre él blandiendo sus espadas de fuego, Strider supuso que estaban allí para lo último.

Los estudió atentamente, intentando conseguir respuestas. Eran veintitrés en total, pero ni uno solo de ellos lo miró. Mantuvieron la vista al frente, el cuerpo erguido y las manos a la espalda. No hicieron ni un solo sonido.

Físicamente, le causaron embeleso. Era vergonzoso admitirlo, pero tenían un magnetismo increíble e hipnótico. Eran como una droga para los ojos.

Tenían el pelo de colores distintos, desde el negro de la medianoche hasta el blanco de la nieve, pero el favorito de Strider era el dorado. Tan puro, tan fluido... Casi parecía que tenía vida. Aunque a él no iba a ocurrírsele decirles nada jocoso sobre aquellos rizos tan remilgados.

Tal vez no estuvieran atacándolo, tal vez ni siquiera lo miraran, pero irradiaban muerte.

Alguien carraspeó. Strider pestañeó y recordó que estaba con Torin.

—¿Por qué? —le preguntó.

—Aeron y William se llevaron a Amun al infierno en misión de rescate. Consiguieron sacar a Legion de allí. Está viva, y se está curando, pero Amun…

Strider comprendió el resto de la frase, y tuvo ganas de dar un puñetazo en la pared. El guardián de los Secretos tenía voces nuevas en la mente.

Él había estado junto a Amun durante miles de años. Sabía que el demonio del guerrero absorbía los pensamientos más oscuros de cualquiera que estuviera cerca. Cosas enterradas, horribles, truculentas, humillantes. Cosas que podían cambiar un alma. Y si Amun había estado en el infierno, donde los demonios campaban en sus formas más puras, tendría la cabeza llena de toda clase de susurros malevolentes y de imágenes pervertidas que estarían ahogando la esencia de lo que él era en realidad.

O más bien, de quien había sido.

—¿Y los ángeles? —preguntó Strider.

—Querían matar a Amun, pero…

—¡No! —rugió Strider. Cualquiera que tocara a su amigo perdería las manos, los miembros, los órganos y la vida.

Dejó a Ex en el suelo y dio un paso hacia delante mientras echaba mano de su cuchillo.

Derrota sintió su necesidad de destruir y se echó a reír. «¡Ganar!».

—Alto —dijo Torin, y alzó un brazo para detenerlo—. Deja que termine de explicártelo. Querían matarlo, pero no lo van a hacer.

Strider se detuvo en seco, con un sudor frío de toda la rabia que había sentido.

«¿Ganar?», gimoteó su demonio.

«Nadie nos ha desafiado», respondió él. Por lo tanto, podía retirarse sin consecuencias.

«Oh», respondió el demonio en tono de desilusión.

–Entonces, ¿por qué están aquí? –preguntó.

A Torin se le ensombreció la mirada.

–Amun no sólo absorbió nuevos recuerdos. Absorbió sirvientes demonios.

–¿Cómo es posible? Yo he vivido con él durante siglos y nunca ha absorbido a mi demonio.

–Ni el mío. Pero los nuestros son Señores que pueden vincularse a los humanos. Éstos eran meros subordinados, y como sabes, sólo pueden vincularse a Señores. ¿Y qué hicieron? Vincularse al de Amun. Ahora está... contaminado, y es más peligroso que un solo roce de mi piel. Los ángeles lo están custodiando. Están limitando el contacto que tiene con los demás para asegurarse de que no se haga daño a sí mismo, ni tampoco a los demás.

Strider puso mala cara. Amun rara vez hablaba, porque contenía los secretos que robaba sin saberlo para que nadie más tuviera que enfrentarse a ellos, ni temerlos, ni ponerse enfermos. Era una carga espantosa que pocos podrían soportar. Y, sin embargo, lo hacía porque no había nadie que estuviera más preocupado que él por el bienestar de los demás. Así pues, no era ningún peligro. Strider se negaba a pensarlo.

–Explícate mejor –le dijo a Torin.

–Irradia maldad. Si entras en su habitación sentirás esa oscuridad. Querrás cosas malvadas, y no podrás zafarte de ese deseo. Tendrás que aguantarlo durante días.

A Strider no le importaba. Y además, todavía no podía creerlo.

–Quiero verlo.

Torin vaciló un instante, pero después asintió.

–¿Y la chica...?

Tras él hubo un ruido de ropa al moverse, y un gemido femenino. Strider se dio la vuelta y vio que uno de los ángeles había tomado a Ex en brazos y la llevaba hacia la habitación contigua a la de Amun.

Estuvo a punto de arrebatársela a aquella criatura celestial, pero se contuvo. Los ángeles no entenderían la profundidad del odio que sentía por ella. Verían a Haidee como una humana inocente que necesitaba cuidados. Sin embargo, Amun era mucho más importante que cualquier Cazador, así que Strider no se movió.

–Para que lo sepas, es peor que un demonio –le dijo al ángel–, así que si quieres proteger a los tuyos, lo mejor será que la custodiéis como estáis custodiando a Amun. Pero no la matéis. Tiene… información que necesitamos.

El ángel se detuvo y miró a Strider. Tenía los ojos verdes, como Torin. Pero al contrario que Torin, en ellos no había sombras. Sólo llamas claras, intensas… casi como si estuvieran preparadas para lanzar un relámpago.

–Siento su infección –dijo el ángel con una voz grave–. Me cercioraré de que no salga de la fortaleza. Y de que continúe con vida por ahora.

¿Infección? Strider no sabía nada de ninguna infección, pero tampoco le importaba.

–Gracias –dijo.

Y, demonios, nunca hubiera pensado que tuviera que darle las gracias a un asesino de demonios. Bueno, aparte de a Olivia, la compañera de Aeron.

Se apartó todo aquello de la cabeza y siguió a Torin, que se detuvo ante la última puerta del pasillo, a la derecha. Tomó aire con tristeza y giró el pomo.

–Ten cuidado ahí dentro –le dijo a Strider. Después se apartó para cederle el paso.

Lo primero que notó Strider fue algo en el aire… Era algo espeso y oscuro, casi como si pudiera oler el azufre… Los cuerpos quemados y reducidos a ceniza. Y los sonidos… Oh, por los dioses, los sonidos. Eran gritos que le arañaban los oídos aunque no sonaran. Era algo inolvidable. Miles y miles de demonios danzaban juntos y creaban un coro de agonía.

Se detuvo a los pies de la cama para mirar a Amun. Su amigo se estaba retorciendo sobre el colchón, tapándose los oídos, gruñendo y gimiendo. No, en realidad, no era su amigo quien emitía aquellos sonidos. Amun estaba en silencio, con la boca abierta, intentando liberar un grito interminable, aunque sin conseguirlo.

Tenía la piel hecha jirones y llena se sangre fresca, y también seca. Era un guerrero inmortal y sanaba rápidamente. Pero aquellas heridas… parecía como si hubieran cicatrizado y después se hubieran abierto de nuevo, una y otra vez. Y su tatuaje de mariposa, la marca de su demonio, que normalmente ocupaba su pantorrilla derecha, se le estaba moviendo por la pierna, hacia arriba, y por el estómago, rompiéndose en cientos de mariposas y uniéndose otra vez en una, y después, desapareciendo hacia su espalda.

¿Cómo? ¿Por qué?

Strider se echó a temblar y estudió el rostro de su amigo. Tenía los párpados pegados, y las cuencas de los ojos hinchadas. A Strider se le encogió el estómago y se le subió la bilis por la garganta. Sabía lo que significaba aquella hinchazón, y los arañazos que tenía en la piel.

Amun había intentado sacarse los ojos.

¿Para no ver las imágenes que se reproducían detrás?

Aquél fue el último pensamiento coherente que tuvo Strider.

La oscuridad se apoderó de él y llenó su mente. Recordó que llevaba muchos cuchillos atados al cuerpo. Debería usarlos para cortar. Para cortarse a sí mismo y para cortar a Amun. Para cortar a los ángeles y después a todo el mundo. Para hacer correr una riada de sangre roja. Para beber sangre y comer huesos y para deleitarse con los gritos que provocarían sus acciones. Se bañaría en el terror, sentiría euforia al causar terror y se reiría.

En aquel mismo instante se echó a reír, y sus carcajadas le parecieron música.

Derrota no sabía cómo reaccionar. El demonio se rió, pero después gimió y se acurrucó al fondo de la mente de Strider. ¿Miedo? Tenía miedo.

Strider notó que algo lo atrapaba por los antebrazos con fuerza y lo arrastraba hacia atrás, pese a sus gritos y sus forcejeos. Salió de la oscuridad a la luz. Notó una quemazón en los ojos, y comenzó a llorar a causa de aquella luminosidad tan brillante. Sin embargo, con las lágrimas se lavaron las imágenes de su mente, y desaparecieron. En cierto modo.

Pestañeó para enfocar la mirada. Estaba temblando violentamente y tenía el cuerpo empapado en sudor. Las palmas de las manos le sangraban porque había agarrado sus cuchillos por las hojas y se las había clavado en la carne, hasta los huesos. Sentía dolor, pero era más o menos soportable. Abrió las manos y soltó los cuchillos, que cayeron al suelo.

Uno de los ángeles estaba frente a él y otro detrás. Cuando intentó respirar, Strider ya no percibió el olor a azufre ni a ceniza, sino a rocío. Y odió aquel olor puro, porque con su limpieza y su frescura le llegó también la realidad.

¿Aquello era lo que tenía que soportar Amun?

Strider sólo había probado un poco del sufrimiento de su amigo, y supo que nadie podría conservar la cordura si tenía que enfrentarse constantemente a aquella maldad. Ni siquiera Amun.

—¿Guerrero? —le dijo el ángel que tenía frente a sí.

—Ya soy yo mismo —respondió con la voz ronca. Pero no era cierto. Tal vez nunca volviera a ser él mismo.

Miró por encima del hombro del ángel y vio a Torin, con quien compartió una mirada de horror y entendimiento. Después volvió a mirar al ángel.

—¿Por qué demonios estáis ahí parados? —preguntó—. Que alguien lo encadene. Se está destrozando. Y que le pongan un suero. Necesita alimento. Y medicinas.

Los dos ángeles se miraron también, y uno de ellos respondió:

—Ya ha tenido una vía para el suero. En realidad, varias. Pero no le duran. Siempre se zafa de las agujas, con o sin su ayuda. Aunque sí podemos encadenarlo. Y antes que nos pidan que lo limpiemos y lo cuidemos, te diré que ya lo hacemos. Le lavamos los dientes. Lo bañamos. Le limpiamos las heridas. Lo alimentamos a la fuerza. Lo cuidamos de todas las maneras posibles.

—Pues lo que estáis haciendo no es suficiente —replicó Strider.

—Aceptamos cualquier sugerencia que puedas hacernos.

No tenía respuesta para eso. Tal vez hubiera recuperado el control de su pensamiento, pero tal y como le había dicho Torin, no se había liberado de la necesidad de matar y de herir a los inocentes. Seguía allí, pegada a su piel, como si fuera una película de suciedad.

Y tuvo la sensación de que no iba a poder despojarse de ella ni aunque se liberara de todas las capas de carne de su cuerpo.

¿Cómo iba a sobrevivir Amun a aquello?

Capítulo 2

En los breves momentos de lucidez, Amun sabía quién era y quién había sido. También era consciente de que se había convertido en un monstruo. Quería morir, pero nadie iba a apiadarse de él para darle el golpe de gracia. Y, por mucho que lo intentara, no conseguía hacerse daño suficiente como para matarse a sí mismo.

Así que luchaba para suprimir las imágenes negras y los impulsos repugnantes que lo asaltaban constantemente y al mismo tiempo para contenerlos dentro de sí. Era un desafío imposible y sabía que iba a perder pronto. Eran demasiados y demasiado fuertes, y ya habían quemado su alma inmortal, la última atadura que lo sometía a su control. Aunque nunca lo había tenido por completo, en realidad.

Sin embargo, iba a resistirse con todas las fuerzas que le quedaran, hasta el final. Porque cuando aquellas imágenes y aquellos impulsos, aquellos demonios, quedaran libres entre los humanos…

Amun se estremeció. Se desataría la destrucción, la devastación. Sentía su sabor.

Era dulce… Sí.

Y así, aquel momento de claridad mental terminó. Su mente quedó invadida por miles de imágenes, y él ya no sabía cuáles eran suyas, cuáles eran de los demonios y cuáles eran de las víctimas de los demonios. Palizas, violaciones. Asesinatos. Dolor, trauma, muerte. Terror.

En aquel momento sólo sabía que el fuego ardía a su alrededor, que le derretía la piel y le quemaba la garganta. Tenía cientos de bichos diminutos en las venas, y estaban comiéndolo por dentro. Tenía las fosas nasales llenas de olor a podredumbre, y...

Había cientos de cadáveres apilados sobre él, y se dio cuenta de que estaba enterrado entre carne podrida, ahogándose.

Pidió ayuda, pero no acudió nadie, y pasaron horas, o tal vez días. Siguió pidiendo socorro, pero nadie fue a rescatarlo. Aquél era su castigo: morir allí. Por pura desesperación intentó liberarse a sí mismo, pero con su lucha sólo consiguió empeorar la situación. Había demasiados cadáveres y él se estaba ahogando en un mar de sangre, de putrefacción y de desesperación. No había esperanza de huir. Iba a morir allí, sí.

Entonces, su entorno cambió de nuevo, y estaba sobre aquel montón de carne muerta y podrida, observándolo todo con una sonrisa mientras lanzaba otro cuerpo a la montaña.

Pensó que aquélla había muerto demasiado pronto, y observó un alma inmóvil que llevaba en los brazos retorcidos y cubiertos de escamas. Las almas eran tan reales y corpóreas allí abajo como los humanos de arriba, y él había mantenido encadenada a aquélla durante setenta y dos años. Ella no podía hacer nada mientras iba cortándola pedazo a pedazo. A él le hacía gracia que le pidiera misericordia y se reía, y la revivía cuando ella pensaba que había conseguido la misericordia a través del sueño, y la obligaba a mirar mientras les hacía lo mismo a dos amados miembros de su familia que también le pertenecían.

Era muy divertido.

Nunca le habían satisfecho tanto las lágrimas de una mujer, y hubiera querido disfrutar de ellas durante otros setenta años. Sin embargo, aquella mañana se había dejado llevar y había hundido demasiado las garras...

Bah.

Él era Tormento, y había otras mil almas esperándolo. ¿Por qué iba a lamentar la pérdida de una sola?

Se deshizo de aquélla lanzándola a los pies de la montaña y, cuando el alma aterrizó, él esperó con impaciencia. Pronto obtuvo su recompensa: uno de sus subalternos, hambriento como todos los demás, se acercó y comenzó a darse un festín con ella, lanzando dentelladas y amenazas a las otras criaturas que intentaban robarle pedazos de la deliciosa comida.

Componían una bella imagen, el demonio de ojos rojos y escamas y la estúpida humana que había osado morir antes de que él hubiera terminado con ella. Bueno, su alma volvería a materializarse en cualquier lugar de aquel pozo interminable, y si era él quien la encontraba, podría volver a torturarla.

Silbando entre dientes, se dio la vuelta y se alejó.

Al instante siguiente, Amun ya no era Tormento, sino una mujer humana de unos doce años que estaba acurrucada en un rincón, y que lloraba con el miedo instalado en el pecho. Estaba sucia y pálida sobre un jergón de paja.

—¿Has olvidado que te salvé? —le preguntó una voz masculina y áspera. En griego. En griego antiguo.

Era un hombre que caminaba frente a ella, de un lado para otro. Era bajo, fornido y tenía la cara marcada de viruela. Se llamaba Marcus, pero ella le llamaba el Hombre Malo. Sí, la había salvado, pero también la había pegado. Cuando lo que ella decía le agradaba, le daba comida y refugio. Cuando no le agradaba, la olvidaba allí encerrada, y ella temía que la vendiera como esclava.

Ya no quería tener más miedo.

Él la había sacado del chamizo en el que vivía. Hasta que él había llegado, ella tenía demasiado miedo como para salir, aunque ya no quedaba nadie que pudiera cuidarla. Y él, de alguna manera, conocía cuáles eran los terrores que poblaban sus sueños, recuerdos que no debería tener ninguna niña, y menos revivirlos una y otra vez, despierta y dormida. Le había dicho que la ayudaría.

Y ella, por algún motivo, lo había odiado a primera vista, tal y como había empezado a odiarlo todo, a sí misma, a su cabaña y al mundo. Sin embargo, en su desesperación lo había creído. En aquel momento lamentaba no haber salido corriendo.

—¿Has olvidado que te salvé de ese malvado que quería matarte y que te saqué de allí antes de que volviera? No me obligues a preguntártelo de nuevo.

—No, no lo he olvidado —respondió ella, en aquel lenguaje olvidado, con la voz temblorosa.

—Bien. Ni olvidarás que el malvado te infectó. Ni tampoco lo que es el malvado.

Ella no entendió aquella parte sobre estar infectada, pero el resto se lo había grabado a fuego en la cabeza.

—Es un Señor.

—¿Y quién mató a tu familia?

—Un Señor —respondió ella con más fuerza. La imagen de los cuerpos mutilados se le cruzó por la mente.

Otro recuerdo apareció rápidamente, y el Hombre Malo desapareció. Un recuerdo de tan sólo tres semanas antes, pero que parecía de una eternidad antes.

—Estabas prometida a una persona —le dijo el asesino de sus padres, con su voz extraña y antinatural, mientras pasaba chapoteando por encima del charco rojo de la sangre que había entre los cuerpos. Él era el malvado, pero no tenía cara, y sus pies no tocaban el suelo. Era alto, delgado y llevaba una túnica negra—. Deberían haber cumplido su promesa.

–¿Quién eres? –preguntó ella, sin asimilar lo que veía.

–Eso no importa. Lo importante es quién eres tú –dijo aquel ser sin rostro. Entonces la tomó en brazos, con intención de llevársela, pero ella se resistió con todas sus fuerzas. Al ver que no podía dominarla, el ser la apuñaló una vez en el costado, y no le atravesó por poco los órganos vitales.

El dolor fue insoportable. Y, sin embargo, con aquel sufrimiento, sintió un frío que se convirtió en una tormenta dentro de ella.

Entonces, el hielo le salió por los poros de la piel y cristalizó sobre su cuerpo. Lo que estaba viendo no podía ser real.

Cuando la criatura salía de la cabaña, con ella en brazos, ella le tocó la cara, una cara que todavía no podía ver, y cuando la piel rozó la piel, él aulló de dolor, de una agonía tan grande que igualaba la suya.

Durante varios segundos, ninguno pudo apartarse. Tal vez se habían quedado adheridos por el hielo. Entonces, él la dejó caer, y ella se arrastró hacia atrás, sangrando. Él desapareció sin dejar de aullar. La dejó allí, sin que ella supiera qué había ocurrido, ni cómo había hecho lo que había hecho.

–¿Cómo vas a vengarte de esos Señores, mi querida Hadiee? –le preguntó el Hombre Malo, devolviéndola al presente.

Le habían grabado a fuego otra respuesta en la cabeza. Una respuesta que ella no podía olvidar, que era parte de sí misma, como los brazos y las piernas.

–Los mataré a todos.

Después de todo, eran asesinos, y se merecían la muerte.

Una pausa, un silencio y después una caricia en el pelo.

–Buena chica. Yo te enseñaré.

Un segundo más tarde, la imagen de la cabeza de

Amun cambió. Se dio cuenta de que ya no estaba reviviendo un recuerdo, sino que estaba mirando a la niña. La niña se había convertido en una mujer y estaba bañada en luz, durmiendo inocentemente en una cama plateada.

Su nombre le resultaba familiar, aunque sabía que se lo había cambiado. Hadiee entonces, Haidee ahora. También su entorno le resultaba familiar, pero su mente se negaba a vincular las preguntas con las respuestas.

Ella tenía una melena rubia que le llegaba por los hombros. Se había teñido algunos mechones de rosa. Tenía una cara muy femenina, aunque llevaba un *piercing* en una ceja. Cejas rubio oscuro, curvadas como el arco de Cupido.

Tenía unas pestañas muy espesas. En aquel momento abrió los párpados y las pestañas le acariciaron los pómulos, perfectamente esculpidos. Sus ojos eran grises como una perla, pero Amun no pudo verlos más, porque ella no consiguió mantenerlos abiertos. Era como si hubiera sentido su escrutinio pero no pudiera resistirse a él. Le permitió seguir.

Su nariz delicada daba paso a unos labios que le recordaron a una rosa recién florecida. Tenía la piel rosada, dorada, como si estuviera iluminada por dentro. Aquella mujer, Haidee, era la belleza personificada.

Él habría podido quedarse mirándola para siempre. Era la primera visión del paraíso en lo que parecía una pesadilla interminable. Pero, por supuesto, incluso aquello iban a arrebatárselo.

Aunque él se resistió, la imagen volvió a cambiar y de repente se llenó de fuego. Había llamas y volutas de humo negro, y el aire tenía un olor acre.

Había una ciudad incendiada ante él. Las cabañas ardían, la madera se desplomaba y la hierba se desintegraba. Las madres gritaban el nombre de sus hijos y los padres estaban muertos en el suelo con armas clavadas en la espalda. Todos ellos llevaban el mismo tipo de ropa que la pequeña Hadiee. Ropa de lino oscuro y tosco.

Él no era el único que observaba la destrucción. Había once guerreros junto a él, con los ojos rojos y brillantes. Su piel sólo era una capa que rodeaba a unos monstruos espantosos. Eran demonios, con cuernos afilados, colmillos venenosos, escamas.

Los guerreros tenían el pecho cubierto de sangre ajena y la respiración acelerada. Tenían las espadas agarradas con fuerza por la empuñadura y sus pensamientos invadieron la mente de Amun. Querían más. Necesitaban más. Más llamas, más gritos, más muerte. Sólo quedarían satisfechos cuando todo el mundo fuera anegado con la sangre y los huesos de esos valiosos mortales.

Pero Amun no quería matar en aquel momento. Quería volver con la niña, abrazarla y decirle que todo iba a ir bien, y que él volvería para salvarla del Hombre Malo. Quería volver con la mujer. Quería acurrucarse a su lado, que ella le dijera que todo iba a ir bien, que ella lo salvaría de los demonios.

Y volvería. Él volvería.

Intentó alcanzarla. La piel se le rasgó y los huesos se le partieron, pero él agradeció aquel dolor. No le importó que las llamas lo abrasaran como cientos de lenguas puntiagudas que soltaban ácido. Agradeció aquellas picaduras porque, a través de las heridas nuevas, los bichos que le recorrían las venas quedaron libres. Salieron corriendo, arrastrándose por su cuerpo, por la cama.

La cama. Sí, estaba tendido en una cama.

De repente sintió las sábanas destrozadas bajo su espalda y todos los cortes de sus músculos. El dolor era mucho mayor, y ya no lo agradecía tanto. Además, tenía encadenados los tobillos y las muñecas, y no podía taparse las heridas para taponar la hemorragia, ni darles patadas a los bichos para apartarlos de sí.

Aunque el instinto le decía que continuara luchando, se obligó a detener sus forcejeos. Respiró profundamente, dándose cuenta de que el aire estaba impregnado de putrefacción. Sin embargo, percibió algo más… un olor fresco, como el de la tierra. Algo vibrante, un pulso de vida.

Y bajo las llamas, sintió también un hielo invernal que calmó sus heridas, que le dio algo de fuerza. ¿Quién era el responsable?

Intentó abrir los ojos, pero tenía los párpados sellados. Frunció el ceño. ¿Por qué? Y las cadenas… Lo tenían prisionero. ¿Por qué?

Tuvo un asombroso momento de lucidez.

Supo que era Amun, el guardián del Demonio de los Secretos. Había amado, y había perdido. Había matado, pero también había salvado. No era un animal ni un asesino brutal. Ya no. Era un hombre. Un guerrero inmortal que protegía lo suyo.

Había entrado en el infierno, pese a que sabía cuáles eran las consecuencias. Sin embargo, no podía soportar ver sufrir a su amigo Aeron, cuya hija adoptiva estaba atrapada en las llamas del infierno. Así que había ido allí y había salido con el cuerpo lleno de demonios y almas que se retorcían y que gritaban en su desesperación por escapar.

Pero estaba en casa y necesitaba morir. Tenía que morir. Era un peligro para sus amigos y para todo el mundo. Moriría.

No podría consolar a Haidee, ni tampoco aceptar su consuelo, porque nunca saldría de aquella habitación. Era su refugio y su ataúd.

Aquél era el final.

Llamas.

Gritos.

Maldad.

De nuevo, todos los demonios comenzaron a exigir su atención, abrumándolo.

Amun sabía que no podría mantenerlos a raya durante

mucho tiempo, e intentó concentrarse en aquel perfume térreo y en la brisa fresca, y automáticamente giró la cabeza hacia la izquierda, siguiendo aquellos hilos invisibles que se extendían por el aire. Lo llevaban desde su habitación... ¿a la habitación contigua?

Poder.

Paz.

Salvación.

Tal vez sí pudiera salir de aquella habitación, pensó entonces. Tal vez pudiera salvarse. Tenía que... llamas, gritos, maldad... llegar allí. Debía... luchar. Llamas. Entre la oscuridad creciente de su cabeza, Amun tiró de sus cadenas. Gritos. La carne rasgada se rindió y los huesos se convirtieron en polvo. Maldad. Sin embargo, no podía liberarse. Ya no tenía fuerzas. No le quedaba nada.

Llamas, gritos, maldad.

Y mientras volvía a desplomarse sobre el colchón, se rió con amargura. Había perdido. Ni siquiera podía llamar a sus amigos. Si decía una sola palabra, si hacía un solo sonido, todo lo que tenía dentro se escaparía, y su choque contra la maldad no serviría de nada.

Llamas, gritos, maldad.

Más cerca... Más cerca...

Sintió un increíble arrebato de esperanza.

No. Si él no podía llegar a lo que había en la otra habitación, tal vez él... ella... o ellos... pudieran llegar a él.

Cuando la maldad volvió a engullirlo, Amun gritó tan silenciosamente como había reído.

«¡Ven conmigo!».

Capítulo 3

«¡Ven conmigo!».

Aquella voz masculina y desesperada invadió la mente de Haidee Alexander, despertándola. Se incorporó de golpe, jadeando y mirando a su alrededor de manera frenética. Su mente catalogó en segundos las opciones que tenía. Se vio en una habitación extraña con una ventana y una puerta: dos posibles vías de escape.

Seguramente, la puerta estaría cerrada con llave. La ventana era de cristal grueso, pero estaba muy limpia. Entonces no podía estar sellada, puesto que no sería posible mantener aquel nivel de limpieza.

La mejor opción era la ventana.

Estaba sola. Tenía que actuar rápidamente.

Saltó de la cama, pero, al instante, las rodillas le fallaron. Aquello no era normal. Generalmente, podía despertar y, a los cinco segundos, estar lista para correr un maratón. Aquella debilidad… ¿Cuánto tiempo había pasado sin conocimiento en aquella ocasión?

Se puso en pie temblorosamente y, mientras intentaba mantener el equilibrio, revisó lo que había ocurrido durante las últimas semanas. Derrota, el demonio al que estaba persiguiendo, la había capturado y la había llevado a mil sitios diferentes, intentando zafarse de la persecución de su novio, Micah, y de su grupo de cuatro. Todos ellos Cazadores.

«No pienses en eso ahora. Perderás la concentración».

Lo más importante era escapar.

Fue hacia la ventana, pero de camino se quedó inmóvil. Derrota no se había separado de ella ni un instante durante todos los días que habían pasado juntos. Ni siquiera para permitir que fuera al baño, ni a la ducha. Y sin embargo, en aquel momento sí estaba sola.

Entonces, ¿dónde estaba él?

Había dos posibilidades: o el demonio había llegado a su destino final, y confiaba lo suficiente en la seguridad del entorno como para dejarla sin vigilancia, o alguien la había rescatado de sus garras.

Pero, si alguien la había rescatado, no la habría dejado sola. Habrían querido que ella conociera sus intenciones, buenas o malas.

Así pues, Derrota la tenía donde quería tenerla. La puerta y la ventana tendrían sensores, así que en cuanto tocara alguna de las dos cosas, sonaría la alarma.

¿Y acudiría un ejército de demonios para matarla?

Seguramente. Pero no le importaba. Tenía que intentarlo. El hecho de rendirse no formaba parte de su naturaleza.

Haidee empujó el borde de la ventana. Soltó una maldición. No consiguió ni el más mínimo movimiento. La ventana sí estaba sellada. Se había equivocado en cuanto a la limpieza, pero, por lo menos, también se había equivocado en cuanto a la alarma.

Sin embargo, tenía que encontrar un medio para salir. Y lo encontraría. Se había visto en situaciones peores que aquélla y había sobrevivido.

Miró hacia fuera para ver lo que tendría que superar cuando saliera de aquel sitio. El sol brillaba con fuerza, y los ojos se le llenaron de lágrimas. Se las enjugó con la mano y se dio cuenta de que su prisión estaba en la cima de una montaña. El perímetro de la finca estaba rodeado con una altísima valla de alambre de espino. Se había encontrado barreras similares en el pasado, y sabía que al trepar por ella sufriría heridas que podrían causarle la muerte al otro lado. Sin embargo, era mejor morir que ser torturada por un demonio.

Así pues, miró a su alrededor en busca de algo con lo que romper el cristal. La espaciosa habitación estaba ocupada por una enorme cama con dosel y en uno de los rincones había una butaca con una tapicería de flores y una mesita de cristal. A la izquierda, un escritorio con su silla. Registró los cajones, pero no encontró pisapapeles, ni nada que pudiera arrojar contra la ventana. A la derecha había un espejo de cuerpo entero con un marco de ébano, pero estaba clavado a la pared. Trató de abrir la puerta, pero tal y como había sospechado, estaba cerrada con llave.

Entre jadeos de furia, dio una patada al banco que había a los pies de la cama. La pesada madera no se movió ni un centímetro, y ella emitió un grito de dolor mientras se agarraba los dedos del pie. Alguien le había quitado los zapatos, dejándola descalza. Ni siquiera se había dado cuenta.

En aquella habitación tan lujosa no había nada que pudiera usar para escapar. ¿Qué iba a hacer?

«¡Ven conmigo!».

Aquella voz atormentada y llena de dolor invadió su pensamiento. Las palabras eran como llamas. ¿Era posible que una voz le diera calor? Podría ser una alucinación, sí, pero ella había experimentado tantas cosas extrañas durante su vida, que aquello no podía desdeñarlo como si no fuera nada.

—¿Quién ha dicho eso?

«Ven... conmigo».

Aquella vez, la petición fue más débil, desesperada.

Entonces, no era una alucinación. No podía serlo. Aquel calor… ¿Quién era aquel hombre? ¿Un prisionero como ella? Su voz le resultaba vagamente familiar. ¿Era otro Cazador? ¿Se habían conocido durante el adiestramiento, o alguna de las veces que ella había ido a dar cuentas de sus misiones?

«Ven…».

Haidee sintió un cosquilleo en los oídos, y se dio la vuelta. Decidió que lo ayudaría, por si acaso era un Cazador, tal y como ella había pensado.

«Ven… por favor».

Allí. Frunció el ceño. Una pared. ¿Qué había al otro lado? El hecho de haberlo oído le daba a entender que él estaba cerca.

Se aproximó lentamente a la pared. Pasó las manos por el papel delicado y suave, pero no encontró ni rastro de un vano, y sin embargo… Se arrodilló y fijó la vista en una grieta diminuta que había entre la moldura y el suelo. Se veía un ligerísimo rayo de luz que la atravesaba.

No, no era luz. No completamente. Entrelazado con aquel rayo, entre las motas de polvo, había algo como un hilo negro, un fantasma que se retorcía hacia ella.

Haidee dio un grito y saltó hacia atrás. Aquel hilo negro la siguió y le rodeó la muñeca. Sin embargo, cuando la tocó, se oyó un chillido, y la… cosa se escabulló de nuevo por la grieta, hacia la otra habitación.

¿Qué era aquello?

¿Acababa de tener un encuentro con uno de los demonios, que se había despojado de su cuerpo humano? ¿Era eso lo que atormentaba al hombre que la estaba llamando? Seguramente.

Con los dientes apretados, comenzó a arañar la pared con las uñas hasta que hubo arrancado el papel suficiente como para distinguir la forma de la puerta. Por supuesto, no tenía pomo.

Por las marcas ligeras que había en el suelo de madera, se dio cuenta de que una vez aquella puerta se abrió hacia la derecha. Eso significaba que alguna vez tuvo un pomo, y ella debía encontrar el agujero. Arañó la zona central de la parte derecha de la puerta hasta que encontró pedacitos de tiza blanca. Entonces, clavó las uñas con más fuerza y siguió trabajando hasta que, media hora después, llegó al otro lado. Para entonces estaba sudando. Su sudor era hielo.

Metió los dedos por el agujero y tiró. La puerta se abrió un centímetro. Aunque estaba muy débil, siguió tirando, entre jadeos, hasta que finalmente consiguió moverla lo suficiente como para poder pasar por el hueco. Se preparó para encontrarse cualquier cosa en la mezcla de luz y oscuridad que reinaba en el otro dormitorio. Había un hombre que se convulsionaba violentamente sobre una cama, y del cual salían volutas de humo.

Haidee se quedó mirando el humo. Era tan bello como espantoso. Un océano de diamantes negros entre los que de vez en cuando brillaban unas chispas rojas como rubíes, unos ojos que observaban con intenciones letales, y destellos blancos y agudos como colmillos.

Por algún motivo, Haidee sintió dolor al apartar la vista, una punzada que le recorrió desde las sienes al vientre. Sin embargo, volvió a concentrarse en el hombre y se acercó a la cama. En cuanto llegó a su lado, sintió náuseas, y tuvo el sabor de la bilis en la garganta. Estuvo a punto de vomitar lo último que había comido, fruta y pan que le había dado Derrota. El hombre estaba lleno de heridas.

¿Eso era lo que le habían hecho los demonios? ¿Lo habían desollado? ¿Lo habían quemado? Él era…

Oh, Dios. Dios. Haidee abrió mucho los ojos y se cubrió la boca con la mano temblorosa. ¡No!

Pese a los destrozos de su cuerpo y a que tenía el rostro embotado y casi irreconocible, ella sabía quién era aquel hombre: Micah, su novio. La misma piel oscura, o lo que quedaba de ella, y el mismo cuerpo musculoso. El mismo pelo negro que él se apartaba constantemente de la frente. No era de extrañar que su voz le hubiera resultado familiar.

Oh, Dios. El demonio debía de haberlo atrapado mientras Micah los seguía para rescatarla a ella.

Se le cayeron las lágrimas por las mejillas, convirtiéndose en hielo prácticamente al instante. Ella estuvo a punto de desmoronarse en el suelo. Había soñado con aquel hombre mucho antes de conocerlo. Lo había amado mucho antes de conocerlo. Creía que era un recuerdo que no había perdido después de...

«No. No pienses en eso». Aquellos pensamientos no conseguían más que paralizarla. Micah. En aquel momento debía pensar sólo en Micah. Él la necesitaba.

Siete meses antes, ella había descubierto que él no era sólo un recuerdo, ni un producto de su imaginación. Era un hombre real. Y ella había pensado que, seguramente, aquél era un signo que indicaba que tenían que estar juntos. Eso se había confirmado cuando les habían encargado la misma misión de caza de demonios en Roma, y después, cuando él le había pedido que salieran juntos. Se sentía atraído hacia ella, como ella por él. Le había dicho que sí sin dudarlo.

Sin embargo, aquel hombre no estaba a la altura de su imaginación.

No había habido entre ellos una conexión profunda, ni una atracción trascendental. Ella se echaba la culpa a sí misma, e intentaba fortalecer sus vínculos. Porque en sus visiones, ella sabía que él era quien la haría feliz. Que era su futuro. Que él podía derretir aquel hielo antinatural que tenía por dentro.

Así que se había quedado con él, pensando que la chispa de la conexión se encendería pronto. No había ocurrido. Y aunque seguían saliendo juntos, ella todavía mantenía una barrera: no se habían acostado todavía. Pero en aquel momento... la conexión ardía. Y aquello era lo que ella esperaba sentir por él.

En aquel momento, pensó que nunca podría estar completa sin él. Que por fin había encontrado la última pieza del rompecabezas.

De repente sintió una punzada de culpabilidad. Ella no había sido una buena novia al protegerse como lo había hecho, pero él había ido a buscarla de todos modos, y se había enfrentado a un Señor del Inframundo por ella. Y ahora podía morir por ella.

—Oh, cariño. ¿Qué te han hecho?

Cuando estiró el brazo, las sombras silbaron y retrocedieron, y se alejaron de ellos dos. Ella no les hizo caso. Con todo el cuidado posible, sacó una de las manos destrozadas de Micah de las esposas con las que lo habían atado. Tenía los huesos rotos y la carne ensangrentada, así que se deslizó con facilidad. Ella tuvo que tragar saliva.

¿Podría recuperarse de aquello?

Afortunadamente, parecía que al tocarlo lo calmaba, en vez de hacerle más daño. Las convulsiones se hicieron menos violentas y, finalmente, él se relajó sobre el colchón. Haidee pasó al otro lado de la cama y le liberó la otra muñeca. Para cuando le hubo liberado también los tobillos, él tenía una sonrisa en la cara.

Al verlo, a ella se le encogió el corazón, tanto de dolor como de alivio. Él estaba gravemente herido, pero estaba vivo. Sin embargo, ¿sentiría gratitud por ello? Tal vez nunca pudiera luchar de nuevo.

No importaba. Tenía que salvarlo.

El problema era que no podía trasladarlo, porque pesaba demasiado. Claramente, él no iba a poder caminar, porque era evidente que tenía rotos la mitad de los huesos del cuerpo. Al examinar su cuerpo con más detenimiento, a Haidee se le escapó un jadeo de indignación. De todas las cosas crueles que le habían hecho, la peor de todas era que le habían tatuado una mariposa en la pantorrilla. Lo habían marcado con la señal de los demonios, sólo para provocarlo.

—Haré que lo paguen muy caro, mi amor —dijo ella mientras apretaba los puños—. Te lo juro.

Al oír su voz, él se movió y se acercó a ella. Incluso intentó tocarla. Sin embargo, era un esfuerzo demasiado grande para él, y el brazo cayó de nuevo al colchón. Un segundo después, las convulsiones comenzaron de nuevo.

Haidee lo arrulló suavemente, se tendió a su lado y le apartó el pelo de la frente del modo en que a él le gustaba. En cuanto hubo contacto entre ellos, experimentó una ráfaga de calor. El hielo era su compañero fiel, y parte de lo que ella era, pero en aquel momento se agrietó. Se derritió y comenzó a gotear. Micah se calmó al instante, como si hubiera absorbido su frío.

Nunca había ocurrido nada parecido a aquello, y Haidee se quedó desconcertada. ¿Tal vez era un efecto secundario de lo que le habían hecho?

«Canallas», pensó, apretando los dientes. Tenía intención de castigarlos, en aquella vida o en la siguiente.

«¿Haidee?».

Su voz la sobresaltó, pero se recuperó rápidamente.

—Estoy aquí, cariño. Estoy aquí.

Él emitió un suspiro, un susurro de placidez. Aquel sonido fue como una caricia para ella, aunque él no movió la boca, ni abrió los labios. Imposible. ¿Verdad?

—¿Micah? ¿Cómo estás hablando conmigo?

«Dulce Haidee».

Tampoco en aquella ocasión se había movido su boca, pero ella lo oyó de nuevo. Y supo que no estaba imaginándose su voz. No era posible; lo había oído incluso antes de entrar en aquel dormitorio. Él le había estado hablando mentalmente todo el tiempo. Aquello también era nuevo para ellos, y más desconcertante que el calor.

¿Cómo lo hacía? ¿Cómo podían los Señores haber causado aquello?

«Piénsalo después».

—Voy a buscar armas, ¿de acuerdo? Cualquier cosa. Y después daré con la forma de…

«¡No! No te marches». Hubo una pausa de pánico. «Te necesito. Por favor».

—No voy a salir de la habitación, te lo juro. Sin ti no. Pero tengo que…

«¡No! ¡No, no, no! Tienes que quedarte».

—De acuerdo, está bien. Estoy aquí. Me quedo. No me voy a mover de aquí, te lo prometo.

«Te necesito», repitió él.

—Me tienes. Siempre me has tenido —dijo ella. Se tendió a su lado, con cuidado de no hacerle daño, acurrucándose contra su frágil cuerpo para darle todo el consuelo que pudiera. Sabía lo que era sufrir a solas, y no quería eso para él. Nunca.

Tal vez aquello fuera una bendición. Seguramente, Micah no sobreviviría a sus lesiones si se levantaba de aquella cama pronto. Y así, cuando los demonios volvieran, ella estaría allí para luchar contra ellos, para evitar que le hicieran más daño.

Seguramente, ellos la matarían, y ella sabía lo que ocurriría después de la muerte. Su destino sería peor que sufrir un apuñalamiento, o recibir un disparo, o morir quemada en una hoguera. Y ya había experimentado todas aquellas cosas.

Se había repetido muchas veces que no debía reflexionar sobre lo que la ocurriría después de morir, pero en aquella ocasión no iba a detenerse, ni siquiera aunque el miedo se apoderara de ella.

Si conseguía matar a alguno de los Señores, o a varios,

se perderían eternamente, pero ella sería reformada, volvería a la edad que tenía en aquel momento, aunque sin los recuerdos buenos que había acumulado durante su vida, consumida sólo por los malos y por el odio. Era un proceso agonizante que la hacía gritar y rogar una muerte eterna.

Un proceso que la había enseñado a evitar la muerte a toda costa. Sin embargo, aquella vez estaba dispuesta a morir y a llevarse consigo a todos los Señores que pudiera. Y después podría volver por el resto.

Podría vengar a Micah.

Capítulo 4

Amun intentó abrir los ojos, pero era como si tuviera los párpados pegados con pegamentos. Siguió tirando hasta que, por fin, consiguió separarlos. De inmediato, notó un ardor intenso en los ojos. Se le llenaron de lágrimas, y sólo consiguió ver las cosas de forma borrosa.

La luz que entraba a través de la única ventana de la habitación era como un rayo láser para sus retinas, así que volvió la cabeza hacia el lado contrario a la ventana e intentó observar su entorno.

Frunció el ceño, y aquel gesto le causó dolor, porque tiró de la piel y se le abrieron los cortes de los labios. Estaba en su habitación, pero había un agujero en la pared. Era un agujero que comunicaba con la habitación contigua. Sin embargo, él no lo había hecho. Y que supiera, sus amigos tampoco. Le habrían pedido permiso para rediseñar su dormitorio.

¿Y cómo era posible que estuviera allí, de todos modos?

Lo último que recordaba era que estaba en el infierno, rodeado de llamas y luchando contra espíritus malvados, mientras los pensamientos de los demonios, y los recuerdos humanos lo bombardeaban como bombas que entraban en su cabeza y…

Que todavía estaban allí. Aquellos pensamientos oscuros y aquellos recuerdos todavía estaban allí, pero aunque estaban revolviéndose agitadamente, se mantenían a distancia, como si temieran llamar su atención. ¿Por qué?

Sintió la caricia de un gemido femenino en los oídos, y se asombró tanto que se concentró de nuevo en su entorno.

Se puso rígido y miró el colchón. A su lado había una mujer muy bella que tenía uno de los brazos sobre su estómago, como si no soportara separarse de él, y había posado una mano en su corazón.

Aquel brazo tenía tatuajes desde la muñeca al hombro. Amun vio caras humanas, todas ellas brillando de amor y de vida. También números; ¿tal vez fechas? De ser fechas, algunas de ellas eran realmente antiguas. También había nombres: Micah, Viola, Skye. Y frases: *La oscuridad siempre pierde ante la luz. Has amado y has sido amada.*

La conocía. La conocía… ¿Cómo?

Entonces supo la respuesta. Haidee, la mujer de sus visiones. La niña a la que él quería consolar, y la mujer a la que había querido acariciar. Estaba allí.

¿Cómo era posible?

Él levantó una mano para apartarle el pelo rubio que tenía sobre la mejilla, pero sintió un agudo dolor en los músculos y en los huesos. ¿Qué le ocurría?

Con sumo cuidado, movió el brazo para acercárselo a la cara, y pese al dolor, no paró hasta que consiguió verlo bien. Tenía la carne destrozada. Quiso maldecir.

Lo habían encadenado. Quizá, incluso, torturado. ¿Los Cazadores? ¿Habían torturado también a la chica, y sus amigos los habían rescatado a los dos?

Sintió rabia al pensar en que hubieran podido maltratarla. La miró. Ella no se había movido. Seguía durmiendo apaciblemente. Tenía unas ojeras profundas y algunas manchas de tierra en las mejillas, además de un moretón bajo la mandíbula. Señales de mucho traqueteo, pero no de tortura. La rabia disminuyó.

«Está bien. Y tú vas a defenderla». O, más bien, la defendería hasta que se recuperara y la mandara a otro sitio. No era seguro estar con él durante demasiado tiempo.

«Aunque por ahora, es tuya».

De repente, ella se incorporó y miró a su derecha y a su izquierda.

—¿Quién ha dicho eso?

Sin esperar la respuesta, se levantó y corrió hacia la ventana.

«Haidee, no deberías correr así. Tienes que recuperarte».

Entonces, ella se dio la vuelta y lo miró de pies a cabeza.

—Oh, cariño. Estás mejor. ¡Gracias a Dios!

Cariño. Le había llamado cariño. Era la primera expresión de cariño que le dirigían, y sus oídos se empaparon de ella como si fuera néctar del cielo.

—No quería quedarme dormida, lo siento —dijo ella y volvió a su lado—. Tenemos que salir de aquí. ¿Puedes andar?

«No creo». Tenía los dos fémures rotos, porque reconocía el dolor bajo los músculos. Además, ya estaba en casa. No quería marcharse.

—Bueno, entonces pensaremos otra cosa.

Él pestañeó. Era la segunda vez que ella le respondía a algo, aunque no hubiera hablado en voz alta.

«¿Me oyes?».

—Sí, ya lo sé. Es raro —dijo ella mientras escrutaba la habitación—. A mí también me sorprendió. No sé cómo está pasando, pero me siento agradecida. Si no te hubiera oído desde la habitación de al lado, me habría ido sin ti.

Nadie lo había oído nunca así. Nadie. Él siempre era quien adivinaba lo que estaban pensando los demás. Aquella nueva situación le resultaba… incómoda.

¿Cómo lo hacía? ¿Y podía oírlo todo? ¿Todos los secretos que flotaban en su cabeza? ¿Podría oír a su demonio cuando gimoteaba? ¿Y a los demás, a los que gritaban? ¿O sólo podía oír lo que él le proyectaba?

—¿Sigues sin poder hablar? —le preguntó ella suavemente.

Amun decidió probar algo: permitió que se formara una respuesta en su mente, pero la contuvo firmemente.

—¿Puedes hablar? —insistió ella, y le pasó la yema de un dedo por los labios, con cuidado de no hacerle daño.

Entonces, no lo había oído, pensó él mientras se estremecía bajo su caricia de seda. Qué momento tan surrealista. Se comportaba como si lo conociera... como si él le gustara.

«No. Sigo sin poder hablar». Le transmitió aquellas palabras, observándola para analizar cualquier reacción que tuviera.

Ella exhaló un suspiro de disgusto.

—Esos canallas. ¿Te han hecho algo en la laringe?

¿Canallas?

«No». Ella había oído su respuesta en aquella ocasión, así que había límites. Gracias a los dioses. Nadie, y menos una humana inocente como aquélla, tendría que oír la maldad que había en su cabeza.

—¿Recuerdas lo que ha ocurrido? —le preguntó ella—. ¿Cómo has llegado hasta aquí?

Él negó lentamente con la cabeza, con sumo cuidado para no abrirse más heridas. El más pequeño movimiento le tiraba de la piel y dividía las cicatrices.

—Bueno, entonces, te contaré lo que sé yo.

Él asintió para animarla, y después hizo un gesto de dolor.

—No te muevas, cariño —dijo ella con preocupación—. Sólo escúchame, e intenta no dejarte dominar por el pánico —añadió y tomó aire profundamente. Cuando lo expulsó, siguió hablando–: Nos han capturado los Señores del Inframundo. Estamos en una fortaleza situada en la cima de una montaña. Creo que en Budapest. No estoy segura, porque no he visto ninguna señal que pueda confirmármelo. Tampoco sé por qué se han arriesgado a traernos aquí. Aquí es donde guardan dos de los artefactos, y lo más lógico es que quisieran mantenernos lo más alejados posible de ellos.

Los artefactos. Eran cuatro, todos ellos necesarios para encontrar y destruir la caja de Pandora. Así, sus amigos y él podrían salvarse de una muerte segura. Aparte de la decapitación y otro tipo de muertes violentas, la caja era lo único que podía separar al hombre del demonio, borrando al hombre de la faz de la tierra y liberando a su demonio al mundo. Aquella mujer sabía que dos de los artefactos ya estaban allí, El Ojo que Todo lo Ve y la Jaula de la Coacción, pero pensaba que los Señores no querrían que Amun, que también era un Señor, estuviera cerca de ellos.

Amun se dio cuenta de que ella no sabía que él era un Señor del Inframundo. Pensaba que él era un… ¿Cazador?

¿Cómo ella? Con todo aquel disgusto, y toda aquella ira dirigida a los Señores… la idea no parecía descabellada. Sin embargo, si ella lo conocía, ¿por qué no sabía quién era él? Y si ella era una Cazadora, ¿por qué la habían puesto sus amigos en su habitación?

Miró hacia el agujero de la pared. Tal vez sus amigos no supieran que estaba allí. Pero…

Ella pensaba que lo conocía y, claramente, él la reconocía a ella. Por lo menos, en algunas cosas. Sabía cuál era su nombre: Haidee. Sabía que se habían conocido en algún lugar, que habían interactuado de algún modo, pero no sabía dónde, ni cuándo.

Por una vez, su demonio no lo estaba acribillando a preguntas.

Aquello era muy confuso. Tal vez ella lo hubiera engañado para que él pensara que la conocía y se viera más inclinada a ayudarlo. Pero, ¿cómo? ¿Por qué? ¿Por los artefactos? ¿Quién, aparte de un Cazador, iba a ir tras ellos?

Se le encogió el estómago al pensar que sólo había una manera de averiguar la verdad. Era un método peligroso y las posibles consecuencias eran graves.

En otras circunstancias nunca habría recurrido a él, pero tenía que fortalecer la conexión que había entre ellos y superar las barreras mentales que ella pudiera poseer para ver su mente y conocer sus recuerdos.

Tendría cuidado. No permitiría que su demonio le vaciara el cerebro; aquélla era la mayor de las complicaciones. A Secretos le gustaba jugar, robar todos los recuerdos y dejar a las víctimas con el cerebro en blanco. Él se retiraría en cuanto su demonio intentara hacerlo. Salvo que ella fuera una Cazadora; entonces, su destino estaba claro.

Apretó los dientes para resistir el dolor, y levantó los brazos. El sufrimiento fue peor de lo que había pensado. Cuando los hubo levantado lo suficiente, posó las manos en los hombros de Haidee.

–Estate quieto –le dijo ella–. Te vas a hacer daño.

Amun había gemido y había gruñido mentalmente. «Necesito… un momento. Tengo que…».

–¿Qué es lo que necesitas, cariño? Dímelo y yo me ocuparé de ello.

De nuevo, cariño. Era como si él le importara de verdad. Pero no podía ablandarse, por mucho que le gustara cómo lo trataba.

«Necesito… acariciarte las sienes», dijo él. De repente se sintió muy culpable, porque acababa de pedirle ayuda para su posible perdición.

¿Tenía aquella muchacha la más mínima idea de lo que él podía hacer?

–Está bien –dijo ella–. Te ayudaré.

No, no lo sabía. Amun notó sus dedos fríos y firmes

cuando ella le levantó las muñecas sin titubear. No le preguntó el porqué, ni cuál era su intención. Confiaba en él por completo. Cuando sus manos llegaron a la altura de la cabeza de Haidee, ella le posó las palmas sobre sus sienes.

—¿Así?

«Sí». Cuánta fe. Demasiada fe. Tenía que ser un truco para distraerlo.

Ella cerró los ojos y, con sus dientes perfectos y blanquísimos, se mordió el carnoso labio inferior. Amun notó que su cuerpo se excitaba.

«Necesito un revolcón», pensó.

Haidee sonrió ligeramente.

—¿De verdad? Espero estar invitada —dijo con la voz ronca.

Vaya, lo había oído. Y quería unirse a él. Quería sentirlo dentro de su cuerpo, moviéndose para llevarlos hacia la satisfacción.

«No pienses en eso ahora», se dijo.

—No lo haré, si tú no lo haces tampoco —respondió ella.

«¿Qué?».

—Pensar en el sexo.

Demonios, tenía que dejar que hablar consigo mismo. Ella oía todos los pensamientos que él no protegía.

¿Cómo podían aguantarlo sus amigos? Él leía constantemente su mente, conocía sus fantasías más privadas y, sobre todo, pornográficas. Sin embargo, ellos nunca se lo recriminaban, y nunca hacían que se sintiera como alguien molesto. Él siempre se había imaginado que no les importaba. Sin embargo, debían de haber encontrado la manera de esconderle sus verdaderos sentimientos a su demonio.

Le debía una disculpa a todo el mundo en aquella casa.

Amun obligó a su mente a callar y cerró los ojos. Había hecho aquello mil veces. Lo había hecho por Sabin, su líder. Por su causa. Se dejó envolver por la oscuridad y se concentró en sus sentidos. En la piel de Haidee, que era suave y fría. Oyó su respiración y sintió el frío de su siguiente exhalación… se concentró y permitió que su demonio se expandiera…

Hubo una explosión de color que ahuyentó la oscuridad. De repente comenzaron a tomar forma las imágenes. Vio un cielo azul y un prado verde salpicado de piedras de color plata. Los árboles no tenían hojas y sus ramas eran esbeltas y retorcidas. Había dos niñas corriendo y riéndose, jugando a perseguirse, vestidas con unas preciosas túnicas de color rosa y con el pelo suelto. Hermanas. Las dos poseían un corazón prácticamente igual, lleno de amor.

Secretos ronroneó de deleite.

Aquella reacción le pareció extraña a Amun. Era un recuerdo muy inocente, no precisamente de los preferidos de su demonio. ¿Por qué le importaba?

De repente, la imagen cambió. En un instante, el día se transformó en noche, y en vez de dos niñas sólo había una. Era mayor y sus ojos grises brillaban de alegría, pero con timidez, como si tuviera miedo de albergar esperanzas, pero no pudiera contenerse.

Tenía la piel dorada del sol y las mejillas sonrojadas. Rebosaba vitalidad. Llevaba una túnica de color lila y el pelo adornado con flores. Sus rizos eran como rayos de luna.

Era una versión pasada de Haidee. Estaba en una veranda, observando un estanque cristalino. No tenía tatuajes ni mechones teñidos de rosa y no llevaba *piercings*. Era la inocencia y el optimismo personificados.

—¿Estás nerviosa, querida? —le preguntó una mujer.

Haidee se dio la vuelta con un sobresalto.

—Me encanta que me llames así —dijo con sinceridad—. Sobre todo, teniendo en cuenta que al principio no te caía bien.

—No, pero eso cambió rápidamente.

–Sí. Y sí, estoy nerviosa, pero también contenta.

Hablaban en griego.

En griego antiguo.

Él había oído aquel idioma hacía poco tiempo, pero, ¿cuándo? ¿Dónde?

La escena continuó, y Secretos siguió hojeando los recuerdos de Haidee sin que la chica se inmutara. Entonces hubo otro ronroneo, y Amun se dio cuenta de que su demonio había encontrado las respuestas: la pequeña Haidee era la misma Haidee que estaba durmiendo a su lado. Y aquella mujer era…

La culpable de la muerte de Baden.

En un fogonazo que no duró más que un segundo, Amun vio a Baden, con el pelo empapado de sangre y pegado a la cabeza. Sin cuerpo. Y vio a Haidee, a Hadiee, con el pelo dorado suelto por la espalda, desnuda y luminosa bajo la luz de la luna pese al odio que irradiaba, y pese a las salpicaduras de sangre que había a su alrededor. Vio a los amigos de Haidee, los Cazadores, luchando contra sus propios amigos.

Se quedó espantado. La mujer por la que había sentido deseo era la misma que había ayudado a matar a su mejor amigo, al hombre que les había dicho a todos: «Salvad a los humanos, no les hagáis daño».

Baden había sido el primero en encontrarse a sí mismo en la oscuridad, y había ayudado a los demás a hacer lo mismo. Baden… Baden… A Amun se le encogió el pecho y se le escapó un gemido de dolor. Su amigo había muerto por culpa de aquella mujer.

Todos los guerreros querían a Baden como a un hermano y lo tenían por su gran confidente. Aquélla era la verdadera belleza de aquel hombre: su habilidad para cautivar a quienes lo rodeaban. Lo cual era todo un milagro, teniendo en cuenta que custodiaba al demonio de la Desconfianza.

Y en aquel momento, Amun estaba frente a una de sus asesinas, tocándole las sienes con las manos.

—¿Estás bien? —le preguntó Haidee con preocupación y dulzura.

El horror de Amun fue seguido de la confusión. ¿Cómo era posible que estuviera allí? Haidee había muerto, ¿no? Sí. Sí. Los Cazadores la habían usado como Señuelo; la habían enviado a la puerta de Baden como si fuera una muñequita que necesitaba ayuda, y ella lo había conducido a su muerte. El resto de los Señores había llegado justo antes de que él fuera decapitado, y habían atacado. Pero aunque hubieran llegado unos cuantos minutos antes, habría sido demasiado tarde; la suerte estaba echada.

Amun recordó la sangre y los gritos. Recordó a Strider levantando con un gesto victorioso la cabeza de Haidee cuando terminó la batalla; como Baden, ella había sido decapitada. Ni siquiera los inmortales podían recuperarse de aquello; de lo contrario, Baden habría resucitado hacía mucho tiempo. Sin embargo, su alma estaba atrapada en algún lugar, en el cielo.

Amun no pudo soportar más aquellos recuerdos. Si continuaba revolcándose en el pasado, se dejaría dominar por la rabia y destruiría la fortaleza de un modo en que ni siquiera su amigo Maddox, el guardián de la Violencia, lo había hecho nunca.

Apartó las manos de las sienes de Haidee y se quedó mirándola con odio y con horror. Sin embargo, pese a su odio, el deseo no desapareció. A su cuerpo no le importaba lo que hubiera hecho aquella mujer.

—¿Qué ha sido eso? —susurró ella.

«¿A qué te refieres?».

—A… los recuerdos. Me he visto de niña, y después de adulta, en una veranda.

Entonces, ella también había visto lo que había visto él. También era la primera vez que ocurría aquello. Y, sin embargo, ella no había mencionado a Baden. Amun había formado la imagen de su amigo en la mente, sí, pero sólo durante una fracción de segundo; seguramente ella ni siquiera se había dado cuenta porque estaba absorta en otros recuerdos.

Por lo tanto, no estaría prevenida y no podría prepararse para su venganza. Amun iba a vengarse, porque necesitaba castigarla y herirla.

Ella no se percató de la oscuridad de sus emociones. Tenía los ojos muy abiertos y agitó la cabeza.

—Nunca había recordado las partes buenas de mis vidas. Esos recuerdos siempre me los arrebatan.

Vidas. ¿Había tenido más de una vida? ¿Había renacido más de una vez? ¿Había ido allí a terminar con el trabajo que había empezado tantos siglos antes, a destruir a todos aquellos a quienes él quería?

¿Y cómo había llegado allí? ¿Y por qué no había intentado matarlo ya? ¿Por qué lo trataba con tanto afecto? Él nunca había tenido que preguntarse por las motivaciones de otra persona. Sabía la verdad, siempre. Sabía lo que más querían ocultar aquéllos que le rodeaban. Aquella incertidumbre era enloquecedora y aumentaba su rabia.

Primero, respuestas, pensó. Aunque no sabía cómo llevarla en aquella dirección.

—No sé cómo lo has hecho —dijo ella con una expresión maravillada—, pero gracias —añadió, y se enjugó una lágrima del rabillo del ojo con una mano temblorosa—. Gracias. Sabía que tuve una hermana una vez, pero no sabía cómo era.

«¿Y la otra visión?».

—Tengo una vaga idea, pero no estoy segura —respondió Haidee y sonrió alegremente—. Tal vez... cuando estemos solos podamos hacer esto otra vez. Así podré averiguar si tengo razón.

Sin poder evitarlo, Amun se perdió en aquella sonrisa. Tomó aire y se perdió en Haidee, en el rubor de sus mejillas y en el gris azulado de sus ojos. Sintió un cosquilleo en las yemas de los dedos, quiso descubrir si el color le calentaba la piel o si aquellas mejillas estaban tan deliciosamente frías como el resto de su cuerpo.

No podía ablandarse, se recordó con severidad. No podía desearla en ningún sentido.

—¿Qué ocurre? —preguntó ella con una súbita inseguridad. Por fin había notado el cambio en él—. Nunca me habías mirado así.

«¿Cómo te estoy mirando?». ¿Como si quisiera apuñalarla? Lo haría. Y pronto. Por Baden. Por los demás, que todavía lloraban la pérdida de su amigo.

—Como si fuera... comestible —dijo Haidee. Se inclinó hacia él y lo rozó con el pecho. Le susurró al oído—: Me gusta.

Él se quedó sentado, queriendo agarrarla, para ahogarla, claro, pero sin poder conseguir que su cuerpo cooperara. Y entonces, como si no acabara de provocarle cientos de punzadas de deseo ardiente, ella se apartó y volvió al asunto que tenían entre manos.

—Bien. Todavía no podemos marcharnos; eso significa que tenemos que prepararnos. Creo que deberíamos atrincherarnos aquí dentro. Eso nos permitiría ganar algo de tiempo, por lo menos.

¿Marcharse? ¿Ella quería marcharse con él, y sin los artefactos que había mencionado? ¿Sin intentar sonsacarle información? Eso no tenía sentido. A menos que...

«¿Prepararnos para qué?».

—Para enfrentarnos a los Señores —dijo ella, y se puso en pie. Lentamente, giró sobre sí misma—. Voy a cerrar la puerta que comunica las habitaciones.

Entonces se acercó a la puerta y empujó. Poco a poco, consiguió cerrarla. Después puso la cómoda para bloquearla, e hizo lo mismo con la puerta de entrada, utilizando el tocador.

Amun la observó, pero no consiguió acercarse a las respuestas de todas las preguntas que había planteado. Incluso se alejó más. Ella se tomaba muy en serio aquello de defenderlo, pese a quien era, pese a lo que era.

—Si sigues recuperándote tan rápidamente, y ellos no vienen, a lo mejor podemos luchar contra ellos cuando por fin aparezcan. Podemos escapar. Ya sé que nuestro lema es «Muere si es imprescindible, pero llévate a todos los Señores que puedas contigo». Y estaba completamente dispuesta a hacerlo cuando pensaba que no podía moverte. Sin embargo, algunas veces es mejor esperar, ¿sabes?

«¿Odias a los Señores?», le preguntó él, sólo para descubrir lo que iba a decir.

—Odiar es un verbo muy suave, ¿no te parece? —respondió Haidee, sin abandonar su tarea de atrincherarlos.

Le había dicho la verdad. Asombroso.

«¿Por qué?».

—Yo tengo mis razones, y tú tienes las tuyas —dijo ella. Entonces, intentó arrancar el espejo del tocador. ¿Acaso quería romperlo y utilizar los pedazos como cuchillos?—. Nunca hablamos de eso, ¿no te acuerdas?

«No. No me acuerdo».

Ella se volvió hacia él.

—¿No recuerdas nuestro pasado?

«No. ¿Debería recordarlo?».

Haidee entornó los ojos.

—Te juro, cariño, que voy a hacerles pagar muy caro todo lo que te han hecho.

Cariño, otra vez. ¿Y quería vengarse en su nombre? Sabía que no debía ablandarse, pero allí había algo muy extraño. Ella no estaba fingiendo que él le gustara. Él le gustaba de verdad. Y, cuando consiguió mirar más allá de sus propias emociones, Amun se dio cuenta de que Secretos no percibía malicia en ella o, por lo menos, hacia él no.

Haidee tiró con fuerza del marco del espejo, pero después de unos segundos de respiración profunda, soltó la madera y se irguió.

«¿Qué estás haciendo?», le preguntó él.

–Necesitamos armas.

Entonces, ella se fijó en el armario. Caminó hacia él y entró. Amun tenía muchas armas guardadas dentro, pero sabía que ella no iba a encontrarlas. Nadie podía esconder las cosas como él. Cuando quería que algo permaneciera oculto, permanecía oculto. Ella salió instantes después, con una de sus camisas enrollada en el puño y cara de satisfacción. Comenzó a darle puñetazos al espejo.

–Tienen todo un guardarropa ahí dentro –comentó–. Esta habitación debe de ser de uno de ellos.

El espejo se rompió. Ella soltó la camisa y la dejó caer al suelo.

Uno de ellos. Tal y como Amun había sospechado, Haidee tomó varios pedazos de espejo del suelo, probó lo que pesaban y los inspeccionó bajo la luz. Asintió, y se guardó varios en el bolsillo.

«Haidee».

Ella se sobresaltó.

–Disculpa. ¿Sí?

«¿Quién… soy yo?».

–¿Tampoco recuerdas tu nombre? –preguntó Haidee con el ceño fruncido–. Te llamas Micah. Llevamos siete meses saliendo juntos.

Micah. Como el tatuaje de su brazo. Micah, su «cariño». ¿Ella pensaba que era su novio?

«¿Y soy un Cazador?».

–Sí.

«¿Como tú?».

–Sí.

Lo admitió fácilmente, como si nada. O era una actriz excepcional, o realmente pensaba que él era Micah, un Cazador.

A Amun se le formó un nudo en el estómago. Ella misma había admitido que era su enemiga. Tenía que matarla antes de que descubriera quién era él. De lo contrario, lo atacaría y él no podía defenderse.

«Haidee».

—¿Sí?

«Ven aquí».

Capítulo 5

Jadeando a causa del esfuerzo, y soportando los efectos de las drogas que habían hecho estragos en su cuerpo, Haidee se acercó a la cama. Dejó un pedazo de cristal afilado sobre la mesilla de noche, al alcance de Micah, y metió otro bajo su almohada. Nunca estaba de más tener dos armas cerca, mejor que una.

Después rebuscó en el cajón de la mesilla, y se sorprendió al encontrar bastantes cosas útiles. Había pasta de dientes, un cepillo, un colutorio, una pomada con antibiótico, vendas y toallitas húmedas. Aquello no tenía lógica. ¿O acaso los Señores deseaban atormentar a Micah con cosas que él no podía usar, ni tener?

¡Bien, ella iba a darles una lección! Hizo uso de las toallitas para asearse íntimamente y se enjuagó la boca con el elixir, y después ayudó a Micah a limpiarse de pies a cabeza, lo cual la dejó ruborizada ante su desnudez, y después le aplicó la pomada antibiótica en las muñecas, con todo el cuidado que pudo.

Él la observó en silencio, fijamente, aunque con una mirada indescifrable. Haidee lamentaba que él no pudiera recordar su relación. En realidad no había mucho que recordar, pero unos meses antes habían acordado que se conocerían el uno al otro antes de mantener relaciones sexuales; sin embargo, tenían que conocerse sin hablar del pasado. También se habían prometido que, pasara lo que pasara, no saldrían con terceras personas.

¿Y por qué había accedido a aquello?, se preguntó Haidee en aquel momento. Pensaba que él la respetaba, y tenía la esperanza de superar su propia timidez. Pero si no hubiera tenido aquellas visiones, nunca habría aceptado aquel acuerdo, porque cuando analizaba las restricciones así, al descubierto, se daba cuenta de que no tenían una relación. Tenían algo como una tolerancia el uno hacia el otro.

Eso iba a cambiar. Él había ido a buscarla, había luchado por ella y había soportado unas torturas horribles por ella. Se merecía todo lo que ella pudiera darle. Así que se lo daría.

Cuando terminó, volvió a colocarlo todo en el cajón.

—Mira, te cortarás las manos con los fragmentos de cristal al usarlos —dijo, tendiéndose a su lado—, y con toda la sangre que has perdido ya... Quiero decir que los uses sólo si es estrictamente necesario, ¿de acuerdo?

Micah se estaba recuperando físicamente, y con una rapidez que ella no podía explicarse, pero Haidee seguía muy preocupada por él. Lo habían maltratado de una manera horrible, y podía haberse transformado en una persona distinta. Ya estaba mostrando señales de cambio.

Siempre había sido un hombre intenso, y aquella intensidad había aumentado durante los últimos meses, tanto, que asustaba a aquéllos que estaban con él. El ánimo de la gente se ensombrecía cuando él pronunciaba alguna palabra. Incluso el suyo. En aquel momento era igual de intenso, pero la oscuridad había desaparecido. En realidad, él mejoraba su estado de ánimo.

Antes, la idea de acostarse con él la inquietaba. Se sentía como si le faltara algo... Las chispas, supuso.

Y, tal vez, si hubiera sentido aquel chisporroteo, se habría encontrado cómoda hablando con él de su pasado. No había llegado a contarle que había vivido antes, y que había muerto. Nunca le había contado lo que le ocurrió después de morir, ni que había vivido muchos más años de los veintidós que aparentaba. Había tenido cientos de vidas, pero no recordaba ningún detalle que no estuviera relacionado con la sangre, el dolor y la muerte. Se había tatuado para tener algún vínculo con las cosas buenas que le habían ocurrido.

Que ella supiera, nunca se lo había contado a nadie.

En primer lugar, no confiaba en la gente, ni siquiera en Micah. En segundo lugar, cuando una se dedicaba a matar a cualquiera que pudiera tener una habilidad sobrenatural, porque aquella habilidad era posiblemente síntoma de una posesión demoníaca, no podía admitir que ella misma tenía una habilidad sobrenatural. Y, en tercer lugar, cuanta menos gente supiera algo de ella, más fácil era volver de entre los muertos convertida en otra persona.

Sin embargo, pensó que le gustaría contarle sus secretos a aquel hombre. Aunque estaba más distante que nunca y respondía a sus preguntas de una manera lacónica, se sentía muy conectada a él, más que nunca, y él había sido muy amable con ella. Además, se sentía segura con él. Y deseada.

Sí, él la había deseado antes. Pero aquel deseo siempre estaba atemperado con algo de vacilación. En aquel momento parecía que nada iba a impedirle a aquel hombre conseguir lo que quería. Además, también había diferencias físicas; tenía los labios más carnosos y las pestañas más largas. Los ojos eran tan negros que no se le distinguía la pupila del iris, y tenía los hombros más anchos y el estómago más musculoso.

Haidee sabía que los Señores le habían marcado con su mariposa, pero, ¿y si le habían hecho algo más? ¿Y si le habían transmitido un demonio y estaba poseído? Haidee notó una sequedad repentina en la boca al pensar que aquello era más que probable.

Galen, el líder de los Cazadores, había encontrado la manera de emparejar a un humano con un demonio. Tal vez los Señores también lo hubieran conseguido.

«Haidee».

—Eh... disculpa. Me había distraído —dijo ella, al oír su voz.

Se acercó más a él. No se detuvo hasta que sus caderas se tocaron, y percibió otra de las diferencias: él nunca había irradiado tanto calor. De lo contrario, ella se habría rendido y se habría acostado con él, incluso sin las chispas, porque no habría podido evitarlo. No había nada que le resultara más delicioso que aquel ardor tan dulce que desprendía.

«Haidee», dijo él de nuevo.

Y otra vez, ella se concentró. Tenía que dejar de distraerse tanto.

—Disculpa. ¿Qué necesitas, cariño?

«Tocarte».

Entonces, él consiguió alzar las manos y volvió a posarlas en sus sienes.

Haidee sintió más calor, como si su piel fuera un cable eléctrico contra la de ella. Se estremeció y se inclinó hacia su roce, casi ronroneando. Él se llevó una sorpresa, y los ojos le brillaron con una luz roja. Oh, sí, pensó Haidee; estaba poseído. Micah lo sabía, y no esperaba que ella lo deseara.

Pobrecito. Como si pudiera traicionarlo. Él no había podido evitar lo que había pasado, y ella no iba a rechazarlo por eso. Además, su guerra con los Señores siempre había estado centrada en los demonios, no en sus acciones.

Micah no la había infectado a ella. No había matado a su familia.

«Sangre, un río de sangre entre su padre y su madre. Los dos indefensos... muertos».

Haidee apartó aquel recuerdo de su cabeza antes de que pudiera arrastrarla a un pozo de desesperación.

–Si te han hecho algo… algo malvado, te ayudaré a superarlo –le dijo, posando las manos sobre las de él–. No voy a entregarte a Galen ni a Stefano. No te voy a traicionar, pase lo que pase. Y si empiezas a hacer cosas malas, a matar indiscriminadamente, por ejemplo, yo misma me ocuparé de ti.

Con clemencia. Y sólo después de haber hecho todo lo posible por exorcizarlo.

–¿Entiendes lo que quiero decirte?

«¿Algo malo? ¿Qué pueden haberme hecho?», le preguntó él.

–Algo como… una posesión diabólica.

Él se puso muy tenso.

«Cuéntamelo todo. Explícame cómo conseguiste llegar hasta aquí y cuál es tu propósito».

Bueno, por lo menos él no la había lanzando al otro lado de la habitación por haber adivinado la verdad. Tampoco parecía que se hubiera asustado. Eso era positivo.

–De acuerdo –dijo Haidee, y se puso las manos en el regazo, apretándoselas con fuerza–. El demonio de la Derrota, el que está alojado dentro del Señor llamado Strider… ¿Lo recuerdas de las fotografías que hemos visto?

Micah se limitó a pestañear.

Ella continuó.

–Estaba en Roma. Tenía la Capa de la Invisibilidad. Lo vimos y lo perseguimos. Él consiguió atraparme –dijo con amargura–. Creo que quería matarme, pero por algún motivo cambió de opinión. Algunas veces, incluso lo he sorprendido mirándome como si… ya sabes, como si me deseara, pero eso no puede ser verdad. Me detesta. De todos modos, me trajo hasta aquí y me dejó en la habitación contigua a la tuya. Yo oí tus llamadas, y con las uñas abrí la puerta para venir contigo.

Él no respondió, pero su expresión seguía siendo tensa.

¿Cuánto tiempo llevaba allí?, se preguntó con una punzada de culpabilidad. Debería haber luchado con más ímpetu contra Strider, debería haberse escapado antes de que capturaran y torturaran a Micah. Él estaba sufriendo por su culpa.

Nunca iba a poder compensarle por ello, pero Dios, quería intentarlo.

—¿Micah?

Sin apartar la vista de su cara, se acercó más a él y con sumo cuidado le besó en los labios.

—Siento que estés aquí. Siento muchísimo todo lo que te han hecho.

Al principio, él no reaccionó, ni a sus palabras, ni a su beso. No respondió, no se estremeció de dolor ni la urgió para que siguiera acariciándolo. Después se puso rígido e inhaló profundamente, como si quisiera acaparar toda su esencia. Entonces ladeó la cabeza y abrió la boca para que el beso continuara.

Ella gimió y le deslizó la lengua entre los dientes, lo que le provocó una ráfaga de excitación tan fuerte que dio un respingo. Él tenía sabor a menta porque ella le había lavado, pero la menta estaba mezclada con algo más, con una droga oscura y tentadora que le exigía respuesta. Y ella no pudo negarle la respuesta. Su respiración se hizo muy profunda, y todas las células de su cuerpo comenzaron a arder con el más dulce de los fuegos.

«Más», pensó.

Entonces, él comenzó a rodearle la lengua con la suya, como en una danza, mientras el calor se extendía y se intensificaba. Y entonces fue él quien gimió, la besó con más fuerza y movió la lengua como si sus bocas estuvieran haciendo el amor.

Ella lo había besado unas cuantas veces, pero siempre se había quedado decepcionada. En aquella ocasión no.

Sólo sintió excitación y alegría. Comenzó a acariciarle el pelo, y lo encontró suave, sedoso.

«Más», dijo él aquella vez.

Ella no quería que aquello terminara. Tenía la cabeza llena de malos recuerdos, pero mientras tragaba el sabor exótico de Micah, se sintió arrastrada por él, sintió que olvidaba el pasado y que iba hacia un buen futuro.

–No quiero hacerte daño. No me permitas que te haga daño.

«Lo único que podría hacerme daño es que pares», respondió él.

El beso debía de haberle proporcionado una inyección de adrenalina, porque de repente, él tuvo fuerzas suficientes como para levantarla y sentársela en el regazo.

Su erección, gruesa y dura, le apretó el sexo, y a Haidee se le escapó un jadeo. ¿Bueno? Bueno ya no era una palabra adecuada. Sin poder evitarlo, se frotó contra él y se arqueó hacia delante y hacia atrás. Cada vez que lo rozaba, cada vez que conectaban, a ella se le escapaba un gruñido de necesidad. Las terminaciones nerviosas de su cuerpo estaban hirviendo y el placer la anegaba como una marea de fuego.

«Más».

–Por favor… –susurró ella.

Él pasó una de las manos por dentro de la cintura de sus pantalones y le agarró las nalgas. Piel con piel, como una marca de posesión. Su otra mano se deslizó por la espalda de Haidee y llegó hasta su nuca. Al instante siguiente la hizo girar, la tendió sobre el colchón y se situó sobre ella, presionándola con su peso.

El beso no se interrumpió. Sus lenguas siguieron danzando, y aquella danza alimentó el éxtasis que ella necesitaba, pero también su necesidad. Y las cosas empeoraron cuando él comenzó a girar lentamente las caderas y a frotarse contra su clítoris, al mismo tiempo que le levantaba las nalgas con la mano para obligarla a levantarse y a unirse a él, para que se deslizara por la longitud de su miembro.

La fricción causaba fuego, un fuego muy dulce. Ella nunca había experimentado nada igual.

«No deberíamos estar haciendo esto».

Ya era demasiado tarde como para que Haidee pudiera preocuparse de dónde estaban y del peligro que acechaba.

—Te necesito.

«Sí».

Estuvo a punto de echarse a reír por la facilidad con la que lo había convencido para continuar, pero sólo podía preocuparse de una cosa: de alcanzar el clímax. Aquel dolor del deseo… la estaba consumiendo, estaba embotándole el cerebro.

—Necesito…

Haidee le rodeó la cintura con las piernas mientras él posaba la palma de su mano sobre uno de sus pechos y le pellizcaba el pezón. Incluso a través de la camisa y del sujetador, ella sintió su calor. Aquella marca feroz.

—Necesito…

«A mí. Me necesitas a mí».

Amun estaba perdido.

Había puesto las manos alrededor del cuello de Haidee para partírselo en dos. Ella lo había mirado con aquellos ojos grises de pestañas largas y rizadas, con un mohín en los labios, con los mechones de pelo rosa cayéndole por la frente. Había hablado de salvarlo… y entonces, una emoción oscura se había adueñado de su expresión. Él no había podido descifrarla, pero la había odiado.

Ella se había inclinado hacia él con inocencia y se había disculpado, como si su dolor fuera culpa suya, y él se había olvidado de todas sus heridas. Lo había olvidado todo. No había podido hacer otra cosa que besarla. Había tenido que aceptar que aquello no era una opción, sino una necesidad imperiosa de poseerla. De tomarlo todo. De dárselo todo.

No entendía aquellos deseos, pero no le importaba. En cuanto sus lenguas se entrelazaron, su cuerpo se convirtió en una tormenta y aquella mujer, en su única ancla.

Y entonces, los demonios de su mente habían empezado a moverse frenéticamente, sin poder permanecer quietos. A ellos no les gustaba que se les acercara la muchacha, e intentaban esconderse de ella con desesperación. Amun sintió su agitación y su miedo, pero supo que no podían resistirse a la atracción que Haidee ejercía sobre ellos, aunque se resistieran.

Él no se había resistido. Se había entregado.

Y en aquel momento, luchaba por contener a los demonios, por mantenerlos en su lugar, mientras Haidee se retorcía entre sus manos y él sentía el frío de sus palmas en la piel. En pocos segundos, tuvo problemas incluso para eso. Ella era un placer verdadero y puro entre sus brazos. Un demonio que lo consumía y lo impulsaba.

En aquel momento, Amun se dio cuenta de que no le importaba que fuera una Cazadora, ni que hubiera matado a su mejor amigo. Aquello era… necesario. Ella tenía el sabor del Agua de la Vida, que sólo podía hallarse en los cielos. Y cuando le mordió los labios sin poder preocuparse ya de ser delicada con él, todos los pensamientos de Amun se desbarataron y se alinearon de nuevo hacia un objetivo: poseerla. Total, completamente.

Apartó los dedos de su trasero y deslizó la mano hacia delante. Braguitas. Algodón. Húmedo. Agradable.

«Mía», pensó él, y ya no se preocupó por las consecuencias. Lo haría después. Al día siguiente, tal vez. En aquel momento, estaba demasiado desesperado por sentir su parte más femenina, y apartó las braguitas. Ella estaba más que húmeda… estaba resbaladiza y preparada. Por los Dioses, ella lo deseaba…

Amun recorrió los pliegues de su cuerpo y halló su clítoris, y ella gimió y alzó las caderas.

«Esto es bueno. Te gusta», dijo él.

—Sí, por favor. Más.

Oír sus súplicas era como un clímax.

«¿Qué quieres? ¿Qué necesitas?».

—A ti. Sólo a ti.

Tenía los ojos cerrados, y movía la lengua por sus labios para encontrar su sabor. Oh, sí. Estaba tan perdida como él.

«¿Han sido las cosas así siempre entre nosotros?».

—Dios, no. Antes era terrible.

Entonces, él le dio otro beso para demostrarle su aprobación, y eso le sorprendió. Él no era tan posesivo como Strider, y nunca le había importado compartir a ninguna mujer. En realidad, llevaba cientos de años sin tener una amante. El hecho de saber siempre lo que estaban pensando, lo que realmente pensaban de él, lo que realmente querían de él… Todo aquello lo había cansado rápidamente. Así que se había concentrado en la guerra contra los Cazadores y en lo que mejor se le daba: en matar. Pero Haidee…

Quería ser el mejor para ella. El único. No quería que pensara que su Micah era mejor. No quería que pensara en ningún otro, salvo en él.

—Tú eres… esto es… increíble.

«Vas a sentirte muy feliz por haber dicho eso».

Amun descendió por su garganta, mordisqueándola, lamiendo y succionando. Hasta que llegó a su pezón. Allí, abandonó la ternura; mordió con cuidado la tela de su camisa y tiró del pezón hasta que lo convirtió en un botón dentro del calor fiero de su boca, mientras metía un dedo profundamente en su sexo.

Ella gimió, y Amun disfrutó de aquel sonido. Añadió un segundo dedo, y comenzó a moverlos hacia dentro y hacia fuera. Ella se retorció y pidió más.

Los demonios gritaban con histerismo, agarrándose al la cuerda que él había creado en su mente, intentando quedarse dentro de él, mientras ella le tiraba del pelo, como si estuviera tirando de ellos. Y, sin embargo, por muy agitados que estuvieran, no podían hacerse con el control de la mente de Amun.

Haidee sacudió la cabeza de un lado a otro.

–Estoy muy cerca… Un poco más… y yo… necesito… ¡Por favor!

Amun pensó que no podía dejar que las bestias se acercaran a ella. No querían, en realidad, pero seguían luchando. Él debería parar, dejar aquella locura, pero tenía que saborearla. Necesitaba probar su cuerpo. La vida no merecería la pena si no lo hacía.

Ella estaba jadeando y tenía pequeñas gotas de sudor en la frente, gotas que se habían convertido en cristales de hielo. Aquello era algo extraño. ¿Sudar hielo? Tenía la camisa enrollada hasta la altura del sujetador, y Amun pudo admirar la planicie de su estómago y el pequeño hueco de su ombligo. Maravillosa. ¿Había habido alguna vez una mujer tan maravillosa como ella?

Mientras le rasgaba las braguitas para quitárselas y despejaba el camino para su boca, le lamió el ombligo. Ella le presionó los costados con las rodillas, con tanta fuerza que si él hubiera sido humano, le habría roto las costillas.

Amun le besó el cuerpo hasta que llegó a la cremallera. Barrera. Él no podía permitir que hubiera ninguna barrera. Otro rasgón, y los pantalones quedaron abiertos, como las braguitas. Y entonces, pudo ver un pequeño triángulo de rizos pálidos y rubios, y el resto de ella, rosado y brillante. Suyo. Preparado.

Lamió, y pensó que nunca había probado nada tan bueno.

Ella gimió de nuevo, con la voz quebrada y ronca. Lo soltó y se agarró al cabecero, y arqueó la espalda. Sorprendentemente, los demonios se calmaron, aunque sólo un poco. La tensión que había sobre ellos se relajó y pudieron volver a esconderse.

El pomo de la puerta retumbó.

Amun se dio cuenta, vagamente, de que tal vez hubiera una intromisión, pero no se preocupó. Lamió de nuevo. El cielo y el infierno eran presa de la tentación, que lo conducía directamente a su perdición. Le creó una adicción. Lo consumió.

El pomo volvió a agitarse.

En aquella ocasión, Amun tuvo un pequeño pensamiento racional. Alguien quería entrar. ¿Un amigo? ¿Un enemigo? No importaba. Tendría que esperar para terminar de saborearla.

El intruso lo pagaría caro.

Haidee debió de sentir su agitación, porque abrió los ojos y dijo:

—¿Qué ocurr…?

Entonces se quedó sin palabras, boquiabierta, y jadeó de espanto.

—Tus ojos. Los tienes completamente rojos. Brillan.

Lo que ella no dijo: «Eres un demonio». Haidee sabía que cabía la posibilidad de que lo fuera, se llamara como se llamara, y había dicho que lo protegería de los Cazadores. Sin embargo, aquélla debía de ser la confirmación definitiva para ella.

No hubo tiempo para tranquilizarla.

«Viene alguien».

Tomó uno de los fragmentos de cristal de la mesilla de noche y se giró. Haidee se puso en pie; también había tomado el cristal que había guardado bajo la almohada. Intentó colocarse la ropa rasgada cuando el pomo volvió a sacudirse.

Un instante después, la persona que estaba al otro lado de la puerta actuó con más contundencia. Hizo saltar la puerta de las bisagras de una patada salvaje, y el tocador salió despedido hacia el centro de la habitación.

Strider entró en el dormitorio con cara de furia, con un cuchillo en cada mano. Todos los demonios que había en la cabeza de Amun saltaron de nuevo, pero de euforia. Olvidaron a Haidee, y se acercaron a la superficie. Tormento... Castigo... Dolor... Sangre... Sufrimiento... Necesitaban todo aquello.

Y hubo algo más, algo nuevo para él. La necesidad de proteger. Tenía que proteger a aquella chica. Tenía su sabor en la boca y necesitaba más. Si ella moría, no podría tener más.

Aquello estaba mal, pero no podía quitárselo de la cabeza. El instinto le ordenaba que la protegiera.

«¡Márchate!», gritó mentalmente, pero Strider no lo oyó. O no le importó.

Al verlos a Haidee y a él en la cama, con los cuerpos todavía entrelazados, pestañeó y se quedó boquiabierto. Y, si Amun no se equivocaba, la furia se reflejó en su rostro.

«La protegeré», dijo Amun, mirando a su amigo con expresión de advertencia.

–¡Maldita! –le rugió Strider a Haidee–. ¿Qué le has hecho?

Capítulo 6

Haidee se puso en pie con las piernas temblorosas, de un salto, jadeando. Tal y como había predicho, el fragmento de cristal ya le había rasgado la piel de la mano. Le caían gotas de sangre de la mano, pero apenas notaba el dolor.

Sin el apoyo de su cuerpo, Micah cayó de cara al colchón y gruñó, pero ella no le prestó atención. No podía. Tenía que concentrarse en sacarlo de allí con vida.

Aquel enfrentamiento no podía haber ocurrido en peor momento. El deseo seguía recorriéndole las venas como una lava espesa; ralentizaba sus reacciones y hacía que sus miembros pesaran como piedras.

Sólo podía culpar de ello a Micah. Sus besos habían conseguido que lo olvidara todo y a todos. Había perdido el sentido común y el instinto de supervivencia, cosa que nunca le había sucedido hasta aquel momento. Sólo podía pensar en él, en sus caricias, en su sabor. Dios, podría desmayarse con sólo pensar en las caricias de su lengua. En segundos la había reducido al estado animal, donde sólo importaban las sensaciones.

«Ahora no es el mejor momento, ¿no te acuerdas?». La puerta estaba abierta y le ofrecía una salida al pasillo. O Micah, o ella, podrían salir corriendo, pero no los dos a la vez. Uno tenía que enfrentarse al demonio.

Con suerte, Micah entendería lo que ella quería que hiciera.

—No ha sido muy inteligente el hecho de venir aquí solo —le dijo al Señor para provocar en él una respuesta emocional. Durante su viaje, había aprendido que su ira era muy rápida, y aquella ira facilitaba el hecho de distraerlo—. ¿Estás dispuesto a morir?

Por una vez, él no reaccionó. Miró a Micah, y después a ella. Despedía una mezcla de rabia, de preocupación y de incredulidad.

Micah no se movió.

¿Por qué no se movía? Demonios. Si él se moviera, ella podría atacar. Derrota tendría que luchar contra ella. Micah estaba demasiado débil como para enzarzarse en una batalla.

Abrió la boca para desafiar a Derrota, pero la cerró de golpe. Durante el tiempo que habían pasado juntos, ella lo había retado unas cuantas veces. «Estoy segura de que no podrías atraparme si me dejas escapar». Él la había soltado. Y después la había atrapado, con un gran enfado. «Estoy segura de que no puedes quedarte en pie mientras te apuñalo». Él había permitido que lo apuñalara, pero después, en vez de desmayarse a causa de la pérdida de sangre, tal y como ella esperaba, le había devuelto el favor. Le había pegado una cuchillada en un muslo para evitar que ella escapara mientras él se recuperaba.

Después le había cosido la herida, y Haidee se había quedado asombrada. Sin embargo, su determinación para ganar todos los retos que pudieran hacerle le daba fuerzas, lo fortalecía más de lo normal, y ella no podía permitirse el lujo de que tuviera más poder en aquel momento. Así pues, no lo desafió.

—¿Qué demonios le has hecho? —le preguntó Derrota de nuevo, en un tono letal.

—¿Que qué le he hecho yo? —preguntó ella, mientras

adoptaba una posición de ataque–. ¡Deberías decirme qué le habéis hecho vosotros!

–Si le has hecho daño… –dijo él en tono de amenaza, y, por fin, se puso en movimiento.

¿Que ella le había hecho daño? ¡Qué gracioso!

–Esto va a ser divertido. Estaba deseando darte lo que te mereces.

Un paso, dos, Haidee se movió hacia él con intención de golpearlo.

«¡No!».

En un repentino borrón de movimiento, Micah se levantó de la cama y pasó a su lado como un rayo, embistiendo al Señor de la Derrota con tanta fuerza que ambos cayeron al suelo. Se oyeron gruñidos y rugidos. Hubo golpes y puñetazos, y los dos rodaron mientras luchaban ferozmente.

Ella nunca había visto a Micah luchar de una manera tan sucia. Intentaba dañarle los ojos, la garganta y la entrepierna, mordía y rasgaba la carne, lanzaba ganchos con los puños cerrados. Sin embargo, Derrota se limitaba a esquivar los golpes de su contrincante. No intentó hacerle daño. ¿Por qué? Tampoco había visto nunca que un Señor del Inframundo se inhibiera en una pelea. Y aquél, Derrota… menos. Había algo raro en todo aquello.

–¿Qué demonios pasa? –preguntó entonces el demonio, entre puñetazos–. Para. Basta, Amun. Tienes que parar.

¿Amun?

Había oído aquel nombre más veces, y sabía que era el de uno de los Señores, pero no podía visualizar su cara. Y sabía el motivo por el que no podía hacerlo. Había un guerrero inmortal a quien los Cazadores no habían podido fotografiar ni dibujar nunca. Lo habían intentado muchas veces, pero las fotografías siempre salían borrosas del revelado, y los dibujantes nunca habían conseguido trazar más que garabatos en la hoja.

Amun también era el Señor al que la mayoría de la gente olvidaba en cuanto se alejaba de él. Era el inmortal a quien los Cazadores conocían menos. Tal vez fuera porque Amun estaba poseído por el demonio de los Secretos.

Lo único que sabían sobre él era que tenía el pelo y los ojos oscuros, y que era alto y musculoso. Y aquello lo habían averiguado después de siglos de observación.

¿Acaso había muerto aquel Amun y su demonio había poseído a Micah? ¿Llevaba Micah a Secretos en su interior? ¿Por eso los Señores habían elegido a Micah? Micah estaba poseído. Ella ya no tenía ninguna duda al respecto. Los ojos rojos que la habían mirado llenos de hambre, de deseo, de rabia… Haidee se estremeció, y después frunció el ceño.

Aquél era otro pecado que se sumaba a los muchos que ya habían cometido los Señores, era otra razón para odiarlos.

¿Habían elegido a alguien con el mismo físico que su amigo Amun? Seguramente. Seguramente se habían divertido mucho usando a un Cazador para alojar a uno de sus repugnantes demonios.

«No pienses en eso tampoco. Concéntrate en la situación».

Haidee agitó la cabeza para aclararse la mente, y vio que los dos hombres estaban en pie en aquel momento, dándose puñetazos y golpeándose contra las paredes con tal fuerza que el polvo y la escayola saltaban por todas partes. Sus movimientos eran brutales, como los de unos animales salvajes que lucharan por el último bocado de comida de la selva. Había pequeños charcos de sangre por el suelo.

«Sangre, un río entre su padre y su madre. Los dos indefensos… muertos».

De nuevo, Haidee tuvo que agitar la cabeza para apartar aquel recuerdo.

–¿Amun? –rugió Derrota–. ¡Por el amor de Dios, soy tu amigo! ¿Qué demonios estás haciendo?

Al instante, Haidee leyó el pensamiento de Micah: «Tengo que matar. Tengo que proteger».

Aquellas palabras eran torpes, con un volumen más bajo que las anteriores, y ella se dio cuenta de que él se estaba debilitando. Tenía abiertas las heridas y sangraba mucho.

–Es una Cazadora –le dijo Derrota con indignación–. ¡Y es mi prisionera!

«¡Mía!», rugió él, y Haidee lo oyó en su cabeza. «Tuya no. Nunca. Es mía y la protegeré».

¿Podría oírlo Derrota? No, seguramente no. De lo contrario, habría salido corriendo de la habitación para salvar la vida. Micah hablaba en un tono venenoso.

Sin embargo, en aquel momento los pensamientos de Micah cambiaron de dirección.

«Tengo que parar esto. ¿Por qué lo estoy haciendo? Yo quiero a este hombre». Era confuso, desconcertante. De nuevo, sus pensamientos cambiaron.

«Tengo que matar. Tengo que proteger».

Micah rugió, y el sonido reverberó por la mente de Haidee. Él le dio una patada a Derrota y lo envió hacia el tocador, que se hizo astillas. En los ojos de Derrota apareció un brillo rojo y en su cara apareció una máscara retorcida de huesos y escamas.

Se estaba convirtiendo en un demonio, pensó ella. Pasaba de inmortal a demonio.

–Ganar –gruñó. Sin embargo, había otra voz fundida con la suya. Era una voz gutural que tenía tono de decisión.

Y Haidee conocía aquel tono. Derrota ya no iba a contenerse, a controlar sus puñetazos ni a evitar dañar a Micah. A partir de aquel momento iba a luchar por la victoria.

Entonces, Derrota avanzó hacia Micah con los puños

apretados y le dio una serie de puñetazos sin fallar ni uno solo. Micah se debilitó más. Se tambaleó mientras Derrota lo golpeaba con saña.

El hecho de que Micah hubiera resistido tanto era increíble, era una demostración de su propia determinación, pero estaba claro que no iba a poder aguantar más. Ella se dio cuenta de que tenía que actuar aunque se arriesgara a hacerle daño a Micah. Se preparó para saltar cuando llegara el momento más ventajoso, pero justo entonces, Derrota le dio un puñetazo especialmente horrible a Micah, que comenzó a tambalearse.

Haidee decidió actuar en aquel mismo instante. Saltó hacia delante, agarró a Micah por la cintura y lo empujó con todas sus fuerzas. «Lo siento, cariño», pensó. Mientras él caía de rodillas, lejos de la pelea, ella aprovechó el impulso para girar y lanzarse hacia Derrota. Le dio un puñetazo entre las ingles. Él se dobló hacia delante mientras exhalaba todo el oxígeno de los pulmones por entre los labios ensangrentados. Haidee llevaba uno de los fragmentos de espejo en la otra mano y le lanzó una cuchillada al estómago. Sin piedad.

Mientras se incorporaba, le dio un puñetazo en la barbilla con todas sus fuerzas. Su cabeza dio un tirón hacia atrás y la violencia del movimiento le hizo gruñir mientras escupía sangre y dientes. Ella apuntó con el pedazo de espejo a su garganta, pero sólo consiguió rajarle el hombro, porque él se giró.

La miró con los ojos entrecerrados. Podía haberla golpeado en aquel preciso instante, pero no lo hizo.

De repente, unas manos firmes la agarraron de la cintura, por la espalda, y la arrojaron por el aire. Se le escapó el cristal de la mano, y mientras aterrizaba sobre la cama, entendió lo que había ocurrido. Micah la había apartado del peligro. Era muy dulce por su parte, pero eso no iba a detenerla. Él ya había hecho su parte, y ahora era su turno.

Antes de terminar de botar en el colchón, lanzó las piernas hacia un lado de la cama y se levantó de un salto. Quería acercarse a Micah con intención de apartarlo de la pelea de un golpe, pero vio que él había conseguido embestir nuevamente a Derrota y estaba sentado a horcajadas sobre el cuerpo del demonio, golpeándolo sin parar...

Derrota gruñía y balbuceaba.

—Perder.... Perder.... No, por los dioses... Perder no...

Durante un momento, Haidee no pudo hacer otra cosa que mirar con los ojos abiertos como platos. Micah lo había conseguido. Pese a sus heridas había ganado una pelea contra un inmortal.

Haidee reaccionó y se acercó rápidamente hacia Micah y lo agarró del codo. Él podría haberla apartado de un golpe, pero no lo hizo. La miró. Y ella vio que sus ojos rojos estaban llenos de tormento.

«No quería hacerle daño... No podía parar... No podía permitir que te hiriera... ¿Por qué no he podido permitir que te hiriera?».

Aquellas palabras resonaron por la mente de Haidee. ¿Eran por cortesía del demonio? ¿Acaso el demonio estaba intentando convencer a Micah de que quería a los Señores? Haidee pensó que no tenía importancia. Más tarde se enfrentarían a eso, y a todo lo demás.

—Vamos. No podemos liberar a este demonio ahora mismo —le dijo, y tiró de él para que se pusiera en pie—. Tenemos que marcharnos antes de que lleguen los demás.

Lo llevó hacia la puerta, pero tuvo que detenerse allí y pasarle un brazo por la cintura, puesto que él se tambaleaba y apenas era capaz de mantener el equilibrio.

—Puedes hacerlo, cariño. Vamos.

«¿Adónde... vamos?».

—Si tenemos suerte, no habrá nadie por el pasillo y encontraremos alguna salida —dijo ella. El esfuerzo de sostenerlo hizo que sudara hielo. Él estaba sangrando profusamente, y cada vez apoyaba más su peso en ella.

Finalmente, no tuvieron suerte. Al dar dos pasos a la derecha, Haidee se dio cuenta de que estaban rodeados. No de demonios, tal y como ella había temido, sino de guerreros vestidos con túnicas y con alas blancas y doradas. Tenían el ceño fruncido, pero de todos modos sus rostros eran magníficos, gloriosos, radiantes. Eran tan bellos y majestuosos que Haidee se quedó anonadada. No podía apartar los ojos de ellos. Por mucho que lo intentara, no conseguía apartar la mirada. Exquisitos...

Eran ángeles. Aquellos hombres eran ángeles.

Tal vez Micah y ella sí tuvieran suerte. Tal vez Galen les hubiera enviado refuerzos para rescatarlos.

—Ayudadnos —les rogó—. Los demonios nos han capturado, y estamos intentando escapar.

Uno de los ángeles dio un paso hacia delante.

—Nos han dicho que esperáramos aquí fuera —dijo, con una voz tan atrayente como su rostro—. Y lo hemos hecho. Nos dijeron que no nos entrometiéramos en lo que pasara dentro de la habitación, y no lo hemos hecho. Pero ahora, eres tú la que has venido a nosotros. Vamos a interferir.

Ella lo entendió todo al instante. Aquellos ángeles no habían sido enviados por Galen. Estaban ayudando a los demonios. Sintió terror mientras le arrancaban a Micah de los brazos. Ella ni siquiera había visto moverse a los ángeles, porque estaba demasiado embelesada con el que tenía delante, pero al perder a su hombre, salió del estupor.

Gritó de indignación y pateó al ángel en el pecho. Él se tambaleó hacia atrás. Entonces ella giró y se lanzó hacia Micah. Su voz debió de despertarlo, porque él abrió los ojos hinchados entre los dos ángeles que se lo llevaban por el pasillo.

Al ver la distancia que lo separaba de ella, rugió. Aunque su grito fue alto y prolongado, parecía que lo había oído sólo ella. Nadie le prestó atención, ni nadie más se encogió. Mientras Haidee avanzaba hacia él abriéndose paso a codazos, los ángeles intentaron atraparla, pero ella se retorció para zafarse.

Durante todos aquellos momentos, Micah luchó contra sus captores, y en poco tiempo no eran suficientes los dos ángeles que lo custodiaban. Todos los demás tuvieron que concentrarse en el guerrero, y todos, salvo uno, fueron a reducirlo.

«¡Haidee! ¡Haidee!».

Antes de que ella pudiera llegar a su lado, el ángel que se había quedado atrás la atrapó y la rodeó con los brazos, tan fuertemente que ella dejó de respirar. Sin embargo, sus forcejeos continuaron.

Micah tampoco se detuvo. Ella lo vio luchar mientras la alejaban de él.

—¡Volveré a buscarte! —gritó—. ¡Te juro que volveré por ti!

Capítulo 7

Strider sentía dolor.

Le dolía todo, pero en especial, el estómago. Ex lo había abierto de cadera a cadera, desde la espina dorsal al ombligo, de una cuchillada. Los ángeles habían tenido que meterle las tripas de nuevo en el cuerpo, y lo habían cosido. Incluso lo habían cuidado durante tres días enteros, mientras él estaba sumido en un estado febril, con el cuerpo empapado en sudor.

Se habría recuperado antes de no ser porque había perdido la pelea contra Amun y Ex. Eso había multiplicado su dolor por mil, y además, le había resultado muy humillante.

Por fin había recuperado el conocimiento, y aunque todavía estaba postrado en la cama, estaba despierto. Su demonio estaba silencioso. Tenía demasiado miedo como para asomar la cabeza por los recovecos de la mente de Strider, y perder otro desafío, hasta que los dos se hubieran recuperado lo suficiente.

Torin estaba sentado en una butaca en un rincón, y Zacharel, el ángel moreno a quien Lysander había dejado de encargado, estaba apoyado contra uno de los postes metálicos de su cama. Ambos lo estaban observando con impaciencia.

¿Acaso no iban a dejarlo sufrir tranquilamente?

—¿Qué ocurrió? —le preguntó Zacharel sin rodeos.

A Strider, su voz le resultaba tan hipnótica como repugnante. El trasfondo era musical, casi delicioso, pero la voz era distante y glacial. Como sus ojos verdes, que no mostraban ninguna emoción. No había nada dentro de ellos, ni bueno ni malo. Sólo había un abismo de vacío.

—Demonio —dijo el ángel—. Concéntrate. ¿Qué ocurrió? —le preguntó de nuevo Zacharel, sin variar en lo más mínimo el tono de voz. Sin emociones.

—Por el amor de Dios, Strider —intervino Torin—. Habla. Y de paso, deja de mirar al ángel como si fuera un bocado delicioso —dijo. Algo más emocional.

Strider se ruborizó. No iba a responder al comentario del «bocado delicioso» porque estaba demasiado aturdido como para dar una contestación adecuada. Además, Zacharel no había reaccionado de ninguna manera.

—Fui a la habitación de la chica. No estaba allí, pero vi que había arrancado el papel de la pared y había descubierto una puerta que comunicaba con el dormitorio de Amun. La había bloqueado por el otro lado. Así que fui a la puerta de la habitación de Amun, pero también la había bloqueado. Ésa la abrí a patadas.

Había pensado que iba a encontrarse a Amun decapitado. Y al pensarlo, su rabia y su desesperación habían sido inmensas. Y, sin embargo, no tan grandes como los celos que había experimentado al descubrir la realidad. Unos celos que lo avergonzaban. En primer lugar, él no podía sentirse atraído por Ex. En segundo lugar, Amun era su amigo. Debería haberlo protegido de aquella seductora asesina.

—¿Y? —le urgió Torin.

—Y Amun estaba despierto, lúcido. Sorprendentemente, los fantasmas negros se habían ido.

No mencionó que Amun estaba sobre Ex, con la mano metida en sus pantalones y con el rostro iluminado de placer.

Ella también tenía el rostro iluminado de placer. Mucho placer.

No se había resistido al guerrero. Lo animaba y le pedía más. A Strider le había parecido un truco; seguramente, su plan era crearle a Amun una sensación falsa de seguridad y conseguir que se confiara, y después, golpear.

Sin embargo, cuando Strider se había acercado a ella con intención de impedirle que le hiciera daño a su amigo, Amun lo había atacado. Y cuando Strider había intentado defenderse, Ex lo había atacado también. Para ayudar a Amun.

En aquel momento, Strider no lo había entendido, porque estaba demasiado ocupado intentando no morir, pero ahora pensaba que ya lo había comprendido: Ex quería marcharse con Amun. Eso significaba que quería llevárselo a los Cazadores para que ellos pudieran matarlo.

No obstante, eso no explicaba el motivo por el que Amun la había defendido, ni por qué la había acariciado de una manera tan íntima.

Strider conocía a su amigo desde hacía mucho tiempo. Habían luchado juntos, habían salido juntos de fiesta. Y, con lo de que habían salido juntos de fiesta, Strider quería decir que Amun había estado con él mientras él estaba de juerga, guardándole la espalda. Amun no iba por ahí acostándose con nadie, y normalmente era el más reservado de todos los guerreros. Algunas veces era muy aburrido, pero aburrido de una manera buena. Uno sabía que podía confiar en él para todo. Era sólido como una roca, y siempre era un buen apoyo.

No era proclive a los estallidos de furia, y era el tipo más equilibrado que él conociera. Preferiría recibir él mismo un disparo que ver cómo se lo pegaban a cualquiera de sus amigos. Y, sin embargo, para proteger a una maldita asesina, Amun había intentado aplastarle la cabeza.

Amun no debía de haberla reconocido. Habían pasado

demasiados siglos, y ella ya no parecía una doncella inocente que necesitaba la ayuda de un guerrero. El hecho de que hubiera conseguido recuperar la cabeza también podía ser un impedimento para que sus amigos se dieran cuenta de quién era.

En parte, Strider se alegraba de que no la hubieran reconocido. Su parte estúpida no quería que aquella mujer sufriera ningún daño.

«Habías pensado en entregársela a Sabin para que la interrogara, ¿no lo recuerdas?».

Sí. Y tal vez debería haberlo hecho. O no.

Strider ni siquiera le había dicho a Torin, todavía, cuál era la verdadera identidad de la mujer, y no sabía por qué. Sólo le había dicho que era una Cazadora.

Y, bueno, quizá aquélla fuera una decisión medianamente decente. Tal vez los esfuerzos que había hecho Ex por Amun fueran sinceros. El día que Strider la había atrapado, había visto de lejos a su novio, y había notado que el Cazador y Amun se parecían mucho. Y seguramente, pese a que Amun tenía el rostro hinchado y desfigurado, ella había pensado que los dos hombres eran la misma persona. En ese caso, ella no estaría llevándose a Amun para que los Cazadores lo torturaran, sino para salvarlo.

¿Se habría dado cuenta ya de cuál era la realidad, al oír que él llamaba Amun a su amigo? ¿O estaba demasiado concentrada en la lucha?

—¡Por el amor de Dios! —exclamó Torin, y lo sacó de su ensimismamiento—. ¿Qué te pasa, Strider?

Él miró a su amigo con el ceño fruncido.

—Me estoy recuperando. ¿Es que no ves que tengo un agujero en el estómago?

—Estás bien. Antes estabas diciendo que Amun te había mirado a los ojos durante vuestra pelea, y que tú no habías sentido impulsos de maldad. ¿Es así? —le preguntó Zacharel.

–Exactamente.

Torin se pasó una mano enguantada por la cara.

–Bueno, pues esas sombras han vuelto. Volvieron ese mismo día, en cuanto los ángeles acostaron de nuevo a Amun. Y ahora está peor. Empeora a cada minuto que pasa. Siempre está gimiendo silenciosamente, y tiene muchas convulsiones.

–¿Y dices que estaba bien cuando entraste a su habitación? –insistió Zacharel.

–Sí.

–¿Con la chica?

–Sí, maldita sea. Con la chica.

Zacharel no reaccionó ante la respuesta destemplada de Strider, por supuesto.

–Mientras tú no estabas en la fortaleza, intentamos llevar a cabo un exorcismo, y lo quemamos para llevarlo tan cerca de la muerte como fuera posible, con la esperanza de que los espíritus se liberaran y se marcharan. Pero no lo hicieron. Incluso intentamos una limpieza de nube, una...

–¿Una qué?

–No preguntes –le dijo Torin.

–Pero –continuó Zacharel–, con ninguno de esos métodos conseguimos nada. Sin embargo, si tú lo viste y no percibiste en él ningún impulso malvado, es que la chica consiguió lo imposible. Sometió a sus demonios. Eso significa que ella es la solución.

–¿La solución? ¿La solución para qué?

–Es la solución a los problemas de Amun, la llave para que él recupere su cordura. La necesita. Amun debe estar con ella.

Tanto Strider como Torin se quedaron boquiabiertos.

–Pero si es una Cazadora –dijo Torin con incredulidad.

–Eso no les importó ni a los demonios ni a Amun –replicó Zacharel–. ¿Por qué no os alegráis? Ahora, vuestro amigo tiene una posibilidad de sobrevivir.

Una posibilidad. Eran unas palabras funestas, cuando deberían ser de esperanza.

El día en que Strider había entrado en la habitación de Amun, los ángeles estaban hablando sobre si debían matar, finalmente, al guerrero enloquecido. Ya les habían concedido a los Señores tiempo suficiente como para curarlo, y los Señores no lo habían conseguido. Los fantasmas habían comenzado a salir hasta el pasillo, intentando escapar de los ángeles y salir de la fortaleza. Entrar en el mundo.

Strider no lo permitiría. Tampoco iba a permitir que le hicieran daño a Amun. Pero realmente, no podía permitir que Ex se acercara a él.

—El día que llegué, dijiste que la chica estaba infectada. ¿A qué te referías?

—No tengo permiso para compartir esos detalles —dijo el ángel.

—¿Y quién tiene que darte permiso?

—Lysander.

Claro. El jefe.

—Bueno, ¿y dónde está?

—Con su Bianka. Estaban discutiendo, y él le concedió la posesión de su nube. Nadie puede molestarlos bajo ningún concepto. Hay rótulos de neón alrededor de su palacio que lo advierten con claridad.

Strider no entendía nada de aquello. ¿Un palacio de nube? ¿Y por qué importaba que Bianka estuviera en posesión de esa nube? No había nadie más fuerte ni más grande que Lysander, salvo él mismo. Y, a menos que Bianka se comportara como una Arpía de verdad con Lysander, cosa que no era posible, porque las Harpías eran físicamente incapaces de hacerles daño a sus consortes, aquella mujer menuda no podría vencer al ángel.

A menos que Lysander quisiera dejarse vencer, claro. Strider entendió lo que había querido decir Zacharel. Aquellos dos estaban celebrando un maratón sexual, y Lysander le había dado el control a Bianka. Tal vez no lo vieran durante varios años. Cuando la Arpía había estado de visita en la fortaleza, él había aprendido una cosa sobre ella: que disfrutaba del poder, y que no lo cedía con facilidad.

Lysander era un tipo con suerte.

Seguramente, él también habría podido disfrutar de una Arpía, puesto que Bianka tenía dos hermanas solteras, Taliyah y Kaia. Taliyah era la princesa de hielo, y aparentemente, tenía tan pocas emociones como Zacharel. A él no le había interesado realmente. Sin embargo, Kaia era de fuego, y sí le había interesado. Le había interesado mucho hasta que ella se había acostado con Paris, el guardián de la Promiscuidad. Entonces, él había decidido que no merecía la pena preocuparse más por ella. ¿Quién iba a poder competir con el dios del sexo?

Para ser sinceros, estaba harto de tener que competir todo el tiempo en el dormitorio. Estaba harto de tener que ser el mejor amante que nunca hubiera tenido su compañera. Estaba cansado. No había nada de malo en querer tumbarse y dejar que la mujer hiciera todo el trabajo, por una vez.

–Ha vuelto a quedarse distraído –murmuró Torin.

–No, no es verdad –respondió Strider. Después se dirigió al ángel–: Necesito que me digas una cosa. Si la chica está infectada con eso tan misterioso que no puedes contarme, ¿no habría ningún riesgo de que contagiara a Amun también, e hiciera que su estado empeorara?

Pasó un momento de silencio mientras el ángel reflexionaba sobre aquella pregunta.

–No –respondió.

Bien, entonces Strider olvidaría aquella infección por el momento.

–Entonces, ¿qué vamos a hacer con Amun y la chica? –preguntó Torin.

–Probaremos nuestra teoría –respondió Zacharel–. Llevaremos a la chica a la habitación de Amun.

–Maldita sea, ¡no! –gruñó Strider–. Está indefenso, y ella le va a hacer daño.

–Antes no lo hizo.

–Eso no significa que no vaya a hacerlo.

–Si las cosas continúan así, yo mismo lo mataré –dijo Zacharel–. Tú eliges. Yo quedaré conforme de cualquiera de las dos maneras.

En realidad, no le estaba dando la oportunidad de elegir nada, el muy imbécil, pensó Strider.

–Tendré que ir a la habitación de Amun y quitar… Todo salvo la cama –dijo. Cualquier cosa podía utilizarse como arma–. Y habrá que poner barrotes de hierro en la ventana.

Los Cazadores eran muy astutos y hábiles. Sólo había que pensar en lo que había hecho Ex con un pedazo de cristal.

Sintió una punzada de dolor en el estómago, como recordatorio. La cicatriz le tiró con fuerza.

–Y tal vez deberíamos romperle las manos a la chica, también –sugirió Torin. Al oírlo, Strider se quedó asombrado. Normalmente, su amigo era la voz de la razón–. No quiero que le parta el cuello, ni que le saque los ojos mientras está indefenso.

Zacharel se encogió de hombros.

–Antes no lo hizo.

–Eso no significa que no vaya a hacerlo –dijo Torin, imitando la voz de Strider.

–Eso fue cuando pensaba que podía escaparse con él –dijo Strider. No sabía por qué la defendía en aquel momento; en el fondo, muy en el fondo, no le gustaba la idea de que le hicieran daño. Claramente, cada día perdía más coeficiente intelectual–. En esta ocasión, sabe que no tiene ninguna posibilidad de escapar y que está indefensa, y que tiene que llevarse bien con nosotros.

–Además –dijo Zacharel–, Amun luchó por llegar a ella, y fue necesario que todos mis guerreros se acercaran a inmovilizarlo. Si le hacéis daño, creo que pondrá objeciones. Y si pone objeciones, creo que resultarían heridos muchos habitantes de la fortaleza. Pero de nuevo, os dejo a vosotros la elección.

Qué magnánimo, pensó Strider. Sin embargo, ante sus argumentos, Torin no dijo nada más.

–Si decidimos que queremos hacerlo, ¿serías tú quien le rompería las manos? –preguntó Strider.

–Por supuesto –respondió Zacharel.

Strider lo miró con desconcierto. Aquélla no era la respuesta que se esperaba. Por lo menos, el ángel debería haber vacilado un poco.

–Pero si tú eres un ángel. ¿No se supone que sois los defensores de la humanidad, o algo así?

–Ella no es exactamente humana.

–Entonces, ¿qué es?

–No tengo permiso para decírtelo.

Strider tuvo que hacer un esfuerzo para no gruñir. Cuando por fin, Lysander saliera de su nube, ellos dos iban a tener una larga conversación. Y sospechaba que iban a usar dagas con cada una de las palabras.

–No le haremos daño –dijo finalmente–. Y voy a poner unas cuantas condiciones. Yo seré el que la acompañará hasta Amun –en cuanto pudiera caminar. No quería que nadie más le pusiera las manos encima. Ella era… no era suya–. Además, quiero que se coloque una cámara en la habitación. Así podremos vigilar todo el tiempo lo que ocurre en el interior.

Torin asintió con una expresión de satisfacción y de culpabilidad a la vez.

–Las tendré colocadas y grabando dentro de una hora.

Había cámaras colocadas estratégicamente por toda la fortaleza, por si acaso los Cazadores conseguían traspasar las barreras y entrar por la puerta del castillo. Sin embargo, no había ninguna cámara en las habitaciones. Eso lo habían acordado entre todos. Si el enemigo conseguía superar todos los obstáculos y entrar en una de las habitaciones, los Señores merecían morir. La privacidad era muy importante.

Si Amun recuperaba el conocimiento por completo, iba a enfadarse mucho al enterarse de lo de las cámaras. Sin embargo, era mejor soportar su furia que dejar que lo asesinaran.

Zacharel se irguió.

—Voy a informar a mis hombres de lo que va a ocurrir —dijo. Después, se marchó.

Torin y Strider se quedaron a solas, y Strider se dio cuenta de que sus músculos se relajaban. Se había sentido muy tenso en presencia del ángel. Paseó la mirada por su habitación para que la familiaridad del entorno lo calmara todavía más.

—¿Dónde están los demás? —preguntó después de unos instantes—. El otro día me dijiste que andan por ahí, pero no me dijiste dónde, ni por qué. He estado pensando bien en todo esto, y me he dado cuenta de que ya no tenemos por qué guardar los artefactos en la fortaleza. Los Cazadores no están pululando a nuestro alrededor como antes; parece que se han desvanecido, y Cronos dice que no nos preocupemos. Sí, hablé con él porque apareció el otro día sin motivo aparente. Así que yo no estoy preocupado. Eso significa que tú tampoco. Y eso significa que los chicos están por ahí a causa de algún motivo. ¿Cuál es?

Torin suspiró.

—Es muy peligroso permanecer aquí con la fortaleza llena de ángeles, que como sabes son asesinos de demonios, y con Amun en el lado oscuro. Los únicos que permanecen aquí son Aeron, Olivia, Legion, William y Gilly. Y no porque yo necesite ayuda, sino porque están demasiado débiles como para marcharse. Y, bueno, Aeron se culpa de lo que le ha ocurrido a Amun y se niega a dejarlo. Aunque no puede decirse que tú les hayas ido a ver desde que has vuelto.

—Gracias por echarme al pozo de la vergüenza. ¿Qué tal están?

—Todavía se están recuperando de la Semana del Infierno, y las chicas los están cuidando. Bueno, salvo Legion. Ella no quiere levantarse de la cama.

Aeron debía de estar muy preocupado por ella también. Strider debería haber ido a verlo. Debería haber ido a verlos a todos. «Soy un egoísta».

—Los demás están dispersos —dijo Torin—, y yo ya no conozco su localización. Les pedí que no me la dijeran más, que sólo se pusieran en contacto conmigo una vez al día para que yo supiera que siguen con vida.

—¿Y por qué no quieres saber dónde están?

—Con una Cazadora en el castillo, cuanto menos sepa de ellos, mejor.

Cierto.

—Bueno, ¿y alguna noticia más? ¿Algún cotilleo?

—Si quieres noticias, has venido al lugar perfecto, amigo mío. Ashlyn está embarazada.

Strider puso los ojos en blanco de resignación.

—Ya lo sé, bobo.

—Sí, pero, ¿sabías que está embarazada de mellizos?

—¿De verdad?

—Sí, de verdad. Un niño y una niña. Fuego y hielo, según Olivia.

Olivia, el ángel. Ella no era como los asesinos que estaban en aquel momento en la fortaleza, sino una portadora de alegría. De hecho, era la portadora de alegría de Aeron, y la chica hacía muy bien su trabajo. Aquel tipo sombrío nunca había sonreído tanto. Era algo raro.

—¿Te imaginas a dos pequeños demonios corriendo por aquí?

—No.

Strider nunca había estado con niños, y ni siquiera sabría cómo tomar a uno en brazos. Ni qué decirle. Ni qué hacer cuando vomitara sobre su espada favorita. Pero le hacía mucha gracia imaginarse a sus amigos enfrentándose a todo aquello.

—Bueno, hay más. Gideon se ha casado con Scarlet, la guardiana de las Pesadillas.

—Estás de broma.

¿Gideon, casado? Scarlet era guapísima, sí, y tenía carácter. Y era poderosa, además. Y Gideon se había obsesionado con ella cuando estaban encerrados en el calabozo. Pero, ¿casarse?

Parecía que todo el mundo había perdido coeficiente intelectual en aquella fortaleza.

—¿No te parece raro que dos demonios hayan conseguido conectar? —le preguntó Torin.

Strider lo miró con asombro.

—No puedo creer que tú, precisamente, digas eso.

—¿Por qué?

—Una sola palabra: Cameo. Y tú. Bueno, eso son tres palabras.

Torin le enseñó los dientes.

—Bueno, estábamos hablando de Gideon y Scarlet. ¿Sabes que ella ha resultado ser hija de Rhea? Su única hija.

¿Cómo? ¿Rhea? ¿Y él no lo sabía? Debía de haber estado más centrado en sí mismo de lo que creía. Rhea era la reina de los dioses, la esposa de Cronos, aunque estaban separados, y la bruja que ayudaba a Galen, el guardián del demonio de la Esperanza y líder de los Cazadores.

—¿Y cómo se tomó Gideon la noticia?

—Bueno, intentó matar a su suegra.

—Qué bonito. Pero, dejando a un lado esos gestos románticos, creo que nuestros chicos deberían empezar a elegir a su media naranja con más cuidado. Gwen es la hija única de Galen, y Scarlet, de Rhea. ¿Y qué más? ¿Una Cazadora? ¿Alguien que participó en el asesinato de Baden?

—Bueno, tengo algo más que contarte —dijo Torin—. William es hermano de Lucifer.

—Vamos. Eso no es verdad.

—¿No te lo ha contado nadie? William es familia de Lucifer. Y Lucifer es el demonio, por si no lo sabías.

—No puedo creerlo.

Torin sonrió.

—Sé que es raro, pero si lo piensas bien, encaja.

—¿Cómo es posible?

—No lo sé. William no ha soltado ni una palabra. Ni que decir tiene que las cosas han estado muy movidas por aquí. Bueno, ahora te toca a ti. Has vuelto y estás más o menos recuperado. Dime, ¿dónde tienes la Capa de la Invisibilidad? He buscado entre tus cosas y en tu habitación, pero no la encuentro.

Oh, demonios. Había llegado su turno de dar noticias.

—Eh… con respecto a eso…

Capítulo 8

Haidee estaba recorriendo la celda de un lado a otro.

No sabía cuánto tiempo llevaba allí. Le habían llevado comida y bebida sólo una vez; fruta, nueces y agua fresca. Aquellos alimentos habían saciado su hambre completamente, de un modo que ella no sabía explicar.

La comida se la había llevado un ángel; un ángel que vivía en la guarida de unos demonios. Haidee sabía ya con certeza que se encontraba en la fortaleza de Budapest. Cuando la arrastraban hacia el calabozo, había visto los estragos de un bombardeo reciente en el que ella no había participado, pero del que había oído hablar.

Había pasado suficiente tiempo para que Micah, o Amun, tal y como le había llamado Derrota, hubiera sufrido incontables destinos. Tortura, traslados e incluso la muerte. Sólo con pensar en cada una de aquellas cosas, Haidee se sentía cercana a la histeria. Había arañado las paredes hasta que no le quedaron uñas. Había golpeado los barrotes hasta que tuvo los nudillos agrietados e hinchados. Había gritado hasta que se le quebró la voz.

Y en aquel momento, en el silencio, lo único que podía hacer era pensar. Derrota había llamado Amun a Micah. ¿Era Amun, uno de los Señores? ¿O era Micah, un Cazador?

Él la conocía. Había gritado su nombre y le había pedido ayuda. Eso tenía que significar que era Micah. Sin embargo, por otra parte, él no sabía nada de ella. Ni de su historia, ni de sus objetivos. Eso tenía que significar que era Amun.

Aquellas dudas la estaban volviendo loca. ¿Y si era una mezcla de ambos? ¿Y si habían metido el demonio de Amun en el cuerpo de Micah? Porque no era posible que dos hombres se parecieran tanto.

Fuera cual fuera la respuesta, ella no iba a marcharse de la fortaleza sin él. Aunque en el fondo, sospechaba lo peor; que dos hombres sí podían parecerse tanto, sobre todo si había de por medio poderes que sobrepasaban el entendimiento humano. Que era Amun, y que siempre había sido Amun. Que Micah estaba en otro lugar, buscándola, y que ella estaba intentando convencerse de lo contrario para no sentirse culpable.

Aquel beso… era otra de las cosas que no conseguía quitarse de la cabeza. Micah nunca la había besado así. Había sido un beso feroz, absorbente. Necesario. Nunca la había afectado tanto un beso, nunca. Jamás la había afectado tanto un hombre, ni de aquella manera.

Ella siempre había conseguido mantenerse a distancia de todo el mundo. Tal vez fuera porque sabía que los que la rodeaban iban a morir, y ella continuaría viva eternamente. Tal vez fuera porque estaba llena de oscuridad. La oscuridad era una entidad viva, tan real como el hielo que corría por sus venas. Era una presencia que ocupaba su mente, que estaba muda, pero que siempre estaba allí, instándola a que despreciara los lugares, a la gente, la vida y la muerte. Cualquier cosa. Todo.

Por primera vez no había tenido que luchar para sentir ni recibir afecto. Cuando había mirado a Amun…

¿Así era como pensaba en él? ¿Amun?

Sí. No sabía cómo, pero se había convertido en Amun

para ella. Micah no tenía aquellos labios carnosos, ni los hombros tan anchos. Así que, al mirar a Amun, había sentido que la sensualidad le ardía por dentro, que aquel calor los conectaba. Y al oír su voz en la mente, aquella sensualidad se había intensificado.

Y si de verdad era Amun, y no Micah, ella debería sentirse culpable por lo que había ocurrido entre ellos dos. Debería estar horrorizada por haber sucumbido al enemigo, por haberse dejado acariciar de aquella manera. Por haber pedido más.

Pero no sentía ni culpabilidad, ni horror. Al menos no completamente. Estaba consumida de deseo, y aunque él fuera su enemigo, estaba segura de que si apareciera en aquella celda, ella se echaría a sus brazos.

Se pasó una mano temblorosa por la cara. ¿Qué había pasado con su sentido común? ¿Y con su instinto de supervivencia?

Micah era el primer novio que se había permitido desde hacía siglos, y sólo porque antes había soñado con él. Pero no lo había necesitado, ni se había sentido perdida sin él. Se miró uno de los brazos, donde llevaba tatuado su nombre. Pasó el dedo por las letras, pero no sintió que se le acelerara el pulso, ni siquiera sintió una punzada de deseo.

Pensó en el nombre de Amun.

Entonces se le puso la carne de gallina en todo el cuerpo, y de repente se le llenó la boca de humedad y tuvo que relamerse los labios. Una reacción inmediata. Siempre. Y eso no era bueno. Nada bueno en absoluto.

¿Y si no era Micah el que había aparecido en sus sueños? ¿Y si había soñado con Amun? ¿Significaba eso que Amun era un mal recuerdo que estaba intentando aflorar? ¿O, como las visiones que él le había mostrado de su pasado, era alguien bueno?

Ninguna de las dos cosas tenía sentido. En las visiones, ella sabía que el hombre a quien veía era la llave para su felicidad, para la libertad. Y dos, ¿cómo iba a ser alguien bueno un inmortal poseído por un demonio, que tenía la culpa de que su vida fuera una farsa, y que era uno de los responsables de la muerte de sus padres y su hermana?

¿Cómo iba ella a desear a un guerrero poseído? ¿Por qué tenía la sensación de que no podía vivir sin él? No, no, no. Ella siempre tenía un hogar temporal, unas posesiones escasas y unas amistades superficiales, para poder recoger y marcharse sin dar aviso ni sentir pena.

Podía vivir sin él. Claro que podía. Él sólo era un misterio que tenía que resolver. Eso era todo.

Pensó en otra complicación. Si el guerrero al que ella anhelaba era Amun, él no iba a desearla cuando supiera la verdad sobre ella. Si la había besado era porque todavía no se había dado cuenta de que ella era una de las personas que había matado a su amigo Baden. Cuando se diera cuenta, Amun querría matarla a ella, no obtener placer con ella.

«Pero él sabía que tú eres una Cazadora. Tú misma se lo dijiste».

Sin embargo, era más fácil perdonar a una Cazadora cualquiera que a la Cazadora que había ayudado a decapitar a su amigo, y que tenía pensado hacer lo mismo con los demás.

De repente oyó unos pasos fuera de la celda y se volvió rápidamente hacia la reja. Se puso muy tensa mientras esperaba. Unos segundos después apareció Strider, el guardián de la Derrota, un inmortal rubio de ojos azules. Ella sintió el ardor de la bilis en la garganta. Sus preciosos rasgos estaban desprovistos de toda emoción, pero estaba tan pálido que se le distinguían las venas azules bajo la piel.

Aunque sintió temor, Haidee no dio un solo paso atrás. No iba a acobardarse.

—¿Cómo te encuentras? —le preguntó para provocarlo—. ¿Te duele el estómago?

Él arqueó ambas cejas, y en sus ojos surgió un brillo peligroso. La miró de pies a cabeza, deteniéndose en su pecho, y respondió:

—Me siento como si pudiera hacer lo que me dé la gana contigo —dijo brutalmente. Su amenaza estaba bien clara—. Lo que me dé la gana.

Aquélla no era la respuesta que ella esperaba, y le puso cara de repugnancia. Sin embargo, debería haber sabido que él no iba a aguantar sin más sus comentarios maliciosos. Siempre había tenido contestación para ella. Así pues, más valía dejar aquella conversación.

—¿Dónde está el guerrero? —preguntó Haidee—. El guerrero con el que estaba.

—¿Te refieres a Amun, el guardián del demonio de los Secretos? ¿O a tu novio?

Secretos. Lo que ella había sospechado. Aquella confirmación aclaraba muchas cosas. A Haidee se le tensó el nudo del estómago. Sin embargo, se dio cuenta de que no debía confirmar ni negar lo que sabía.

—Tal vez eso es lo que quieres que crea. Que se está haciendo pasar por un Cazador, cuando en realidad es tu amigo. O quizá sólo quieres que odie a mi novio para que le haga daño, y así poder reírte de mí.

—¿Y por qué iba a querer eso? Si es mi amigo, y está poseído por un demonio como yo, pero yo te dijera que no lo es, que es tu hombre, tú harías todo lo posible por vigilarlo. Y yo no querría que nadie vigilara a mi amigo, ¿no? Pero si no es mi amigo, sino tu novio, ¿por qué iba a dejarte a ti el placer de matarlo, pudiendo hacerlo yo?

Ella alzó la barbilla. No iba a acobardarse de ningún modo, ni siquiera a pesar de aquel razonamiento tan lógico.

—¿Y por qué ibas a admitir que es tu amigo? ¿Para ponerlo en peligro? Serías un estúpido.

—Entonces, ¿he admitido que es Amun?

No. No lo había hecho. Sólo le había preguntado qué pensaba ella del asunto, seguramente para confundirla.

–No me importa quién es –dijo Haidee. De cualquier forma, le pertenecía a ella. Eso era algo que no podía discutir ni siquiera consigo misma–. Sólo quiero verlo y cerciorarme de que está bien.

–Quiero, quiero, quiero –dijo él–. ¿Quién te ha dicho que va a darte lo que quieres?

Ella volvió a levantar la cabeza.

–¿Para qué has venido, Derrota?

–Llegaremos a eso dentro de un minuto. Primero tengo que hacerte algunas preguntas.

–Yo no tengo intención de contestarte.

–Lo harás, si quieres ver a tu… hombre.

–Acabas de decirme que no iba a conseguir lo que quiero.

–No. Piénsalo bien. Te he preguntado que quién te ha dicho que va a darte lo que quieres.

Eso era cierto. Desgraciado. Sin embargo, ¿cumpliría su palabra? Los Señores del Inframundo no eran conocidos, precisamente, por su generosidad.

–Después de que me hayas provocado diciéndome que no voy a volver a verlo, ¿esperas que me crea que me vas a acompañar a su habitación cuando te haya dado unas respuestas que de todos modos no te vas a creer?

Él se encogió de hombros.

–Tienes razón. Sólo te estaba provocando. Pero no puedes culparme. Tú sacas lo peor que hay en mí, y yo respondo.

Ella tuvo ganas de gritarle, pero permaneció en silencio.

–Bueno –continuó él–. ¿Vamos a hacerlo? ¿Me das unas cuantas respuestas a cambio de unas cuantas miradas?

–Sí –dijo ella entre dientes–. Pero antes vamos a aclarar unos cuantos detalles. ¿Cuándo me vas a llevar a verlo? ¿Dentro de unos cuantos años? —inquirió. No estaba segura de que él estuviera por encima de las trampas.

—Te llevaré en cuanto acabe nuestra conversación.

—Como si tú cumplieras tus promesas.

Él entrecerró los ojos.

—Si no lo crees, desafíame. Desafíame para que cumpla mi promesa.

—Entonces, ¿sigue vivo? —preguntó Haidee.

—Sí —respondió Derrota—. Sigue vivo. Pero su estado ha empeorado mucho.

A ella se le encogió el corazón.

—¿Cuántas preguntas? Tiene que haber un límite.

—Cinco. Y tus respuestas tienen que ser sinceras.

«¿Y cómo vas a saber tú si lo son o no?». Haidee estuvo a punto de preguntárselo, sólo por provocarlo como él la había provocado a ella, pero se contuvo. El resultado de aquella conversación era demasiado importante.

—Está bien. Te… te desafío a que me lleves a ver a Micah… a Amun, después de que te haya contestado a tus cinco preguntas con franqueza.

A Derrota se le dilataron las pupilas. Asintió una sola vez, con rigidez.

—Acepto —dijo mientras apretaba los puños—. ¿Contenta?

Ella había visto aquella reacción otras veces, y la reconoció. Era la aceptación del reto.

—Estoy tan contenta como puede estarlo cualquiera en un lugar como éste. ¿Cuál es tu primera pregunta?

Él no titubeó.

—¿Qué demonios eres?

—Soy humana.

Entonces, con la rapidez de un rayo, él dio un puñetazo en los barrotes de la puerta, con tanta fuerza que hizo vibrar el suelo de la celda.

–Ya estás mintiendo. Puedes materializar armas de la nada. Eso no puede hacerlo ningún humano.

Ella no reaccionó ante su furia.

–Si puedo hacer eso, ¿por qué no lo he hecho desde que estoy aquí? Y te prometo que te habría cortado el pescuezo si hubiera tenido la más mínima oportunidad durante nuestro viaje.

Él no se movió. Tampoco volvió a golpear nada.

–Eso es fácil de decir, pero tal vez sólo fuera porque querías entrar en la fortaleza.

–¿Para hacer el qué? ¿Adelantar mi tortura?

–Una vez fuiste Cebo. Tal vez es que vuelves a serlo.

–Entonces, has sido un idiota por traerme aquí.

A él se le abrieron las aletas de la nariz al respirar con furia, nuevamente, pero no dijo nada.

–Esto no nos va a llevar a ninguna parte –dijo Haidee, con tanta calma como pudo–. Las armas no aparecieron de la nada cuando estábamos en la selva. Yo te las oculté hasta que encontré la oportunidad de usarlas. La verdad es que eres bastante bobo.

Él exhaló un suspiro, y pareció que su furia se desvanecía.

–Bueno, eso es una mejoría con respecto a estúpido e imbécil.

Una muestra de buen humor. De él. Asombroso. ¿O acaso estaba intentando distraerla?

–Ya he respondido. Y con sinceridad. Así pues, haz la segunda pregunta.

El buen humor desapareció de su expresión.

–Si eres humana, ¿cómo es posible que estés viva? Te vi morir. ¡Lo cual es una manera agradable de decir que yo mismo te maté!

–Me reanimaron –dijo ella, pero no mencionó cómo, ni cuántas veces. Él no se lo había preguntado–. Ya van dos preguntas. La siguiente.

Él hizo un gesto negativo.

—Con ésta no hemos terminado todavía. Si te han reanimado, es decir, si te han resucitado, supongo que te ayudó un dios. Los únicos que tienen el poder de resucitar un cuerpo después de una decapitación son los dioses. Y ni siquiera estoy del todo seguro de que sea posible. ¿Quién te ayudó?

Ella no habría elegido la palabra «ayudar». Tal vez «maldecir».

—Un ser muy parecido a ti. Creo. No lo vi, sólo sé que tuve una reacción dolorosa la primera y única vez que me tocó —respondió Haidee. Eso era lo único que iba a decir sobre el asunto, aunque él insistiera más—. Eso son tres preguntas. Vamos, la siguiente.

—Entonces, Rhea —dijo él, como si eso lo explicara todo.

Haidee mantuvo una expresión vacía para ocultarle la confusión que sentía. ¿Rhea, la supuesta reina de los Titanes? Haidee había oído hablar de ella, por supuesto. Incluso había un pequeño grupo de Cazadores que la adoraba. Sin embargo, ¿por qué había dado por hecho Derrota que era Rhea quien la había maldecido? O infectado, tal y como había dicho el Hombre Malo.

—Te quedan dos preguntas. Será mejor que las aproveches bien.

—Cuando te vi con... él, besándoos —dijo Derrota, que había estado a punto de pronunciar un nombre, pero había conseguido contenerse a tiempo—, ¿estabas interesada en él como hombre, o como una posible vía de escape?

De todo lo que podía preguntarle Derrota, ¿por qué aquello?

—¿Y a ti qué te importa?

—No creo que nuestro trato incluya explicaciones por mi parte.

Muy bien.

–En él como hombre.

Hubo una pausa durante la que él reaccionó con furia. Sin embargo, aquella furia desapareció al instante.

–Él siempre ha sido el más bueno de todos, ¿sabes? –le dijo Derrota, casi distraídamente–. Nunca tiene mal genio. Nunca le ha hecho daño a ninguno de sus amigos. Y se quedaría horrorizado si supiera lo que me ha hecho.

En cuanto se dio cuenta de lo que había dicho, de lo que había admitido, Derrota la miró con mala cara, como si ella tuviera la culpa de su confesión.

Haidee fingió que no se daba cuenta.

–Te queda una pregunta más.

Él se quedó observándola durante un largo rato, buscando algo en ella. Después habló con suavidad.

–¿Por qué ayudaste a matar a Baden, Haidee?

Ella tomó aire profundamente. ¿Cómo se atrevía a preguntarle aquello? Como si no supiera ya la respuesta. Como si no se hubiera alegrado al destruirla, todos aquellos siglos antes. Parecía que iba a disfrutar escuchando la narración de su sufrimiento y de su dolor.

Haidee sintió un acceso de odio tal, que comenzó a patear las barras, y se colocó a una distancia a la que él podría golpearla. No la atacó, pero lo desafió para que lo hiciera.

Él no se movió. Continuó observándola.

–¿Que por qué ayudé a matarlo? Porque me quitó lo que más quería. Vi cómo lo hacía. Yo estaba allí.

–Él…

–¡No he terminado! Él representaba todo lo que yo desprecio. Se merecía lo que le hice, y lo sabía. Quería que lo hiciera. Y yo no me he arrepentido de hacerlo ni una sola vez durante todos estos años.

De nuevo, silencio. Aquellos ojos azules volvieron a brillar peligrosamente, pero al final, él se metió la mano al bolsillo. Haidee pensó que iba a sacar un puñal para clavárselo en el estómago, pero ni siquiera así retrocedió. Tal vez el dolor físico pudiera mitigar la angustia que sentía.

Él sacó una llave y la metió en la cerradura. Abrió la puerta de la celda.

—Por algún motivo, tú conseguiste calmar… a nuestro chico cuando estuviste con él. Ahora ha empeorado mucho, y necesitamos saber si puedes calmarlo de nuevo.

Calmar a Amun. Así que Derrota había tenido intención de llevarla junto al guerrero desde el principio. No tenía por qué haber contestado ninguna pregunta. Qué tonta era.

—¿Y qué es eso de lo que tengo que calmarlo? ¿Por qué está peor? ¿Qué le habéis hecho?

—Voy a llevarte a su lado —dijo Derrota, ignorando sus preguntas—. Pero si le haces daño, Haidee, te mataré. Y lo haré de un modo tan doloroso que ni siquiera puedes imaginártelo.

En cuanto Derrota la llevó hacia la habitación de Amun por el pasillo, que continuaba lleno de ángeles con las alas desplegadas, Haidee comenzó a oír la voz del guerrero mentalmente, y se olvidó de todo lo demás.

«¡Haidee! Te necesito… Por favor».

Su voz estaba llena de sufrimiento. ¿Cuánto tiempo llevaba llamándola así? ¿Y por qué ella no lo había oído antes?

«¡Haidee!».

Después averiguaría aquellos detalles. En aquel momento, él estaba padeciendo demasiado dolor, y ella no iba a preocuparse de otra cosa que no fuera ayudarlo.

Tiró del brazo con todas sus fuerzas para zafarse de Derrota y corrió hacia la habitación. Nadie intentó detenerla, ni los ángeles, ni el demonio. Alguien había arreglado la puerta del dormitorio de Amun, pero estaba abierta, y Haidee entró corriendo. Entonces, lo vio. Estaba agitándose encima de la cama, como la otra vez.

Por fin estaba con él, y él estaba vivo, pero, ¿durante cuánto tiempo? Derrota le había dicho que estaba peor, y Amun casi no había podido sobrevivir a las últimas heridas.

«Haidee… Por favor».

—Estoy aquí, cariño. Estoy aquí.

Caminó hacia él, mientras una parte de su cerebro registraba el hecho de que había desaparecido todo el mobiliario. Entonces, estaba al borde del colchón, junto a él, y todos los demás pensamientos desaparecieron.

Él gimió dentro de su cabeza.

—Lo sé. Sé que estás sufriendo.

«¿Haidee?».

—Sí, cariño. Estoy aquí.

Él suspiró con un ligero alivio.

Las sombras habían vuelto, estaban danzando alrededor de su cuerpo destrozado. Él tenía los ojos hinchados y las manos ensangrentadas. Su tatuaje de mariposa se movía, se separaba en cientos de mariposas más pequeñas que volaban por su piel, por sus muslos, por el pecho, por los pectorales y los brazos, y desaparecían después hacia su espalda.

En aquel momento, ella supo con absoluta certeza que estaba ante Amun, y no ante Micah. Eso significaba que los Señores no iban a hacerle daño. Gracias a Dios. La intensidad de su alivio fue increíble.

«¿Qué te pasa?», se preguntó de nuevo. Aquel hombre nunca había sido un Cazador. Aquel hombre era su enemigo, y ella debería matarlo. Como Baden, Amun se merecía un castigo. Las cosas perversas que habían hecho aquellos hombres en la Grecia antigua… Y, sin embargo, sabía que no iba a poder hacerle nada. Estaba demasiado destrozado, y daba pena. Y sólo había intentado protegerla, no atacarla.

«Su actitud cambiará. Lo sabes. En cuanto se recupere, sus amigos le dirán quién eres tú, y se lanzará a tu cuello antes de que tú puedas decirle que lo ayudaste».

Ya se lamentaría de su odio en ese instante. Hasta entonces, para bien o para mal, Amun y ella estaban conectados. Después, buscaría respuestas, averiguaría el cómo y el porqué. Tal vez, incluso, pudiera convencerse a sí misma de que nunca había tenido visiones de él. Y entonces... tal vez consiguiera cortar los lazos que los unían. Si no lo hacía él primero.

Hasta entonces...

Haría todo lo posible por salvar a aquel hombre, aunque eso fuera una traición hacia los Cazadores, y algo que Micah iba a tomarse por la vía de lo personal. Pero eso tampoco alteraba sus planes. Además, se dio cuenta de que su relación con él había terminado.

Se dio cuenta con incredulidad de que no le causaba ni la más mínima lástima, y de que no deseaba que las cosas fueran distintas. Sólo deseaba que hubiera algún modo de hacérselo saber. Con delicadeza. Ella deseaba a otro hombre, a un hombre que además estaba poseído por un demonio, y Micah se merecía algo mejor de lo que ella podía darle.

Suspiró. Era agradable haber llegado, por lo menos, a una conclusión sobre algo. Ojalá curar a Amun fuera tan fácil. Le apartó el pelo de la frente, y las sombras danzarinas chillaron. Se alejaron de ella y se acurrucaron bajo la piel de Amun, mientras el guerrero se acercaba a su lado.

¿Qué era aquella oscuridad? ¿Qué significaba? Claramente, era algo malvado, como ella había sospechado desde el principio. Era evidente que Amun la odiaba.

«Haidee, mi Haidee». Él exhaló otro suspiro, en aquella ocasión, de placidez. «No me dejes».

—No te voy a dejar.

Ella se echó a temblar, pero se tendió junto a él y lo abrazó.

—Me voy a quedar aquí todo el tiempo que me necesites.

En su habitación, Torin observó a Haidee en una de las pantallas de sus ordenadores. Haidee. Había resucitado. ¿Quién lo hubiera pensado? ¿Y por qué no se lo había dicho Strider? Las preguntas perdieron importancia en un segundo, cuando vio que las sombras la rehuían apresuradamente. Él nunca había visto nada parecido, y no sabía qué podía significar.

Pero sabía una cosa: que Haidee no era humana, como le había dicho a Strider. Ningún humano podía asustar a los demonios de aquel modo. Porque se habían asustado; se habían escondido en Amun en vez de intentar salir de él, como llevaban haciendo desde el principio.

—Entonces, ¿qué es esa mujer? —se preguntó en voz alta.

Strider entró en el dormitorio de Amun con cara de pocos amigos, y vio a Haidee tumbada junto a su amigo, acariciándole dulcemente la frente. Como si quisiera estar allí. Como si estuviera contenta de ayudar a un Señor.

«Cree que Amun es su novio, ¿no te acuerdas?». Claro que se alegraba. Claro que quería ayudar.

—¿Ex? —gruñó.

Ella lo miró con recelo.

—¿Qué?

Por su tono de voz, era evidente que quería que los dejara solos.

Él apretó los dientes y contuvo la oleada de celos que lo inundó de repente. Celos por culpa de una Cazadora. ¿Por qué no podía sentirse feliz ahora que Amun tenía una posibilidad de sobrevivir?

Porque Haidee iba a hacer sufrir a Amun. Y si el chico se enamoraba de ella, tal vez abandonara a sus amigos con tal de estar a su lado. Eso sólo iba a llevarlo hacia su muerte. Al final, ella lo traicionaría.

«No lo permitiré. Nunca».

«Ganar», dijo Derrota al sentir el desafío.

«No lo permitiré».

Strider alzó ambas manos. En una mano tenía una jeringuilla. En la otra tenía unas cadenas. Estaban en el pasillo, pero ella no lo había visto porque estaba demasiado concentrada en llegar junto a Amun.

—No pensarías que iba a dejarte a tu libre albedrío con él, ¿verdad?

Capítulo 9

Amun se obligó a abrir los ojos. Lo primero que notó fue un sabor a albaricoques helados, y un delicioso frío en su interior, y un perfume que le llenaba las fosas nasales cada vez que respiraba.

Lo segundo fue que el sol entraba a raudales por la ventana, porque las cortinas estaban abiertas de par en par. Se le llenaron los ojos de lágrimas, pero por lo menos, aquellas lágrimas se llevaron el velo nebuloso que envolvía toda la habitación y le permitieron ver con claridad.

Lo tercero fue que Strider estaba sentado en una butaca frente a su cama, observándolo con suma atención.

La mente de Strider estaba en blanco. El guerrero lo hacía a propósito: sabía que Amun podía leer todos sus pensamientos. Todos lo sabían. Por eso, cuando querían tener privacidad, como Amun no podía detener el flujo de sus secretos por mucho que quisiera, tenían que envolver su mente en oscuridad y silencio.

—¿Qué tal te encuentras? —le preguntó su amigo con la voz ronca.

Aunque los nuevos demonios estaban rebotando por su cráneo, Amun no tuvo problema para entender la pregunta. Intentó alzar una mano para responder con un gesto: «Como una piltrafa, en general». Los albaricoques y el frío mitigaban su dolor. Sin embargo, sus brazos se negaban a obedecer los mandatos de su mente. ¿Por qué? Se miró la muñeca. La tenía despellejada y llena de sangre seca. Tenía los dedos hinchados y las uñas astilladas.

De repente, Secretos despertó y se estiró, y liberó todos sus recuerdos.

Los otros demonios. Los fogonazos negros, los impulsos de maldad. Haidee. Ser consciente de que debía matarla, pero también de que era incapaz de hacerlo. Una muestra de cielo, su cuerpo retorciéndose contra el de él, sus manos acariciándolo, sus gemidos dulces en los oídos. Strider. Pelea, sangre. Odio hacia sí mismo por hacerle daño a su amigo y proteger a una Cazadora. Desesperación al no poder alcanzar a la chica cuando ella lo necesitaba. El regreso de los demonios, de la oscuridad y de los deseos perversos. Sin Haidee no había cielo.

La impaciencia, mezclada con la rabia y el miedo, hicieron que se incorporara como impulsado por un resorte. La habitación comenzó a dar vueltas mientras una punzada de dolor le atravesaba las sienes. A Amun no le importó. Permaneció sentado. ¿Dónde estaba Haidee? ¿Había muerto? Sólo pensarlo le revolvía el estómago.

No. No, pensó con angustia, y notó que Secretos compartía su certeza. No podía estar muerta. Aquel perfume era suyo, y él sentía un deseo básico y elemental por ella. Tenía que encontrarla. Tenía que asegurarse de que estaba bien, de que nadie le había hecho daño.

«¿Aunque tú mismo quisieras matarla?».

Pasó por alto aquel pensamiento mientras comenzaba a probar su capacidad de movimiento. Alzó una pierna y giró el tobillo. Con un gesto de dolor, repitió el movimiento con la otra pierna. Hizo otro gesto de dolor. Ambas piernas cayeron al colchón de golpe. Los huesos se habían unido, pero todavía estaban fracturados.

—Eh —dijo Strider. Se puso en pie y se acercó a él—.

¿Qué estás haciendo? Vamos, túmbate. Todavía tienes que recuperarte.

Amun casi nunca detestaba su incapacidad de hablar. Guardaba silencio por elección propia; era su modo de compensar los males que había cometido siglos atrás, de ayudar a los inocentes tanto como los que una vez asesinó. Por no mencionar a sus amigos. Ellos ya tenían suficientes preocupaciones.

Sin embargo, en aquel momento, tuvo ganas de preguntar a gritos dónde estaba la chica, sin preocuparse de que en cuanto lo hiciera liberaría todos sus secretos y le haría daño a todo el que los oyera. No físicamente, sino mentalmente, y aquél era un dolor mucho más difícil de soportar.

Ni siquiera los guerreros con los que vivía podrían soportar saber que sus mujeres eran deseadas por otros hombres. No podrían soportar saber lo que sus enemigos planeaban para sus seres queridos. Se destruirían las amistades, y los celos y la paranoia se convertirían en una presencia constante en sus vidas.

Amun lo soportaba porque llevaba miles de años aprendiendo a distanciarse de las visiones y las voces que poblaban su cabeza, y a bloquear emociones antes de que pudieran formarse. Claro que no había podido hacerlo con respecto a aquel último ataque. Nunca había pasado por nada igual, y no sabía cómo enfrentarse a ello. Tampoco sabía por qué estaba lúcido en aquel momento, y por qué los nuevos demonios estaban amedrentados, acurrucados al fondo de su mente. A menos que...

Haidee...

Su nombre le atravesó la mente en un susurro, como una súplica, como una oración, y su demonio sintió la verdad mientras Amun luchaba por aceptarla. ¿Era ella la responsable? ¿Lo había sido la primera vez, y lo era también en aquella ocasión?

La primera vez que él había saboreado los albaricoques

helados, había recuperado la consciencia. En aquel momento tenía un sabor a albaricoques helados otra vez, y de nuevo estaba consciente. No podía ser una mera coincidencia. Su desesperación por encontrarla aumentó.

Bajó las piernas del colchón, y todos sus músculos se tensaron y le causaron dolor mientras se aferraban con firmeza a los huesos fracturados.

—Amun, demonios. Llevas días postrado en la cama, recuperándote de tus heridas y de nuestros experimentos. Estate quieto antes de que...

Se volvió para mirar a su amigo. La mayoría de las cosas que le había dicho le causaban confusión, pero no lo mencionó. Con dificultad, hizo funcionar las manos, y le dijo por signos: «Siento haberte atacado. Siento haberte desafiado. Pero tengo que encontrarla. ¿Dónde está?».

Si ellos le habían hecho daño, no sabía qué iba a hacer. Tampoco sabía por qué ella le afectaba de aquella manera, ni por qué le importaba tanto lo que pudieran haberle hecho.

Secretos le susurró que ella estaba bien, y al mismo tiempo, Strider se acomodó en el asiento y dijo:

—Está ahí.

Amun siguió su mirada y, al verla, soltó una exhalación entrecortada de angustia. Haidee estaba de rodillas con los brazos encadenados por encima de la cabeza. La cadena estaba colgada del techo, y tiraba lo suficiente como para que ella tuviera la espalda recta. Tenía la cabeza inclinada hacia delante, y la barbilla le tocaba las clavículas.

Tenía el pelo por la cara, pero él pudo ver que sus ojos estaban cerrados.

«¡No está bien!», gritó Amun. Casi le fallaron las rodillas, pero la furia y la determinación le dieron fuerzas.

—La he drogado —explicó Strider, como si quisiera calmarlo—. Se va a recuperar.

Amun se acercó a él a duras penas, y extendió la mano. Strider se dio cuenta de lo que quería, y agitó la cabeza.

–Es una Cazadora, Amun. Es peligrosa.

Él movió los dedos para insistir. Si era necesario, estaba dispuesto a desafiar a Strider. Estaba dispuesto a hacer cualquier cosa para conseguir lo que quería.

–¡Maldita sea! ¿Es que no te preocupa nada tu propia seguridad?

De nuevo, Amun movió los dedos.

–Muy bien. Después, tú mismo tendrás que enfrentarte a las consecuencias.

Con cara de pocos amigos, Strider le dio las llaves del candado de la cadena. Inmediatamente, Amun se dio la vuelta y caminó, tambaleándose, hacia Haidee. Se tropezó dos veces, pero no se detuvo. Se daba cuenta de que Secretos había dejado de arrastrarse por su cabeza, de que se había quedado quieto y silencioso.

Cuando abrió la cerradura y liberó a Haidee, ella se desplomó hacia delante. Se habría golpeado contra el suelo de no ser porque Amun la sujetó. Al hacerlo sintió agudos pinchazos de dolor en los brazos, pero no se preocupó. En cuanto la tocó, los gritos que reinaban en su cabeza, que ya habían disminuido un poco, se acallaron por completo. Parecía que los demonios querían esconderse de ella.

Amun la tomó en brazos con delicadeza, y sintió con deleite el frío de su piel contra el pecho. Recordó cómo se había deslizado contra él, con una fricción insoportablemente dulce, y sintió un deseo repentino y brutal. Contuvo aquella necesidad y la llevó a la cama. La tendió sobre el colchón y la tapó. Su aspecto era de fragilidad; tenía las mejillas hundidas, los labios resecos y cortados, y la piel muy pálida. Estaba muy vulnerable, y no era capaz de defenderse de ningún ataque.

Pensó que ella detestaría aquella vulnerabilidad, porque recordaba que durante su encuentro anterior, Haidee vigilaba constantemente su entorno y buscaba cualquier cosa que pudiera servirle de arma. Y recordaba también que lo había defendido.

«Porque pensaba que eras su novio», recordó también. ¿Sabría ya la verdad? ¿Querría luchar contra él cuando se despertara? Amun pensó que prefería eso; era mejor odiarla que el hecho de que ella lo aceptara porque creía que era otro hombre.

Él quería que lo aceptara por sí mismo, o que no lo aceptara en absoluto.

Al darse cuenta de que estaba pensando en que quería quedarse con ella permanentemente, Amun sintió sequedad en la boca. Eso no era posible. Cuando sus amigos supieran que aquella mujer era una de las culpables de la muerte de Baden, exigirían su cabeza. Él podría intentar convencerlos, pero no lo conseguiría. Y si la elegía por delante de ellos, ellos nunca se lo perdonarían. Tampoco él podría perdonárselo. Baden se merecía algo mejor. Y ellos también.

«No pienses ahora en eso». Se tendió en la cama, junto a ella, y miró a Strider con los ojos entrecerrados. El guerrero lo estaba observando.

«Es más que una Cazadora», pensó Strider, permitiéndole a Amun que lo oyera. «Es la responsable de la muerte de Baden».

Amun se dio cuenta de que el guerrero quería mantener aquello entre los dos. Era raro que no hubiera hablado en voz alta, teniendo en cuenta que estaban solos. Sin embargo, se alegró. Cuanta menos gente supiera quién era Haidee, más segura estaría. Entonces, Secretos le dijo a Amun que Torin también lo sabía, pero que Strider no se había dado cuenta. Amun se quedó asombrado al saber que Torin tampoco la había matado todavía. Como ella todavía estaba con vida, Amun había pensado que él era el único que sabía la verdad.

–¿Y bien? –preguntó Strider.

Amun se limitó a asentir.

—¿Lo sabías?

Amun asintió de nuevo.

—No debería sorprenderme. Tú siempre lo sabes todo. Pero, sin embargo, la estás tratando como si fuera un tesoro. ¡Incluso la elegiste por delante de mí!

No había ninguna respuesta que pudiera exonerarlo, ni siquiera una disculpa, así que Amun no respondió. Y en el silencio, Amun comenzó a oír más pensamientos de Strider. Pensamientos que el guerrero no pudo bloquear lo suficientemente rápido.

«Es mía. Para besarla, para matarla. Para lo que yo quiera. Demonios, ¿cómo es posible que me haya atrapado de esta manera? Yo la desprecio».

Amun apretó los puños. Quiso gritar que era suya, pero no lo hizo. Aquella confesión sólo serviría para aumentar su sentimiento de culpabilidad y de vergüenza.

«¿Por qué no le has hecho nada?», preguntó con tirantez. ¿Era porque Strider la deseaba? Aquel deseo, sin embargo, no era típico de aquel hombre hambriento de guerra. Sólo Sabin, su líder, el guardián del Demonio de la Duda, era capaz de poner su campaña contra los Cazadores por delante de sus necesidades y deseos personales. Así que la indecisión de Strider para actuar tenía que tener otro motivo. Más valía que tuviera otro motivo.

Amun se sentía capaz de asesinar en aquel momento, al pensar en que otro hombre pudiera tocar a Haidee.

Culpabilidad… Vergüenza… Ambas cosas se apoderaron de él de todos modos.

Su amigo volvió a apoyarse en el respaldo de la silla, sin dejar de mirarlo.

—No sabemos cómo lo consigue, pero ella te calma, te aclara la cabeza. Incluso consigue atemorizar a los demonios.

Así que, tal y como él había sospechado, Haidee era la

razón de su mejoría. Aquella confirmación le resultó tan inquietante como bienvenida.

—Tiene que estar cerca de ti, en la misma habitación, para conseguirlo —continuó Strider—. Todavía no sabemos cómo lo hace, pero la hemos sacado de la habitación y hemos vuelto a meterla varias veces, para probar los límites de su capacidad. En cuanto ella llega al pasillo, tu tormento comienza de nuevo.

De repente, Amun entendió lo de los «experimentos». ¿Era aquella habilidad de Haidee el motivo por el que se sentía vinculado a ella? ¿Era el motivo por el que lo afectaba con tanta fuerza, por el que su cuerpo se había convertido en un esclavo de deseos que no quería sentir?

Entonces, con tirantez, le preguntó a Strider: «¿Puede oír tus pensamientos?».

—No —dijo Strider, y agitó la cabeza con desconcierto—. ¿Por qué? ¿Oye los tuyos?

Amun asintió.

—¿Todo? ¿Incluso a tu demonio?

«No. Sólo oye lo que yo le permito».

A Strider le brillaron los ojos.

—Eso podemos usarlo en ventaja propia. Sabin...

«No».

De nuevo, Strider se quedó confundido.

«No le vas a decir nada de esto a Sabin».

—Amun, sabes que no puedo...

«Todavía no. No se lo vas a decir todavía».

Amun había elegido a Sabin como líder cuando vivían en el cielo y eran guerreros del dios rey, aunque Lucien fuera quien estaba a cargo de ellos. Nadie sabía elaborar estrategias como Sabin. No había nadie más feroz. Nadie tenía más capacidad para llevar a cabo un trabajo desagradable.

Después de que abrieran la caja de Pandora y se maldijeran a sí mismos, y quedaran atrapados en la tierra de los mortales, la mitad de sus amigos habían seguido a Lucien, y la otra mitad había decidido seguir a Sabin. Amun no había cambiado de opinión. Se había ido con Sabin porque no había nadie que odiara más a los Cazadores.

Por primera vez en todos aquellos siglos, lamentó su decisión. Sabía que, en cuanto Sabin conociera la verdadera identidad de Haidee, entraría en aquella habitación y la despojaría de su orgullo, de su paz de espíritu e incluso de las ganas de vivir.

—No voy a ocultarle esto a Sabin, Amun —dijo Strider.

«Entonces, dame sólo un día».

—¿Para qué quieres un día? Un día no va a cambiar nada. Además, Sabin no la va a matar, sabiendo que es la causa de tu mejoría.

Pero Sabin la torturaría.

«Porque prefiero mimar a una enemiga», incluso a la culpable de la muerte de Baden, añadió para sí, «que soportar de nuevo la oscuridad y las visiones». Era egoísta por su parte, sí, y otro motivo para odiarse a sí mismo, pero eso no iba a detenerlo.

¿Otro motivo para odiarse a sí mismo? Aquélla era una rara elección de palabras. Amun no se odiaba a sí mismo, y nunca se había odiado. No le gustaban algunas de las cosas que había hecho durante su vida, pero, ¿odiarse? No. Y, al contrario que algunos de sus compañeros, no estaba lleno de culpabilidad por su pasado. Había matado a gente inocente, sí. Había arrasado ciudades, también. Pero sólo había sido una marioneta manejada por un demonio. Entonces, ¿tenía él la culpa?

¿Porque debería haber sido más fuerte? Eso era lo que algunos amigos suyos pensaban sobre sí mismos, pero él no. No había nadie que pudiera ser tan fuerte como para detener a aquellos demonios.

¿Porque había ayudado a abrir la caja de Pandora y se merecía el castigo que le había conducido a su necesidad de destrucción? Casi todos los Señores pensaban eso, también, pero él no. Todo el mundo cometía errores, y aquél había sido uno de los suyos. Uno tenía que pagar el precio y continuar.

¿Y Haidee?, se preguntó él. ¿Cabía perdonar su error? ¿Lo había pagado ya? ¿Debería él continuar adelante?

Apretó los dientes y se apartó de la cabeza aquellas preguntas para poder concentrarse en lo que iba a hacer cuando terminara su día con ella, o si no le concedían aquel día con ella. Pasara lo que pasara no iba a permitir que Sabin la torturara. Cuando llegara el momento se la llevaría de la fortaleza, y una vez que se hubieran marchado, nadie podría encontrarlos. Su demonio podía hacer algo más que robar los secretos de quienes estaban a su alrededor: podía guardar secretos. Podía distorsionar recuerdos incluso antes de que se hubieran creado.

Si él quería desaparecer para siempre, podía hacerlo.

Escondería a Haidee hasta que aprendiera cómo controlar a sus nuevos demonios por sí mismo. Después… no sabía lo que haría con ella. Llevarla de vuelta a la fortaleza. Hacer lo que tenía que hacer. Ojalá pudiera. Porque si no conseguía las respuestas que necesitaba, se quedaría atrapado para siempre con Haidee, y destruiría a sus amigos.

«Además», añadió Amun, «quiero hablar con ella. Quiero aprender más cosas sobre el efecto que me produce».

—¿A quién quieres engañar? ¿A ti o a mí? Los dos sabemos que eso es mentira. No estás pensando con el cerebro, amigo. Lo que quieres es acostarte con ella, y punto —dijo Strider, que había llegado al límite de su paciencia.

A Amun le ocurrió lo mismo.

«Y los dos sabemos que tú tampoco estás pensando con el cerebro».

Strider se quedó asombrado, pero rápidamente consiguió disimular su reacción y adoptó una expresión vacía.

—No te metas en mi cabeza —dijo con dureza.

«Controla tus pensamientos», le respondió Amun. «Sé que la deseas, y quiero oírte admitirlo».

Strider asintió.

—Está bien. La deseo, pero no voy a hacer nada al respecto. No voy a permitir que eso me impida ganar nuestra guerra. ¿Podrías decir lo mismo tú?

Amun alzó la barbilla.

«Yo no puedo decir nada».

—Qué gracioso. No me refería a eso, y lo sabes.

«Bueno, pues es lo único que vas a conseguir de mí».

—Muy bien —gruñó Strider mientras se ponía en pie—. Me marcho antes de que provoques más a mi demonio. Te concedo un día, pero yo tendría cuidado si fuera tú. Cuando menos te lo esperes, irá a por tu cabeza, te lo garantizo. Y tal vez eso no te preocupe. Tal vez incluso quieras morir. Sin embargo, ¿sabes una cosa? Ni te imagines que los demás estamos dispuestos a aceptar tu pérdida. Así que, ¿por qué no piensas eso antes de poner tu vida en manos de nuestra enemiga?

Capítulo 10

Dos segundos después de encerrarse en su habitación, Strider sacó el teléfono móvil y comenzó a enviarle un mensaje a Lucien. No podía soportar aquello. Había llegado al límite.

En la fortaleza. Ven a verme. Ahora.

Era muy agradable tener un amigo que pudiera trasladarse de un sitio a otro con sólo un pensamiento.

En cinco minutos, su amigo se materializó junto a él. Lucien tenía al respiración entrecortada y estaba sudando. Tenía los ojos de miles de colores, y en aquel momento le brillaban mucho. No llevaba camisa y su mariposa casi despedía electricidad desde su hombro izquierdo. Llevaba los pantalones sin abrochar, e irradiaba tensión.

–¿Qué demonios estabas haciendo? –le preguntó Strider desde el vestidor, de donde estaba sacando unos cuchillos.

Lucien arqueó una ceja.

–¿Qué crees que estaba haciendo?

–Ah. ¿Y nadie te ha dicho que no debes mirar los mensajes del teléfono cuando estás en la cama?

–Sí. Anya. Y créeme, me va a hacer pagar por esto –dijo, aunque parecía que se sentía divertido y excitado al pensar en la furia de su mujer, y no temeroso–. Pero te diré una cosa: cuando estoy preocupado por dejar a mis amigos en casa con una horda de ángeles, o cuando uno de mis hombres está enfermo, o cuando hay una Cazadora en la fortaleza, no importa lo que esté haciendo, miro los mensajes. Y si esas tres cosas suceden a la vez, miro el teléfono incluso cuando no tengo mensajes. Bueno, ¿qué pasa? ¿Por qué me has llamado? ¿Está bien Amun?

—Amun está bien —respondió Strider mientras se metía un cargador de recambio para la pistola en el bolsillo y salía del vestidor—. Ha mejorado. Te he llamado porque tengo que marcharme durante unos días.

Para conservar su cordura, sí, y también por la seguridad de Amun.

Al ver a Amun llevando a Haidee a la cama y tenderse a su lado, y acariciarla como si la necesidad de tocarla estuviera ya arraigada en su alma, había tenido una sensación de desafío. Por culpa de aquella maldita Cazadora, por una asesina. Había tenido la necesidad de arrebatársela a Amun y decir que era suya, y que no iba a compartirla.

Si se quedaba en la fortaleza, finalmente se rendiría a aquel desafío. No podría evitarlo. Su demonio le obligaría a hacerlo y al final tendría que pelear con su amigo y hacerle daño, y se odiaría a sí mismo por ello.

—¿Me estás escuchando? —preguntó Lucien con exasperación.

—Discúlpame —murmuró Strider—. Dilo de nuevo.

Lucien suspiró.

—Torin me escribió ayer y me dijo que Amun había mejorado, pero demonios, tú me has dado un susto que me ha quitado diez años de vida.

—De nada. De todos modos, la eternidad es demasiado larga.

—No, si estás con la mujer adecuada.

Strider sintió una punzada de envidia. Muchos de sus amigos habían encontrado a la mujer adecuada últimamente, y él ya estaba empezando a cansarse de sentir celos tanto como de todo lo demás.

—Vamos, cuéntamelo —le dijo Lucien—. Deja que te ayude, sea lo que sea.

—No tengo nada que contar —dijo. Tenía que olvidar a Haidee y perderse con otra mujer. Con una mujer apropiada—. Necesito un descanso, eso es todo.

—¿Me has llamado diciendo «ahora» sólo porque necesitas un descanso?

—Sí. Parece que tú llevas unas cuantas semanas de vacaciones. Así que ahora me toca a mí.

Lucien lo miró con atención, y lo que viera en la expresión de Strider hizo que se le quitara la expresión de enfado.

—Está bien. Te llevaré donde quieras. Pero por Torin, alguien tiene que ocupar tu lugar antes de que nos marchemos. Él no lo va a admitir, pero necesita que alguien lo ayude a dirigir este cotarro.

Dios, cómo quería a sus amigos. Lucien ni siquiera iba a seguir preguntándole nada más. Le iba a dar lo que había pedido.

—Lo haría yo mismo —continuó Lucien—, pero estoy ocupado. Al contrario de lo que piensas, no he estado de vacaciones. Estoy custodiando la Jaula de la Coacción en un lugar en el que Rhea no puede robarla. Y no puedo decirte dónde. Torin me pidió que no dijera nada porque hay una Cazadora en la fortaleza.

La jaula era una de las cuatro reliquias divinas que se necesitaban para encontrar y destruir la caja de Pandora, y había que conservarlas a toda costa. Strider sabía que aquélla no era la única razón por la que Lucien se negaba a volver a la fortaleza. La reina diosa quería batalla, y Lucien no quería que su Anya corriera más peligro del estrictamente necesario. Strider lo entendía.

—William está aquí. Él puede…

Lucien ya estaba negando con la cabeza.

–Es inútil. Se aburre demasiado fácilmente como para fiarse de él. Se olvidará de sus deberes y se irá a la ciudad a correrse alguna juerga.

–Parece que es pariente de Lucifer. Eso tiene que contar para algo.

–Créeme, sé con quién tiene parentesco –replicó Lucien–. Eso no cambia las cosas.

–Sí, pero es fuerte. Nadie quiere meterse en líos con…

–No. Como ya he dicho, no nos podemos fiar de él. Pensará primero en sí mismo y después en nadie más.

–Lo sé.

William no estaba poseído por ningún demonio. Según él mismo era un dios, y había pasado siglos encerrado en el Tártaro, una prisión para inmortales, por haberse acostado con la mujer que no debía. De hecho, con cientos de ellas. Se había acostado incluso con Hera, la antigua esposa del dios rey, y, por ello, había sido despojado de algunas de sus habilidades sobrenaturales. Aunque él se negaba a decir cuáles eran aquellas habilidades.

Sin embargo, a Strider le caía bien, y como Lucien había dicho, sólo se preocupaba de sí mismo. Aunque podía traicionar y dar una puñalada por la espalda a la primera de cambio, o en el estómago, tal y como Lucien había experimentado en persona.

«Mi tipo», pensó Strider. Y, como William no era muy apreciado allí, tal vez quisiera marcharse con él. Le enviaría un mensaje por teléfono antes de salir. No le vendría mal irse de vacaciones con un amigo.

Así pues, ¿quién quedaba en la fortaleza?

–Kane y Cameo –dijo. Desastre y Tristeza–. Como Amun está mejor, pueden volver de donde estén.

Lucien reflexionó durante un instante y después asintió.

–Está bien.

–Una cosa más. Necesito que te pongas en contacto con Sabin mañana. Tiene que volver y conocer en persona a la Cazadora. Pero no lo llames hasta mañana, ¿de acuerdo?

–Hecho.

–Bien –dijo Strider y se pasó la mano por el pelo–. Realmente, necesito estas vacaciones.

Lucien no preguntó nada. Se limitó a asentir de nuevo.

–Haz las maletas mientras yo voy en busca de los afortunados y los traigo a casa.

–No necesito maletas –respondió Strider. Tenía sus armas y eso era todo lo que necesitaba.

Por primera vez durante su conversación, Lucien sonrió.

–Has dicho que necesitas unas vacaciones. Los dos sabemos que las cosas no van a cambiar en absoluto en uno o dos días. Seguirás estresado y nervioso. Así que quiero que te marches por lo menos durante dos semanas, y eso es una condición imprescindible si quieres que te transporte. Haz las maletas.

La Muerte no esperó a que Strider respondiera. Desapareció.

Strider hizo las maletas.

William el Caliente, como habían empezado a llamarlo los habitantes de aquella fortaleza, estaba en su cama, con una montaña de almohadones detrás. Estaba tapado hasta la cintura, algo que no le gustaba, pero de lo que no iba a quejarse porque estaba en compañía de su Gillian Shaw, también llamada Gilly, una humana de diecisiete años. Ella estaba loca por él, y había pensado que tumbado en la cama, descansando, se calmaría.

Aunque se había dejado mimar, él siempre había hecho todo lo posible por no alentar aquel enamoramiento. Ella le había dicho que quería salir con alguien que no fumara, así que, inmediatamente, William había empezado a fumar. En aquel momento estaba exhalando un humo repugnante sobre la perfecta cara de Gillian.

Ella tosió delicadamente.

Por desgracia, ni siquiera el humo pudo empañar la perfección de sus rasgos. Unos ojos enormes de color chocolate. Pómulos marcados y nariz de duendecillo, y labios rosados y carnosos. Y, enmarcando toda aquella belleza, una melena negra como la noche.

William, con un suspiro, apagó la colilla aplastándola en el cenicero que tenía en la mesilla. Tal vez hubiera llegado la hora de darse a la bebida.

–Liam –dijo ella suavemente.

Aquélla era su forma de llamarlo. Si cualquier otro lo hubiera llamado así, lo habría matado. Tal vez porque era la forma de Gillian, y sólo de ella. Estaba sentada a su lado, cadera con cadera, cálida, suave y femenina–. Tengo una pregunta que hacerte.

–Hazla.

Él no podía negarle nada, salvo una aventura. No sólo porque ella fuera demasiado joven, sino porque… bueno, porque le caía bien. Sí, asombroso. William el Perfecto, un sobrenombre mucho más adecuado para él, no era amigo de ninguna mujer, aparte de Anya.

Sin embargo, en muchos sentidos, Gillian era verdaderamente su mejor amiga. Cuando había vuelto del infierno y no podía cuidar de sí mismo, ella lo había hecho por él. Le había dado de comer y había aguantado su mal humor cuando el dolor era muy fuerte, y le había refrescado la frente sudorosa cuando era necesario.

Si, cuando ella alcanzara la madurez, él era tan tonto como para tocarla, su amistad se echaría a perder. Ella se desilusionaría para siempre con el tipo de hombre que era él. Y él no quería desilusionarla.

Gillian se merecía un hombre que pudiera darle el mundo. Y lo único que podía darle él era dolor.

William sabía que era un mujeriego y un asesino. Era cruel, insensible, egoísta y tenía una oscuridad que nadie de aquella fortaleza conocía. Sin embargo, aquella belleza había pasado por muchas cosas durante sus pocos años de vida. Había sufrido maltrato físico y se había escapado de casa, y había vivido en la calle cuidando de sí misma cuando eso debería haberlo hecho su familia.

Danika, la mujer de Reyes, el guardián del Dolor, era quien había llevado a Gillian a la fortaleza. A William le había gustado de inmediato. Ella necesitaba que alguien la protegiera, y William había decidido ser aquel protector. Por el momento. Eso significaba que iba a destruir a aquellos que habían destruido su inocencia, y que después iba a encontrarle a un hombre que mereciera su amor. Eso significaba que debía resistirse a ella.

Por fin, Gillian reunió valor para formular su pregunta.

–Los dioses te han maldecido, pero no sé cómo. He intentado leer tu libro. Anya me lo dejó; espero que no te importe. Pero las páginas son muy raras.

Aquel tema era el tema que más odiaba. Su maldición. La única persona con la que había hablado de ello era Anya, y sólo porque eran vecinos de celda en el Tártaro, y porque él necesitaba hacer algo mientras pasaban los siglos. Después, cuando habían escapado, cometió el error de mostrarle a Anya el libro en el que estaba detallado todo lo que él le había contado, y que era su única esperanza de salvación.

No debería haberle sorprendido que la traviesa diosa se lo robara, y que ahora le amenazara con arrancar las páginas cada vez que se enfadaba con él. Tampoco debería sorprenderle que le hubiera permitido a Gillian que echara un vistazo. Anya también cuidaba de la chica, y sabía lo que aquella pequeña y dulce humana sentía por él. Pero, demonios, sus secretos eran suyos, y de nadie más.

–¿Liam?

No tenía sentido intentar resistirse. Y por los dioses, se sentía patético. ¿Ni siquiera iba a intentarlo? Lamentable.

–El libro estaba escrito en código –explicó.

Otro truco de Zeus, una forma de concederle la salvación sin dársela. Todavía estaba buscando la clave del código. Sabía que estaba en algún lugar. No podía creer lo contrario. Aunque, por otra parte, tenía miedo de encontrar aquella clave y averiguar más cosas sobre su maldición.

–Sí, pero, ¿de qué manera estás maldito? –insistió ella.

No debería decírselo. Sabía que Gilly quería encontrar la manera de salvarlo. Sin embargo, tenía que enterarse de la verdad. Tal vez así su enamoramiento terminara de golpe.

–Lo único que sé es que la mujer de la que me enamore desencadenará… –William apretó los labios. La mujer de la que se enamorara desencadenaría a todas las criaturas malvadas que él había creado. Y había creado algunos monstruos. Aunque eso no iba a decírselo–. Me matará –dijo. Eso también era cierto.

Gilly abrió unos ojos como platos y lo miró a la cara.

–No lo entiendo.

–La maldición no es sólo mía. La comparto con ella –explicó él. Fuera quien fuera aquella mujer–. Cuando me enamore de ella, ella se volverá loca. Sólo pensará en matarme, y se cerciorará de conseguirlo.

Y todo eso, por cortesía de Zeus. La buena noticia era que William nunca se había enamorado y nunca se enamoraría. En su corazón sólo había sitio para una persona, y aquella persona era él mismo.

–Yo nunca te haría daño –dijo Gilly suavemente–. De todos modos, ¿el libro contiene una forma de salvarte? ¿Y de salvarla a ella?

–Tal vez –dijo él–. Pero no lo pienses, Gilly. Es una

maldición de sangre, lo cual significa que alguien tiene que morir. Si yo me salvo, la persona que me salve morirá en mi lugar, y ésa no vas a ser tú, ¿entendido?

Ella no respondió. Tampoco su expresión dulce cambió. Y eso asustó a William. La posibilidad de morir debería haberla horrorizado; a él le horrorizaba. Con más firmeza de la que hubiera querido, le dijo:

—Sé buena chica y ve a descansar. Tienes ojeras, y no me gustan.

Ella apretó los labios con un gesto de obcecación.

—No soy una niña. No me trates como si lo fuera.

—Eres una niña —respondió él despreocupadamente. Lo era de verdad.

Ella le sacó la lengua, demostrándoselo.

—Los chicos de mi colegio no piensan lo mismo.

—Los niños de tu colegio son tontos.

—Pues no. Quieren besarme.

William sintió una ráfaga de rabia.

—Pues será mejor que no les animes, niñita, porque yo les haré daño si intentan cualquier cosa contigo. No estás lista para ese tipo de relación.

—Y supongo que eres tú el que debe decidir cuándo voy a estar lista.

—Exactamente —dijo él. Una chica lista—. De hecho, en cuanto tengas la edad suficiente, te lo diré. Hasta ese día guárdate los labios, o te arrepentirás.

—¿Ah, sí? Y dime, ¿qué edad consideras que será suficiente, y hasta qué punto me arrepentiré si te desobedezco?

—Unos trescientos años, más o menos, y no quieras saberlo.

—En primer lugar, soy humana. Nunca llegaré a esa edad.

—Ya lo sé.

—En segundo lugar, no me das miedo.

–Vamos a dejar eso por ahora. Tú misma has admitido que eres una humana, y necesitas descansar –dijo él para zanjar la discusión, y le dio un suave empujón para que se levantara de la cama–. Vamos, vete.

Ella saltó de la cama refunfuñando, y se quedó mirándolo durante un largo rato. Él le permitió mirarlo, en silencio, imaginándose lo que veía. Un hombre guapísimo de pelo negro y ojos azules, que había roto más corazones de los que nunca podría contar. Ojalá a ella no se le escapara el hecho, como les había ocurrido a muchas otras, de que el suyo nunca se había roto.

Su teléfono emitió un pitido e interrumpió el silencio. Le había llegado un mensaje.

Gilly miró el móvil, y después lo miró a él.

–Vete –dijo él con más firmeza.

–Muy bien.

Gilly se dio la vuelta y salió de la habitación, y William se quedó allí con una sensación de vacío en el pecho. Maldición, pensó de nuevo.

Sonó otro pitido. William se quitó a Gilly de la cabeza y tomó el móvil de la mesilla para leer el mensaje. Era de Strider.

¿Quieres venir de vacaciones conmigo?, decía el texto.

William soltó un resoplido mientras comenzaba a teclear.

¿Una escapadita romántica para dos? Lo siento, no eres mi tipo.

Pasaron sólo unos segundos, y le llegó la contestación.

Yo le gusto a todo el mundo. ¿Te vienes o no? Porque se me está ocurriendo decírselo a P, esté donde esté. Tú sólo serías equipaje de más.

Salir de la fortaleza. Alejarse de Gilly y de sus ojos sabios. Alejarse de aquella esperanza de algo que no podría darle nunca. Alejarse de sus preguntas, de sus suaves caricias.

¿Hay alguien que pueda ocupar nuestro lugar aquí en la fortaleza?, preguntó. Por mucho que quisiera escapar, no iba a dejarla allí indefensa.

Kane y Cameo van a volver. Última oportunidad. ¿Vienes o no?

En aquella ocasión, William no titubeó.

Voy.

Sabía que no podrías resistirte. Estate listo en cinco minutos.

En diez. Quiero arreglarme para ti. Ya sabes, como a ti te gusta.

Idiota.

William se rió. Se estaba divirtiendo más que hacía mucho tiempo tomándole el pelo a Strider.

¿Te gustaría hacer una paradita antes de que nos vayamos de viaje?

¿Dónde?

Detalles más tarde. Lo único que tienes que saber es que voy a matar a la familia de Gillian.

Hacía tiempo que quería terminar aquel asunto, pero su viajecito al infierno había cambiado sus planes. Los demonios habían estado a punto de comerle el brazo entero, y acababa de curársele. Además, Amun le había prometido que iría con él y le diría cuáles eran los secretos y los miedos más profundos de la madre y el padrastro de Gillian, para que William pudiera convertir su viaje a la muerte en algo terrorífico y doloroso.

Sin embargo, Amun todavía estaba inconsciente, y él se había cansado de esperar.

Strider envió un último mensaje.

De acuerdo. Pero ahora sólo te quedan ocho minutos para arreglarte.

Tenía que ser Strider el que aceptara el plan de hacer una masacre brutal sin preguntar cosas tontas como «por qué» y «cómo».

William apartó las sábanas y se levantó, y repasó mentalmente lo que necesitaba para el viaje. Unos cuantos cuchillos, una cápsula de ácido, una sierra, un pico y un cepillo de púas. Un látigo de nueve puntas. Y una bolsa de ositos de gominola.

Aquello iba a ser muy divertido.

Capítulo 11

Haidee se deleitó con el calor que la envolvía mientras un sueño comenzaba a tomar forma en su mente. Estaba en una veranda iluminada por la luna, observando el estanque del patio y las luciérnagas que revoloteaban por la superficie del agua. Corría una brisa suave que le removía el pelo, y su túnica de color azul, su vestido de boda, jugueteaba alrededor de sus tobillos.

Casi no podía creer que hubiera llegado aquel día.

Solon se había casado con ella. Después de un comienzo y un cortejo inciertos, él le había prometido delante de sus amigos y su familia que iba a quererla y a adorarla. Aunque era un noble poderoso, ella no lo era, y él podría haberla mantenido como esclava. Sin embargo, eso no era aceptable para él. Si la convertía en su esposa, nadie podría hacerle daño de nuevo. Ni siquiera después de que él muriera.

Sólo por eso, ella se habría enamorado de él. Salvo que ya lo quería. Él era dieciséis años mayor que ella, pero era fuerte. La había tratado siempre con amabilidad y nunca le había levantado la mano, aunque su primera reacción hacia ella hubiera sido tensa, y nunca había permitido que sus visitantes abusaran de ella.

Había empezado a mimarla cuando la había comprado

en el mercado de esclavos, once años antes. Entonces, ella era una niña devastada por la pérdida de sus padres y aterrorizada por el destino que la esperaba. Siempre tenía frío. Aquel frío la había librado de ser violada una y otra vez. Ningún hombre soportaba tocarla.

Y tal vez por aquel motivo, Solon nunca le había exigido favores sexuales a cambio de su amabilidad. Por lo menos, eso era lo que ella había pensado. Hasta seis semanas antes, cuando le había pedido que se casara con él.

—¿Estás nerviosa, querida? —le preguntó alguien a sus espaldas.

Se volvió. Era Leora. Hasta aquel mismo día había sido su amiga y su igual, pero se suponía que a partir de entonces sería su sirvienta. Tenía el pelo gris y rizado y el rostro arrugado por la edad, y llevaba un vestido tosco de tela de saco.

Si Leora estaba allí era porque había llegado el momento. Significaba que su marido la había llamado, que estaba listo para recibirla. Su marido.

—Me encanta que me llames así —dijo con sinceridad—. Sobre todo teniendo en cuenta que al principio no te caía bien.

A nadie. Nunca le caía bien a nadie.

—No. Pero eso cambió pronto, ¿no?

Sí. Igual que con Solon.

—Sí, es cierto. Y para responderte, sí, estoy nerviosa, pero también impaciente.

Por fin podría demostrarle a Solon cuánta era su gratitud.

Leora arqueó una ceja.

—¿Y sabes lo que le hace un hombre a su esposa la noche de bodas?

—Sí.

Por lo menos, eso pensaba.

Ella cerraba los ojos con fuerza cuando los guardias del

mercado violaban a las otras esclavas. Sin embargo, los gritos… Haidee se estremeció al recordar la humillación y el dolor que no había podido detener, por mucho que hubiera forcejeado contra sus cadenas, por mucho que hubiera rezado, llorado y odiado.

En el fondo, sabía que acostarse con Solon no se parecería en nada a eso. Él sería tierno y paciente. Era bueno y sensible, y calmaría cualquier miedo que ella pudiera sentir.

—Entonces, no te entretendré más —dijo Leora con una sonrisa—. Tu esposo espera.

La anciana acompañó a Haidee hacia el gineceo por un pasillo iluminado con teas. Hacia la habitación principal, hacia su destino. Cada vez más cerca… y más cerca…

Haidee gritó en la vida real, intentando alcanzar con las manos a la chica inocente que había sido, intentando detenerla.

—No. No entres ahí —recordaba qué era lo que la había llevado a aquel punto de sus recuerdos, pero de repente supo lo que la estaba esperando más allá de aquella puerta—. ¡Para! ¡Por favor, para!

Ninguna de las dos mujeres le hizo caso. Más cerca…

«Haidee, despierta».

Haidee luchó contra aquella voz como luchaba contra aquel sueño. Si podía evitar entrar en aquella habitación, podría salvarse de miles de años de sentimiento de culpabilidad y de dolor.

—¡No entres! ¡Por favor!

Leora se detuvo ante la puerta y se volvió hacia ella con una sonrisa dulce. Después se hizo a un lado, y Haidee, temblorosa y desprevenida, alargó el brazo…

…estaba flotando, suspendida…

…estaba apretando los dedos alrededor de los bordes de la cortina…

…estaban irguiéndola, poniéndola en pie…

Antes de que pudiera entrar en la habitación, sintió un chaparrón de agua fría de la cabeza a los pies que la trasladó a la realidad. Tartamudeó, escupió y abrió los ojos.

Por costumbre, miró rápidamente a su alrededor. Estaba en una ducha espaciosa y llevaba la camiseta nueva, los pantalones vaqueros y la ropa interior que le había dado Strider antes de encadenarla. Estaba descalza, y unos brazos oscuros y musculosos la sujetaban por la cintura.

Se puso rígida y comenzó a forcejear. El pánico le dio fuerzas. Sin embargo, no pudo zafarse de aquellos brazos.

«Tranquila, shhh. ¿Estás bien?».

La voz de Amun, firme aunque con un tono de preocupación, inflexible y tierna a la vez. Él era quien la estaba sujetando; en cuanto se dio cuenta abandonó la lucha y se apoyó en él, y posó la cabeza en el hueco de su cuello.

Si Amun estaba de pie, significaba que se había recuperado. Haidee se sintió tan aliviada que tuvo ganas de llorar. Ella se había pasado varios días encadenada junto a su cama, perdiendo y recuperando el conocimiento, y su estúpido amigo la había sacado de la habitación y había vuelto a dejarla allí. Justo cuando Amun dejaba de tener convulsiones y estaba a punto de despertar, Derrota la trasladaba. Cuando por fin, el desgraciado volvía a llevarla a la habitación, Amun estaba peor que antes. Todas las veces.

Pero en aquel momento estaba consciente y lúcido. Y ella estaba libre.

Y estaban tocándose.

«¿Has tenido una pesadilla?», le preguntó él.

—Sí —respondió ella con la voz ronca—. ¿Cómo hemos llegado hasta aquí?

«Después».

Haidee sabía que había prometido que no volvería a tocarlo, ni a dejar que la tocara. Ambas cosas eran peligrosas. Sin embargo, cuando él apartó uno de los brazos de ella, tuvo que contener un gemido.

Para su sorpresa, él no la dejó allí. Giró el grifo hacia el otro lado, y al cabo de unos instantes, la temperatura del agua subió considerablemente.

«Cuéntame la pesadilla», le pidió él, mientras tiraba del bajo de su camiseta para quitársela.

Ella debería haber protestado, pero levantó los brazos y dejó que se la sacara por la cabeza. Aquello era tan necesario para ella que sólo quería que continuara.

—He revivido la visión que me desvelaste el otro día. La de la veranda.

«Creía que era algo bueno», respondió él mientras le bajaba los pantalones vaqueros. Después la alzó en brazos y sacó los pantalones de la ducha de una patada, y la dejó en sujetador y bragas.

—He visto lo que ocurrió después.

Entonces, él la sujetó con una mano por la cintura y con la otra comenzó a enjabonarla.

«Pero al principio eras muy feliz».

Un tema tan desgarrador durante una tarea tan íntima. Y, pese a quién era él, ella nunca se había sentido más cómoda con ninguna otra persona. Él no intentó excitarla sexualmente mientras la lavaba, y tuvo mucho cuidado con sus cortes y sus hematomas; simplemente, realizó una tarea básica.

—Sí.

«Cuéntamelo», dijo Amun.

Cuando ella estuvo libre de suciedad, comenzó a lavarle el pelo con champú. El olor a sándalo se intensificó con el vapor de agua.

Abrió la boca para obedecer, pero las palabras se le enredaron en la lengua. Se dio cuenta de que si las pronunciaba volvería al pasado, a aquel día negro que había cambiado para siempre el curso de su vida, y de la de él. Perdería la tranquilidad de aquel momento.

—No —dijo—. Ahora no. Después. Por favor.

«Nuestro después se está llenando».

–Ya lo sé.

Haidee temió que él la presionara, pero Amun comenzó a aclararle el pelo bajo el chorro de agua. Claramente entendía cuáles eran las necesidades de una mujer, porque le aplicó acondicionador en los gruesos mechones de pelo de la melena, esperó a que la crema actuara, y finalmente le aclaró el pelo de nuevo.

«Ya estás. Limpia».

–Gracias.

Él no giró el grifo para cortar el chorro de agua, ni se movió. Continuó sujetándola, dibujando suaves círculos con los dedos bajo su ombligo, con la barbilla apoyada en su cabeza.

Siguió sin tratar de excitarla, pero a cada segundo que pasaba, ella tenía más y más sensibilidad en la piel, y una necesidad primitiva comenzó a apoderarse de ella.

Sin embargo, sabía que debía resistirse. Por todas las razones en las que ya había pensado, y por otras mil que seguramente no se le habían pasado por la cabeza todavía.

En realidad, él tampoco la deseaba. No podía ser. Estaba prácticamente desnuda, y él tenía sus manos sobre ella, y ni siquiera había intentado acariciarla de una manera más íntima.

De repente, no se sentía tan cómoda.

¿Acaso él ya había adivinado quién era ella, y por eso ya no la deseaba?

No, no podía saberlo. Si lo supiera no la estaría cuidando así. Seguramente, Amun había llegado a la conclusión de que besar a una Cazadora estaba mal.

–Amun, tengo que… –comenzó a decir Haidee. Sin embargo, se interrumpió al notar que él se ponía rígido. ¿Qué había dicho?

«¿Sabes cuál es mi nombre?».

–Sí –susurró ella.

«Entonces, sabes lo que soy realmente. Sabes que no soy tu Micah».

—Sí.

«¿Y tú, precisamente tú, me has permitido que te abrace así?

Su tono de voz, de absoluta confusión, puso en alerta a Haidee. «Tú, precisamente tú», había dicho él. Entonces, él lo sabía. Sabía que era una Cazadora, pero también sabía lo peor. Sabía que había participado en la muerte de Baden.

¿Y por qué no la había matado ya?

A Haidee le flaquearon las rodillas.

—Derrota... Strider te ha dicho quién soy. Lo que he hecho.

«No. Lo descubrí yo solo. Entonces eras Hadiee, pero ahora eres Haidee. Pero estuviste presente durante el asesinato de Baden».

Confirmado.

—¿Y pese a eso, tú, precisamente tú, me has abrazado así? —preguntó ella; y mientras lo hacía, lo comprendió todo.

Aquélla era la calma antes de la tormenta: le había mostrado todo el placer que hubiera podido tener, pero del que nunca disfrutaría.

Se le escapó una risa de amargura. Él no podía saber que, en toda una vida de tristeza y dolor, el hecho de que él se lo negara sólo sería más de lo mismo. Que no conseguiría doblegarla. Por mucho que él hiciera, ella ya había pasado por algo peor.

Amun la hizo girar antes de separarse de ella. Sus miradas quedaron atrapadas, y ella se dio cuenta de algo: de que tocarla sí le había afectado. Tenía una expresión tensa y la respiración entrecortada.

Un momento; ¿él la deseaba? ¿O sólo estaba enfadado?

Se le había bajado la hinchazón de la cara, y su belleza

áspera le causó asombro a Haidee. Tenía la piel del color del café, con una gota de leche. Sus ojos eran negros, maravillosos, y tenía las pestañas espesas y largas, incluso más largas que las suyas. La nariz, aguileña y majestuosa. Los pómulos, muy marcados. Los labios podrían haberse considerado crueles de no ser por su color rosado.

Tenía el pecho desnudo y mostraba unos terribles arañazos de garras. ¿Se los había hecho él mismo? ¿Se los había hecho ella? Su torso era muy musculoso. Tenía el cuerpo de un hombre que se había fortalecido en la batalla, no en un gimnasio.

Llevaba unos pantalones de deporte de cintura baja, y en ellos se marcaba el bulto de su erección. Al verlo, ella tragó saliva y volvió a mirarlo a la cara.

Strider le había dicho que él era el más amable de todos. Sin embargo, ella nunca había visto a un hombre de expresión más feroz.

«¿Cómo es que me confundiste con él?».

—Os parecéis mucho. Tanto que resulta increíble.

«¿Era inmortal? Sabes que yo soy inmortal, ¿verdad?».

—Sí, lo sé. Pero él no es inmortal. Me habría dado cuenta. Fue herido muchas veces, pero se curó con tanta lentitud como un humano.

«¿Así que nuestro parecido es un capricho del destino? Me parece dudoso. Yo fui creado por Zeus, y me he preguntado muchas veces si el antiguo rey de los dioses se limitó a mirar desde el cielo, eligió cualquier cara que le gustó y lo hizo. Pero esa creación ocurrió hace miles de años, así que mi cara tuvo que venir antes».

—¿Y crees que alguien creó a Micah? ¿Alguien que te vio?

«Sí».

—Entonces, ¿por qué es humano?

«Hay dioses, humanos, semidioses, y criaturas en medio. Él puede ser muchas cosas».

–Bueno, puede que Zeus viera las caras del pasado, del presente y del futuro, y eligiera de ahí. O tal vez Micah sea hijo tuyo, y tú no lo sabes. Seguro que has estado con bastantes mujeres humanas.

«No. No es posible».

–¿Por qué? Esas cosas les pasan incluso a los inmortales.

«Hace mucho tiempo que no estoy con nadie. Más o menos un siglo. Y si él aparenta mi edad…».

Haidee sintió un gran alivio al oír que él no había estado con nadie desde hacía un siglo. Ella tampoco.

–Oh. Bueno, tal vez sea un descendiente tuyo. O tal vez es algo extraño e inexplicable. O, demonios, tal vez…

«Bueno. Tal vez tú tengas razón», admitió él. «De todos modos no importa. Estamos en equipos contrarios».

–Es verdad.

«¿Y por qué te cambiaste de nombre?», le preguntó él, cambiando de tema.

–Con un sencillo cambio de vocal, mi nombre se volvió más corriente a medida que cambiaba la sociedad. Hay muchas más Haidees que Hadiees, y yo no quería llamar la atención de ningún demonio que me estuviera buscando.

«Si no querías llamar la atención, no deberías haber hecho tantas cosas para resaltar», replicó él, mirando sus tatuajes.

Ella se sintió tensa ante su desaprobación. ¿Por qué tenía que importarle lo que él pensara de su aspecto? Salvo por el dolor que notó en el corazón, no le importaba en absoluto.

«¿Y por qué estamos conectados?», preguntó él, cambiando de tema nuevamente. Adiós, distracción. Acababa de hacer una pregunta excelente. ¿Por qué estaban conectados sus cuerpos y sus mentes?

–No-no lo sé –dijo ella, y se ruborizó al tartamudear. Había luchado y había vencido en demasiadas batallas. Aquel hombre no podía intimidarla.

«¿Y por qué no puedo hacerte daño?».

¿Lo había intentado? Aquel pensamiento inquietó a Haidee.

—Tal vez sea por el mismo motivo por el que yo no puedo hacerte daño a ti.

«¿Y cuál es?».

—No lo sé. Pero he tenido oportunidad de hacerlo, y varias veces —le recordó ella.

Entonces, él suspiró y se relajó un poco.

«No. En vez de eso, me calmaste. Me protegiste».

Haidee asintió.

—Igual que tú hiciste por mí.

Durante un largo rato sólo se oyó el chapoteo del agua contra la porcelana. En parte, ella se alegraba de que supieran cosas el uno sobre el otro, y de no tener que esperar a lo que iba a ocurrir cuando él averiguara sus secretos. Por otra parte, estaba más asustada que nunca.

Lo sabían, pero si se buscaban de otro modo… no habría excusas para sus acciones ni para su estupidez. Sus amigos los culparían, y tal vez empezaran a odiarlos. ¿Y por qué? Hicieran lo que hicieran, nunca iba a haber un final feliz para ellos.

De repente, él la agarró por las caderas y la empujó bajo el chorro de agua, y entró también bajo la cascada, y la aplastó contra la pared de azulejo. Y, aunque él sólo le estaba tocando las caderas, su calor la envolvió y le llegó hasta los huesos. Se le endurecieron los pezones y sintió una necesidad dolorosa de contacto.

En aquel momento parecía que él era capaz de todo. Sobre todo, de llevarla hasta el límite de la pasión y de la locura.

«Para esto antes de que sea demasiado tarde», se ordenó a sí misma. Posó las palmas de las manos sobre su pecho y sintió el ritmo de los latidos de su corazón, que era tan errático como el suyo.

—No puedo estar contigo de esta manera, hasta que haya hablado con Micah.

Oh, Dios. ¿De veras había dicho eso? ¿Había intentado allanar el camino para que los dos pudieran estar juntos? ¿Qué demonios le ocurría?

Amun entrecerró los ojos.

«¿Por qué?», le preguntó, en un tono que exigía respuesta inmediata.

—Tengo que decirle que hemos terminado —dijo ella.

Era lo más honorable que podía hacer. Pese a todos sus defectos, no iba a engañar a Micah. Sin embargo, tan sólo por el hecho de hablar de aquello debilitaba todas las decisiones que había tomado, incluyendo la de alejarse de Amun.

«¿Estás dispuesta a dejar tu relación con él por mí? ¿Por un guerrero poseído por un demonio al que has jurado que matarías?», preguntó Amun, y soltó una carcajada seca. «No soy tan tonto como tú crees».

Ella era la tonta. Nunca iban a poder confiar el uno en el otro, y por buenas razones. Sin embargo, Haidee respondió:

—Sí.

Claramente, era una tonta. Quería estar con él. Pese a todos los motivos que tenía para alejarse, lo necesitaba, y no podía negar aquella necesidad.

La risa falsa de Amun cesó rápidamente.

«Tu relación con él no te ha impedido besarme», dijo. En aquella ocasión, su voz tuvo un tono de frustración.

—Entonces no sabía quién eras.

Él reflexionó sobre aquello durante unos momentos y asintió.

—Está bien. Eso es cierto. Pero, ¿cómo sé que esto no es un truco?

—No lo sabes.

«¿Y cómo piensas hablar con ése tal Micah?».

–Lo llamaré –dijo ella. No tenía otro modo de conseguirlo.

«Ya. Y durante vuestra conversación, seguramente no le hablarás en código y le darás tu posición. Y seguramente, tampoco él intentará venir a salvarte, y no intentará atrapar a todos los que están en esta fortaleza», dijo él con un tono sarcástico.

–No –respondió Haidee negando con la cabeza–. Si lo llamo, sólo sería para romper con él. Ni más, ni menos.

La expresión de Amun reflejó todo su deseo, un deseo mezclado con la posesión y el instinto, pero también con esperanza y con indecisión e impotencia.

Nadie la había mirado así, nunca. Como si fuera un tesoro, como si la deseara de la manera más primitiva, como si fuera dinamita que podía explotar en cualquier momento.

Ella quiso pasarle las manos hacia la espalda y atraerlo hacia sí para sentir su cuerpo y su erección hasta que los dos estuvieran jadeando de placer. Estuvo a punto de pedírselo.

Sin embargo, Amun dejó caer las manos de sus caderas y se irguió. El agua le cayó por la cara como una cascada y le ocultó sus rasgos a Haidee.

«Eso no va a ocurrir, Haidee», dijo llanamente. «Por un simple revolcón no merece la pena las consecuencias». Y, con eso, la dejó allí sola.

Su crueldad no debería haberla sorprendido, pero sí la sorprendió. Y le hizo daño. Ella había mostrado su voluntad de hacer algo que funcionara entre los dos. Él no. Él nunca lo había insinuado. Tenía una mirada fría y distante mientras la reducía a un «simple revolcón». Ella nunca había sido otra cosa para él y nunca lo sería. Había demasiados obstáculos entre ellos.

Haidee quiso odiarlo.

Sin embargo, hizo algo que no había hecho desde siglos antes. Sollozó como una niña por el destino cruel que le había tocado otra vez.

Capítulo 12

Amun se quitó los pantalones mojados y se secó con una toalla. Después se puso unos vaqueros y una camiseta, y esperó a que Haidee saliera a la habitación. No tuvo que esperar mucho, aunque aquel tiempo que pasaron separados le pareció infinito. Cuando ella apareció, él se dio cuenta de que su expresión era neutral, y se molestó. Aunque en realidad, tenía los ojos enrojecidos y un poco hinchados. ¿Había… llorado? Al pensarlo, a él se le encogió el pecho dolorosamente, y estuvo a punto de acercarse y tomarla en brazos, para consolarla.

Apretó los puños. No, no era posible que ella hubiera llorado. Para eso, él tendría que importarle, y no le importaba. Por lo tanto, no podía permitirse creer que ella hubiera derramado una sola lágrima.

Entonces, ¿por qué le dolía el pecho?

Apartó la mirada de su rostro. Ella tenía una toalla blanca sujeta por debajo de los brazos, que le llegaba justo por encima de las rodillas. Era evidente que se había quitado el sujetador, porque no se le veían los tirantes en los hombros. Seguramente, también se había quitado las braguitas. Las tenía tan mojadas, tan maravillosamente mojadas…

La opresión del pecho se extendió hacia más abajo. Sabía cómo era ella debajo de todo aquel algodón. Sus pechos le encajaban en la palma de las manos. Tenía un estómago plano y unas caderas perfectamente curvadas. Amun deseó desesperadamente agarrarla por la cintura y frotarla contra sí, una y otra vez. Ella seguía siendo una tentación, incluso en aquel momento.

«La ropa está sobre la cama», le dijo, y se dio la vuelta antes de que se le olvidaran todos los motivos por los que la había dejado sola en la ducha. Incluso en su mente, la voz le sonaba ronca. Todavía se sentía asombrado cada vez que hablaba con ella sin tener que utilizar el lenguaje de signos.

Aquella conexión que había entre ellos era la razón por la que había decidido contarle la verdad sobre sí mismo y decirle que conocía su pasado. Había decidido mostrarle sus cartas antes de que ella pudiera verlas por sí misma, con la esperanza de que ella le correspondiera con el mismo gesto.

Amun detestaba el hecho de que su demonio se hubiera quedado callado en cuanto él la había tocado, y no hubiera vuelto a hablar. Secretos siempre estaba o callado o agitado en presencia de Haidee, y Amun nunca sabía cuál de las dos cosas iba a suceder. Lo que más le molestaba era que su demonio podría haberlo averiguado todo acerca de ella, seguramente. Sin embargo, aunque Amun podía proyectar su voz en la mente de Haidee, no podía leerle el pensamiento como a las demás personas. Hubiera querido recriminárselo a Secretos, pero se lo recriminó a sí mismo. ¿De qué servía tener un demonio dentro. Si no podía usar las habilidades de la maldita cosa?

A su espalda, oyó unos pasos ligeros y el susurro de la ropa. Quería ver a Haidee vistiéndose. Estaba desesperado por ver sus curvas otra vez. Al recordarla mojada, en la ducha, sintió una oleada de deseo ardiente. Tenía que pensar en otra cosa antes de perder el control y abalanzarse sobre ella. No podía tomarla. Tal y como le había prometido, no iba a tocarla otra vez.

Puso la mente en blanco. Había una cosa que lo irritaba tanto como para aplacar su deseo. Los tatuajes de Haidee. En la ducha le había visto la espalda, y cada una de aquellas marcas había transformado su necesidad en rabia. Si había albergado alguna duda de quién era ella, los tatuajes la habían disipado.

Tenía la muerte de Baden grabada, con orgullo, en la piel. Contra eso, cuatro Cazadores supuestamente asesinados por los Señores, de los que Amun no sabía nada. Aunque iba a enterarse. ¿Cómo iba a conseguir la información, cuando los secretos de Haidee continuaban siendo sólo de ella? No lo sabía, pero también iba a averiguarlo.

Quizá pudiera seducirla para sonsacársela.

«Seducir». Al instante, su cuerpo y su mente volvieron a sentir lujuria por ella. Seducir requería acariciar.

Tal vez su promesa de no volver a acariciarla había sido apresurada.

En realidad, ¿por qué debía negárselo? Debería tomarla. A menudo. Tantas veces como le golpeara la necesidad. Hasta que hubiera obtenido las respuestas que quería. Hasta que se la hubiera quitado de la cabeza. Debería haberlo hecho en la ducha, pese a las débiles protestas de Haidee, tan débiles que él podía haber inclinado la cabeza y haber besado el pulso que latía en la base de su cuello. Entonces, todas las razones por las que ella lo había rechazado se habrían desvanecido.

Amun no tenía dudas de que ella también lo había deseado. Tenía las pupilas dilatadas, los labios entreabiertos y jadeaba suavemente. Seguramente, no se había dado cuenta de que le había clavado las uñas en los pectorales en cuanto le había posado las palmas de las manos en el pecho, como si estuviera desesperada por estar conectada con él, como si quisiera hacer desaparecer toda la distancia.

Aquel gesto, por pequeño que hubiera sido, era una forma de demanda, y él había reaccionado violentamente, aunque no se lo hubiera dejado entrever. Aquella rabia había sido su único vínculo con la cordura.

Sabía que sus amigos lo consideraban muy calmado y, normalmente, lo era. Sin embargo, cuando miraba a aquella mujer, a su supuesta enemiga, a su inesperada salvadora, había algo duro y primario que bullía en su interior y que hacía peligrar su contención. Se sentía como un cavernícola que sólo quería llevarse a aquella mujer a un lugar donde estuviera apartada del resto del mundo. Quería poner su cuerpo entre ella y cualquiera que se atreviera a amenazarla. Quería atarla a su cama y mantenerla allí para siempre, lista para él.

Quería consolarla incluso mientras la asaltaba.

Sus deseos eran oscuros y seductores, y se le metían hasta por el último tejido del cuerpo. Ya no era Amun, sino el hombre de Haidee.

Aquél no era un título que él pudiera tolerar. Por lo menos, no mucho tiempo.

Sin embargo, estaba en el camino correcto; si la poseía, se cansaría de ella. ¿Y cómo no iba a cansarse, siendo ella quien era? Y cuando se cansara, cuando la novedad de su contacto, de su sabor y de su olor se desvaneciera y él ya no la necesitara para dominar a los demonios y conservar el sentido común, podría cumplir con su deber y matarla. Pero hasta entonces…

Tendría que continuar protegiéndola.

Cuando cesó el sonido, Amun se dio la vuelta y vio a Haidee a los pies de la cama. La ropa que llevaba era de Gwen, otra mujer delgada, pero de todos modos, a Haidee le quedaba un poco grande. Pese a sus curvas femeninas, estaba demasiado delgada.

Amun se enfureció. Seguramente, mientras Strider la estaba vigilando, sólo le había dado la comida necesaria para sobrevivir, ni más ni menos, y ella había adelgazado unos kilos que no podía permitirse el lujo de perder. Eso iba a cambiar. Causar sufrimientos innecesarios no estaba en su naturaleza.

—¿Y ahora qué? —preguntó Haidee con la voz ronca.

Amun se dio cuenta de que ella no se había movido durante su escrutinio. Se había quedado quieta y le había permitido que mirara lo que quisiera. Tal vez ella también lo hubiera estado estudiando, porque tenía chispas de calor en los ojos.

A Amun le gustó que a ella le gustara mirarlo. Normalmente, con Paris, Strider y Sabin cerca, a las mujeres no les gustaba la aspereza de sus rasgos.

«Siéntate», le dijo. «Ahora vamos a hablar».

—¿Más?

«Sí, más. Siéntate».

Ella obedeció después de una ligera vacilación. Se sentó al borde de la cama y se agarró las manos en el regazo.

—¿Y de qué vamos a hablar?

«De mí. Tú has adivinado mi identidad, pero no creo que sepas lo que significa eso. Así que te lo diré yo. Estoy poseído por el demonio de los Secretos».

Amun esperó su reacción, pero ella no hizo nada. En la ducha, él sólo había jugado con los detalles, no había admitido de verdad que estuviera poseído.

—¿Y? —preguntó ella.

Al oír su pregunta, Amun se dijo que no debía permitir que lo irritara.

«¿Sabes que existen los inmortales, pero no sabes nada sobre el Cielo y la Tierra?».

—Sé que existen.

«Hace poco, tuve que ir al infierno a rescatar a una amiga».

Haidee tragó saliva.

—¿Rescataste a otro demonio?

«En cierto modo». Legion era un demonio, pero había negociado con Lucifer para conseguir un cuerpo humano. Un cuerpo que todavía poseía. «Ella no era… no es mala. Bueno, no totalmente malvada. Además, la estaban torturando. Cuando estuve en el infierno para salvarla… me asaltaron pensamientos e impulsos demoníacos. Todavía no he conseguido librarme de esos pensamientos ni de esos impulsos, y me están volviendo…».

–¿Loco?

Amun asintió.

«Sólo puedo controlar las cosas cuando estoy contigo».

–¿Y por qué conmigo?

«No lo sé».

–Inténtalo.

Él suspiró.

«Tal vez por el mismo motivo por el que puedo proyectar mi voz en tu cabeza».

–Eso no me dice nada –replicó ella, frunciendo los labios.

Qué adorable era. Una princesa con un mohín. Aquel pensamiento le hizo fruncir el ceño.

«Nos guste o no, hay algo entre nosotros. Puede que por eso, los demonios sepan lo que yo sé y te tengan miedo. Tal vez tengan miedo a los Cazadores».

–Puede. Entonces, ¿tú odias esos pensamientos y esos impulsos? –preguntó Haidee suavemente, casi con esperanza.

¿Y por qué con esperanza? ¿Porque quería pensar lo mejor de él?

«Sí. Sobre todas las cosas».

Haidee se miró el regazo. Se estaba retorciendo los dedos. Él no había esperado tanta calma por su parte. Ella odiaba a los demonios, y él acababa de admitir que estaba poseído por toda clase de males.

¿Estaba intentando engañarlo? ¿Estaba intentando que él bajara la guardia? Y, si era así, ¿con qué propósito?

Él debería saberlo; su demonio debería saberlo. Lamentó más que nunca el hecho de no poder leerle la mente.

—¿Por qué me has dicho esto? —le preguntó Haidee.

«Por tu mal, y por el mío, no podemos quedarnos aquí. Yo soy un peligro para mis amigos. Y tú también eres un peligro para ellos, tanto como ellos para ti».

No quería que ninguno de ellos la encontrara. Además, sus veinticuatro horas estaban terminando, y hasta el más pequeño ruido que oía detrás de la puerta le causaba tensión. Era posible que Sabin entrara en la habitación con un lanzallamas en cualquier momento.

—Sí, tenemos que irnos —respondió ella por fin—. ¿Y adónde propones que vayamos?

Tanto pragmatismo era algo admirable. Combinándolo con el plural de las frases, en las que lo incluía, y el calor de su mirada, Haidee era como un afrodisíaco muy potente.

«¿Quieres quedarte conmigo?».

—Por supuesto.

¿Y por qué quería quedarse con él? Amun sintió desconfianza y buscó una respuesta, pero sólo halló una: Haidee estaba jugando con él. Tal vez quisiera llevarlo hasta sus amigos los Cazadores, como había hecho con Baden.

Amun apretó los puños con fuerza.

—¿Amun?

Su nombre en los labios de Haidee… Otro afrodisíaco.

«Iremos al único sitio en el que puedo purgar los pensamientos y los impulsos».

Ella abrió unos ojos como platos.

—¿Puedes hacerlo?

De nuevo, su tono de voz era esperanzado, como si de verdad le importara.

«Mientras tú dormías, yo he estado hablando con alguien». Y aquella conversación lo había enfadado mucho.

—Debes volver al infierno —le había dicho Zacharel, sin mostrar ninguna preocupación, cuando Amun había ido a buscarlo.

«¿Cómo? Fue mi excursioncita al infierno lo que me dejó así. No creo que volver allí sea la mejor solución».

—Tú sacaste a los demonios y ahora tienes que llevarlos de vuelta.

«No».

Zacharel se encogió de hombros.

—Entonces, te quedarás para siempre encadenado a la mujer. Aunque no creo que sea mucho tiempo. Para ti no. Sin ella, los espíritus te dominan, y la próxima vez que te dominen yo mismo te mataré.

«Si librarme de los demonios es tan fácil como ir al infierno de nuevo, ¿por qué no me has llevado tú ya?».

—Yo no he dicho que sea fácil. Ni tampoco he dicho que sirva de nada que vuelvas conmigo. Tienes que llevar a la chica.

«No».

—Es decisión tuya, por supuesto. Yo no tengo ningún inconveniente en cortarte la cabeza.

Era imposible discutir con un ser tan lógico y tan frío.

«¿Y cómo me los voy a sacar del cuerpo cuando esté de nuevo en el infierno?».

Zacharel se había alejado sin responder, sin darle la más mínima pista. ¿Por qué? ¿Qué se suponía que debía hacer él cuando llegara al infierno? ¿Y cuánto tiempo tendría que estar allí? ¿Y hasta qué punto de aquel pozo interminable tenía que bajar?

«Me dijo que la única manera de liberarme era volver al infierno», le explicó Amun a Haidee.

—¿Volver al infierno? —preguntó ella con un susurro de espanto.

«Sí. Y tú tienes que venir conmigo», le dijo él. Esperó a que ella protestara, a que se opusiera. Pero Haidee no lo hizo, y él se relajó. Un poco. No podía someterla, defenderla y buscar un modo de liberarse a sí mismo, todo a la vez. «No te quemarás», le aseguró. «Yo no permitiré que las llamas te toquen».

—Si vamos —dijo ella con la voz trémula—, ¿vendrá alguien con nosotros?

«No. Iremos solos». Amun sabía que necesitaba desesperadamente fuerza y apoyo, porque la última vez que había estado en el infierno casi no había sobrevivido, e iba acompañado por dos guerreros bien entrenados, pero no iba a poner a sus amigos en peligro. Ni en peligro de los demonios, ni de Haidee. «¿Por qué? ¿Deseas que venga alguien con nosotros?

Ella apretó los labios, y él sospechó que de alguna manera había herido sus sentimientos. No, no podía ser. Para eso, él tendría que importarle, se recordó Amun, y no le importaba.

—¿Me permitirás llevar algún arma?

«Sí, pero si intentas usarla contra mí, te devolveré el golpe», dijo él. Tal vez fuera una mentira, o tal vez no. Él esperaba que a ella no se le ocurriera ponerlo a prueba.

Se hizo el silencio entre ellos, y él le dio el tiempo que necesitaba. Le estaba pidiendo mucho y ofreciéndole muy poco a cambio. Por supuesto, tendría que obligarla si ella se negaba, porque no tenían más opciones, pero hasta que lo hiciera, él le dejaría pensar que la decisión era suya.

—De acuerdo —dijo Haidee finalmente, con un suspiro—. Lo haré. Iré contigo.

No hubo objeciones en absoluto.

Amun sintió un gran alivio, pero de inmediato volvieron a surgir las sospechas. ¿Qué esperaba sacar ella al exponerse a un peligro tan grande sólo para ayudarlo a que se recuperara? ¿O acaso quería ir sólo para reunir más información? Sí. Aquello era lo más probable. Después de todo, ella era una Cazadora y su trabajo era encontrar maneras de acabar con más demonios.

Cazadora. La blasfemia se le repitió en la mente, y Amun se encogió.

«Deja de recordármelo».

—¿Que deje de recordarte qué? —tartamudeó ella con desconcierto por su súbito desagrado.

«Nada», murmuró él. Estuvo a punto de disculparse, pero se contuvo. No iba a pedirle disculpas a aquella mujer. Nunca. Por lo menos, tenía algo de orgullo. «No podemos perder más el tiempo».

Amun caminó hasta la puerta y llamó. Pocos segundos después la cerradura giró desde el otro lado, y Zacharel apareció en el hueco de la puerta, con su pelo negro perfectamente peinado y sus ojos verdes vacíos de toda emoción. Tenía las alas arqueadas sobre los hombros y le caían hacia abajo por los costados del cuerpo.

—Sí —dijo el guerrero.

«Vamos a aceptar tu oferta de transporte», le dijo Amun.

Zacharel no dio ninguna pista de lo que pensaba.

—Iré a buscar las cosas necesarias. Preparaos para salir en cinco minutos.

Y con eso, volvió a cerrar la puerta.

Amun apoyó la cabeza en la madera fría. Iba a volver al infierno, cuando había jurado que nunca más lo haría. Le pareció que Secretos gimoteaba en un rincón de su mente.

Mil años antes, Secretos había luchado por escapar del infierno y lo había conseguido. Y ahora, él iba a llevarlo allí otra vez. Por lo menos, los otros demonios permanecían calmados; no lloraban ni gritaban de alegría por sus planes; estaban demasiado asustados de Haidee.

—¿Por qué no puedes hablar? —le preguntó ella, sacándolo de su ensimismamiento.

«Por mi demonio», respondió él, pero no le dijo nada más.

Se irguió y se volvió hacia ella. Error. Haidee se había puesto en pie y, como siempre, él se quedó asombrado al ver la delicadeza de su rostro, la pasión que asomaba bajo su piel brillante. Se le hizo la boca agua al pensar en sus pechos, en su estómago, en sus piernas.

No debería haberle dado la camiseta y los pantalones vaqueros. Debería haberla vestido con un saco informe.

—¿No puedes hablar porque llevas dentro al demonio de los Secretos?

«Sí».

—No lo entiendo. ¿Por qué te impide hablar tu demonio?

«Si abro la boca, se escapará todo lo que ha descubierto mi demonio, todos los actos perversos que hayan cometido los que nos rodean, mucha información que podría destruir familias y amistades».

—Entonces, ¿puedes hablar, pero no quieres hacerlo?

«Sí. ¿Por qué quieres saberlo?».

—Es sólo que… lo que haces es bueno. Es bondadoso.

Aquella alabanza fue tan inesperada para Amun, que se quedó mirándola con incredulidad.

—¿Nadie más puede oír tu voz? Me refiero a la voz de tu mente.

«No. Sólo tú».

Ella se ruborizó y carraspeó. Volvió hacia la cama y se sentó.

—Bueno, ¿y cómo es que os habéis asociado con los ángeles?

«Una amiga nuestra se casó con su líder». O, más bien, Bianka había declarado a Lysander de su propiedad. Sin embargo, Amun no estaba seguro de que Haidee entendiera aquel tipo de sentimiento.

—¿Un ángel y un demonio, casados?

«Pues sí». Aunque, teniendo en cuenta lo glacial que era Lysander, la palabra «ángel» era tan apropiada para él como «hada madrina». Por otro lado, el término «demonio» describía perfectamente a Bianka. Su alma era más negra que la de Amun, pero del mejor modo posible. Las Harpías eran tan abiertas, tan sinceras en cuanto a su naturaleza traviesa, que era delicioso tenerlas cerca. Por lo menos, Amun lo pensaba. Durante un tiempo, incluso había pensado si cortejar a la hermana de Bianka, Kaia. La guerra se lo había impedido.

«Hablando de todo un poco», prosiguió Amun, «deberías saber que tu precioso Galen no es ningún ángel, es…».

–Bueno, creo que será mejor que no hablemos de nuestros amigos –le dijo Haidee con irritación–. Sólo serviría para que nos enfadáramos. Debemos concentrarnos en la misión.

Entonces, ¿consideraba a Galen amigo suyo? Era lógico. El líder de los Cazadores quería que todos los Señores del Inframundo, salvo él, murieran. Y a causa de Baden, Haidee tenía que ser el premio gordo para el guardián de la Esperanza. ¿O acaso Galen no sabía quién era ella?

Amun apretó los dientes, pero asintió.

«De acuerdo. No hablaremos de nuestros amigos».

–Es que no quiero que nos peleemos –dijo ella–. Y, para que lo sepas, Galen no es amigo personal mío.

–Ya es la hora –dijo Zacharel, antes de que Amun pudiera responder.

Amun se dio la vuelta y se colocó delante de Haidee para actuar de escudo. La puerta todavía estaba cerrada. Amun frunció el ceño, hasta que el ángel atravesó la madera de la puerta con una mochila en la mano.

¿Tenía aquella habilidad y no la había revelado hasta aquel instante? ¿Por qué?

–Os llevaré al lugar donde debe comenzar vuestro viaje –dijo Zacharel–. Pero sabed que Lucifer está enfadado porque sus planes de destruiros a todos a través de Legion se vinieron abajo, y quiere la sangre eterna. Tened cautela, y no confiéis en nada ni en nadie.

«Yo nunca lo hago».

—Salvo, tal vez, el uno en el otro —añadió el ángel.

Amun se giró ligeramente hacia atrás, y Haidee y él se miraron.

Zacharel asintió con un gesto de aprobación.

—Te prometo que tu último viaje al infierno no tiene nada que ver con lo que vas a encontrarte ahora. En compensación por lo que aportó para conseguir la libertad de Legion, Cronos le ha devuelto su antigua gloria al infierno.

«¿Y por qué…».

—Era eso, o devolver a Legion.

«Entonces, tomó la decisión correcta».

—Veamos si opinas lo mismo cuando llegues allí. Pronto te encontrarás con los monstruos que sólo habías conocido de oídas.

Haidee se puso en pie y posó sus manos frías en la espalda de Amun. Él tuvo que morderse la lengua para contener un gemido de placer. Contacto, por fin. Tuvo la sensación de que llevaba toda la eternidad esperando poder sentirla de nuevo. Y que ella le ofreciera consuelo en aquel momento… fue reconfortante.

Dios, era patético.

«No permitirás que nos sigan ninguno de mis amigos, ¿verdad?», le preguntó al ángel.

—Exacto. Me ocuparé de que ninguno de ellos os moleste a la chica y a ti.

Amun no se ofendió. Si había alguien que podía evitar que aquellos brutos se entrometieran, era aquella criatura de acero.

«Gracias».

—De nada. Hay algo más que tenéis que saber. Con los cambios, ahora hay seis reinos que debéis atravesar antes de llegar a la puerta. Y la puerta es otro obstáculo en sí misma.

Haidee se colocó junto a Amun, aunque sin romper el contacto.

–¿Y cómo vamos a volver aquí cuando hayamos terminado?

–Si salvas a Amun, no tendrás nada de lo que preocuparte. Si no lo salvas, nunca volverás.

Amun asimiló aquel aviso ominoso, y se encogió de hombros. Se salvaría, tan claro como eso.

«Ya encontraremos el modo», le dijo a Haidee.

A ella le temblaron las manos contra su cuerpo, pero no dijo nada más.

«¿Y las armas?», preguntó él. «¿Y la comida?».

–Todo lo que necesitáis está aquí –dijo el ángel, lanzándole la mochila. Amun la atrapó con facilidad. Era muy ligera–. Buena suerte, guerrero.

En cuanto sus dedos tomaron las correas de la bolsa, el entorno cambió completamente. De la luz, a la oscuridad, y de las paredes blancas y lisas a unos muros de piedra salpicados de sangre. El suelo estaba alfombrado de huesos y la temperatura subió instantáneamente muchos grados.

Amun se dio cuenta de que estaban en una cueva bajo tierra. Y no había ni rastro de Zacharel. Tampoco sentía unas manos frescas en la espalda. Amun sintió una punzada de temor y se dio la vuelta. Se relajó, pero sólo un segundo. Haidee estaba a varios metros de distancia, agachada, vomitando. Junto a ella había un cepillo de dientes, pasta dentífrica y una botella de colutorio.

Amun se acercó a ella. Con una mano le sujetó el pelo, y con la otra le acarició la espalda intentando calmarla como ella lo había calmado a él. El transporte instantáneo de un lugar a otro afectaba así a algunas personas, y estaba claro que el ángel sabía que Haidee era una de ellas.

«El mareo se te pasará pronto», le dijo Amun. Mientras la acariciaba, pensó que tal vez ella lo hubiera infectado con una mezcla tóxica de deseo, estupidez y ternura no deseada, y que él nunca iba a encontrar el antídoto.

Haidee escupió, se limpió la boca con el dorso de la mano y respondió:

–Gracias por no patearme cuando estoy hundida.

«No soy un monstruo, Haidee. Todavía».

–Ya lo sé –respondió ella débilmente–. De lo contrario no estaría aquí.

Parecía que ella se había infectado con la misma mezcla.

Aquello no era un buen presagio para su misión.

Capítulo 13

−Antes de empezar, vamos a ver lo que tenemos a nuestra disposición −le dijo Haidee a Amun, después de haberse desinfectado la boca dos veces.

Después agachó la cabeza, mientras se alejaba de él, para no tener que ver su expresión.

Él había tenido las manos en contacto con su cuerpo durante todo el tiempo. ¿Se arrepentía de ello? ¿Le parecía divertido todo aquello? A ella se le había puesto toda la carne de gallina. ¿Sentía él petulancia por ello?

Amun no respondió, y ella sintió una punzada de dolor. La ignoró, porque era una tontería. Él no era su novio, y sólo la estaba usando a ella, su enemiga, para conservar la calma.

Pero de todos modos, le hubiera gustado oír un: «Me parece inteligente», o un: «¿Qué tal estás?». Después de todo, había accedido a acompañarlo al infierno.

Y por ese motivo, estaba a solas con él, completamente sola con un inmortal poseído por un demonio que hacía que le hirviera la sangre. Con un inmortal que intentaría matarla en cuanto hubieran hallado la manera de liberarlo de sus demonios. Con un inmortal al que debería despreciar, al que despreciaba, pero a quien no conseguía hacer daño de ninguna manera.

Un inmortal poseído por un demonio a quien ella deseaba.

Con el ceño fruncido, se agachó frente a la mochila y la abrió. Al mirar en su interior, se quedó anonadada.

—¡Está vacía!

Amun se acercó y se agachó junto a ella. Entonces, Haidee oyó un rugido en su mente. Él se pasó la mano por la cara.

«El ángel quería que fracasáramos, entonces. Mintió. No puedo creer que haya mentido».

—Bueno —respondió ella, alzando la cabeza—. Pues no vamos a fracasar.

«No. Claro que no».

Se miraron por un instante, y ella percibió la fuerza en todos los rasgos de su cara, la decisión en sus ojos brillantes y el deseo en sus labios separados y carnosos. Sin embargo, él no hizo ademán de tocarla. En la ducha le había prometido que no iba a volver a hacerlo, y parecía que era un hombre de palabra.

En silencio, Amun se puso en pie, dándole la espalda. La tranquilidad del momento terminó.

Haidee se irguió, y su temblor aumentó. Antes de la ducha, él ya sabía quién era, pero de todos modos la había tratado con gentileza. La había sujetado, acariciado, se había excitado con sólo estar a su lado.

¿Qué era lo que había cambiado desde entonces?

¿El hecho de que ella hubiera mencionado que iba a romper con Micah? Un hombre que la deseara de verdad se habría alegrado de su sugerencia. Sin embargo, Amun se había alejado de ella y no había vuelto a bajar la guardia.

¡Hombres! Nunca los entendería.

«Ven», le dijo él, y comenzó a caminar sin mirar atrás. «Quiero marcharme de esta zona. Llevamos aquí demasiado tiempo como para que yo esté tranquilo».

Estaban en el infierno, o bastante cerca de él. Ella dudaba que volvieran a experimentar la tranquilidad.

–Te sigo –le dijo.

Mientras iba tras él hacia la salida de la cueva, se puso la mochila al hombro. No iba a tirarla, porque podía servirles para almacenar piedras, o huesos incluso, y usarlos como armas cuando fuera necesario. Tal vez también encontraran frutos o nueces por el camino, y podrían recogerlos. Pero ¡aquel maldito ángel! Debía de ser un demonio disfrazado para engañarlos de aquel modo. Si volvía a ver a aquel desgraciado, seguramente le clavaría un cuchillo.

De hecho, durante un buen rato, Haidee fue pensando en las cientos de torturas que podría infligirle, a modo de distracción. Sin embargo, eso también perdió pronto el atractivo. Amun y ella siguieron recorriendo el túnel subterráneo y el paisaje no cambió un ápice. Lo único que le indicaba el paso del tiempo era el entumecimiento de los músculos y el dolor que le causaban las botas en los pies. Pronto se le formaron ampollas en los tendones.

Soportó el dolor sin quejarse durante un largo rato, pero en realidad, no aguantaba el silencio sofocante que se había hecho entre ellos. Si iban a trabajar juntos para liberar a Amun, ella tenía que resolver el problema que le estaba causando aquella ira.

Así pues, le hizo la primera pregunta que se le pasó por la cabeza.

–¿Tienes novia?

En cuanto aquellas palabras salieron de su boca, se enfureció al pensar en aquel hombre con otra mujer... besándola, y excitándose por otra...

«No», dijo él, y ella se relajó.

Estuvo a punto de acariciarle la espalda como recompensa. Sin embargo, mantuvo los brazos bien pegados al cuerpo, porque habían torcido una esquina y las paredes del túnel se habían estrechado tanto que casi le arañaban la piel. Además, tal vez Amun la reprendiera, y ella prefería el silencio que eso.

«¿Besaste a Strider alguna vez?», le preguntó él, y ella se quedó asombrada. «¿O algo más?».

–¡No! ¡Nunca!

Tal vez hubiera abandonado su propósito de venganza en cuanto a Amun, pero eso no era extensible a sus amigos. A ellos todavía quería matarlos. A Amun sólo quería besarlo otra vez. Pronto. Tal vez. Absolutamente. Salvo que… Si él se salía con la suya, eso no iba a suceder más. Haidee miró su espalda con enfado, y pensó incluso en arañarlo. Para él no merecía la pena correr riesgos por ella. Ningún riesgo.

En parte, Haidee admiraba eso. Sus amigos eran importantes para él, pero un placer pasajero no.

Ella se dio cuenta de que él se había relajado un poco. ¿Por qué estaba tan molesto antes? ¿Porque pensaba que ella había estado con Strider? Haidee dejó de mirarlo con mala cara y de nuevo quiso acariciarlo. Si a él no le gustaba la idea de que ella se hubiera besado con su amigo, entonces ella debía de importarle un poco, ¿no? Haidee también admiraba aquello.

«Está bien», dijo entonces Amun, en un tono calmado.

–¿Y por qué tenías la estúpida idea de que yo había besado al guardián de la Derrota? –preguntó ella. Quería haber sido más sutil, y no era su intención utilizar la palabra «estúpida», pero al recordar la actitud de Amun hacia ella, se había irritado.

«Pasaste tiempo con él a solas. Y estabas desesperada por liberarte».

Hubo un silencio. Después, él añadió:

«Y es lo que hiciste con Baden».

Ah. Sí. Amun tenía razón, y no había nada que ella pudiera decir en su propia defensa.

Sin embargo, en aquel momento del pasado ella sentía tanto odio y tanta furia que hubiera hecho cualquier cosa por destruir a los Señores. Y lo había hecho. Se había desnudado delante de Baden, como si quisiera darle las gracias por haberla acompañado a su casa. Y mientras él la miraba de manera distraída, ella había hecho la señal para avisar a los demás Cazadores, que esperaban escondidos.

–He aprendido de mis errores –respondió ella con suavidad.

Ayudar a matar al guerrero no había sido un error, pero Haidee lamentaba cómo lo había hecho. Le había mentido a Strider al decirle que no sentía nada. Incluso lamentaba el dolor que le había causado con sus acciones, y ésa era una de las razones por las que se había puesto en peligro voluntariamente.

Aquello era algo que la confundía; significaba que sentía algo más que deseo por él. ¿Por qué se preocupaba por él? No lo conocía, en realidad. Sabía que se sentía atraída por él, y que estaba conectada a él de alguna manera. No podía dejar de pensar en las caricias de su boca y de sus manos, y eso también era parte de la atracción que sentía por él; pero para hacer esas cosas no se necesitaba nada como el afecto, y sin embargo ella había hecho todo lo posible por quedarse con él. Por estar con él y ayudarlo.

Suspiró.

«¿Qué ocurre?».

Él no se había dado la vuelta para hacerle la pregunta, y ella devoró con la mirada la extensión de su espalda. Sin sus emociones interponiéndose, fue capaz de verlo de verdad. Tanta piel oscura, tantas capas de músculo. Ya no tenía cicatrices, y su único tatuaje era la mariposa. Haidee no podía verlo en aquel momento; debía de haber vuelto a su pierna. Se maravilló al pensar en un tatuaje viviente, que iba de un lugar de su cuerpo a otro; tuvo que agitar la cabeza para concentrarse de nuevo.

Él estaba hablando con ella, y ella no quería perder aquella oportunidad.

—Antes de conocerte había soñado contigo —le confesó—. Pero no sabía quién eras. Por eso empecé a salir con Micah. Pensé...

Amun se irguió.

«¿Pensaste que él era yo?».

—Sí. Y antes de que empieces a insultar a mi inteligencia, recuerda que os parecéis mucho.

«Entonces, ¿cómo sabes que soñaste conmigo, y no con él?».

Porque Amun hacía que se sintiera de un modo muy diferente. Se notaba muy viva, muy conectada a él. Sin embargo, confesarle la verdad sería ponerse en una situación vulnerable, más vulnerable de lo que ya era. Confesarle la verdad sería darle más poder sobre ella, más del que ya tenía.

—Lo sé —dijo—. Si no te hubiera calmado, ¿me habrías matado cuando averiguaste quién era? —preguntó después, con la voz temblorosa.

Hubo una tremenda pausa, y después, él contestó:

«Sí».

Por lo menos, era sincero, pero de todos modos le dolió su respuesta. Se recordó que ella también lo habría matado si no hubiera soñado con él, pero ni siquiera eso consiguió mitigar el dolor. Él la había besado, demonios. Íntimamente. Un poco de lealtad no habría estado de más.

Ilógico.

Como estaba distraída, Haidee se tropezó y se tambaleó hacia delante. Tuvo que agarrarse a la cintura de Amun para mantener el equilibrio, y al instante sintió su asombroso calor. Como siempre. Él no se detuvo, pero se puso muy tenso.

«Presta atención, Haidee», dijo. Escupió su nombre como si fuera venenoso.

Y tal vez lo fuera.

–Lo estoy intentando, Amun. Llevamos caminando mucho tiempo y parece que no estamos llegando a ningún lado. Estoy cansada y tengo hambre, y te estoy salvando el pellejo. Lo menos que podías hacer para corresponderme es no protestar cuando me apoyo en ti para no caerme.

Incluso mientras le hacía el reproche, Haidee se prometió que lo haría mejor. Se irguió y cortó el contacto, y mientras se resentía de ello, observó el nuevo entorno.

Habían entrado a una especie de pasillo en el que las paredes eran altas, pero no anchas. El suelo iba en descenso y el aire estaba lleno de polvo. Haidee oyó un goteo a lo lejos.

«Tienes razón», dijo él. «Lo siento».

La disculpa fue pronunciada entre dientes, como si las palabras tuvieran mal sabor. No importaba. Ella la aceptaba. Cualquier cosa era mejor que nada.

–¿Sabes adónde vamos? –le preguntó.

«No. Lo único que sé es que el infierno está más abajo, así que ésa es la dirección que vamos a tomar».

Eso, Haidee ya lo sabía, pero no dijo nada. Atravesaron la boca de otra cueva, y las paredes se ensancharon, de modo que ellos tuvieron más libertad de movimiento. De los muros brotaba una vegetación espesa y llena de rocío. Algo sorprendente, y también agradable, pensó Haidee. Sin embargo, al instante oyó un silbido dirigido a ella. Dio un grito y se giró para descubrir el origen del sonido.

Vio una cabeza redonda de serpiente, con dos ojos rojos y una lengua bífida que entraba y salía de su boca por entre dos colmillos afilados. Haidee abrió la boca para gritar, pero sintió un intenso mareo, y sólo pudo gemir.

Consiguió mantenerse en pie.

–Serpiente bonita –susurró, alzando las manos para proclamar su inocencia.

La criatura se lanzó a su cuello, y sus reflejos fueron demasiado lentos como para salvarla.

Amun extendió el brazo con la velocidad de un rayo y cerró los dedos justo por debajo de la boca abierta de la serpiente. Torció la muñeca y le separó la cabeza del cuerpo. Cuando abrió el puño, el reptil cayó al suelo sin vida.

–Gra-gracias –susurró ella. Cada vez estaba más mareada.

«De nada. Ahora he sido yo el que te ha salvado el pellejo», respondió él, pero no la miró, ni se sintió incómodo, tal y como ella anheló de repente.

–No estamos en paz, ni lo sueñes –dijo Haidee.

«Yo no he dicho que lo estemos. Continuemos el camino. No me gusta esta zona».

Siguieron caminando y, en aquella ocasión, Haidee fue agarrada a la cintura de los pantalones de Amun, con miedo de soltarse. Él no se lo reprochó, y ella se lo agradeció. Odiaba las serpientes. Las odiaba con todas sus fuerzas. Tal vez porque una vez la había matado una Hydrophis Belcheri; el veneno fue directamente a sus venas y la quemó como un ácido. Ella no encontró alivio ni siquiera en la muerte.

–Date prisa –dijo–. A mí tampoco me gusta esta zona.

«Entonces no te va a gustar lo que acaba de decirme mi demonio».

–¿Qué te ha dicho?

«Acabamos de entrar en el Reino de las Serpientes».

No, por favor.

–¿Y qué más te ha dicho Secretos?

«Que no las miremos a los ojos, porque pueden hipnotizarnos para que creamos que realmente queremos que nos piquen».

Haidee sintió mucho miedo, pero por lo menos, entendió el motivo de su mareo. Hipnosis. Demonios, la capacidad de control era una de las cosas que ella apreciaba más. Conocía demasiado bien el horror de no poder elegir. Durante semanas había sido la prisionera de Strider, y sólo había podido hacer lo que él quería que hiciera. Y antes de eso, cada vez que había muerto, y cuando había perdido los recuerdos al volver a la vida, sólo sabía que sentía un odio que la consumía, y una necesidad imperiosa de destrozar. Y, antes de eso, había sido la marioneta del Hombre Malo, y después de los griegos que la habían esclavizado.

—No sé si voy a poder hacer esto —susurró.

«Sólo tienes que pensar que las serpientes son guerreros poseídos por un demonio. Seguro que lo harás muy bien».

Ay. Aquello era peor que las serpientes. A Haidee se le llenaron los ojos de lágrimas, pero las contuvo. Nada de debilidades, y menos cuando se merecía un comentario tan hiriente. Tal vez en el pasado se hubiera sentido orgullosa al oírlo, pero ya no.

—¿Y por qué no piensas tú que son humanos inocentes? —preguntó suavemente. Él también se lo merecía, y ella no quería olvidarlo.

Hubo otro silencio. Entonces, Amun suspiró.

«No debería haber dicho eso. Lo siento».

Aquella segunda disculpa, que fue ofrecida de un modo mucho más conmovedor que la primera, fue tan inesperada que Haidee se quedó anonadada, y se suavizó.

—Yo también lo siento. Y entiendo lo que hiciste —admitió—. Yo te quité algo. Alguien a quien querías.

«Sí. ¿Y nosotros te quitamos algo a ti?».

—Sí.

Amun esperó a que ella se lo explicara, pero Haidee no lo hizo. Ya le había dicho que no quería hablar con él del pasado, y lo había dicho en serio. No había nada que él pudiera decir para mitigar el dolor, y un millón de cosas que podía decir para incrementarlo.

«No permitiré que te ocurra nada mientras estás aquí, Haidee. Tienes mi palabra».

De nuevo, ella se quedó sorprendida. Sin embargo, lo

creyó, y no sólo porque Amun la necesitara. Tal vez él no sintiera aprecio por ella, pero se había hecho cargo de la responsabilidad de su bienestar. Fueran cuales fueran las circunstancias, sus responsabilidades eran muy importantes para él, claramente.

Otra cosa positiva de Amun.

Cuanto más caminaban, más espesa se volvía la maleza, hasta que ya no quedó espacio entre las hojas, los árboles y las paredes de la cueva. Sólo había kilómetros y kilómetros de algo que parecía un bosque tranquilo.

¿Cuántas serpientes había acechándolos?

Oh, Dios…

Pronto, la vegetación comenzó a emanar vapor, de modo que su visión se limitó. Ella inhaló profundamente y percibió un olor a azufre y a algo más, a algo dulce. Aquellos aromas contrarios le produjeron náuseas y otro acceso de mareo. ¿La estaban hipnotizando otra vez, y no se había dado cuenta?

—Ayúdame —susurró. Le estaban fallando las rodillas—. Amun.

Al instante, él se dio la vuelta y la sujetó por la cintura. «¿Qué te ocurre?».

Se le estaban cerrando los párpados, como si de repente fueran demasiado pesados como para mantenerlos abiertos.

—No lo sé. Me da vueltas… la cabeza…

Él la había abrazado, pero ella no sentía los latidos de su corazón, ni su respiración en el pecho. No sentía su calor, su increíble calor.

«Hay ambrosía en el aire. Es una sustancia muy perjudicial para los humanos, pero tú no eres…».

—Humana. Sí, soy humana.

—No lo entiendo. Moriste, y ahora estás viva. No puedes ser humana.

El mareo se intensificó y la envolvió en una marea negra. Por mucho que intentara nadar, no podía mantenerse en la superficie.

–Amun…

«Haidee. Escúchame. Quédate conmigo».

–No puedo…

«Si te desmayas, voy a desnudarte y a acariciarte otra vez. ¿Me oyes? Lo consideraré como una invitación para que te tome».

Antes de que ella pudiera decirle que la invitación no iba a tener fecha de caducidad, y que sus consecuencias no eran una amenaza, sino una idea deliciosa, la oscuridad la engulló por completo.

Maldición. Amun se echó a Haidee al hombro, y apenas notó su peso. Era muy ligera. Sin embargo, sí notó el contacto de su pecho en la espalda. Como su temperatura corporal era siempre muy baja, ella tenía los pezones endurecidos.

Había caminado tras él durante una eternidad, tocándolo de vez en cuando, ligeramente, aunque cada uno de aquellos roces le había despertado todas las terminaciones nerviosas del cuerpo. Pese al peligro, había estado a punto de detenerse una docena de veces, desesperado por saborearla de nuevo, por oírla gemir su nombre. El suyo, y el de ningún otro.

Cuando ella le había confesado que sólo había salido con Micah porque lo había confundido con él, se había sentido muy desconcertado. ¿Cómo se suponía que iba a usarla sin reparos, e iba a sacársela de la cabeza, si ella lo trataba con tanta dulzura, y si respondía a sus comentarios hirientes con dolor, en vez de con veneno?

Secretos no podía leerle la mente, pero el demonio había empezado a sentir una absoluta convicción en cada una de las palabras que ella pronunciaba. Secretos creía todo lo que decía Haidee. Por supuesto, el demonio también se retiraba cada vez que Haidee lo tocaba a él, porque la frialdad que lo deleitaba a él aterrorizaba a su compañero. A todos sus compañeros. Desde que habían salido de la fortaleza, los otros demonios no habían intentando influirlo de ninguna manera. ¿Por qué?

No podía responderse, pero sabía que necesitaba a aquella mujer.

También él se sentía un poco mareado mientras se abría paso entre la vegetación con el hombro. Iba a poner a salvo a Haidee aunque le costara la vida. Si a él le afectaba la ambrosía que había en el aire, ¿cuánto daño podía hacerle a ella?

Por Maddox, Amun sabía que los humanos no toleraban la ambrosía. Era una droga sólo para los inmortales. Para los humanos era casi como inyectarse heroína adulterada. Haidee no había ingerido la sustancia, sólo había inhalado los gases, así que Amun se dijo que ella se pondría bien.

Sin embargo, ¿era humana? Ella creía de verdad que lo era, pese al hecho de que hubiera resucitado de entre los muertos. Pero seguramente, era algo más que humana, aunque no lo supiera. La frialdad antinatural de su cuerpo, su conexión con él y la forma en que acorralaba a sus demonios eran señales de que en ella había algo más allá de la mortalidad.

Sin embargo, Amun quería salir de aquel bosque lo antes posible. Lo único que tenía que hacer era encontrar la entrada al reino siguiente, que era el Reino de las Sombras. Hasta el momento sólo veía árboles.

A medida que avanzaba por el bosque, comenzó a jadear del esfuerzo. Cada vez se sentía más mareado, y agarró a Haidee con fuerza. No se estaban tocando piel con piel, sólo a través de la ropa. Tal vez, si él deslizaba las manos por el bajo de sus pantalones y la agarraba adecuadamente, su temperatura le mitigara el mareo.

«Sigue tu propio consejo y no bajes la guardia. Nada de tocar a la chica». Si la tocaba, volvería a sucumbir a la lujuria.

Las ramas le golpeaban la cara y le arañaban las mejillas. Agitó la cabeza para aclarársela y, al instante, Secretos se despertó. El demonio se inquietó tanto que comenzó a dar vueltas por su mente, irradiando odio hacia aquel lugar.

De repente, Amun comenzó a oír unas voces.

«Acércate, guerrero…».

«Bienvenido a nuestra casa…».

«No vamos a hacerte daño… demasiado…».

Pronto fueron seguidas por los pensamientos.

«Tendrán un sabor delicioso».

«Tal vez ella grite como a mí me gusta».

Las serpientes se les estaban acercando para atacar. Amun sabía que no podía luchar contra ellas con Haidee al hombro; ella se llevaría la peor parte porque su cuerpo actuaría de escudo.

Se detuvo y la depositó con cuidado en el suelo, sin hacer movimientos repentinos, y después colocó la mochila sobre su cuello para protegerle lo mejor posible la zona más sensible a las picaduras. Mientras se erguía lentamente, sacó dos de los cuchillos que llevaba en las botas, y el metal susurró contra el cuero.

Aquello debió de ser como una campana de aviso para las serpientes.

Cientos de ojos rojos se clavaron en él, y cientos de colmillos blancos relucieron entre la vegetación.

Amun se puso tenso.

Las serpientes atacaron.

Capítulo 14

«Vaya, esto sí que es bueno», pensó Strider, y sonrió lentamente.

Pocas horas antes, Lucien los había llevado a William y a él junto a Paris. Aunque la noche acababa de empezar, Paris ya estaba bien embriagado de ambrosía, y se reía como un idiota. Así que, en vez de llevárselo a matar a los padres de Gilly, tal y como habían planeado, y en vez de dejarlo solo en un estado tan vulnerable, Strider y William decidieron cuidarlo. Tomarían un poco de ambrosía también, y a la mañana siguiente se pondrían en camino.

Amor filial, y todo esto. «Las cosas que hago por mis amigos», pensó Strider. Aunque él no estaba embriagado. Era el sobrio.

Se recostó en una tumbona muy cómoda del rancho que había alquilado Paris. Estaban en Dallas, Texas. Promiscuidad se había arreglado para la ocasión; llevaba un Stetson, raro, no llevaba camisa, comprensible, llevaba unos pantalones vaqueros desabrochados, inteligente por su parte, y unas botas de vaquero, raro también. Parecía que iba a salir a conducir el ganado, o algo parecido.

Por lo menos, las chicas a las que había invitado Paris para hacer una fiesta eran más sensatas. Llevaban bikini.

Lo mejor de todo era que, mientras las chicas se bañaban en la piscina, a la luz de la luna, Strider recordó que a él siempre le habían gustado las chicas con el pecho grande y con mucho maquillaje. Pudo olvidarse de Haidee y de lo preciosa y delicada que era. Y de que la había visto en brazos de Amun.

—Me pido a la que va en topless —dijo William, junto a Strider, dándole un trago a su cerveza con ambrosía—. Y a la que lleva el hilo dental.

Había cambiado de opinión cinco veces en los diez últimos minutos. Se había pedido a todas las mujeres que había a la vista.

—Es un tanga, bobo —le dijo Paris, arrastrando las palabras.

William y él estaban también en unas tumbonas, junto a Strider.

Las chicas estaban frente a ellos, usando la zona que había junto a la ventana como pista de baile. Aquellos tiempos modernos eran maravillosos, porque a las mujeres no les importaba frotarse a las unas con las otras.

—Si eso que tiene en el trasero es un tanga, ¿cómo se llama el hilo que lleva en los pezones? —preguntó William.

—Un hilo —dijo Paris, y asintió para confirmarlo—. Y, a propósito, yo elijo el primero porque yo las invité, y me pido a la que va en topless.

—¿Y de dónde las has sacado? —le preguntó Strider. Qué gracia. Él también arrastraba las palabras.

—De un club de striptease del centro de la ciudad —dijo Paris.

—¿Y te has acostado con alguna de ellas?

—Sí, claro, seguro que sí.

—¿Con cuál? —preguntó William.

A causa de su demonio, Paris no podía mantener relaciones sexuales dos veces con la misma mujer. Claro que se debilitaba mucho si no conseguía darse un revolcón al día, pero aquél era un precio pequeño a cambio del hecho de poder elegir a quien quisiera.

—No me acuerdo —dijo Paris.

—Tu miembro siempre lo recuerda.

—Bueno, en este momento no nos hablamos, así que…

—Pues entonces, tendrás que quedarte con la que yo te asigne —dijo William con un suspiro irónico.

—Como si alguna te fuera a elegir a ti antes que a mí.

William se tomó en serio el insulto.

—Espera y verás. Van a venir a comer de mi mano.

Strider puso los ojos en blanco con resignación. Egocéntricos. Cualquiera que tuviera ojos en la cara se daría cuenta de que el guapo del grupo era él.

Inmediatamente, su demonio reconoció el desafío y se estiró. «¿Ganar?».

«Tranquilo, chico», pensó Strider. No necesitaba tensión aquella noche.

—Eh, William —dijo una rubia muy guapa que estaba en el agua—. Has dicho que querías jugar conmigo cuando estuviera húmeda. Bueno, pues estoy muy, muy húmeda. Ven ya.

—No lo suficiente, cariñito. Sigue jugando, y yo te diré cuándo estás preparada.

Pese a lo mucho que había hablado, William todavía no había tocado ni a una sola de las chicas. Strider sí, sin embargo. Había subido a su habitación con una que tenía varios mechones de pelo rubio teñidos de azul. Durante cuarenta y cinco minutos había desatado sus necesidades sexuales con ella, y la había hecho gemir, gritar y retorcerse de placer. Había conseguido, incluso, que rogara.

Claramente, había sido el mejor amante que había tenido. Cuando Derrota y él se habían dado cuenta de que podían añadir otro nombre a su lista de mujeres satisfechas, aunque no recordaran el nombre de ninguna, Strider debería haber experimentado otro clímax. Sin embargo, la victoria no había hecho nada por él. No se había sentido mejor sobre su situación. Tal vez se sintiera incluso peor. Como vacío, o algo parecido.

La chica se había quedado dormida al instante, gracias a los dioses, porque si hubiera intentado hablar con él, él se habría cortado las orejas. Sexo, bien, conversación, mal. Debería haberla dejado descansar, pero no se fiaba lo suficiente de ella como para dejarla sola dentro de la casa, así que la había tomado en brazos y la había dejado en una tumbona al lado contrario de la piscina, donde seguía durmiendo. Había que tener cuidado.

De todos modos, ella no había sido ningún reto, y a él le había gustado eso. Le había gustado poder relajarse. Con Ex, el reto siempre estaría allí, influyendo en todo lo que hiciera, así que él siempre estaría nervioso. Por supuesto, eso también significaba que el placer que obtendría al ganársela finalmente sería incomparable, porque cuanto más dura era la batalla, más dulce era la victoria.

Pero eso no le importaba en aquel momento. Sólo quería lo fácil, demonios. Se merecía algo fácil por una vez. Aunque estuviera averiguando que lo fácil era una porquería.

—¿Por qué no te vienes con nosotras, Paris? —le dijo una morena al guerrero, y Strider volvió a la fiesta. La chica estaba sentada al borde de la piscina, con los pies en el agua—. He querido ponerte las manos encima desde que me dijiste «hola».

Unas cuantas suspiraron con deleite, como si recordaran lo mismo. Como si el saludo de Paris fuera la conversación más estimulante que habían tenido en la vida.

—Te he estado mirando todo este tiempo —dijo Paris con un ronroneo—, y como puedes suponer, estoy ardiendo por ti. Pero tengo que controlarme a mí mismo antes de poder besarte.

Las chicas se echaron a reír tontamente.

Qué zalamero era Paris; sabía cómo adular sin herir los sentimientos de nadie, hacer exactamente lo que quería y quedarse exactamente donde le apetecía. Pero sus apetencias de aquella noche eran una idiotez, pensó Strider. ¿Acaso Paris quería pasar la noche solo?

Y, qué demonios, ¿acaso Strider no era nadie? ¿Dónde estaba su «Ven aquí a jugar conmigo»? O tal vez ellas pensaran que sólo deseaba a la chica rubia. Bueno, pues también le gustaba la que estaba en topless.

«Ganar». Derrota se estiró un poco más, ronroneando ante la posibilidad de robarle a Paris el interés de la chica.

«Demonios, ¿es que no puedo tener una nochecita tranquila?».

El demonio respondió con más ronroneos, que querían decir que no.

«Ya te he dado una victoria esta noche».

«Ganar».

«Está bien. Una más».

Pero no sería la lucha que quería su demonio. Strider frunció el ceño y señaló a la chica más baja de todas.

—Tú.

Ella abrió unos ojos como platos de gusto.

—¿Yo?

Era un poco mayor que las demás; tendría unos treinta años. Era morena y tenía los ojos verdes. Él hubiera preferido que fuera una rubia, pero tampoco era muy quisquilloso con esos detalles.

—Sí. Tú. Ven aquí, cariño —le dijo él, haciéndole un gesto con el dedo para que se acercara.

Ella soltó una risita y se puso en pie de un salto. Las otras chicas la miraron con celos mientras ella iba hacia Strider y se sentaba en su regazo. Él asintió con satisfacción. Así estaba mejor.

«Aquí tienes tu otra victoria, pequeño demonio».

Derrota se calmó; se había quedado contento al ganar, pero aburrido por lo fácil que había sido.

Strider suspiró. Antes, aquella chica se había dado un chapuzón, y todavía tenía el traje de baño húmedo. Colocó el trasero justo encima de su miembro medio erecto y se movió contra él. Sus enormes pechos se alzaron y los pezones se le endurecieron bajo la tela del bañador, y ella siguió moviéndose contra él, intentando que tuviera una erección completa.

De repente, él se arrepintió de no haber cerrado la boca. No quería que se le frotara nadie, ni que le hablaran. Maldito fuera su irresistible atractivo sexual.

—Vamos, vamos —le dijo, agarrándola por las caderas para detenerla—. Necesito unos minutos para recuperarme de la emoción de tenerte aquí.

Afortunadamente, ella se quedó quieta. Se giró y lo miró con los párpados entornados.

—¿Quieres que me dé la vuelta?

Olía a melocotón y a cigarrillo.

—En realidad, sé buena chica y tráeme una cerveza de la cocina —le dijo él. La levantó y le dio un azote en el trasero—. Necesito recuperar fuerzas, o no podré estar a la altura con una mujer tan bella como tú.

Aquel movimiento la sobresaltó, y dio un gritito. Después lo miró con irritación.

—¿Una cerveza?

—Sí, y que sea pronto —le dijo él, para no darle tiempo a que siguiera haciéndole preguntas—. Qué chica más agradable.

—Tráeme una a mí también, monada —dijo Paris—, pero no la abras por el camino, ¿eh?

Ella soltó un resoplido y entró en la casa. La cocina estaba junto al patio, y las puertas de cristal permitían ver a la muchacha desde la piscina. Abrió la nevera, se dio la vuelta y salió. Cuando llegó de nuevo junto a ellos, se había calmado. Intentó sentarse de nuevo en el regazo de Strider, pero él le confiscó las cervezas y la empujó suavemente hacia la piscina.

—Verte nadar es lo más sexy que he visto en mi vida. Vamos, enséñame de nuevo cómo te tiras de cabeza, y transpórtame al cielo.

—Pero creía que querías… Si estás seguro de que no…

—Estoy seguro. Se me cae la baba con sólo pensar en lo ágil que eres.

Ella irguió los hombros con orgullo y se fue hacia la piscina. Strider le lanzó a Paris su cerveza.

—Acabo de tener la mejor idea del mundo —dijo William en cuanto estuvieron a solas, y sonrió—. Vamos a llamar a Maddox.

Paris había echado una bolsita de ambrosía en la nueva cerveza, y acababa de tomar un trago. El líquido se le atragantó en la garganta. Después de toser, recuperó la respiración y dijo.

—¿Quieres decir que vas a hacerle una proposición deshonesta? ¿Al gruñón de Maddox? Vaya, Willie, ¿por qué no nos habías dicho que eres un masoquista de la otra acera? Eres tan delicado que te hará trizas en cuanto te metas en su cama. Además, está con Ashlyn. Si intentas insinuártele, ella te sacará los ojos.

William puso los ojos en blanco y le sacó el teléfono móvil a Paris del bolsillo del bañador que había tomado prestado.

—Quiero decir que voy a llamarlo, idiota. ¿Qué te pasa esta noche? ¿Es que tienes daños cerebrales? Vamos a jadear y a preguntarle qué lleva puesto. Seguro que nadie se lo ha hecho nunca por teléfono.

—¡Eh! —exclamó Paris, al ver el pequeño móvil negro—. Eso lo tenía guardado en mi habitación.

—Ya lo sé. Ahí es donde lo encontré cuando fui a fisgonear tus cosas —dijo William. Como siempre, no parecía que le preocuparan mucho sus pecados–. Bueno, ¿quién tiene agallas para hacerlo?

Derrota levantó la mano como un colegial.

«¡Ya está bien! Ya has tenido lo que querías».

–¿Y por qué Maddox? –preguntó Strider.

Si había alguien que podía patearle a uno el trasero por teléfono, ése era el guardián de la Violencia. Seguramente, el guerrero encontraría el modo de llegar hasta allí por la línea telefónica y estrangularlo en cuanto él comenzara a describirle todas las picardías que pensaba hacerle.

William sonrió.

–Porque es el que más palabrotas dice, y me reiré mucho. Bueno, ¿quién se atreve?

–Dame el teléfono –dijo Strider.

William se lo entregó, y Strider hizo la llamada. Segundos después, Maddox respondió. Tenía la voz ronca por algún esfuerzo y jadeaba.

–¿Qué ocurre, Paris?

William y Paris estaban al borde de sus tumbonas, mirando a Strider con euforia. Hacía tiempo que él no los veía tan relajados ni tan contentos, y se dio cuenta de que ellos necesitaban aquellas vacaciones tanto como él.

Strider soltó un gemido en el micrófono del teléfono, como si estuviera haciendo el amor con una mujer. Intentó no sonreír.

–¿Paris? –preguntó Maddox con confusión–. ¿Estás bien?

Ambos guerreros intentaron contener la risa metiéndose los nudillos en la boca, pero se les escaparon algunos resoplidos.

–¿Estás desnudo, guapo? –le preguntó Strider, imitando a una mujer excitada–. Porque yo sí.

Hubo más resoplidos.

–¿Eres Strider? No lo niegues, te he reconocido la voz. ¿Qué haces con el teléfono de Paris? Creía que estabas en

Roma. Además, ¿a ti qué te importa si estoy desnudo o no? Explícate, o voy a ir hasta allí, te voy a sacar la lengua y te la voy a arrancar…

Hubo una pausa, y se oyó una voz femenina:

—Dame el teléfono.

Entonces se puso Ashlyn, que normalmente era muy reservada y tranquila, pero que en aquel momento estaba indignada.

—¿Acaso estáis borrachos y habéis decidido llamar a mi marido para tomarle el pelo?

—Exactamente, señora —respondió Strider, y por fin, los otros dos estallaron en carcajadas, y se desplomaron sobre las tumbonas, agitándose de la risa—. Hay que divertirse. Bueno, ¿y está desnudo o no?

—Para tu información, no. Está haciendo ejercicio. Yo… eh… le he enfadado un poco, y está dándole puñetazos a una pared.

Las risas continuaron durante unos minutos, hasta que también Ashlyn se estaba riendo.

—Sois incorregibles. ¡Esto no tiene nada de gracia! Seguramente, va a destrozar otra pared cuando colguemos.

—Bien. Tiene que salir de la cama y hacer otra cosa que no sea… —Strider se calló antes de darle a Maddox otro motivo para enfurecerse.

—¿Que no sea darme placer? —le preguntó Ashlyn, de todos modos—. Cambiarás de opinión la próxima vez que lo veas. Últimamente está muy nervioso por lo de los bebés. Se pelea con todo el mundo, e incluso lo han arrestado. Dos veces. La semana que viene vamos a volver a la fortaleza. Os necesita. No os riáis cuando diga esto, pero si seguimos solos mucho tiempo, lo voy a asesinar mientras duerme.

Strider se rió.

—Seguro que te has arrepentido de haberle librado de su maldición —dijo.

Aquella maldición había acompañado a los guerreros durante mucho tiempo; Reyes tenía que asesinar a Maddox todas las noches, y después, Lucien se veía obligado a acompañar a su alma al infierno. Ashlyn había conseguido romper aquella maldición, y los había liberado a los tres.

—No creo que sea mucho pedir un poco de paz y tranquilidad —dijo Ashlyn en voz alta. Después, en voz más baja, añadió—: Entonces, ¿estáis bien?

—No seas agradable con ellos —le dijo Maddox—. Tienes que descansar, y te han interrumpido.

—Oh, cállate —le dijo ella—. Si te salieras con la tuya, estaría descansando todo el tiempo. Y, como si pudiera descansar mientras tú estás por ahí, en la ciudad, destrozando otro edificio. Además, les echo de menos y quiero hablar con ellos.

Con eso, Maddox se quedó callado. Él no podía negarle nada a su preciosa Ashlyn.

—Estamos muy bien —dijo Strider—. Willie, Paris y yo estamos de vacaciones. Juntos —añadió—. ¿Y vosotros? ¿Estáis bien? ¿Algún problema últimamente?

—¿Aparte del mal humor de Maddox? No.

Strider no le preguntó dónde estaban, ni qué estaban haciendo. Aparte de destrozar edificios. No quería saberlo. La ignorancia era la felicidad. Además, si los Cazadores se las arreglaban para atraparlo para decapitarlo, no podrían sacarle ningún secreto sobre los demás.

Secretos. Amun. Ex.

Apretó los dientes. «No ibas a pensar en eso, ¿no te acuerdas?».

—¿Qué tal están Strider y Stridette? —preguntó. Como buen amigo que era, había aceptado la enorme responsabilidad de elegir los nombres para los mellizos.

—Se refiere a Liam y a Liama —dijo William, pero entonces, por su rostro pasó una sombra que le apagó la sonrisa.

–Madd y Madder están dando patadas como jugadores profesionales de fútbol –respondió ella, con un tono suave de amor y afecto–. Creo que vamos a estar muy ocupados cuando nazcan.

–A propósito, has estropeado una estupenda broma telefónica con toda esta charla de bebés, Ash –dijo William.

–Sí –dijo Paris, asintiendo.

Ella se echó a reír.

–Os lo merecéis, chicos.

–Cuelga, mujer –dijo Maddox de repente–. Viene alguien.

–Oh, oh. Ahora os tengo que dejar –dijo ella, y colgó antes de que nadie pudiera protestar.

Strider le lanzó el teléfono a Paris, que no pudo atraparlo.

–¿Crees que tienen algún problema?

–No –respondió Paris, recogiéndolo antes de que William se le adelantara–. Seguramente, el que estaba llegando era él mismo.

–Sí, y seguramente se la está llevando a su habitación para hacer una bromita sexual con ella –añadió William–, en su cuerpo.

Antes de que Derrota pudiera lanzar su propia suposición, Strider cambió de tema.

–Bueno, ¿y qué vamos a hacer nosotros?

Se dio cuenta de que las chicas los estaban observando con desconcierto por lo mucho que se habían reído, pero con miradas de embeleso, como si estuvieran pensando en una boda triple.

–Supongo que podríamos llevarnos a una o dos chicas a nuestra habitación –dijo Paris, aunque no parecía que le entusiasmara la sugerencia. Por lo menos, no iba a negarse su dosis diaria.

–Sí –respondió William, pero también él parecía deprimido.

Strider sabía cuál era el problema de Paris. La mujer a la que había deseado sobre todas las demás, la primera mujer con la que había podido tener relaciones sexuales más de una vez, había muerto en sus brazos, debido a los disparos de su propia gente, los Cazadores. Sin embargo, no sabía cuál era el motivo del humor taciturno de William, que no era normal en él. ¿Habría alguien a quien deseara el guerrero, pero que no podía tener? ¿Había perdido a alguien? ¿Por qué estaba tan retraído con las chicas, cuando normalmente era un degenerado? Ni siquiera había tocado a una sola de ellas. Ni les había dado un azote en las nalgas.

–Bueno, ¿soy el único que ve a la chica muerta a los pies de Paris, o qué? –preguntó William como si nada.

Strider y Paris se quedaron helados. ¿Una chica muerta?

–¿Qué dices? –preguntó Strider cuando consiguió reaccionar. No veía ningún cadáver.

–¿Es una broma? –preguntó Paris en tono amenazante.

–No es ninguna broma, os lo juro –dijo William alzando las manos en un gesto de inocencia–. Apareció hace unos minutos, y se arrojó al suelo, junto a tu silla. Tío, tiene las manos alrededor de tu tobillo –explicó, mirando hacia aquel punto como si la estuviera observando. Tiene el pelo oscuro y la piel manchada de tierra. O tal vez sean pecas… Lleva una túnica blanca y desgarrada, y tiene unas alas negras. Y tiene unas manos muy bonitas. Seguro que sabe hacer cosas muy agradables con ellas.

Paris se puso en pie al instante, mirando como loco a su alrededor.

–¿Dónde está? ¿Dónde, maldita sea?

William frunció el ceño y señaló el lugar en que estaba Paris.

–Estás encima de ella. Eh, chica. Chica. No creas que no podemos verte. Agarrarte así de él no te va a servir de ayuda.

Paris dio un salto hacia atrás con un gemido de angustia y cayó de rodillas, y se puso a palpar el suelo.

–No la siento. ¿Estás seguro de que está aquí?

–Sí –dijo William, y de repente lo entendió–. Supongo que nunca os lo había dicho, chicos, pero veo a la gente muerta. Ah, y mirad ahí. Es Cronos.

Cronos, el rey de los dioses. Strider abrió unos ojos como platos, pero no vio la luz resplandeciente que anunciaba las apariciones súbitas del rey. Todo permaneció como estaba. Bueno, salvo Paris. Él se había quedado muy rígido y tenía una expresión de furia.

Cronos les había dado medallas para que pudieran esconderse de los dioses, pero después se las había retirado con la excusa de que los Señores habían abusado de ellas. En realidad, Cronos quería saber dónde estaban en cada momento. Allí estaba la prueba.

–Eh, amigo, ¿cómo te va? –le preguntó William, saludándolo con la mano–. ¿Te llevas a la chica? –pausa–. Vaya, qué valiente. No parece que quiera marcharse contigo –dijo. Otra pausa. No parecía que le importara el tener una conversación consigo mismo–. De acuerdo, pero no te pases con ella. Creo que le gusta a Paris. Bueno, adiós –dijo, y volvió a saludarlo con la mano.

Paris escuchó, más agitado cada vez, hasta que al oír la palabra «adiós», se lanzó contra William con un rugido.

Capítulo 15

Haidee luchó por salir de la nube espesa y negra que tenía en la mente, mientras oía gruñidos, rugidos y silbidos a lo lejos. Abrió poco a poco los párpados, y a través de una neblina, vio al guerrero alto y musculoso, de pie, ante ella, con una pierna a cada lado de sus caderas. Amun. Su dulce Amun.

Él estaba dando cuchilladas con sus dagas, muy eficientemente. Cortaba varios enemigos al mismo tiempo. Eran cuerpos delgados y con escamas; serpientes, pensó Haidee vagamente, que caían a su alrededor. Al morir, sus ojos rojos quedaban fijos en ella, y sus colmillos quedaban expuestos para siempre, pero inútiles.

Aquellos cuerpos continuaron lloviendo mientras Amun seguía cortando; sin embargo, por muchos reptiles que matara, seguían saliendo de entre la maleza ansiosos por picarlo. Muchos de ellos lo habían conseguido. Él tenía los brazos llenos de pequeños agujeros de los que brotaba la sangre.

Sin embargo, ninguna de las serpientes había conseguido alcanzarla a ella. Cada vez que alguna lo intentaba, él se daba cuenta y atacaba. La estaba protegiendo, aunque eso significara que no pudiera defenderse apropiadamente a sí mismo.

Ella debería ayudar, hacer algo, pero sus miembros no la obedecían. Tomó aire profundamente para intentar despertarse, pero de nuevo sintió el letargo.

Amun estaba jadeando, estaba sudando, y seguramente estaba tan cansado que la necesitaba. Sin embargo, a Haidee se le cerraron los ojos de nuevo… se le fragmentaron los pensamientos… oscuridad.

Cuando Haidee consiguió abrir los ojos de nuevo, vio unas paredes muy amplias, de roca, en las que había pintadas con sangre roja espantosas imágenes: tres apuñalamientos, dos violaciones y muchas hogueras.

Sin embargo, había algo peor aún que las pinturas: un cuerpo humano que colgaba del techo abovedado, y del que se estaban alimentando los cuervos. ¿Qué infierno era aquél?

Infierno. La palabra reverberó en su mente mientras los recuerdos se despertaban en su mente. Había entrado en el infierno con Amun, el hombre de sus sueños. Su enemigo. Su obsesión.

Con dificultad movió la cabeza hacia un lado y vio su preciosa piel oscura. Él la tenía en brazos, y ella se dio cuenta de que su pecho estaba lleno de agujeritos que sangraban. Él tenía la vista fija en el frente y los labios apretados.

Debía de estar sufriendo dolores, pero la llevaba en brazos, con pasos cuidadosos, haciendo lo posible por no despertarla. Qué ternura. Qué hombre tan bueno.

¿Acaso nunca iba a descifrarlo?

Intentó abrir la boca para darle las gracias, y para disculparse por no haber podido ayudarlo en el Reino de las Serpientes, pero sus labios se negaron a obedecer. Todavía estaba aletargada, demonios. Le debía algo.

Él debió de advertir su agitación, pero no miró hacia abajo ni aminoró el paso. «Tranquila», le dijo. «No intentes hablar. Duerme, recupérate».

Eso. Le daría eso. Obediencia, tan sólo en aquella ocasión. Cerró los ojos y permitió que la oscuridad la envolviera de nuevo.

Haidee estiró los brazos por encima de la cabeza, arqueó la espalda y estiró las piernas. En el fondo de su mente, sabía que estaba acostumbrada al suelo duro, a las celdas y a la incomodidad general. Pero no era así en aquella ocasión. El colchón que había bajo ella era blando y olía maravillosamente a humo de hoguera y a flores. Y, gracias a Dios, oía el crepitar del fuego, sentía su delicioso calor en la piel.

Sólo había dos cosas que estropeaban el momento; un dolor de cabeza que le martilleaba en las sienes, y una intensa sensación de vacío en el estómago. Ambas cosas requerían atención inmediata. Abrió los ojos y miró a su alrededor. Estaba en el interior de una cueva. ¿Acaso era Amun el que había recogido las flores en el bosque y las había llevado hasta allí, sólo para que ella estuviera cómoda?

Amun.

Se incorporó de golpe, con el corazón acelerado de gratitud, de alegría y de la atracción que sentía por él. Amun estaba sentado cerca, frente al fuego, de espaldas a ella. Tal y como Haidee había visto ya, no tenía tatuajes ni cicatrices. Ella sólo vio los huesos de su espina dorsal y una amplia extensión de músculos. Y de picaduras de serpiente. Las serpientes de las que él la había salvado.

—¿Dónde estamos? —preguntó con la voz ronca.

Él no se movió.

«Creo que estamos entre reinos. Pero estamos a salvo. He ido a explorar y no hay nada, ni nadie, durante kilómetros».

—Gracias —dijo ella suavemente—. Por todo.

Él asintió.

«Tienes que hablar conmigo, Haidee», le dijo. Lentamente se giró hacia ella hasta que sus caderas se tocaron, y estuvieron frente a frente. «No sabía si la ambrosía que había en el aire te iba a afectar. No estaba seguro de si necesitaba purgarte el cuerpo para que la expulsaras, o dejarte tranquila».

Haidee sabía que tenía que responder, pero no podía. Todavía no. Quería saborear aquel momento con él, sin animosidad entre los dos.

Amun era muy guapo. Sus ojos negros y profundos se le clavaban hasta el alma. Sus labios, aunque tensos en aquel momento, podrían ser la perdición de cualquier mujer. Siempre y cuando ella pudiera sentir aquellos labios en su cuerpo, aquella lengua lamiéndola, succionando y saboreando, la destrucción no tenía importancia.

Y, además de ser perfecto físicamente, Amun era valiente, afectuoso, protector. ¿Cómo podía considerarlo alguien malvado, y menos ella?

De veras, ¿cómo iba a poder hacerle daño, aunque él decidiera que ya no la necesitaba y decidiera castigarla por sus pecados del pasado? Ella no podía culparlo. Él sólo quería sobrevivir, como ella.

¿Y si Baden era como él?, se preguntó de repente y notó que se le encogía el estómago. ¿Y si ella había ayudado a matar a un hombre inocente? Aunque Baden no era inocente en aquel momento, pero, ¿y si el hombre hubiera madurado y con los años se hubiera convertido en un guerrero bondadoso, como el que estaba frente a ella?

¿Y si todos ellos eran inocentes? El dolor de estómago se intensificó. Strider se había pasado días interminables con ella, pero no la había violado, ni la había torturado, ni le había hecho daño, aunque hubiera podido hacer todas aquellas cosas. La había amenazado, sí, pero ella también lo había amenazado a él. Incluso lo había golpeado, y lo había apuñalado. Él se había vengado un vez, pero no tan ferozmente como hubiera podido.

«Los Señores del Inframundo son el epítome de la maldad». Aquello era lo que siempre decía Dean Stefano, la versión moderna del Hombre Malo, el primer Cazador que ella había conocido. Era la mano derecha de Galen, que casi nunca se dejaba ver, y en aquel momento era quien estaba a cargo de las tropas. «Deben ser erradicados antes de que se extienda su veneno, y os afecte a vosotros, o a vuestros seres queridos. ¿Cuántas de vuestras madres han muerto de cáncer? ¿Cuántas de vuestras hijas adolescentes han sufrido una violación? ¿Cuántas de vuestras esposas os han traicionado?».

Cuando alguien expresaba sus reparos por tener que matar a otro ser vivo, Stefano respondía: «Matar a un demonio no es un asesinato. Los demonios son animales, y esos animales matarían a toda vuestra familia sin un solo remordimiento, como un león o un oso hambriento. Atacan sin preocuparse de nada más. No lo olvidéis nunca».

Haidee no necesitaba que la convencieran. Uno de aquellos demonios había matado a toda su familia, y no sólo una vez, sino dos.

Ella siempre les había echado la culpa a todos porque un demonio era un demonio, y el mal era el mal. Sin embargo, en aquel momento, con el orgulloso y compasivo Amun a su lado, vio que su lógica tenía defectos. Aquellos hombres no habían intentado destruirla a ella cuando habían tenido la oportunidad de hacerlo y, sin embargo, ella siempre había estado pensando en destruirlos a ellos.

¿Cuántas veces había intentado erradicar a los Señores? ¿Y se había preocupado alguna vez de los métodos que usaba? No.

De repente, sintió una oleada de angustia. ¿Y si ella era el mal?

Notó un brazo fuerte pasándole por debajo de las piernas y alrededor de la cintura. Un momento más tarde, Amun la elevó y la bajó de nuevo. Ella se apoyó en su pecho y apoyó la mejilla en el hueco de su cuello. Suavemente, le acarició el pelo como si fuera su amada, como si su estado de ánimo le importara.

«¿Qué eres, Haidee?», le preguntó él de nuevo. Su tono de voz era tan delicado como sus caricias.

Ella nunca había hablado de su… infección con otra persona. Nunca. Ni siquiera con Micah. Pero aquél era Amun. Su Amun. Con los ojos llenos de lágrimas, se relajó contra él y posó la mano sobre su corazón, que latía aceleradamente. Él la había salvado, y se merecía saber la verdad.

—No estoy segura —respondió—. Sé que soy humana, pero soy algo más. Puedo ser asesinada, como cualquiera. O morir desangrada, o de hambre, o de enfermedad. Pero cada vez que muero, resucito exactamente como soy ahora.

«¿Has muerto más veces? Sé que moriste aquella vez, pero, ¿has muerto varias veces?».

—Sí. He perdido la cuenta de las veces. Sin embargo, por mucho que viva en cada reencarnación, no paso de esta edad. Supongo que mi edad se congela después de la primera muerte.

«¿Y qué ocurre después de que mueras?».

Ella se estremeció.

—Es horrible. El dolor del renacimiento es mucho peor que el de la muerte. Es devastador. Siento cómo se me escurre la vida, y se queda flotando en la oscuridad durante un tiempo, que para mí es eterno, pero entonces, cuando se hace la luz… —Haidee se estremeció nuevamente—. Entonces, la luz me traga, me quema hasta el alma, pero no con fuego, sino con hielo, y mi cuerpo empieza a rejuvenecer. Soy como una madre que está dando a luz, a mí misma. Es como si me hubieran inyectado ácido en los huesos, y siento convulsiones en los músculos, y parece como si me estuvieran envolviendo de nuevo en mi piel…

Él le acarició la nuca con sus dedos cálidos, y ella siguió hablando. Nunca hubiera pensado que iba a resultarle fácil hablar de aquello, pero con Amun las palabras surgían suavemente.

—Cuando el dolor cesa, siempre me encuentro en el mismo sitio: en Grecia, en una cueva cercana al agua. No recuerdo ninguna de las cosas buenas que me han ocurrido, pero sé que me han arrebatado esos recuerdos. Aunque no tiene sentido; sé quién soy, sé las cosas terribles que me han hecho y las cosas terribles que he hecho yo, y el odio... Dios, Amun, siempre siento un odio aterrador. Durante los primeros años de una de mis nuevas vidas, el odio es lo único que me impulsa.

Él apoyó la barbilla en su cabeza.

«¿Cuánto tiempo llevas viva en esta ocasión?».

—Unos once años.

«¿Y nunca nos habías perseguido?».

Haidee supo que debería mentir. La verdad iba a destruir la tranquilidad de aquel momento. Sin embargo, él se merecía la verdad. Después de todo lo que había hecho, se merecía saber la verdad.

—Sí os he perseguido —admitió—. Hace unos cuantos años, algunos de vosotros estuvisteis en Nueva York. Yo ayudé a quemar vuestra casa. Y hace unos meses, en Budapest, hubo un tiroteo. Yo estaba allí.

«No, me refiero a si nos has perseguido en alguna de tus otras vidas. Yo llevo vivo mucho tiempo, pero es la primera vez, desde la antigua Grecia, que he vuelto a verte».

—Siempre permanezco recluida hasta que tengo el odio bajo control. Incluso entonces, tengo que esperar hasta que puedo hacerme pasar por otra persona, antes de integrarme de nuevo en la sociedad y de formar parte de los Cazadores. Eso significa que tengo que esperar a que la gente que pudo conocerme haya muerto.

«¿Y cómo sabes quiénes son, si te arrebatan los recuerdos? ¿Y cómo es posible que seas Haidee ahora, si te has cambiado de identidad?

—He vuelto tantas veces, y con tantos años de separación, que casi siempre puedo usar el mismo nombre. En cuanto al resto, tengo escritos dentro de mi cueva, carpetas en las que detallo todo lo que he vivido en una existencia. También envío recortes de periódicos y fotografías, ese tipo de cosas, a un apartado de correos cercano.

«Eso es muy inteligente», dijo él, y ella sintió una calidez muy agradable por el cumplido.

—Gracias —le respondió.

Después levantó el brazo y le mostró sus tatuajes. Nunca había hecho aquello, tampoco. Nunca le había explicado a nadie lo que significaban los dibujos. Sin embargo, si Amun y ella iban a tener una relación que funcionara, uno de ellos tenía que dar el paso de la confianza.

—¿Ves esto? —le preguntó, y le señaló la única dirección que había entre todas las caras, frases y fechas.

Él le rodeó la muñeca con los dedos, y le giró suavemente el brazo. Mientras lo hacía, observó todos los tatuajes y pasó la yema del pulgar sobre el nombre de Micah, como si pudiera borrarlo. Haidee deseó que pudiera.

«Sí», dijo él. «Lo veo».

—Ahí está mi apartado de correos.

Al principio, Amun no respondió. Después, su respiración se volvió entrecortada, y él se puso muy tenso.

«No me cuentes nada más de cómo sobrevives».

—De-de acuerdo —respondió Haidee con confusión.

¿Por qué? ¿Porque se sentiría obligado a contárselo a sus amigos, pero en realidad no quería que lo supieran? Sí. Aquél era el motivo.

Al pensar en una posible traición por parte de Amun, debería haberse levantado de un salto de su regazo. Sin embargo, se acercó más y se acurrucó contra su cuerpo. Él todavía estaba intentando cuidarla.

«¿Quién es el hombre malo?», preguntó él, cambiando de tema.

Al oír un nombre que ella sólo había pensado, se sobresaltó.

—¿Cómo sabes que existe?

Él le acarició la mejilla con el pulgar, y ella se estremeció.

«Tuve una visión de ti, como la que vimos juntos, en la veranda. Pero en ésta eras una niña. A todos los demás puedo leerles la mente, pero a ti… Sólo he visto retazos de tu vida».

Primero, ¿él podía leerle la mente a todo el mundo, salvo a ella? Eso era… decepcionante. Ojalá él pudiera verla por completo, conocerla por completo. Si había alguien que pudiera cribar todas aquellas emociones y deseos enredados, era él.

—El Hombre Malo es el primer Cazador al que conocí. Me encontró después de que mis padres hubieran muerto. Me salvó la vida después de que… de que alguien como tú intentara matarme. Pensó que yo iba a serle útil —explicó Haidee con una carcajada amarga—. Y tenía razón, pero no lo sabía. Yo era casi una adolescente cuando me vendió en el mercado de esclavos después de haber fracasado en su intento de adiestrarme. Pero después de que muriera la primera vez, recordé sus lecciones, y así es como, más tarde, me uní a los Cazadores.

«¿Y fue entonces cuando ayudaste a matar a Baden?», preguntó él, sin ninguna emoción.

Adiós, momento dulce. Aquél era precisamente el tema que mejor podía echar por tierra cualquier entendimiento entre ellos. De todos modos, ella asintió, con lágrimas en los ojos.

«¿Y a quién te arrebatamos para que nos odies tanto?».

De nuevo, la pregunta fue formulada sin emociones. Ni ira ni condena. Y, algo más asombroso aún, su pregunta le ofrecía absolución. Una razón que justificara sus acciones. Él nunca sabría lo mucho que significaba para ella, lo mucho que la afectaba.

No pudo evitarlo. Le dio un beso en el lugar donde latía su pulso, en la base del cuello.

—A mis padres. A mi hermana. A mi… marido.

«¿Marido?».

—Sí.

Él la abrazó.

«Antes mencionaste que sólo uno de ellos había llevado a cabo el acto. ¿Sabes… sabes cuál?».

Aquella vacilación… Amun temía que pudiera ser el culpable.

—No vi la cara de quien mató a mis padres y a mi hermana, pero sé que no fuiste tú, ni ninguno de tus amigos. Pero fue un guerrero poseído por un demonio. En cuanto a mi marido… —Haidee suspiró—. No estoy segura de quién fue el culpable, pero recuerdo que vi a tus amigos la noche de su muerte.

Él la tomó por la barbilla e hizo que lo mirara a la cara. Sus ojos negros eran un pozo sin fondo de arrepentimiento. Él no habló, y ella tampoco. Antes, él le había ofrecido la absolución, y con su silencio, ella le estaba ofreciendo lo mismo en aquel momento.

Amun asintió al comprenderlo, para darle las gracias, y la soltó. Deslizó la mano hacia su pelo y entrelazó los dedos en sus mechones.

«¿Conoces la historia de cómo fui poseído por un demonio?».

—Creo que sí. Tus amigos y tú abristeis la caja de Pandora y liberasteis a los demonios que estaban allí atrapados. Los dioses decidieron imponeros el castigo, y con razón, de vincularos a cada uno con un demonio.

—Exacto.

—¿Y por qué robasteis la caja, de todos modos?

«Zeus le pidió a Pandora que la custodiara, en vez de a nosotros, y nosotros... nos enfadamos».

—Os sentisteis insultados —dijo ella. Por culpa de los hombres y de su orgullo, algunas veces caían naciones enteras.

«Sí. Queríamos darle una lección al rey, mostrarle cuál era nuestro valor».

—¿Y lo conseguisteis?

«No. Le mostramos, exactamente, lo estúpidos que éramos».

Ella tuvo que contener la sonrisa. Por lo menos, él veía y aceptaba la verdad.

Él alzó un rizo de su pelo y se lo llevó a la nariz. Inhaló profundamente y emitió un gemido de satisfacción.

«El motivo por el que he mencionado la caja de Pandora es que quería decirte que había más demonios dentro que guerreros a los que castigar. Algunos fueron depositados en prisioneros del Tártaro. Es una prisión inmortal», explicó él.

Ah. Ella sabía adónde quería llegar con la explicación.

—Entonces, tal vez el hombre que mató a mis padres y a mi hermana fuera liberado de esa prisión.

«O que escapara. Sí».

—¿Y quien mató a mi marido podría haber escapado también?

«Eso no lo sé. Ojalá fuera distinto, pero... Si nos viste aquella noche, yo diría que hay muchas posibilidades de que fuéramos los culpables».

Nada de excusas; sólo sinceridad brutal. Con tantas vidas llenas de misterio, Haidee apreció la respuesta. Le dio otro beso en el cuello, para que él supiera que su admisión no le había causado rabia. El olor a sándalo de Amun le invadía todos los sentidos, y le recordaba la ducha que habían tomado juntos, recordó que casi se habían besado, que ella estaba en sus brazos y que sólo hubiera tenido que estirarse y posar los labios en su boca.

«¿Has vuelto a ver al hombre que...?».

Haidee pestañeó. «Concéntrate», se dijo. Mientras ella estaba abriendo las puertas de los deseos de su cuerpo, Amun estaba concentrado en el ser que había sido responsable de la muerte de su familia. Seguía decidido a cuidar de ella.

—Unas cuantas veces —dijo ella. Más de cien.

«¿Cuándo? ¿Dónde?».

—Justo antes de morir, todas las veces —admitió.

Siempre era un preludio al final de su existencia, como si él envenenara cualquier vida que ella pudiera construirse. Sin embargo, ninguna de las veces que lo había visto había luchado contra él. Y quería hacerlo con todas sus fuerzas. Él se dejaba ver, con aquella túnica oscura que bailaba alrededor de sus tobillos, sin que sus pies tocaran el suelo. La observaba mientras irradiaba odio. La maldecía. Pero nunca la tocaba, ni permitía que ella lo tocara. Después, desaparecía.

«Necesito pensar en todo esto», dijo Amun.

El estómago de Haidee eligió aquel preciso instante para soltar un rugido de hambre, y ella se ruborizó de vergüenza. De nuevo, Amun la levantó, pero en aquella ocasión la dejó sobre la cama de pétalos. Al instante, ella echó de menos su contacto y su calor.

«Voy a buscar algo de comer. Tenía miedo de que las serpientes te picaran, incluso cuando estaban muertas, así que no he traído nada de su carne».

Su Amun. Siempre cuidándola.

—Ojalá ese estúpido ángel nos hubiera metido algunas barritas de proteínas y alguna botella de agua en la mochila —dijo ella, más malhumoradamente de lo que hubiera querido.

A su lado, la mochila en cuestión engordó de repente con un silbido. Amun y ella se miraron con confusión. Él se inclinó hacia delante, abrió la mochila y metió la mano. Sacó unas cuantas barritas de proteínas. Le dio la vuelta a la mochila y dejó caer al suelo su contenido: más barritas y algunas botellas de agua.

«Pide algo más», le dijo a Haidee.

Haidee se puso de rodillas, aunque no quería albergar demasiadas esperanzas.

—Ojalá hubiera sándwiches y fruta en la mochila.

La bolsa se extendió una vez más, y al instante comenzaron a caer sándwiches envueltos en plástico sobre las barritas. Y cuando dejaron de caer sándwiches, comenzaron a caer naranjas y manzanas, que rodaron por el suelo. A Haidee se le hizo la boca agua.

—Quiero toallitas húmedas y ropa para cambiarme. Quiero armas y cepillos de dientes, y pasta, y… un botiquín de primeros auxilios para curarle las heridas a Amun —dijo. Mientras hablaba, todas aquellas cosas fueron cayendo al suelo.

Con euforia, Haidee comenzó a rebuscar entre la comida y eligió lo que quería. Se tomó un sándwich de jamón y una manzana, y después, otro sándwich y una naranja. Bebió dos botellas de agua. Todo estaba muy bueno. Y cuando por fin terminó, se limpió lo mejor que pudo con las toallitas, se lavó los dientes, y finalmente se permitió mirar a Amun. Entonces, se le cortó la respiración.

La luz del fuego lo iluminaba suavemente y le confería a su piel un color dorado, un matiz que ella no había visto antes. Él la estaba observando con una expresión extraña, y con una manzana a medio comer en una mano. Era evidente que él también se había limpiado, porque ya no tenía la cara manchada de tierra.

—Deja que te cure las heridas —le dijo ella en voz baja.

La expresión de desconcierto se le borró del rostro y las pupilas se le dilataron. Respiró como si hubiera olido, de repente, una presa. Ella abrió unos ojos como platos. ¿Qué había dicho?

«Es muy agradable que te preocupes por mí, pero para

curarme, tendrías que tocarme. Y yo quiero que me toques por una razón distinta».

—Eh… Yo… Está bien.

«Ven aquí». Había tanta firmeza en aquella orden, que a Haidee no se le ocurrió desobedecer.

Ella se acercó hacia él rápidamente, y él dejó la manzana en el suelo, pero no la tocó. Sólo la miró expectante. Ella se arrodilló e inhaló su olor. El sándalo estaba mezclado con el olor a humo del fuego.

¿Se suponía que tenía que vendarlo primero? Y después tocarlo por un motivo diferente…

—Yo… Se me han olvidado las medicinas.

Estaban por ahí, y…

«Olvídate de eso. Ahora vas a besarme, Haidee».

Su calor era como una enredadera que se le subía por el cuerpo. Haidee se sintió como en trance mientras respondía.

—Sí —dijo. Por fin. Otro beso. Exactamente lo que ella estaba anhelando.

«Un beso entre tú y yo, y ningún otro».

—Sí.

«Hazlo, entonces». La voz de Amun sonó como un latigazo, retándola y advirtiéndole algo a la vez.

Fue entonces cuando ella se dio cuenta de que, en cierto nivel, él todavía estaba luchando contra su deseo, igual que en la ducha, y que incluso mientras sus lenguas estuvieran entrelazadas, él querría resistirse a ella, mantener la distancia.

Haidee no iba a permitírselo.

Si ella se entregaba en aquel beso, él también tenía que hacerlo. Era lo justo.

—Yo… no te voy a besar —dijo, y se echó a temblar cuando él entrecerró los párpados—. Quiero decir que no lo haré porque sienta gratitud hacia ti, y no lo haré para distraerte ni conseguir que bajes la guardia. Lo haré porque te deseo. Así que prepárate, porque espero lo mismo de ti. Si no puedes hacer lo mismo, dímelo ahora.

Capítulo 16

«Lo haré porque te deseo».

Mientras Amun asimilaba las palabras de Haidee, dejó de esperar a que ella tomara las riendas de la situación, dejó de esperar a que ella probara físicamente que lo deseaba, y que de ese modo expiara la forma en que lo había rechazado por Micah en la ducha.

«Puedo darte lo que quieres», le dijo con la voz ronca.

Ella suspiró con alivio.

Él no quería que ella sintiera alivio. Quería que se volviera loca. Con un gemido, la besó, y le sujetó la nuca con una mano y con la otra el trasero, para estrecharla contra las formas inflexibles de su cuerpo. Inmediatamente, ella se abrió para él, y acogió la dura embestida de su lengua en aquellas profundidades húmedas y suaves. Él percibió un sabor a menta y a manzana; ambas cosas estaban tan frías como un helado, y ambas cosas intensificaron su deseo.

Durante su charla, él había querido preguntarle por qué su piel desprendía aquel frío antinatural, pero ella le había hablado de muerte y de dolor, y él se había concentrado sólo en hallar el modo de salvarla. Tenía que haber alguna manera de conseguirlo, y tenía que haber una razón por la que ella resucitaba cada vez que moría.

¿Cuántas veces había muerto?, se preguntó. ¿Y de qué maneras? El hecho de no saberlo lo torturaba, pero tenía la sensación de que saberlo lo destruiría por completo. Pese a lo que había hecho Haidee en el pasado, no se merecía sufrir tanto como había sufrido. Él no quería volver a ver nunca el miedo que había percibido en sus ojos mientras ella le hablaba de renacer en su mismo cuerpo.

Y tampoco podía culparla por el odio que sentía por él y por sus amigos. Un inmortal poseído por un demonio había matado a su familia y a su marido. Él habría reaccionado de la misma manera; habría arremetido contra todos los culpables. En el momento de la muerte de Baden, Haidee sólo sabía que los Señores eran violentos, que estaban enloquecidos y que eran capaces de cualquier maldad. Por supuesto que había intentado destruirlos.

Él también había querido destruirla a ella. Y a sus amigos los Cazadores.

En aquel momento, mirando atrás sin culpabilidad, sin furia y sin desesperación, supo que había tres cosas que eran ciertas: Haidee había perdido a su familia. Él había perdido a un amigo. Él ya no iba a odiarla más por aquella pérdida. De todos modos, desde que ella había entrado en su dormitorio y le había curado las heridas con tanta dulzura, aquel sentimiento no le surgía espontáneamente. Tenía que forzarlo.

Ahora la deseaba por completo. No se conformaría con menos, y su necesidad de acariciarla no tenía nada que ver con el hecho de cansarse de ella, ni liberarse de su obsesión, sino con el hecho de darle placer.

—Amun —dijo ella con un susurro—. Has… parado. ¿Por qué?

Amun. Le había llamado Amun. Alzó la cabeza y la miró. Tenía la boca roja, hinchada y brillante, y se pasó la lengua por los labios para capturar su sabor. Él sintió una palpitación en el miembro, una respuesta desesperada por encontrarse entre las paredes internas de su cuerpo.

Haidee posó las manos en sus hombros. Él estaba jadeando, pese al frío que ella desprendía.

–¿Qué te pasa?

«Siempre me llamabas «cariño» cuando pensabas que era Micah, pero ahora me has llamado por mi nombre».

La expresión del rostro delicado de Haidee se suavizó.

–La única persona a la que he llamado «cariño» eres tú.

Bien. Aquel momento de celos se disipó. Aquella respuesta era aceptable, y él volvió a besarla. Las lenguas se enroscaron, tomando y dando, y los dientes rasparon con suavidad. Las manos comenzaron a moverse, y cada uno de sus roces incrementaba su ansia febril. Él le tomó los pechos, y a ella se le endurecieron los pezones bajo las palmas de sus manos. Amun gimió.

–Ojalá fueran más grandes –dijo ella, entre besos.

¿Sus pechos?

«¿Por qué?».

–A los hombres les gustan más grandes.

Amun se dio cuenta de que alguien había conseguido que ella sintiera vergüenza de sí misma, y tuvo ganas de matar a aquella persona.

«A mí me gustan así», dijo, y la acarició. Eran pequeños, tal y como había insinuado Haidee, pero firmes y altos. Y eran un bocado delicioso, como él había insinuado. «Son perfectos».

De hecho, él le sacó la camiseta por la cabeza y arrancó el broche delantero de su sujetador. Después le pedirían otro a la mochila. Cuando la prenda se abrió, él vio unos pezones de color rosa, los más bonitos que hubiera visto en su vida.

«Eres preciosa», le dijo. Parecía que estaba drogado, pero no le importaba.

—Gra-gracias.

Él inclinó la cabeza y succionó una de las pequeñas perlas, con más fuerza de la que había querido. A ella se le escapó un jadeo, pero no lo apartó. No, metió los dedos entre su pelo y lo sujetó contra su cuerpo.

Él pasó al otro pecho, y jugueteó con ambos igualmente, hasta que a ella se le puso todo el vello del cuerpo de punta. Hasta que su vientre comenzó a temblar de impaciencia cada vez que él se movía. Hasta que comenzó a gemir y a susurrar su nombre mientras le pedía más.

Hacía mucho tiempo que Amun no tenía una amante, pero no había olvidado lo básico, y nunca se había sentido tan guiado por el instinto. Acariciar, probar, poseer. Aunque hubiera sido virgen, habría encontrado la manera de darle placer a aquella mujer, porque hacer que llegara al orgasmo no era sólo un deseo. Era una necesidad.

Tocar, saborear… sí, saborear. Se irguió y volvió a besarla. Tenía que saborearla de nuevo.

Quería hacer las cosas despacio para saborear cada centímetro de su piel. Para aprender lo que le gustaba, y lo que no. Pero, como antes, con un solo beso y unas cuantas caricias, la pasión se hizo nuclear. Las manos que exploraban apretaron y las uñas arañaron. Él frotó su erección entre las piernas de ella, y ella se arqueó hacia él para aprovechar cada roce.

Después de todo lo que le había contado Haidee, Amun se sentía como si pudiera perderla en cualquier momento. Como si alguien pudiera arrebatársela, y ella fuera a despertarse en aquella cueva de Grecia sin poder recordar sus besos, ni recordarlo a él.

Ninguno tenía camisa, y cuando los senos de Haidee rozaron su pecho, a él se le escapó un silbido. El beso no cesó, sus lenguas continuaron girando, buscando, exigiendo. Poseer… Él la agarró por el trasero y la ciñó contra sí, y el roce se volvió una búsqueda frenética. Una fiebre.

No, no era fiebre. Su sangre estaba ardiendo, y le recorría las venas con una velocidad que hubiera matado a cualquier hombre normal. Sin embargo, la mujer que tenía entre los brazos estaba más fría a cada segundo que pasaba. Su piel era como el hielo, su boca como una tormenta, y mientras él succionaba su lengua, aquella tormenta glacial lo llenó.

Los demonios se habían escondido al fondo de su mente para no darse a conocer. En aquel momento comenzaron a gritar, porque el contacto con Haidee les afectaba como si acabaran de conectarlos a un generador eléctrico. Todos comenzaron a correr por su cabeza intentando evitar la fuerza de atracción que Haidee ejercía en ellos, y aquel frío insoportable.

Finalmente el beso se hizo más y más lento, y Haidee se retiró.

—¿Estás bien? —le preguntó, y le acarició la mejilla con los nudillos.

«Necesito… un momento…». Amun cerró los ojos y se agachó. Respiró despacio e intentó relajarse. Los músculos del cuerpo le tiraban de los huesos y le causaban dolor, un dolor que provenía de los demonios, sí, pero también del deseo insatisfecho. Él no quería parar.

—Mi termómetro interior se descontrola a veces. Lo siento. No quería que ocurriera. Lo notaba, pero… Lo siento —dijo ella de nuevo, con un deje de tristeza—. Lo controlaré mejor, te lo prometo.

«No te disculpes», dijo él. «No has hecho nada malo. Además, me gusta».

Amun no sabía por qué ella calmaba a sus demonios y, de repente, los agitaba tanto. No sabía por qué reaccionaban de aquella manera, pero lo pensaría más tarde. Con la distancia que había entre Haidee y él había recuperado el calor, y los demonios cesaron de luchar. Por el momento, era suficiente.

Sin embargo, a Secretos no le había afectado para nada aquella experiencia. Amun no creía que a su compañero le hubiera gustado el cambio de temperatura, pero la bestia no se había puesto a gritar de miedo.

Así pues, Amun decidió besar de nuevo a su mujer.

Su mujer.

Aquella frase le deleitó de un modo que nunca se hubiera esperado. Pero lo era. Lo era en todo lo más importante, y pronto lo sería por completo. Sus amigos no lo entenderían. Tal vez lo odiaran y lo consideraran un traidor. Sin embargo, no le importaba. En aquel momento, el bienestar de Haidee estaba por delante del suyo.

Aquel cambio de opinión era radical, incluso para él, y todavía no se había acostumbrado del todo, pero eso no disminuyó su deseo por ella. Al oír su historia y percibir el dolor de su voz, Amun había comprendido la verdad. Ellos dos eran iguales en muchas cosas. Ambos eran decididos, y ambos sufrían el bombardeo constante de lo peor que tenía que ofrecer el mundo, lugares, gente y circunstancias, pero encontraban la alegría donde podían.

Deseaba a aquella mujer, e iba a tenerla. Y, sí, era posible que en aquel momento sólo lo impulsara el deseo, y ese deseo le provocara sentimientos que normalmente no sentiría, sólo para mitigar la vergüenza de estar con una enemiga; pero Amun no lo creía.

—Tal vez sería mejor que paráramos —susurró ella—. De... De todos modos no puedo acostarme contigo.

Amun abrió los ojos y la miró.

«¿Por él?».

—Sí. No quiero serle infiel.

Él apretó la mandíbula.

«¿Cuándo te acostaste con él por última vez?», preguntó Amun, y a cada palabra que pronunció, su rabia se incrementó.

—Nunca me he acostado con él.

La rabia se desvaneció en un instante. Si ella hubiera respondido «ayer», él habría seguido deseándola igual. Dudaba que nada pudiera cambiar eso. Sin embargo, el hecho de saber que Micah no la había tocado alimentaba su nuevo sentimiento de posesión.

«Cuando salías con él, pensabas que él era yo», le recordó.

—Sí.

Amun la tomó por las caderas y la frotó de nuevo contra sí.

«Entonces me estás engañando a mí, al serle fiel a él».

Ella gimió, con los ojos medio cerrados. Cuando él la obligó a permanecer erguida, ella se mordió el labio con fuerza.

—Puede que sí, pero de todos modos tengo una sensación de deslealtad. Así que, nada de sexo hasta que le haya dicho que hemos terminado. Pero…

Pero él podía besarla. Eso era lo que le estaba diciendo. Amun sintió rabia nuevamente.

«Besarse es también una infidelidad, Haidee».

Él sabía cómo reaccionaría si la viera besándose con otro. Correría la sangre.

A ella se le hundieron los hombros. Su expresión se volvió de angustia.

—Tienes razón. Lo siento. Sé que tienes razón. Es que me… excitas mucho. Entonces, lo dejaremos. Lo dejaremos así hasta que haya hablado con Micah.

«Rompe con él en tu mente. Ahora».

—En el fondo de mi corazón ya he roto con él. Pero tengo que decírselo, Amun. Se merece saberlo. Sé que tú no me creerás, pero es un hombre bueno.

Amun acababa de darse cuenta de que haría cualquier cosa por proteger a aquella mujer, por estar con ella. Sin embargo, ella no podía desvincularse de un antiguo novio, completamente, por él. Aunque por una parte admiraba tal lealtad, por otra quería que esa lealtad sólo fuera para él.

Ella había dicho que no tendrían relaciones sexuales, y que tampoco iban a besarse. Bien, entonces, por los dioses, él iba a hacer todo lo demás. Con el ceño fruncido, la agarró por la parte trasera de las rodillas y tiró, haciendo que se tendiera boca arriba sobre el lecho de flores. Ella aterrizó sobre los pétalos blandos y, antes de poder tomar aire, lo tuvo sobre el cuerpo, separándole las piernas y encajándose contra ella.

«No me engañes, Haidee. No me engañes. Por favor».

Ella gimió como si sintiera dolor, y después se quedó quieta.

–Yo… Yo… Puede que sea una persona horrible, pero necesito que me beses. Por favor.

«No, no eres terrible. Eres perfecta».

En aquel momento, él no podía negarle nada, así que la besó. Sus bocas volvieron a encontrarse en un enredo frenético, lamiendo, succionando y mordiendo. Como había prometido, Haidee mantuvo controlada su temperatura. Seguía siendo fría, pero no helada. Amun no sabía cómo lo hacía, y no le gustaba que ella no se abandonara completamente, que permaneciera en guardia.

Cuando aquello terminara, se juró Amun, cuando hubiera expulsado a los demonios que llevaba dentro, la tomaría. Tomaría el frío y cada centímetro de su magnífico cuerpo. Incluso su corazón. Él protegería el suyo, por supuesto. Desearla y necesitarla estaba bien, pero él no iba a permitir que nadie lo poseyera. Sin embargo, a ella sí la poseería por completo.

Le desabrochó los pantalones y se los quitó. Ella no protestó ni intentó impedírselo. Confiaba en que él no iba a traspasar el límite que habían marcado. De nuevo, él tuvo sentimientos contradictorios. Por un lado le agradaba que ella confiara en él, pero por otro, le irritaba que ella no ansiara más de él, pese a que lo tuvieran todo en contra. Detestaba ser adicto a ella, y que ella no fuera adicta a él.

Bueno, tendría que cambiar eso.

Amun la besó y la mordisqueó hasta que llegó a sus pechos, y de nuevo, con la lengua, cubrió de caricias sus pezones. Cuando ella estaba retorciéndose, elevando las caderas para que él la tocara, él siguió descendiendo hasta su ombligo. Allí, la atormentó con mordiscos suaves, breves, mientras jugueteaba con la cintura de sus bragas en la cintura, y por sus muslos, pero sin acariciarla donde más lo necesitaba.

—Amun… cariño… por favor.

Ya estaba suplicando. Bien. Eso era lo que él quería. Sí, su cuerpo estaba ardiendo de deseo insatisfecho, y no estaba seguro de que pudiera sobrevivir a aquel encuentro. Tenía la frente sudorosa, y la piel tensa, y la necesidad lo consumía por dentro y por fuera.

«Voy a saborearte de nuevo. Y esta vez te voy a llevar hasta el final».

Por fin, él la besó entre las piernas, y movió la lengua contra la tela húmeda de sus braguitas.

A ella se le elevaron las caderas involuntariamente, y se le escapó un grito.

—¡Sí!

«Vas a dármelo todo».

—Sí… No —dijo ella mientras se ondulaba, buscando su boca—. No puedo.

«Lo sé. Pero pronto».

—Pronto. Sí, pronto.

Con aquella promesa en los oídos, él rasgó las braguitas y se dio un festín con ella. La primera vez que él deslizó la lengua por su cuerpo, ella gritó con absoluto abandono. Él probó su feminidad y notó el sabor de aquellos albaricoques helados que había olido la noche que se conocieron. Entonces pensó que ardía de deseo, pero en aquella ocasión estaba quemándose de verdad.

Tenía el miembro muy lleno, a punto de explotar, y se apretó contra el suelo duro, embistiendo como si ya estuviera dentro de ella. Haidee le tiró del pelo, no para apartarlo de sí, sino para animarlo a que siguiera.

Él la lamió por dentro, y sintió las paredes de su cuerpo tensas alrededor de su lengua. Succionó y lamió su clítoris. Pronto, ella no sólo estaba retorciéndose, estaba haciendo el amor con su boca, moviéndose contra él, clavándole los talones en la espalda.

«Sube las manos por encima de la cabeza», le pidió él, y se alegró de poder hablar con ella telepáticamente para no tener que detener lo que estaba haciendo.

—¿Por-por qué?

«Hazlo».

Ella, de manera vacilante, alzó los brazos.

«Agárrate a la roca que hay detrás de ti».

En aquella ocasión, Haidee obedeció sin preguntas.

«No te sueltes».

Entonces, él la agarró por los muslos, la levantó y la hizo girar de manera que ella quedó de cara al suelo. Él también giró y se colocó debajo de ella, sin salir de entre sus piernas. Tenía su cuerpo sobre él, el centro de su feminidad sobre la cara. Como estaba agarrada a la roca, Haidee no se cayó de cara sobre los pétalos; sin embargo, eso no sirvió para evitar la impresión que le causó la boca de Amun cuando su lengua se hundió más profundamente que antes.

—¡Oh, Dios, Amun! —exclamó ella entre temblores, vibrando.

«Es perfecto».

—Amun… Por favor, más, más, necesito más.

Él le agarró la cadera con una mano y con la otra se acarició el miembro. Y, mientras seguía trabajando en ella, trabajó también en sí mismo, fingiendo que estaban haciendo el amor. Ella se movió sobre él, de arriba abajo, y él la imitó con el movimiento de su mano.

Amun no recordaba haber experimentado nunca nada tan bueno.

–¡Date prisa! Tengo que… casi… necesito…

A él. Ella sólo lo necesitaba a él. Amun le soltó la cadera y, sin cesar sus otras atenciones, metió dos dedos en su cuerpo.

Tensa. Estaba muy tensa. Cuando él introdujo aquellos dos dedos en su interior, profundamente, ella se deshizo en convulsiones a su alrededor, gimiendo de placer.

Al sentir su orgasmo, él llegó también al clímax. Explotó, y su simiente cálida se le extendió por el estómago. Y, cuando terminó el último de los espasmos de Haidee, cuando él terminó de expulsar toda su esencia, ella se puso de rodillas, entre jadeos, y se desplomó sobre su cuerpo. Aunque el primer pensamiento de Amun fue limpiarlos a los dos, no quiso moverla. La abrazó con fuerza, y supo que nunca podría separarse de ella.

Tenía la cabeza clara, así que no podía culpar al deseo de aquel sentimiento posesivo. Ella era suya. En aquel momento… Siempre.

Capítulo 17

Haidee y Amun estuvieron juntos durante horas, durmiendo, comiendo, besándose y hablando, aunque no mencionaron su pasado, su situación ni el futuro. Eran sólo un hombre y una mujer, y sus manos no estaban nunca lejos del otro. Durante todo aquel tiempo, Haidee permaneció en un estado de dicha, pero era consciente de que no podía permitírselo.

Para ella, la alegría nunca duraba mucho.

Aquel rato terminó cuando Amun la dejó para encender una hoguera. No volvió a su lado. Tomó la mochila con movimientos rígidos y, a los pocos instantes, se acercó con dos túnicas.

«Son túnicas de ángel», le dijo, con algo de aquella rigidez. Sin mirarla, dejó uno de los vestidos junto a ella. «La tela te limpiará. Incluso te desenredará el pelo cuando te pongas la capucha».

¿Una simple túnica podía hacer todo eso? Vaya.

–Gracias.

«De nada», dijo él, mientras se metía la prenda por la cabeza. Y las manchas de tierra que tenía en el cuello desaparecieron. «Ahora hay que hacer lo que tenemos que hacer».

–¿Te refieres a que tenemos que estar en silencio?

«Entre otras cosas».

Aquella formalidad… cuánto la odiaba.

Él le había dado el orgasmo más dulce y agónico de su vida, había jugado con su cuerpo de una manera que había vencido todas sus dudas e inhibiciones. La pasión se había apoderado de ella tan inexorablemente que no había podido contenerla. Había explotado.

Y en aquel momento, su cuerpo seguía muy atraído por aquel hombre, porque la necesidad que sentía por él no la había abandonado. Su vientre temblaba constantemente, y tenía un cosquilleo en la piel.

Tal vez no tuviera su nombre tatuado en el brazo, pero él la había marcado a fuego.

Y ella no quería ser su enemiga. Ni en aquel momento, ni nunca más. Sin embargo, no sabía cómo podía reparar el daño que le había causado. Él no había sido quien había matado a su familia; lo había hecho otro demonio. Y tampoco había sido él quien había matado a su marido; debía de haberlo hecho, también, otro demonio. Seguramente, alguno de sus amigos. Sin embargo, era a Amun a quien había castigado, le había arrebatado algo que él amaba.

Se odiaba a sí misma por ello. Ojalá pudiera volver atrás. Ojalá nunca hubiera entrado en la habitación de su marido aquella noche fatídica, la noche en que todo había cambiado para ella. Sin embargo, ya nada podía cambiar el pasado, y Haidee tenía la esperanza de conseguir que Amun entendiera el dolor que ella había sufrido. Eso no sería suficiente para ganarse su perdón, pero tal vez le ofreciera una absolución que no iba a encontrar de otro modo.

Con un suspiro, Haidee se puso la túnica. Segundos después se dio cuenta de que Amun no le había hecho justicia a la prenda. Ni siquiera la había tocado una pastilla de jabón, pero cuando la tela se le colocó alrededor del cuerpo, se sintió más limpia que nunca. ¡Asombroso!

Volvió a mirar a Amun. Él estaba observando las llamas. Debería parecer un monje, con aquella túnica sin forma, pero tenía un aspecto atractivo, sensual y poderoso.

Se había distanciado mentalmente, pero ella no permitió que eso la detuviera. Se sentó frente a él, intentando no temblar. Él ni siquiera la miró. Metió la mano dentro de la mochila y sacó un albaricoque.

—Me gustaría que me hicieras un favor —dijo Haidee.

Él iba a morder la fruta, pero se quedó inmóvil y la miró con sus ojos oscuros.

«¿No puedes esperar? Llevamos demasiado tiempo aquí. Tenemos que marcharnos».

¿De repente tenía tanta prisa? Improbable.

—No. Tenemos que hacerlo ahora —dijo ella. Si esperaban, tal vez se echara atrás.

Él asintió.

«Está bien».

Haidee irguió los hombros y levantó la barbilla.

—Has visto una parte pequeña de mi noche de bodas. ¿Quieres… quieres ver el resto?

La cautela de Amun aumentó, y para ella fue casi doloroso.

«Yo no puedo controlar los secretos que me muestra el demonio, Haidee».

—Pero puedes intentarlo.

«No me has entendido. Para mostrarte algo, tendría que usar a mi demonio».

—Sí, eso sí lo entiendo, y de todos modos me gustaría que lo intentaras.

Él la observó atentamente.

«¿Puedo preguntarte por qué?».

—Puedes preguntármelo, pero yo no te lo voy a decir.

Haidee no quería que se negara, y Amun se negaría si supiera la verdad.

Seguramente no era un movimiento inteligente por su

parte, pensó Haidee. Él iba a tener que confiar ciegamente en ella, y eso era algo que un Señor nunca haría con una Cazadora.

Ella oyó un suspiro en su mente.

«Está bien. Lo intentaré».

Aquella respuesta sorprendió mucho a Haidee, y por algún motivo, su sorpresa irritó a Amun.

«¿Estás lista?», le preguntó él secamente.

—Sí —dijo Haidee. En realidad, no lo estaba. Tenía un nudo en el estómago—. Sí —repitió para darse fuerzas.

Con movimientos rígidos, Amun dejó el albaricoque a un lado y posó sus manos fuertes y ásperas en las sienes de Haidee. Como siempre, él estaba tan cálido como un día de verano. Ella se acercó más a él y se detuvo sólo cuando sus rodillas se tocaron, cuando su olor la envolvió por completo. Si Amun iba a entrar de verdad en sus recuerdos, iba a ver una de las experiencias más dolorosas de toda su vida. Era un recuerdo que siempre la dejaba destrozada, con el corazón sangrando. Iba a necesitar su fuerza.

«Concéntrate en la respiración», le dijo él, y ella se sobresaltó ante la suave invasión de su mente. «Y cierra los ojos».

Todos sus amigos la habrían llamado «tonta» por confiar en un Señor de aquella manera, pero no le importaba. Amun le había dado su confianza, y ella no iba a ser menos. Cerró los ojos y respiró profundamente. Después, espiró cada molécula de aire con lentitud.

«Buena chica».

Con la siguiente inspiración, notó unos hilos de algo… algo caliente y oscuro que la atravesaba, que sacudía su mente como el viento sacudía a menudo las hojas de los árboles. Lo había experimentado antes, pero estaba drogada, aletargada, y no sabía lo que representaban aquella oscuridad y aquel calor. En aquel momento sí lo sabía, y tuvo que controlarse para que el pánico no la dominara.

Ella lo había pedido. Lo deseaba.

Pero no pudo mantener la calma durante demasiado tiempo.

«Demonio», pensó con angustia. El corazón comenzó a golpearle las costillas como si fuera a explotar.

Ciegamente, agarró las muñecas de Amun. Continuó respirando rítmicamente y se aferró a él con tanta fuerza como pudo para recordarse que estaba a su lado, y que él no iba a permitir que aquella bestia le hiciera daño.

Y, para ser sincera, el demonio no había intentado nunca hacerle daño. En realidad, la había ayudado, le había dejado ver la preciosa cara de su hermana y le había mostrado unos minutos de alegría antes de la muerte de su marido. ¿Por qué había hecho eso la criatura? ¿Por qué le había mostrado cosas buenas? ¿No se suponía que los demonios sólo estaban dedicados a lo malo?

Aunque no sabía las respuestas, se relajó. Y, mientras la rigidez abandonó su espina dorsal, su mente comenzó a llenarse de imágenes.

Vio de nuevo la cara de su hermanita, que le sonreía a través de una pradera de hierba. Entre ellas reverberaban unas risitas inocentes, infantiles y, por un momento, el frío dejó por completo el cuerpo de Haidee y la dejó inundada de un calor radiante.

La imagen cambió. «¡Vuelve!», gritó ella mentalmente. No quería separarse de su hermana otra vez. Sin embargo, se vio a sí misma de adulta, nuevamente en la veranda, con el traje de novia de color azul y los rizos rubios brillando a la luz de la luna.

Eso era lo que quería mostrarle a Amun. Lo que temía enseñarle a Amun.

La sirvienta volvió a sonreírle, y volvió a acompañarla por el pasillo iluminado con antorchas, hacia la habitación de su esposo.

Aquél era el momento. Haidee apretó las muñecas de

Amun. Estaba temblando. Se acercó a la puerta del dormitorio… más y más cerca… salvo que, en aquella ocasión, no intentó detenerse a sí misma.

Con otra sonrisa, Leora abrió la puerta y le cedió el paso.

Haidee tuvo ganas de vomitar. Vio sus propios dedos agarrando la cortina y apartándola. Irguió los hombros al pasar al interior de la habitación, y la cortina cayó a su lugar de nuevo, tras ella.

Al principio, la Haidee de la visión no entendía lo que estaba viendo. Pero el olor… Dios, el olor… era metálico, y estaba mezclado con el hedor de unas entrañas, de unos intestinos. Ella conocía muy bien aquel olor. Era el olor de la muerte.

Las paredes, que eran blancas, estaban salpicadas de sangre. Y en el suelo, su esposo estaba hecho pedazos. La histeria se apoderó de Haidee. Había trozos de Solon por todas partes. A ella le flaquearon las rodillas, y sintió una oleada de mareo que estuvo a punto de derribarla. Comenzó a respirar sin control.

Entonces, vio algo mucho peor que aquella carnicería.

En el centro de la habitación estaba flotando la criatura de sus pesadillas, justo encima de un charco de sangre. Tenía la capucha sobre la cara, de modo que sus rasgos estaban ocultos, pero entre las sombras, Haidee vio sus ojos rojos.

Él levantó el brazo lentamente y la señaló con un dedo retorcido. Despedía rabia y malevolencia. Y odio. Mucho odio.

Haidee gritó. Gritó y gritó sin poder contenerse. Se tapó los oídos con las manos, pero no sirvió de nada. Siguió gritando.

La criatura flotó hasta ella, y finalmente, Haidee se quedó callada. Se arrastró hacia atrás hasta que dio con la pared. Justo antes de que él la alcanzara, entraron varios hombres vestidos de negro desde la terraza, con las armas en alto.

–¡Ahí está! –gritó uno de ellos.

–¡Él tenía razón! ¡El demonio está aquí!

¿Demonio? ¿Y cómo lo sabía él?

Corrieron hacia su pesadilla con las espadas preparadas para hacerlo pedazos, como él había hecho con su marido. Oh, Dios. Su marido. Tal vez la criatura no lo hubiera matado, después de todo, porque había otros como él en la habitación, y también tenían los ojos rojos.

La criatura desapareció antes de que los humanos, o los otros, pudieran alcanzarlo.

La cortina se abrió a su lado. A Haidee le fallaron las rodillas mientras Leora y los guardias de Solon entraban en la sala. Había muchos hombres, y con las prisas por ver lo que había sucedido, no la vieron. La empujaron hacia delante, y el vestido de boda se le empapó de la sangre de Solon.

Los guardias atacaron a los hombres de la terraza. Claramente, los consideraban responsables de la muerte de su amo. Las espadas chocaron, y comenzaron a oírse gruñidos y alaridos de dolor de los guardias cuando recibían cuchilladas. Entonces, entró otro grupo de guerreros en la habitación. Ellos también entraron desde la terraza. Eran más grandes y musculosos que los primeros, pero tenían los ojos tan rojos como ellos.

–¡Más demonios! –gritó alguien.

–¡Deben de habernos seguido! –gritó alguien.

–Son Cazadores –gruñó uno de los guerreros, y pareció como si aquella palabra fuera repetida por mil voces, todas ellas atormentadas–. Morir. Tienen que morir.

Comenzó una nueva batalla, y todo se convirtió en una danza macabra en la que los cuerpos caían sin vida a su alrededor. Incluso la anciana e indefensa Leora fue atravesada por una daga. Hubo más gemidos, gruñidos, gritos. Haidee no podía respirar. Tenía que escapar de allí.

Entraron más sirvientes y más guardias, pero ellos también cayeron en aquella batalla sangrienta. Haidee intentó escabullirse, esconderse, pero el suelo estaba resbaladizo y la salida bloqueada por los cadáveres. Entonces, alguien la agarró por la espalda de la túnica y la puso en pie. Oh, Dios. Aquél era su final.

En la realidad, Haidee se preparó, porque sabía lo que iba a ocurrir. Intentó distanciarse de la escena, pensar que sólo estaba viendo una película, y que la gente que moría a su alrededor eran actores y no sufrían.

Entonces la escena se ralentizó y, a través de Amun y de su demonio, Haidee pudo ver cosas de las que antes no se había percatado. De repente, los guerreros tenían nombres y caras que ella reconocía. Vio a Strider dominado por su demonio, matando a un Cazador. Vio a Lucien, la Muerte, con sus ojos de diferente color llenos de frialdad.

Ella había visto fotografías suyas con el paso de los años, y sabía que en el presente, Lucien tenía unas terribles cicatrices en la mitad del cuerpo. Pero en aquella escena del pasado, el guerrero no tenía ninguna marca, y su belleza era deslumbrante. O lo hubiera sido si no tuviera la boca llena de sangre de otro. Acababa de desgarrarle la garganta a otro hombre con los dientes.

Sabin, Kane, Cameo. Gideon, Paris, Maddox. Reyes. Baden, con el pelo rojo como las llamas. Aeron, con las alas negras desplegadas. Todos estaban allí, todos salvo Torin y Amun. No, no era cierto, pensó Haidee al ver al hombre que la había agarrado de la túnica.

Amun. Era Amun quien la sujetaba.

Tan oscuro y tan salvaje, de una manera en que ella nunca lo había visto antes. Sus ojos eran como dos rubíes extraídos del fuego del infierno. Sus labios tenían un gesto cruel y sus dientes eran afilados, muy blancos, casi… monstruosos. Tenía los pómulos cortados, y por debajo de la carne se le veía el hueso.

Le había rodeado la cintura con un brazo para evitar

que escapara. Aunque ella nunca hubiera podido hacerlo, porque el miedo la tenía paralizada. Entonces, un Cazador saltó hacia ellos con la espada preparada.

Amun la colocó detrás de su cuerpo, y una espada que había sido levantada contra él la golpeó a ella, y le cortó la garganta de un lado a otro. Se le escapó, entre borbotones de sangre, un grito de agonía y las piernas le fallaron. Sin embargo, no cayó al suelo, porque Amun siguió sujetándola. Él se dio la vuelta en aquel momento, y la Haidee real vio el horror que se reflejaba en la cara del guerrero al darse cuenta de lo que había sucedido.

Ella siempre había pensado que el hombre que la sujetaba la había usado de escudo, pero en aquel momento supo que sólo estaba intentando salvarla, incluso en aquel momento, cuando estaba completamente dominado por su demonio.

En la visión, ella cayó por fin al suelo, y todo su mundo se sumió en la oscuridad.

Aquélla fue la primera vez que murió.

Sin embargo, la visión no cesó. Los recuerdos de Amun debieron de proseguir en el punto en el que los de ella se perdían, porque la lucha continuó alrededor de su cadáver. Vio que Amun, presa de la furia, pasaba por encima de ella y mataba al hombre que la había degollado, haciéndolo pedazos como habían hecho con Solon.

Amun se aseguró de que su muerte fuera dolorosa. El Cazador gritó a cada cuchillada, rogó misericordia. Sin embargo, la misericordia no era algo que fuera a experimentar nadie en aquella habitación. Y, como Amun estaba completamente concentrado en su tarea, otro Cazador se le acercó e intentó decapitarlo.

Amun esquivó el golpe con rapidez y la hoja de la espada tan sólo le hizo un corte superficial en el cuello. Con un gruñido, hizo un giro y alzó el brazo para apartar al Cazador de un golpe. Sin embargo, su atacante ya había recuperado la posición y volvió a lanzar una cuchillada. En aquella ocasión, el golpe fue certero y cercenó la garganta de Amun.

La sangre brotó violentamente, y él se desplomó junto a ella. Quedaron uno frente al otro y su sangre se mezcló con la ella en el suelo. La mezcla empapó sus heridas.

¿Y los unió para siempre?

Al ver a su amigo derribado, los otros Señores se enfurecieron más, y la violencia aumentó en la lucha. Pronto, los Cazadores y los guardias que todavía quedaban en pie fueron liquidados en la masacre más grande que ella hubiera presenciado nunca. Y, cuando todo terminó, los guerreros, entre jadeos y sudor, recogieron a Amun y se lo llevaron.

La visión desapareció, y la mente de Haidee volvió al presente. Todavía estaba sentada frente a Amun, pero tenía toda la piel cubierta de hielo. O él no lo había notado, o no le había dado importancia, porque no había apartado las manos de sus sienes, y aquel contacto era el único calor que ella podía sentir.

Con un gemido, Amun interrumpió el contacto, y algunos añicos de hielo salieron volando en todas direcciones. Él tenía una expresión atormentada, y un brillo rojizo en los ojos. Y, cosa extraña, ver aquel color rojo no la asustó. Ni siquiera, con el recuerdo de lo que había ocurrido en el pasado tan fresco en la cabeza.

«Lo siento, Haidee. Lo siento muchísimo», dijo él.

—¿Por qué? —preguntó ella, y su voz sonó ronca y quebrada. ¿Había gritado durante la visión, sin darse cuenta?—. Tú no has hecho nada malo.

Haidee ya sabía la verdad, y se sentía asombrada. Él lo había hecho todo bien.

«Los Cazadores debían de estar persiguiendo a ese otro demonio. Y yo no sé si fue la criatura de la túnica la que mató a tu esposo, o fue uno de los Señores, que llegó antes a la habitación. Lo único que sé es que yo estaba en el grupo que llegó después. No quería hacerte daño», aclaró apresuradamente, «te juro por los dioses que no quería».

–Lo sé. Ahora lo sé.

Igual que sabía que él había estado a punto de morir por ella, por vengar a una completa desconocida. Dios, y ella que quería conseguir absolución con aquel recuerdo. Lo único que había conseguido era debilitar sus argumentos.

Había destruido a aquel hombre por nada. ¡Por nada!

«No te vi la cara aquella noche. Sólo vio a una mujer aterrorizada, e intenté apartarla de la lucha. Pero en vez de conseguirlo, te puse en medio de ella. No habrías muerto si te hubiera dejado en el suelo».

Haidee no iba a permitir que él se sintiera culpable por eso.

–No puedes saber lo que me hubiera ocurrido, Amun. No puedes…

«No intentes consolarme para que me sienta mejor. No me lo merezco. Ni siquiera merezco estar aquí contigo. Tú, ayudándome a mí, al hombre que te colocó en el camino de la espada», dijo él, con una carcajada de amargura. «Durante todos estos siglos, yo nunca he entendido por qué mis amigos sentían tantos remordimientos por acciones que no habían podido controlar. Y mientras, yo era el peor de todos ellos. Tú moriste por mi culpa. Y por mi culpa, tú ayudaste a matar a Baden».

Aquélla no era la reacción que ella quería, ni la que había esperado.

–Amun, yo…

Él apartó la mirada y se puso en pie.

«Si quieres que avise al ángel, encontraré la manera de conseguirlo. Él puede llevarte con tus… amigos. No tienes por qué hacer esto. No tienes por qué ayudarme».

–No voy a dejarte solo –le dijo ella con enfado–. Además, has podido ver por ti mismo que tú no fuiste quien me mató. Tú intentaste salvarme. Y yo te eché la culpa a ti, cuando…

«¡Me echaste la culpa con razón!», exclamó él. Después tomó la mochila y le pidió ropa limpia para los dos, y le entregó a Haidee unos pantalones vaqueros y una camisa. «Las túnicas están bien para las cuevas, pero no son cómodas para moverse. Tienes que cambiarte. Nos vamos».

–Escúchame. Yo te culpé erróneamente…

«Hemos terminado de hablar de esto. Cámbiate».

Él nunca la había tratado así, ni siquiera cuando había descubierto quién era, al principio, y ella no sabía cómo conseguir que la entendiera. Mientras se quitaba la túnica y se ponía la ropa nueva, temblaba.

–No… no podemos marcharnos todavía. No sabemos a lo que nos vamos a enfrentar –dijo. Tomo la mochila y pidió–: Danos instrucciones para atravesar con éxito el siguiente reino.

Entonces, sacó un rollo de pergamino amarillento.

Amun, sin decir una palabra, se puso la mochila en los hombros. A cada segundo que pasaba, él se distanciaba más de ella, y Haidee no entendía el motivo. Ella no lo culpaba de lo que había ocurrido; ¿por qué se culpaba él?

¿Porque había fracasado? ¿Porque temía fracasar de nuevo?

–Amun –dijo, intentando llegar a él. Tenía que llegar a él.

«Vamos», replicó él, y salió de la cueva. Ella se vio obligada a seguirlo, o a quedarse atrás.

Sin querer, apretó el puño y arrugó el rollo de pergamino.

–No voy a permitir que me hagas el vacío –le dijo, aunque sabía que él no la estaba oyendo. Sin embargo, se sintió mejor.

Después respiró profundamente para calmarse y siguió a aquel hombre, a su hombre, hacia lo desconocido.

Capítulo 18

Las vacaciones eran un fastidio. Strider iba sentado en el asiento del pasajero del coche que había robado William, mirando al paisaje árido y al sol del atardecer. Aquél era un viaje por carretera infernal.

Después de la debacle de la chica invisible, que había resultado ser la obsesión de Paris, Sienna, Paris había atacado a William por no impedir que el rey de los dioses se la llevara. Strider había tenido que hacer uso de toda su fuerza para vencer al guerrero, que estaba dominado por la histeria. Incluso había tenido que darle una puñalada en el corazón.

Después, sin dejar de sangrar y sin haberse calmado, Paris echó a patadas a Strider y a William de su rancho, junto a las strippers. Sin embargo, se dio cuenta enseguida de que Sienna podría escapar de las garras de Cronos y volver con él; pero sin William, él no podría verla. Así que pese a estar herido, Paris los había seguido y se había empeñado en que fueran con él. No había sido difícil, porque sólo habían llegado hasta el buzón, que estaba al final del camino de la casa, y habían decidido quedarse allí a descansar. Unas horas.

Las resacas de ambrosía eran tan horribles como las vacaciones.

Llevaban en la carretera muchas horas, y durante esas horas, Paris había estado gritando a Cronos, lanzando amenazas que sólo servían para molestar a todo el mundo. Sin embargo, la pérdida de sangre lo había debilitado tanto que finalmente se sumió en un sueño intranquilo, en el asiento de atrás. Justo antes de dormirse, había jurado que iba a llamar a Lucien y que le iba a pedir que lo llevara al cielo en cuanto se hubiera curado de sus heridas.

Paris iba a seguir a su mujer.

Aquel tipo de deseo obsesivo por una sola mujer no era inteligente, y Strider supuso que él había estado a punto de sucumbir con Ex. Al contrario que Paris, él se había alejado voluntariamente de la mujer, y de repente se sentía muy contento de haberlo hecho. Si hubiera continuado por aquel camino, al final habría luchado con Amun por ella.

Pelearse con un amigo por una mujer era el epítome de la idiotez. Estaba mal en todos los sentidos.

En primer lugar, para él sus amigos tenían mucho valor. En segundo lugar, ninguna mujer merecía tanto la pena como para aguantar todos los problemas que causaban. En tercer lugar, una Cazadora no merecía tanto la pena como para aguantar los problemas que causaba. En cuarto lugar, el sexo era el sexo. Un hombre podía encontrarlo en cualquier parte, tal y como él mismo había comprobado en el rancho de Paris.

Suspiró y se concentró en el paisaje. Era aburrido. Árboles. Colinas. Y… oh, sí. Una tienda de carretera un poco más allá.

—Para —ordenó.

—¿Qué? —le dijo William, mirándolo con cara de pocos amigos—. Acabamos de conseguir un poco de paz y tranquilidad, ¿y quieres estropearlo todo? Eres un infantil.

—Caramelos Red Hots, tío —dijo Strider. Sería capaz de cualquier cosa con tal de comer unos pocos—. Vamos, para.

–Ah, y ositos de gominola. Deberías haberlo dicho antes.

El coche viró a la derecha, entró por la vía de servicio y se detuvo bruscamente frente a la tienda. Había camioneros entrando y saliendo, y familias que estaban de excursión por el campo.

William señaló el asiento trasero con el pulgar.

–¿Qué hacemos con la bella durmiente?

–No se va a suicidar mientras estamos de compras.

–¿Es que no tienes instinto de supervivencia? ¿Y si se despierta, se lleva el coche y nos abandona?

–Fácil. Robamos un camión y lo perseguimos. Siempre he querido conducir uno de esos tan grandes.

–De acuerdo. Me gusta que uses la cabeza, Strider. Tal vez hagamos eso de todos modos.

Por costumbre, Strider comprobó que el perímetro estuviera libre antes de salir del coche. Durante el trayecto había ido pensando, y cuando no estaba pensando, estaba fijándose en si alguien los seguía. Hasta el momento todo iba bien. Ni una sola vez había visto algo sospechoso. Para ser sincero, aquello era un poco decepcionante. Él esperaba que el novio de Haidee lo siguiera. Aquel tipo había jurado que iba a destriparlo, y que le iba a cortar todos los miembros del cuerpo. Oh, bien.

William y él entraron a la tienda y se separaron. Mientras recorrían los pasillos tomando lo que querían, la gente los miraba, tal vez porque eran gigantes comparados con los demás, tanto en altura como en musculatura. Tal vez por los bultos de las armas que llevaban en la cintura. O tal vez porque William abrió una bolsa de patatas fritas y fue comiéndosela mientras hacía la compra. Difícil de saber.

–¿Ves los ositos de gominola? –preguntó William.

Strider llevaba cinco cajas de caramelos y cinco cajas de tamales en el hueco del brazo. Miró la estantería que tenía frente a sí y negó con la cabeza.

–No, lo siento.

Tomó unas chocolatinas para Paris y las puso sobre el montón. No se las había pedido, pero qué demonios; las mujeres tomaban chocolate cuando tenían el corazón roto, y Paris se estaba comportando como una mujer, así que agradecería cualquier cosa.

Strider estaba riéndose de sí mismo, sirviéndose un vaso de refresco de todos los grifos de la máquina, cuando oyó exclamaciones y jadeos de sorpresa a sus espaldas. Se dio la vuelta pensando en que William se había metido en un lío, pero, para su sorpresa, vio a Lucien con una mano sobre el hombro de una pelirroja despampanante. Era muy pequeña, sólo le llegaba por el hombro a su amigo, pero tenía una figura curvilínea. Los pechos se le marcaban bajo la camiseta de tirantes. Llevaba unos pantalones vaqueros de cintura baja. De cintura muy baja, tan baja que saltaba a la vista que la muchacha no llevaba ropa interior. Tenía las piernas delgadas y largas.

Strider tuvo ganas de soltar una imprecación.

–¿Kaia? –preguntó Strider, pestañeando, pensando que aquello sólo podía ser una pesadilla. Una Arpía, la raza más letal de todo el planeta. Allí. Para estropearle las vacaciones aún más. Y él que había pensado que las cosas no podían ir peor.

–Oh, qué bien. Un buen refresco –dijo ella. Se acercó y le arrebató el vaso, y después, sin permiso, dio un trago–. Gracias.

«No es un desafío, no es un maldito desafío», le dijo Strider a su demonio.

De todos modos, Derrota comenzó a despertarse en su cabeza. Gracias a los dioses, no le pidió que actuara. Todavía.

Kaia frunció la nariz con desagrado.

–¡Puaj! ¿Qué es esto? ¿Líquido de frenos?

–Es un poco de cada uno de los refrescos que tienen

–dijo él entre dientes. Con la mano libre, agitó los dedos para que ella se lo devolviera–. Vamos, dámelo y dime qué estás haciendo aquí.

Ella le mostró los dientes y silbó, y en sus ojos de color gris y dorado hubo un brillo de algo negro, incandescente.

–Mío.

«Eso no ha sido un desafío», repitió él mentalmente.

Derrota se agitó un poco más, pero siguió sin pedirle que actuara.

Él bajó el brazo. Las Arpías sólo podían comer lo que robaban o ganaban. Cualquier otra cosa las ponía enfermas, así que Strider sabía que Kaia tenía que tomar lo que pudiera cuando pudiera. También sabía que las Arpías eran tan posesivas como él, y a partir de aquel momento, Kaia consideraba que la bebida era suya. Pero, si ella seguía insistiendo, su demonio querría que él hiciera algo. Strider lo sabía. Y también sabía que no podía desafiar a una Arpía delante de los humanos. Eso era mejor hacerlo en privado, donde pudiera recibir una buena paliza sin sentirse humillado.

–Te lo preguntaré de nuevo: ¿Qué estás haciendo aquí? –dijo, y miró a Lucien antes de que ella pudiera responder–. ¿Qué está haciendo aquí?

Lucien lo miró y suspiró.

–Estaba aburrida, así que me llamó para que la trajera contigo, y como me gustan mis testículos donde están, decidí complacerla.

–¿Que la trajeras conmigo? ¿Y por qué conmigo?

Ni Lucien ni Kaia respondieron a su pregunta.

–Amigo, te deseo una buena noche. Ahora, ella es cosa tuya –dijo Lucien, y después de despedirse de Strider con el mismo movimiento irreverente de la mano que utilizaba Anya, salió de la tienda en busca de un rincón desierto donde poder desaparecer sin testigos.

Strider volvió a concentrarse en Kaia. Ella lo abanicó

con las pestañas, con una expresión de inocencia y seducción femenina. Si no hubiera luchado con aquella mujer varias veces en el pasado, si no supiera exactamente lo sucio que jugaba, intentando acertar en la entrepierna a la mínima oportunidad, tal vez se hubiera creído su actuación. Incluso sabiéndolo le estaba costando convencerse de que estaba intentando engañarlo.

Ella estaba allí por algún motivo, y a él no iba a gustarle.

Su único consuelo era que le gustaba mirarla. En realidad, si los dioses le hubieran pedido que diseñara a la mujer de sus sueños, habría sido Kaia. Tenía una estructura ósea engañosamente delicada, y una melena pelirroja y ondulada que le llegaba hasta la cintura. Su cara era la de un duende, y su cuerpo el de una estrella del porno, menos los implantes. Y su piel… oh, Dios, su piel.

Todas las Arpías tenían una piel como la suya. Como ópalos pulidos y diamantes aplastados. Brillaba con todos los colores del arcoíris. Tenían que taparla completamente con cosméticos y con la ropa, porque si veían aquella piel, los hombres se volvían idiotas. Strider sólo la había visto una vez, durante una sesión de entrenamiento; a Kaia se le había subido la camiseta por la cintura, y, al instante, él había perdido el control de su cuerpo. Había sentido la necesidad imperiosa de penetrar en su cuerpo.

Ella se había cubierto antes de que él la atacara, y el impulso había cesado. Pero incluso en aquel momento, al recordarlo, él quiso desnudarla, tomarla allí mismo.

De ninguna manera. Ni hablar. Tal vez ella fuera la mujer más bella que había visto, pero podía causarle más problemas que un Cazador. Era una mentirosa consumada y una ladrona. Mataba indiscriminadamente, y, bueno, era más fuerte que él. Eso era vergonzoso.

Además, la primera que vez había visitado a su hermana Gwen en la fortaleza, Strider se había dado cuenta de que varios de los guerreros la miraban como si fuera una piruleta. Ella no debía de haberse dado cuenta, o no le había importado, y él no había sentido la necesidad de competir por sus favores.

Todavía no podía creer que se hubiera acostado con Paris.

Paris. Ah, claro. Su necesidad de encontrarlo empezaba a tener sentido; él estaba con Paris, así que, ¿qué mejor manera de pasar un rato con el guerrero sin admitir lo que quería realmente?

Eso no le molestaba, pero, demonios, no le gustaba que lo utilizaran.

—Si has venido a intentar conseguir el amor eterno de Paris, no lo vas a conseguir. Ahora ya sabe que Sienna está en alguna parte, y está desesperado por llegar a ella. No vas a ponerlo celoso conmigo, y tú no…

—¿Quieres callarte? —le espetó Kaia. Tomó una caja de caramelos y abrió la tapa.

Él se la quitó antes de que pudiera comerse ninguno, y Derrota ronroneó de satisfacción.

—¡Eh!

—Son míos —gruñó él. Ya estaba bien.

En vez de atacarlo, ella posó la mano sobre una de sus caderas perfectas.

—Mira, no quiero enrarecer el ambiente, pero te estás portando como un idiota. Lo de Paris fue cosa de un día. Sí, me dio un millón de orgasmos, pero después no me sentía bien, y no podía dejar de pensar que… No importa —dijo, y agitó la cabeza mientras fruncía el ceño—. Lo que quiero decir es que no he venido a verlo a él. Quería ver…

—Kaia, cariño —dijo William, que se acercó rápidamente.

Cuando William la abrazó, sonrió con absoluto deleite, como si Kaia fuera exactamente la persona que necesitaba para librarlo del aburrimiento.

–¿Has venido a pelearte con las strippers que acaban de disfrutar durante horas de mi compañía?

–Pues no –dijo ella–. He venido para darles las gracias por tenerte ocupado. Por favor, dime que todavía están contigo.

William fingió que se enjugaba una lágrima.

–Me acabas de clavar un puñal en el corazón, querida.

Por los dioses, eran muy molestos. William llevaba meses intentando acostarse con Kaia. Y ella, por supuesto, le daba esperanzas falsas.

Otro motivo por el que Strider nunca tendría una aventura con ella.

Kaia lo desafiaría más que cualquier otra, y no le importaría que perdiera. Demonios, ella querría que perdiera, aunque esa derrota le costara días de intenso dolor físico. Su sentido de la rivalidad estaba tan desarrollado como el de él.

–Estamos de vacaciones, Kaia –refunfuñó Strider–. No estás invitada.

Ella desdeñó aquellas palabras como si no fueran importantes.

–Sé que, en el fondo, queríais invitarme, así que aquí estoy. De nada.

–Es increíble lo bien que nos conoces. Toma, paga esto –dijo William, poniéndole sus cosas en los brazos a Strider. Estaremos en el coche. Besándonos.

Al principio, Kaia no se movió ni dejó de mirar a Strider. Después cambió de opinión; le sopló un beso y siguió al guerrero. De camino, se metió un pastelillo empaquetado en el bolsillo y tomó un par de revistas sin disimulos.

Strider apretó los dientes y fue hacia la caja. Por algún motivo, la gente se apartó a su paso. Incluso los que estaban en la cola, esperando turno.

–Yo... eh... no quisiera molestarle, señor, pero tengo que decirle... –el cajero hablaba nerviosamente–. Las cámaras han grabado a su amiga y mi jefe, bueno, lo ha visto todo y… la señorita tomó…

–Ya lo sé. Añádalo a mi cuenta –dijo él.

Después de pagar, salió con sus compras a la calle. El aire fresco de la noche no consiguió mitigar su mal humor. «Por lo menos, ya no estás pensando en Ex».

Bueno, no era precisamente una gran compensación. Y no duró. Tal vez hubiera exagerado al pensar en la atracción que sentía por ella. Si la hubiera deseado de veras, no se habría acostado con otra mujer aquel mismo día. Y no se habría resistido a ella, por muy tonta que fuera una pelea con un amigo a causa de una mujer.

Sólo había que mirar a Paris. Él necesitaba el sexo para sobrevivir, pero no había pasado ni un minuto entre las sábanas con ninguna de aquellas strippers.

Sin embargo, nada de eso mitigó el fastidio de haber sido rechazado, y tal vez ése era el motivo por el que había pensado que deseaba tanto a Ex. Porque ella no lo deseaba a él, y había representado un desafío. Un desafío que, según él mismo, no quería. ¡No lo quería!

Demonios, se acabaron los retos. Iba a tomarse un descanso, aunque aquello lo matara.

Llegó al coche y vio que Kaia se había sentado en su sitio. Entró en la parte trasera y se sentó junto a Paris, que seguía durmiendo. ¿Y qué demonios era aquel olor? ¿Rollitos de canela?

Strider decidió desahogar su irritación con ella.

–¿Llevas perfume?

Ella se giró a mirarlo con una sonrisa.

–No, no llevo perfume, pero fui a una pastelería justo antes de avisar a Lucien. ¿Por qué? ¿Huelo tan dulce como el azúcar?

No, demonios. Olía como si necesitara un buen revolcón.

Kaia, en la cama. Desnuda. Abierta. A Strider le gustó la

imagen, y a su demonio también. Sin embargo, Strider se repitió que no podía permitirse aquellos pensamientos sobre ella. Kaia le desafiaría en todo, y él nunca volvería a tener un momento de paz. Y había algo más: al contrario que otros de los guerreros, él nunca había sido capaz de acostarse con una mujer que ya se hubiera acostado con uno de sus amigos. Era por su vena posesiva. No podía evitarlo.

Finalmente, Kaia se giró hacia delante y William puso en marcha el motor y salió a la autopista. Por supuesto, retomó su flirteo con la Arpía.

Durante más de una hora, Strider se dedicó a comer caramelos y a rabiar. Sí, las vacaciones eran una porquería. Tal vez en la próxima parada se largara solo.

—Bueno, ¿y adónde vais? —preguntó ella al cabo de un rato, a nadie en particular.

—A ninguna parte —respondió Strider.

—A matar a la familia de Gilly —respondió William.

Strider iba a tener una conversación con aquel hombre. Uno no contradecía a sus amigos. Y menos delante de una mujer.

Kaia se puso a botar en el asiento.

—¿Puedo ayudar? ¡Por favor! ¿Puedo? Tal vez no lo sepáis, pero soy muy diestra con cualquier tipo de cuchillo, con una sierra, con un látigo, con…

—¡Eh! ¿Has hurgado en mis cosas? —preguntó William.

—Sí —dijo ella, y continuó como si no tuviera importancia—: Sea cual sea el arma, sé usarla.

—No vamos a usar armas. Vamos a cortar yugulares.

—¡Bien! Podemos jugar a ver quién corta más.

—No, no podemos porque tú no puedes ayudar —dijo Strider.

Al mismo tiempo, William respondió:

—Me sentiría decepcionado si no ayudaras.

Kaia miró a Strider. No había ni rastro de negro en el blanco de sus ojos, así que la Arpía estaba bajo control.

–¿Por qué estás tan gruñón?

–No estoy gruñón. Sólo las mujeres se ponen gruñonas.

–Estás gruñón –intervino William.

–Tú eres el que está gruñón –replicó Strider. Se dio cuenta de que parecía un niño. Se inclinó hacia delante, apoyó los codos en las rodillas y la cara en las manos. ¿Qué demonios le ocurría?

William se rió de él. Kaia se limitó a continuar mirándolo con una expresión indescifrable.

–Bueno, gruñón o no, Strider –dijo–, tengo una noticia que te va a animar.

Inclinarse hacia delante había sido un movimiento estúpido. El olor de la canela y el azúcar era más fuerte, y lo envolvía, y le hacía la boca agua. ¿Sería el sabor de Kaia tan delicioso como su olor?

De repente, ella se puso rígida.

–Hueles a aceite corporal de mujer, con olor a melocotón.

¿De veras? Strider recordó a la stripper que se había sentado en su regazo en el rancho de Paris; la chica olía a melocotón. Kaia debía de odiar los melocotones, porque era evidente que estaba pensando en matar a quien había fabricado aquel aceite corporal.

–Te destruiré –dijo.

Y la córnea se le llenó de negro. Las uñas ya se le habían prolongado, y se habían convertido en garras afiladas. Esas garras estaban clavadas en el salpicadero del coche. Hola, bestia salvaje.

Nota mental: No comer nunca melocotones delante de Kaia.

«¿Ganar?», gimoteó Derrota.

«Sí. Buena suerte, amigo. Ella te comerá y escupirá tus escamas».

–De acuerdo, me ducharé –dijo Strider, y se irguió para alejarse de ella todo lo posible–. Y para que lo sepas, no me importan tus noticias.

–No puedo matarlo –murmuró ella para sí–. No puedo matarlo. Le prometí a Bianka que pararía cuando llegara a diez cadáveres al día, y ya me he pasado de límite por quinto día consecutivo. No puedo matarlo.

Pareció que con aquello se calmaba. Los ojos volvieron a su estado natural y las garras se convirtieron de nuevo en uñas.

Strider miró por la ventanilla. Prefería contar los árboles al pasar que mirar su preciosa cara.

–Bueno, queridos. Strider se va a dormir un ratito. Que todo el mundo se calle.

Era mejor fingir que iba durmiendo la siesta que enfadar a Kaia de nuevo.

–Muy bien. Duérmete –dijo ella en tono de irritación. Sin embargo, no estaba graznando, que era otra excelente señal de que el peligro había pasado–. Pero entérate de que mientras roncas, te perderás la historia de cuántos Cazadores he liquidado esta semana.

–Bueno –respondió Strider. Sin embargo, ¿había liquidado a varios Cazadores? Intentó que no se le notara la curiosidad–. Adelante, empieza a contar tu historia. Seguro que me aburriré tanto que empezaré a dar cabezadas.

–No. Has sido malo, y no te mereces el premio. Así que no te diré que hay cierto Cazador que está siguiendo tu pista, y que se ha acercado mucho.

–Eso siempre es así –replicó él.

Ella suspiró de frustración.

–Tampoco te diré que…

Él soltó un ronquido, sólo para molestar, y estuvo a punto de echarse a reír cuando a ella se le escapó un grito agudo. En parte, le gustaba aquel enfrentamiento verbal. Le gustaba molestarla, y sentir las chispas que casi irradiaba su cuerpecito.

–¡Eso es! ¿Me oyes, Strider? ¡Ya lo tengo! Te desafío a que me escuches ahora mismo.

Eso no le gustó.

Mientras su demonio saltaba por su mente desesperado por ganar, Strider le lanzó una mirada fulminante a Kaia.

—Sabía que ibas a hacerlo. Sabía que me ibas a desafiar. Eres como todas las demás. No, espera, eres peor. Tú sabes lo que me ocurre cuando pierdo, pero me desafías de todos modos.

El dolor se reflejó en el rostro de Kaia durante una fracción de segundo, y desapareció. Seguramente, eran imaginaciones suyas, pensó Strider. Las Arpías, y en especial aquella Arpía, no sufrían por nadie.

—Sabes que esto puedes ganarlo fácilmente.

—Entonces, continúa —le espetó él—. Habla. Me estoy muriendo por escuchar lo que tienes que decir.

Kaia se humedeció los labios, y al ver la punta rosada de su lengua, a él se le encogió el estómago. Ella podría haberse negado y haberlo doblegado de dolor, pero en vez de hacer eso, terminó su pequeño discurso.

—Tú atrapaste a Haidee. Su novio y su grupo han estado persiguiéndote. Ahí lo tienes. Has escuchado y has ganado.

Strider no se sintió como si hubiera ganado nada y su demonio tampoco. No sintió una oleada de placer, sólo la necesidad de un desafío de verdad. Algo por lo que tuviera que trabajar. Sin embargo, sintió un frío por dentro. Todo se le congeló. El corazón, los pulmones. La sangre en las venas.

—Hay más. Cuéntame el resto.

—Muy bien. Mientras tú estabas por ahí divirtiéndote, yo he estado persiguiendo al novio y a sus amigos. Todos ellos tienen algo raro, pero el novio más que ninguno. Son… No sé, pero son más oscuros que otros humanos con los que me he cruzado. Me causaban… repugnancia. Por eso les hice sufrir a base de bien antes de cargármelos. Deberías haberlos visto. Después saqué mi cuchillo y…

–Estás divagando, Kaia.

–¡No es verdad! ¿Por dónde iba? Ah, sí. El novio. No he podido acercarme a él lo suficiente como para saber qué es lo que me molesta tanto. Es oscuro y astuto, y como he dicho, se las arregla para hacerme perder el rastro, lo cual significa que es muy bueno, porque yo soy muy buena rastreando. ¿Te he contado alguna vez que…?

–¡Kaia!

–Bueno, bueno, de todos modos, tú no has podido perderlo a él. Está muy cerca, está cabreado y quiere liquidarte.

–¿Hasta qué punto está cerca?

Ella alzó la barbilla con un gesto de obstinación.

–Lo suficientemente cerca como para que hayas tenido suerte de no haber recibido un disparo en esa tienda de la gasolinera.

–¿Y por qué lo estabas siguiendo tú?

Ella se encogió de hombros.

–Cuando todo el mundo se marchó de la fortaleza y se separó para esconder los artefactos y poner a sus mujeres a salvo y todo eso, yo te seguí a ti. Me imaginé que eras el que más acción ibas a ver, y tenía razón.

Demonios, pensó Strider. Debía de estar perdiendo facultades. No había sentido su presencia ni una sola vez.

–De nada, a propósito –continuó ella–. Atrapaste a Haidee y te la llevaste, pero dejaste un rastro de sangre directamente hasta la puerta de tu habitación del motel. Ellos se disponían a atacar el edificio cuando yo los liquidé a todos, salvo a su líder. Ese desgraciado se escapó, y tú deberías habértelo cargado cuando tuviste oportunidad, porque reunió más hombres. Desde entonces, he estado siguiéndolo de cerca.

–¿Y cómo encontraste a Lucien? –preguntó de repente William, interviniendo en la conversación.

–Anya y yo nos mantenemos en contacto. Le dije que

necesitaba que me prestara a su caballero y ella accedió. A cambio de un precio —dijo Kaia con enfado—. Y alguien de este coche me lo va a devolver.

—A su caballero. Qué agradable —comentó William, y se dispuso a decir algo más, pero Strider se le adelantó.

—Fuera lo que fuera, yo me ocuparé de ello —dijo. Se lo debía, y no le gustaba estar en deuda con nadie.

—Bien. Entonces, me debes un beso de tornillo de diez minutos.

Él pestañeó. No debía de haberlo entendido bien.

—¿Anya te pidió que la besaras?

—Sí. Y en nuestra siguiente parada, espero tu compensación.

—Yo te pagaré —dijo William—. Después de que me describas todo acerca de ese beso que os disteis. ¿Le metiste mano? Seguro que sí, pequeña fresca. Y seguro que gemiste mucho, también.

—Es demasiado tarde para que me pagues tú. Strider ya se ha ofrecido, y yo he aceptado. Y, no, no voy a describirte nada. Puedes imaginarte lo erótico que fue. Y, Willie, tu imaginación no estará a la altura.

Estaba mintiendo. Tenía que estar mintiendo. Sin embargo, ¿por qué iba a mentir acerca de un beso? ¿Qué iba a ganar obligándolo a que la besara? Strider se apoyó en el respaldo del asiento y miró al techo. No conseguía ninguna respuesta para sus preguntas. Tal vez nunca las consiguiera.

Además, tenía cosas más importantes de las que ocuparse. Como el novio psicópata de Haidee. ¿Estaba realmente muy cerca?

«Ganar», dijo Derrota. «Ganar, ganar». En aquella ocasión no era una pregunta.

Estupendo. El novio ni siquiera estaba allí, pero el desafío había sido escuchado y aceptado, y el enfrentamiento debía llevarse a cabo.

–Frena –le dijo a William por segunda vez aquella noche.

–¿Por qué? No hay ninguna tienda.

Kaia miró a Strider y sonrió.

–Ése es mi demonio. Quiere tender una trampa, Willie, y nosotros vamos a ayudarlo.

–No. Esto lo voy a hacer solo –dijo Strider. William tenía gente propia a la que matar, y Strider no quería pasar con Kaia más tiempo del estrictamente necesario.

Ella siguió sonriendo, aunque su expresión se oscureció con una emoción que él no pudo identificar.

–¿De verdad? Bueno, pues recuerdo que una vez me dijiste que soy peor que un virus estomacal, y creo que es hora de que te lo demuestre. Te desafío a que me dejes ayudarte, Strider. Te desafío a que le hagas más daño que yo a ese bastardo, y te desafío a que mates a más de sus hombres que yo.

«¡Mierda!», pensó él, mientras Derrota comenzaba a saltar de nuevo.

«Ganar, ganar, ganar. Por favor, ganar».

De repente, Strider sintió más odio que nunca por Kaia. Asintió con tirantez.

–Cuando esto termine –dijo suavemente–, me las vas a pagar.

–Lo sé –respondió ella, aunque su tono fue extrañamente apagado–. Créeme, lo sé.

Capítulo 19

Después de dejar la cueva, durante dos días de caminata y de monotonía, Amun no había conseguido asumir lo que le había hecho una vez, lo que la había llevado a odiar a sus amigos, a odiarlo a él, y a ayudar a destruir a Baden. Por muy buenas que fueran sus intenciones, él era quien la había puesto delante de la espada de su atacante.

Dios… la sangre que brotaba de ella… la agonía de su rostro…

Sus amigos sólo recordaban fragmentos del tiempo que habían vivido en la antigua Grecia. Sabían que habían quemado, saqueado y destruido, pero no podían acordarse de cosas concretas, como quién y qué. Sin embargo, él recordaba hasta el último detalle. Secretos no le permitía olvidarlo.

Amun recordaba muy bien la rabia que sentía cuando perseguían a los Cazadores hasta la casa del noble. La mañana de aquel día habían librado una batalla especialmente violenta, y los Cazadores se habían retirado por causa de las bajas. Sin embargo, Amun y los demás los habían seguido. Los guerreros habían recibido cuchilladas y golpes, y se habían quedado heridos y ensangrentados. Querían aniquilar a los responsables de su sufrimiento.

Lo que no había visto entonces, porque la información

estaba perdida en el enredo de todo lo demás, pero que entendía perfectamente ahora, era que los habían conducido deliberadamente a aquella casa. No los Cazadores, sino él, el ser que los manipulaba como si fueran marionetas. Tampoco el ser vestido con una túnica que había visto Haidee, sino el ser que habían mencionado los Cazadores cuando habían visto a la criatura. Él sabía que el demonio estaría allí. Él quería que todo el mundo estuviera en aquella habitación para que hubiera una matanza completa. Para que murieran, incluso, sus propios hombres.

¿Galen? ¿O el hombre que se había llevado a la pequeña Haidee y le había enseñado a culpar a los Señores de la muerte de su familia? ¿El Hombre Malo? Tal vez Amun nunca lo supiera, y, en realidad, en aquel momento no le importaba. Sus acciones habían sido más despreciables que las de ningún otro.

No se merecía a la mujer que caminaba tras él, a la mujer que se trasladaba sin una sola queja de cueva en cueva sólo para salvarlo. Él era el culpable de que ella corriera tales riesgos en aquel momento. Y cabía la posibilidad de que fuera el culpable de su muerte.

Una muerte que ella temía con toda su alma. Al hablar de sus renacimientos, el terror le había invadido la mirada. El terror y un dolor residual; era como si con sólo hablar de aquellos sucesos, reviviera una agonía que muy pocos podían comprender. Haidee se merecía paz, felicidad y una familia que la quisiera.

Todo lo que amaba le había sido arrebatado. Cuando él se había metido en su mente, había notado que en ella había miles de recuerdos. Estaban allí escondidos, aunque ella pensara que se los habían borrado de la cabeza. Estaban enterrados en lo más hondo, incluso sus secretos más íntimos. Su demonio había tenido una reacción de éxtasis y, a partir de aquel momento, había empezado a ver su cabeza como el Santo Grial. Secretos quería volver dentro.

Amun quería estar de nuevo sobre aquel cuerpo fuerte y esbelto.

Pero no iba a tocarla de nuevo, no iba a intensificar la atracción ardiente que ya había entre ellos. Porque… ¡demonios! Odiaba pensarlo, pero no quería interrumpir aquella reflexión. Era parte de su castigo. No volvería a tocarla porque iba a devolvérsela a Micah.

Amun apretó la empuñadura de las dos espadas que llevaba en las manos. Haidee no terminaría odiándose a sí misma por ser la compañera de Micah, un Cazador. No se sentiría culpable. No perdería la vida que se había construido.

Con él sí terminaría por odiarse. ¿Cómo iba a ser de otro modo? Unirse a un Señor sería, seguramente, lo primero que figuraba en su lista de cosas que no debía hacer nunca. Con él se sentiría culpable por haber elegido al diablo contra el que había estado luchando toda su vida. Y perdería la vida que se había construido. No había manera de que fuera su compañera y no cortara la relación con los Cazadores.

Ella debió de sentir, o de oír, la dirección que tomaban sus pensamientos, porque suspiró, y él sintió su respiración fría en la espalda. Amun se había quitado la camisa porque tenía mucho calor. No dejaba de sudar. Si Haidee no estuviera con él y no irradiara aquel frío maravilloso que lo envolvía, tal vez se hubiera quemado entre las llamas.

—¿Podemos hablar ahora? —le preguntó ella—. ¿Podemos hablar sobre lo que ocurrió en el pasado?

Amun estaba dispuesto a hacer cualquier cosa que ella quisiera. Salvo eso. Si le hablaba de su sentimiento de culpabilidad y de su arrepentimiento, ella intentaría aliviar su conciencia, y sólo conseguiría aumentar su culpa, porque estaría actuando en contra de su naturaleza. Aquella mujer era tan rencorosa como sus amigos. Salvo con él. A él quería perdonarlo. A él, quería amarlo. Él había sentido aquella necesidad dentro de ella.

¿Era por la sangre que compartían?

–¿Amun?

«No».

–Qué obcecado –dijo ella–. Muy bien. Entonces hablemos de otra cosa.

«No».

–Por favor.

Por muy fuerte que fuera, Amun estaba indefenso contra aquella palabra.

«De acuerdo. ¿De qué quieres hablar?».

–Tú conoces algunos de mis secretos, pero yo no conozco ninguno de los tuyos. ¿Te importaría contarme algo que nadie más sepa de ti?

Si sus amigos hubieran oído aquella pregunta, habrían soltado un resoplido, porque hubieran pensado que Haidee estaba cumpliendo su función de Cebo, intentando averiguar todo lo que pudiera acerca de él para después transmitírselo a los Cazadores. Y lo habrían zarandeado, si se hubieran dado cuenta de que, de todos modos, pensaba contestar. Que realmente confiaba en ella.

En ella, la única persona a la que su demonio no podía descifrar automáticamente. Ella la única persona del mundo que podía descifrarlo a él.

«Señálame la dirección correcta. ¿Qué tipo de secreto te gustaría saber?».

Ella tomó aire bruscamente, como si no hubiera creído que él fuera a responder. Después, exhaló el aire con una lentitud tortuosa, que hizo que el sudor de la espalda de Amun se congelara. En vez de entumecerlo, el hielo le recordó el contacto con ella, y su miembro tembló de impaciencia.

«Tal vez debas incrementar la distancia que hay entre nosotros», le dijo. No iba a darse la vuelta, no quería ver cómo se había tomado ella su petición. «Por si acaso te tropiezas. No querrás chocarte conmigo, ¿verdad?».

–Si me tropiezo, necesito estar cerca de ti. Así, tú impedirías que me diera de cara contra el suelo.

Lógico. Demonios. Amun aceleró el paso. Y ella también. Pasaron varios minutos en silencio. Algunas veces, Amun tenía la sensación de que estaban caminando en círculos; la caverna se ensanchaba y se hacía más estrecha, y volvía a ensancharse, y ascendía y bajaba alternativamente, sin llevarles a ningún sitio. Sin embargo, no podían caminar en otra dirección. Así eran las cosas.

Torcieron una esquina, y Haidee permaneció en silencio. Amun se puso cada vez más tenso al pensar en todas las cosas que ella podría preguntarle. Detalles sobre su última amante. Sus planes para ella. El futuro.

«Todavía tienes que señalarme la dirección correcta, Haidee».

–Estoy pensando –dijo ella. Hablar debió de distraerla, porque se tropezó y se chocó contra él. Los pechos se le apretaron contra su espalda. Ella resopló–. ¿Lo ves? Salvada de un buen golpe en la cara.

Al instante, lo consumió una excitación dolorosa, y quiso darse la vuelta y hacer que ella le envolviera la erección con los dedos. Que lo acariciara de arriba abajo. Que se pusiera de rodillas ante él y lo tomara profundamente.

Por supuesto, ella se irguió y el contacto que había entre los dos se terminó. Sin embargo, la fantasía no.

Estuvo a punto de gemir. «No pienses eso», se ordenó a sí mismo.

–¿El qué? –preguntó ella con confusión.

Dios, tenía que ser más cuidadoso.

«Lo siento. Esa orden era para mí».

–¿Por qué? ¿En qué estabas pensando?

No podía decírselo. De ninguna manera.

«¿Qué secreto querías saber de mí?».

Pasó un momento, y ella dijo:

—Eso. Quiero saber qué estabas pensando.

Debería habérselo esperado. Podría negarse, pero no lo hizo. Ella había hecho una petición y él había accedido a cumplirla, e iba a hacer lo que había prometido. Sin embargo, no podía hablar de lo que había estado imaginando sin pedirle que lo hiciera de verdad. «Tendré que enseñártelo». Si podía.

—De acuerdo.

Cuando vivía en el cielo, una diosa menor le había hecho aquello una vez, sólo una vez, y él había disfrutado hasta el último momento. Desafortunadamente, nadie había vuelto a hacérselo. Tal vez porque él nunca había podido pedirlo, y cuando había intentado colocar a sus pocas amantes en aquella posición, ellas se habían resistido. Él era un hombre grande, así que había entendido su reticencia y no había insistido.

Así pues, antes de Haidee, aquellos momentos con la diosa habían sido la mejor experiencia sexual de su vida. Sin embargo, era mucho mejor sólo pensar que Haidee lo acariciara de aquel modo.

—Estoy esperando —dijo ella.

«Está bien, cariño. Pero acuérdate de que has sido tú quien lo ha pedido», respondió Amun. Después, proyecto aquella imagen en su mente.

Y funcionó. Ella tomó aire de nuevo, bruscamente, y gimió su nombre.

—Amun…

¿Era un gemido de necesidad?

Mientras continuaban caminando, ella deslizó las manos por su espalda, y después por sus costados, jugó con sus pectorales… Sus pechos volvieron a aplastarse contra su espalda, pero en aquella ocasión, sus dedos recorrieron un camino hacia abajo… hacia abajo… Dios Santo… Iba a hacerlo, pensó él, y se sintió maravillado, culpable y tan excitado que seguramente su deseo estaba escapándosele por los poros de la piel. Ella iba a darle lo que había pedido sin titubear. En aquel instante, en aquel lugar.

Él tendría que detenerla. No podía permitirlo. Le acarició el miembro a través del pantalón, y él separó los labios para emitir un gruñido silencioso. No podría detenerla...

—Yo también he pensado en eso —dijo Haidee con la voz ronca.

Él se humedeció los labios.

«¿De veras?».

—Oh, sí. Tú eres un hombre muy guapo, y con sólo mirarte, me excito. Sólo puedo pensar en ti. Eres todo lo que anhelo.

Oh, Dios. Amun pensó que iba a llegar al clímax en aquel mismo instante. Ella no había hecho nada más que acariciarlo, y él iba a llegar al clímax.

«Haidee, yo...».

Hasta aquel instante habían estado entre las paredes de la cueva, oyendo el goteo constante del agua y su propia respiración, pero al momento siguiente estaban sumidos en una completa oscuridad y en un absoluto silencio, como si hubieran sido privados del uso de los sentidos.

—¿Amun? —preguntó ella con la voz temblorosa. Gracias a los dioses, por lo menos él podía seguir oyendo su voz—. ¿Qué ha ocurrido?

Amun se dio cuenta de que acababan de entrar en el Reino de las Sombras, y el miedo se unió a su deseo. Finalmente, habían hecho un progreso, aunque él lamentara que hubiera sucedido en un momento tan inoportuno.

Se detuvo en seco. Haidee se chocó con él, y Amun se alegró de poder sentirla, también. Después de todo, no habían perdido la capacidad sensorial. Él la agarró para que no se cayera, con cuidado de no hacerle daño con sus cuchillos.

—¿Qué ocurre? —preguntó ella.

«¿Recuerdas lo que decía en el papel?».

El rollo de pergamino de la mochila. Ella había pedido instrucciones para atravesar con éxito el siguiente reino, y la mochila se las había proporcionado. Sin embargo, las instrucciones eran enrevesadas.

Debéis ver...

¿Ver a través de las sombras? Claro. Sería un placer. Amun había tomado el pergamino de manos de Haidee mientras se preguntaba cómo. ¿Con una linterna? Asombrosamente, en cuanto la pregunta se había formado en su mente, la tinta había comenzado a aparecer en el papel, formando palabras nuevas.

A ti, por completo...

Otra respuesta enrevesada. De todos modos, él le había pedido a la mochila una fuente de luz para atravesar aquella oscuridad, pero la mochila no les había proporcionado nada. Eso debía de significar que no les serviría de nada una linterna. Amun había vuelto a concentrarse en el papel y, de nuevo, la tinta había aparecido en la página amarillenta.

Muerte...

Entonces, él le había preguntado qué significaba: «A ti, por completo», pero el pergamino no les había dado ninguna otra respuesta.

–Debemos ver. Debemos usarte a ti, por completo, o a nosotros, por completo –dijo Haidee con la voz trémula–. Sigo sin saber qué significa.

Él tampoco, pero no se lo dijo. «Agárrate a mi cinturón, y no te sueltes. Pase lo que pase, debemos estar juntos».

–De... de acuerdo.

Ella obedeció. Se agarró a su cinturón por la espalda, y ambos comenzaron a caminar con cuidado. Él mantenía los brazos estirados para poder palpar los posibles obstáculos del camino.

Pronto, se dio cuenta de que en cuanto había llegado la oscuridad, había empezado a disiparse y a dejar partes iluminadas. Eso habría sido maravilloso, si no hubiera sombras danzando alrededor de la luz, sombras con colmillos. Notó el pinchazo de algo agudo en un brazo, y soltó una maldición silenciosa. Empujó a Haidee a uno de aquellos rayos de luz, pero el rayo se movió varios centímetros, dejándola de nuevo en la oscuridad. Amun volvió a notar un corte en el brazo. Eran aquellos colmillos, seguro. También debían de haber pinchado y cortado a Haidee, porque ella gimió de dolor.

¡Maldición!

«¿Qué debería hacer?», le preguntó a su demonio. Al principio, Secretos se quedó callado, inmóvil. ¿Estaba durmiendo en aquel preciso instante? ¿O acaso seguía escondido al fondo de su mente, con los demás? No. El demonio debía de haber estado buscando aquellas respuestas, porque de repente, Amun supo que debía seguir aquella luz. Las sombras no podían tocar, ni morder a nada que hubiera en el centro de aquellos puntos de luz.

Observó la macabra danza de luz y oscuridad durante un instante, soportando más mordiscos, hasta que Secretos consiguió determinar una pauta de movimiento.

«¡Muévete conmigo, Haidee! ¡Ahora!». Amun saltó hacia delante, hacia el centro de uno de aquellos rayos. Haidee permaneció detrás de él. Amun esperó un segundo, dos… «¡Otra vez!».

Volvieron a saltar, siguiendo la luz hasta su siguiente destino. Y así continuaron, saltando, deteniéndose, saltando de nuevo, durante horas. Amun sabía que Haidee estaba muy cansada, porque sentía el temblor de su cuerpo.

«Lo estás haciendo muy bien, cariño», le dijo.

Antes de que ella pudiera responder, los envolvió una oscuridad completa. Ya no había más rayos de luz. Tampoco más colmillos. Amun se quedó inmóvil y Haidee se apretó contra su espalda. Podían descansar unos segundos, y decidir qué iban a hacer después.

Secretos se paseaba de un lado a otro por la cabeza de Amun. Su demonio estaba muy agitado, y de repente, él lo supo. Se acercaban más moradores de las sombras… Estaban cada vez más cerca…

«Prepárate», le dijo a Haidee.

—¿Para qué?

«Para algo peor», contestó, aunque todavía no supiera con exactitud lo que eran aquellas sombras.

Oyó el sonido de un viento distante… ¿O eran gritos? Percibió un olor a azufre y notó un sabor metálico en la boca. Comenzaron a picarle las palmas de la mano, como si sintiera la amenaza de una agresión.

«Demonios», dijo. Aquellos moradores de las sombras eran demonios. Eran subalternos, como los que él había absorbido. Se acercaron, y Amun sintió miedo. ¿Los absorbería también?

Haidee primero, su cordura después, pensó, girándose. En vez de seguir avanzando hacia delante, lo hizo lateralmente, hasta que encontró una pared sólida. Colocaría a Haidee entre aquel muro y él para protegerla cuanto pudiera.

—¿Qué estás haciendo?

No podía mentirle. Ella debía saber a qué tipo de peligro se estaban enfrentando.

«Son demonios. Se están acercando y no voy a permitir que te hagan daño».

—Puedo ayudarte a luchar —dijo ella, sin asustarse.

«No voy a permitir que corras riesgos».

Sonó un gruñido de amenaza a su lado y después otro. Y otro. Haidee se puso muy tensa, al igual que Amun. De repente, en su cabeza hubo una avalancha de pensamientos, todos ellos centrados en el sabor que tendrían sus órganos. Los demonios lo habían visto, estaban hambrientos y deseaban devorarlo.

De repente lo atacaron desde todos los ángulos. Amun dibujó un círculo con cada brazo, repartiendo cuchilladas, y supo que había hecho contacto con varias de las criaturas. Tal vez los hubiera matado, o tal vez no, pero no tenía demasiada importancia, porque había tantos que se abalanzaron sobre él en masa.

Se sacudió todos los que pudo, acuchillando, dando patadas y expeliendo con fuerza a aquéllos que le mordían a través de los pantalones. Tenían colmillos, como las sombras, pero los tenían más afilados. Y también tenían unas zarpas muy duras. Por lo menos, su maldad permaneció con ellos, no entró a formar parte de él.

Pese a los movimientos rápidos de sus brazos, varios se las arreglaron para aferrarse a sus bíceps. Amun notó cientos de pinchazos en todo el cuerpo.

Comenzó a sangrar, y el olor de su sangre volvió locas a las criaturas. Rugían, mordían, le arrancaban pedazos de músculo. Amun estaba empezando a perder la batalla, a debilitarse, y no sabía qué hacer. No sabía dónde podía encontrar una luz, y no sabía cómo luchar para poder salvarse.

Haidee gritó. Las criaturas habían conseguido llegar a ella y la habían mordido. Entonces, Amun se olvidó de la luz y se concentró en matar. Nadie podía hacerle daño a aquella mujer. Nadie. Y los que lo intentaran iban a sufrir.

La rabia lo dominó totalmente, y Amun comenzó a morder también, atrapando entre los dientes a cuantas criaturas le resultaba posible, y agitándolas como un tiburón que por fin hubiera atrapado a su presa. Eran pequeñas y se rompían con facilidad; rápidamente quedaban laxos. Amun los escupía y mordía más.

Secretos continuaba merodeando por su cabeza como un león enjaulado, queriendo herir y destruir, y borrar todo pensamiento consciente de las mentes primitivas que había a su alrededor. Amun mantenía controlada a su otra mitad porque temía que la bestia pudiera hacerle daño a Haidee.

Pero, al oír que ella gritaba de nuevo, en aquella ocasión un poco más débilmente que la anterior, Amun bajó la guardia, y su demonio rugió. Controló a Amun, de manera que ya no eran hombre y bestia. Sólo eran bestia.

Algunas de aquellas mentes fueron borradas de veras, y su hambre y sus pensamientos fueron absorbidos por Amun, tal y como él temía. Se le hizo la boca agua al imaginarse el sabor de la sangre… beber sangre… ahogarse en la marea del líquido de la vida…

Las imágenes y los impulsos no duraron demasiado. Rápidamente se unieron al coro mudo que había al fondo de su consciencia.

Más; necesitaba más. Mientras su demonio lo dominaba, sus ojos se llenaron de una luz roja que resplandecía, y que iluminó a cientos de criaturas pequeñas parecidas a las pirañas. Tenían la piel blanca y lampiña, y la mirada rosada; era como si nunca hubieran conocido un rayo de luz.

Al verse bañadas por el resplandor rojo, retrocedieron entre chillidos, intentando escaparse. ¿Por qué…?

«A ti, por completo», recordó él entonces, y entendió el mensaje del pergamino. A él, por completo, y a todo su demonio. Tan fácil, tan sencillo. Se avergonzaba de no haberse dado cuenta antes, y de no haber salvado a Haidee de sus nuevas heridas.

Había cometido otro pecado más.

Secretos continuó rugiendo con todas sus fuerzas, y asustando a las criaturas para que retrocedieran. Con aquel sonido, Amun comenzó a hablar sin poder evitarlo. Salvo que no reveló verdades devastadoras ni crímenes viles, ni todas las cosas que habían estado dándole vueltas en la mente hasta que Haidee había llegado a su vida. Habló de algo dulce y tierno.

–Tengo que decirte algo, dulce niña.

Griego antiguo, un lenguaje que él había oído recientemente, cuando estaba en la mente de Haidee.

–¿Mamá? –dijo ella confundida por lo que estaba oyendo de labios de Amun.

Cuando el demonio hablaba a través de él para revelar algo, lo hacía con las voces de aquéllos que estaban involucrados, en vez de con la suya. Así pues, lo que oía Haidee era la verdadera voz de su madre.

–Escucha bien, porque nunca volveremos a hablar de esto. Eres especial, hija mía. Muy especial.

Hubo una pausa, y la voz adquirió un timbre más suave, más infantil.

–No lo entiendo.

Otra pausa, y regresó la voz adulta.

–Durante años, yo no pude concebir un hijo, y recé y recé, rogándoles a los dioses que bendijeran mi cuerpo estéril con un fruto. Una noche se me apareció una mujer en sueños. Me dijo que yo sólo tenía que prometerle que le entregaría a mi primogénita, y que tendría muchos hijos. Yo se lo prometí. Fue la decisión más difícil que había tenido que tomar nunca, pero estaba tan desesperada que accedí, y nueve meses después naciste tú.

Otra pausa, la del cambio de voces.

–¿Yo?

Otra pausa más, y otro cambio.

–Sí, oh, dulce niña. Y poco después nació tu hermana. Y ahora, en mi vientre crece otro bebé.

Pausa.

–¿Voy a tener otra hermana?

Pausa.

–Sí. Pero, querida, escucha a tu madre. La mujer ha vuelto. Quiere llevarte y alejarte de nosotros.

Pausa.

–No quiero separarme de vosotros.

Pausa.

–Y nosotros no queremos separarnos de ti. Por lo tanto, eso no va a ocurrir. Vamos a recoger nuestras cosas y huiremos de aquí. No te lo cuento para asustarte, sólo para advertirte que, si alguien se acerca a ti e intenta separarte de nosotros, tú debes correr, cariño, correr. Corre y escóndete, y nosotros te encontraremos.

Las voces continuaron, la madre tranquilizando a la niña con cuentos y cosquillas, hasta que las dos se echaron a reír. El padre y la hermana se reunieron pronto con ellos, y su amor resonó en cada una de sus palabras.

La Haidee real rodeó con un brazo trémulo la cintura de Amun. A distancia, a él le pareció que ella había tomado una de sus armas, y que estaba dando cuchilladas con la mano libre para desanimar a los demonios que querían acercarse.

—Vamos, cariño —le instó ella, en una de sus pausas—. No apartes los ojos de esos pequeños monstruos, y yo conseguiré que salgamos de aquí, ¿de acuerdo?

No pudo responder, sólo podía seguir contando el resto de la historia de la familia que pasaba su última noche reunida, antes de morir. Haidee no dejó de arrastrarlo para alejarlo de aquellos demonios hambrientos hasta que, por fin, las sombras dieron paso a otra caverna. Aquélla estaba bien iluminada.

Haidee lo tendió en el suelo con todo el cuidado que pudo, y él se quedó quieto, sin dejar de hablar, sin poder hacer otra cosa. Su mente estaba consumida por su demonio, por las imágenes que se iban formando, y pronto, sus recuerdos fueron haciéndose más oscuros. Los asesinatos se acercaban.

Amun no quería llegar a aquel momento, no quería que Haidee tuviera que oír sus gritos y sus ruegos. De alguna manera consiguió emerger a la superficie y mirarla. Lo peor todavía estaba por llegar, pero ella ya lo estaba mirando con espanto.

—Déjame... inconsciente —consiguió decirle él, entre pausas—. Por favor.

—No.

—Por favor.

Ella tragó saliva y se echó a temblar. Tomó uno de los cuchillos, pero cuando se irguió, no se acercó a él.

—No puedo, Amun. No puedo.

—Por favor. Tienes que… hacerlo. No hay otro modo —le rogó él. En cualquier momento, los gritos y las súplicas de misericordia comenzarían a brotar de sus labios—. Por favor.

—Yo… lo siento —dijo ella.

De repente, algo duro chocó contra la sien de Amun. Sin embargo, él continuó consciente, hablando.

—Otra vez.

Haidee lo golpeó con la empuñadura del cuchillo una vez más, y otra. Con más y más fuerza.

«Buena chica».

Amun sonrió cuando, por fin, la oscuridad silenció a su demonio.

Capítulo 20

Haidee permaneció junto a Amun durante un largo rato, cuidándolo y protegiéndolo mientras estaba inconsciente, como él había hecho por ella. Su respiración era constante y profunda, y la expresión de tormento de su rostro por fin desapareció.

Parecía un niño pequeño e inocente. Tenía las pestañas largas y rizadas, y los labios separados. Lo único que estropeaba aquella ilusión era la sangre seca que tenía en la sien. Bueno, aquello y su enorme cuerpo de guerrero. Era un hombre guapísimo. ¿Y qué era lo que rezumaba de él?

Haidee entrecerró los ojos y se fijó en la nueva mancha roja que él tenía en la mejilla. Sangre. Pero no era de Amun. Se miró el brazo con el ceño fruncido, y se dio cuenta de que todavía tenía bien agarrada el arma con la que le había golpeado. La dejó caer y oyó el tintineo del metal contra la roca. Su mano estaba llena de agujeros.

Al ver las heridas se mareó. ¿No era aquello muy típico? Se sentía bien hasta que las había visto. Pero, demonios, debía de haber perdido bastante sangre; las criaturas eran como pirañas, y le habían mordido todos los miembros del cuerpo. Era algo doloroso, como tener alfileres impregnados con ácido en los huesos.

Si ella había sufrido, protegida como había estado por

Amun, ¿cuánto debía de haber sufrido él, completamente expuesto?

¿Y cómo le había pagado ella? Dejándolo inconsciente de un golpe.

«Él te pidió que lo hicieras», se recordó, pero eso no sirvió para mitigar su culpabilidad. Tal vez porque, en el fondo, ella quería hacerlo. Oía las voces de sus padres y de su hermana y sabía que su muerte estaba cerca. Si hubiera tenido que escuchar todo aquello otra vez, se habría desmoronado.

Amun también lo sabía, y había preferido ahorrárselo. Él siempre pensaba en su bienestar, aunque le costara caro. Sabía lo que estaba diciendo, y no quería hacerle daño.

Hasta aquel momento, ella no se había dado cuenta de verdad de la carga constante que él llevaba sobre los hombros. Amun determinaba los pensamientos oscuros y los pasados ruines de los que estaban a su alrededor, y los contenía dentro de sí para que nadie resultara contaminado.

Tales actos requerían una gran fortaleza… Haidee sabía que ella habría fracasado mucho antes.

—¿Qué voy a hacer contigo, Amun? —murmuró.

Odiaba el hecho de que él se hiciera daño de aquella manera, y que el único modo de purgar la oscuridad que tenía por dentro tuviera un precio tan alto. Para él y para aquéllos a quienes amaba.

Con un suspiro, tomó la mochila y pidió las cosas que necesitaba para limpiarlo y vendarlo. Después se curó a sí misma, y tomó un sándwich, una manzana y una botella de agua. Pasaron varias horas, pero Amun no despertó.

¿Le había causado un daño permanente?

Se sintió preocupada, y comenzó a pasearse por la espaciosa cueva. Aquel espacio parecía exactamente igual que aquél en el que los había dejado Zacharel la primera noche; paredes de roca manchadas de sangre y huesos en todos los rincones. ¿Acaso no habían hecho ningún progreso?

Aquello era el infierno. Tal vez todas las cuevas fueran iguales.

Mientras caminaba, con el corazón cada vez más dolorido, se dio cuenta de que toda la resistencia que todavía pudiera sentir hacia Amun se estaba desvaneciendo. Él le había dado todo lo que nunca le había dado nadie: un pasado que atesorar, un presente para ser feliz y un futuro por el que sentir impaciencia.

Y la había deseado, también. Haidee lo sabía bien. Cuando le había proyectado aquella imagen en la mente, aquella imagen en la que ella estaba de rodillas frente a su cuerpo fuerte, Haidee había estado a punto de derretirse. Había sentido un deseo palpitante, un anhelo intenso… una satisfacción primigenia.

También había sentido los motivos por los que él se resistía a ella. Eran la culpabilidad, el miedo y el remordimiento. Se sentía culpable por haber ayudado, inadvertidamente, a que ella muriera. Sentía miedo por si volvía a hacerle daño. Y remordimiento por dejarla, aunque fuera por su propio bien. Aunque en realidad, ella no iba a tolerarlo.

Amun no quería que ella tuviera que arrepentirse de lo que sucediera entre ellos. No quería que, con el tiempo, ella lo odiara. Pero él aprendería, poco a poco, que ella no podía odiarlo. Era imposible.

Tenía que haber algún modo de demostrarle lo equivocado que estaba, y que el único modo en que él podría hacerle daño sería dejándola. Que ella jamás lamentaría estar con él.

Se detuvo en seco. Era cierto. Ella nunca lamentaría estar con Amun. Los Cazadores la considerarían una traidora, pasando ella a ser uno de sus objetivos, como los Señores. Sin embargo, no le importaba.

Y Micah también la rechazaría. Se sentiría traicionado, personal y emocionalmente, pero una vez que experimentara la chispa verdadera, se daría cuenta de que su separación era lo mejor que había podido sucederle.

Ella, que la había experimentado, sólo quería más. Haría lo necesario para obtener más. Incluso seducir a Amun.

Ya no iba a esperar a romper con Micah. Sí, todavía pensaba llamarlo y decirle que habían terminado, pero en aquel momento, Amun ya tenía su lealtad. Demonio, inmortal, lo que fuera, tenía su lealtad. Él se lo merecía todo.

Y, en realidad, ella tenía un tiempo limitado. Si no podía llegar a él antes de que salieran de aquellas cavernas, si alguna vez lo conseguían, él la dejaría en algún sitio y se marcharía, porque pensaba que era lo mejor para ella. Antes de que ocurriera eso, ella tenía que demostrarle que su relación podía funcionar.

Hacer realidad su fantasía sería un buen comienzo.

Decidió arreglarse. Lo primero que necesitaba era lavarse de verdad, no sólo limpiarse con las toallitas higiénicas. Tomó la mochila y murmuró:

–Necesito un baño. Un baño de verdad. ¿Puedes meter una bañera aquí? ¿Eh?

A su lado se oyó un soplido que la hizo reaccionar y echar mano del cuchillo que había dejado caer al suelo. Al girarse, donde antes sólo había una pared rocosa, en aquel momento vio una gran piscina llena de agua burbujeante.

Haidee abrió unos ojos como platos. ¿Cómo…? ¿Por qué…? ¿Acaso aquella mochila podía manipular la tierra? ¿En serio? Entonces, pensó que no tenía la más mínima importancia; las ganas de bañarse y frotarse con la esponja eran tan intensas que la hicieron temblar de impaciencia.

–Champú, gel, acondicionador –dijo con euforia.

La mochila se llenó y Haidee sacó los botes que necesitaba. Después se desnudó y desnudó a Amun, y lo zarandeó suavemente hasta que él abrió los ojos. Su espíritu necesitaba aquello. Además, todavía estaba preocupada por él, porque temía haberle dado un golpe demasiado fuerte, y si él era capaz de despertar aunque sólo fuera durante unos minutos, ella podría relajarse.

Él emitió un gemido con la voz quebrada. Era evidente que todavía tenía la garganta irritada, pero por lo menos se estaba despertando.

—Shhh —le dijo ella, tapándole la boca con la mano—. No hables en voz alta, cariño, ¿de acuerdo? —le pidió. Ninguno de los dos tenía fuerzas suficientes todavía como para aguantar las consecuencias.

Él enfocó la mirada en ella.

«¿Ocurre algo?».

—Algo bueno. ¿Puedes ponerte en pie? Vamos a darnos un baño.

«¿Un baño?».

—Eso es lo que he dicho —respondió Haidee con una sonrisa—. Vamos, ponte en pie.

Él consiguió incorporarse y se acercó a la piscina. Entonces se cayó por el borde y entró al agua de cabeza. Haidee saltó tras él y lo sacó a la superficie antes de que se ahogara. A él se le habían cerrado los ojos de nuevo y tenía la cabeza ladeada.

Haidee se rió y se apoyó en la piedra. Después apoyó la espalda de Amun sobre su pecho.

—¿Todavía estás despierto, cariño?

«Sí», suspiró él. «Pero por poco».

—Voy a lavarte con la esponja. Avísame si te hago daño.

«Tú nunca podrías hacerme daño».

—Estás herido, y…

«Estoy en tus brazos. Estaré bien, te lo prometo».

Qué hombre tan encantador.

Haidee intentó tomárselo de manera impersonal. Sabía

que él no estaba en buen estado para llevar a cabo la seducción que tenía planeada. Todavía. Sin embargo, mientras le enjabonaba los brazos, el pecho fuerte y los muslos, notaba que le hervía la sangre de deseo. Aquella reacción sólo podía provocársela él.

Su piel sedosa cubría un cuerpo construido para la guerra, y ella se maravilló. Él le causaba un apetito desesperado, algo que sólo le permitía pensar en el placer, y en ninguna otra cosa. Tal vez porque, cuando estaban juntos, no se pertenecía a sí misma. Le pertenecía sólo a él. Eso, seguramente, debería asustarla. En vez de eso, sólo hacía que confiara más en él. Amun moriría antes que hacerle daño, tal y como había demostrado una y otra vez.

—¿Amun?

Él no respondió. Seguramente, debía de haberse quedado dormido otra vez.

—Me encanta tu cuerpo —admitió con atrevimiento, pensando que él no podía oírla—. ¿Lo sabías? Parece que está hecho a mi medida. Quiero decir que es casi como si yo lo hubiera pedido de un catálogo. No cambiaría absolutamente nada de ti. Seguramente nunca lo creerás, pero es así.

Y Haidee esperaba que, algún día, él pensara lo mismo de ella.

Después de enjabonarle el pelo, lo inclinó hacia atrás y le aclaró hasta el último mechón. Cuando terminó con él, lo despertó suavemente. O, tal vez, él hubiera estado despierto todo el tiempo. Abrió los ojos, y Haidee se dio cuenta de que ya no los tenía vidriosos, como antes, sino brillantes.

Ella se ruborizó.

—¿Puedes salir solo?

«Sí». Amun salió y volvió a tenderse en el suelo, de costado, para mirar a Haidee. «Ahora te toca bañarte a ti».

Ella se ruborizó aún más mientras se lavaba bien de

pies a cabeza. Pese al azoramiento, el agua caliente calmó sus dolores y los calambres de las interminables caminatas.

«¿Haidee?», dijo Amun, después de que ella se hubiera aclarado el pelo.

Ella se irguió y miró a su poderoso guerrero. Él tenía los ojos cerrados de nuevo y algunas arrugas de tensión en la cara.

–¿Sí?

«Ven aquí y abrázame».

Haidee se quedó boquiabierta. ¿Él acababa de pedirle que lo abrazara? Aquél era un progreso muy dulce, y ni siquiera había empezado a seducirlo de verdad.

–Como tú quieras –dijo ella, apresurándose a complacerlo antes de que pudiera cambiar de opinión.

Salió del agua y, sin molestarse en secarse, se tendió junto a él y se adaptó a su costado, apoyando la mejilla en su brazo.

Él no la estrechó contra sí.

Haidee no permitió que aquello le causara dolor. Entrelazó sus dedos con los de él y le preguntó con suavidad:

–No estás enfadado porque te haya dado un golpe en la cabeza, ¿verdad?

No se esperaba respuesta, pero oyó una risa suave en su mente.

«Estoy agradecido. Lo que sucede es que estoy demasiado débil como para demostrártelo».

¿Demostrárselo? ¿Cómo?

–Me alegro –dijo ella, que de repente se había quedado sin aliento–. Ahora, duérmete y recupera fuerzas –añadió. «Vas a necesitarlas», pensó, y le dio un beso en la muñeca–. Estaré aquí cuando te despiertes.

Y, para entonces, le estaría haciendo a su cuerpo cosas que él no iba a poder olvidar nunca.

Sin saber que pronto iba a experimentar un asalto sensual, Amun obedeció y volvió a quedarse profundamente dormido.

Amun se despertó de golpe y, al instante, supo tres cosas con total certeza: su cuerpo estaba ardiendo, su miembro viril estaba en contacto con el hielo y a él le estaban encantando ambas cosas. Se incorporó jadeando, y preguntándose si había tenido un sueño erótico y había experimentado un clímax sin poder evitarlo.

Al ver a Haidee, que estaba completamente desnuda entre sus piernas, lamiendo su miembro endurecido desde la base hasta la punta, y girando la lengua en el extremo, se dio cuenta de que no estaba soñando. Tampoco había llegado al clímax, pero seguramente iba a hacerlo antes de tiempo.

Necesitaba sentir aquel placer supremo. Desesperadamente.

Secretos estaba muy callado, escondido al fondo de su mente. Los otros demonios, también. Otra vez. Aquel frío glacial de Haidee los asustaba mucho.

«¿Cariño?».

Haidee se detuvo y alzó la cabeza para mirarlo. Todas las células del cuerpo de él protestaron y sintió un soplo frío en la piel, mientras ella le sonreía con picardía. Sus pechos estaban lo suficientemente cerca de él como para rozarle los muslos con los pezones endurecidos.

—¿Sí, Amun? —le preguntó ella con voz seductora.

Él no supo qué decirle. Salvo, tal vez, «continúa». Pero no podía permitir que Haidee hiciera aquello. Después se arrepentiría, haciéndole sentirse muy culpable.

—Estás despierto, ¿verdad? ¿No corres peligro de volver a quedarte dormido?

«Sólo corro peligro de morir».

—Entonces, ¿estás demasiado débil?

«No».

—¿Quieres que pare?

«Sí».

—¿De verdad?

Haidee le lamió de nuevo, y él dijo apresuradamente:

«No, no quiero que pares. Pero tienes que parar».

Ella le sopló suavemente el extremo del miembro.

—¿Y si yo no quiero parar?

Oh, por todos los dioses. La tortura… el placer… las posibles repercusiones… Nunca se había sentido tan dividido.

—Amun, cariño, di la palabra y te tomaré tan profundamente que sentirás mi garganta cerrada a tu alrededor durante días —dijo ella, y su respiración fría le acarició nuevamente—. He estado pensando en esto, y deseándolo. Deja que lo tenga.

La resistencia de Amun se desmoronó.

«Hazlo. Por favor, hazlo. Ya me culparás más tarde. Me odiarás más tarde, pero por favor, no pares».

No le importaba el después, ni le importaba el hecho de estar rogando. Tenía que experimentar aquello, no podía seguir existiendo sin ello.

—Lo haré —respondió ella, acariciándolo con los dedos—. Y te prometo que te culparé después. Te culparé porque eres demasiado guapo como para resistirse. Porque piensas en mi seguridad cuando tú mismo estás en peligro. Porque eres mío. Mi guerrero. Mi… demonio.

Aquella admisión afectó a Amun con tanta fuerza como las acciones de Haidee, y encontró nuevas palabras para darle.

«Me estás matando, nena. Me estás matando… por favor, mátame».

En cualquier momento, iba a empezar a arquear las caderas hacia arriba, sin poder contenerse.

Ella volvió a sonreír.

–Túmbate, y conserva la fuerza, cariño. Haidee va a hacer todo el trabajo.

Él no se tumbó. Llevaba una eternidad deseando aquello, deseándola a ella, e iba a observar todos los movimientos que hiciera.

–Haidee va a hacer todo lo que su guerrero desee...

Por fin, cerró los labios de color escarlata alrededor de su cuerpo, y gimió de deleite.

Él arqueó la espalda al sentir su pequeña lengua fría lamiéndolo y succionándolo, y tuvo que apoyarse en los codos para poder continuar erguido. Ella lo tomó profundamente, tal y como había prometido, sin retroceder cuando él se elevó más de lo que, seguramente, ella hubiera querido.

No, no era cierto. Haidee emitió murmullos de satisfacción, y él sintió la vibración de su voz en los huesos. Tuvo que apretar con fuerza los dientes para no explotar en aquel mismo instante. Entonces, ella empezó a moverse hacia arriba y hacia abajo, al principio con lentitud, atormentándolo y bañándolo en sensaciones, consiguiendo que su piel se sensibilizara.

El frío de su contacto debería haber entumecido a Amun, pero combinado con su propio calor, hacía que se sintiera en un continuo estado de necesidad, que estuviera dispuesto a rogar otra vez que uno o el otro lo llevaran por fin a lo más alto del placer. Y pronto estaba gritando mentalmente, intentando no arquearse más y más hacia su boca.

Con cada deslizamiento hacia arriba, Amun veía los dedos largos y elegantes de Haidee jugueteando en la base de su miembro. Mientras, él comenzó a pensar lo que quería hacer con sus propios dedos. Quería pasarlos por su espina dorsal y llegar hasta su pequeño trasero, y extender todos tlos dedos hasta dar con el centro húmedo y caliente de su sexo. Hundir uno allí, retirarlo, hundir dos, retirarlos y hundir tres, hasta que la expandiera. Hasta que ella se retorciera y montara sobre él, jadeara y gritara.

Haidee gruñó mientras temblaba, rozando con sus dientes el miembro de Amun.

—Sí —gimió—. Sí. Los dedos, profundamente. Muy profundamente.

A Amun se le aceleró salvajemente el corazón, golpeándolo contra las costillas. ¿Estaba proyectando aquellas imágenes en su mente? Seguramente sí, pensó. Y se alegraba. Quería que ella lo viera, que lo supiera.

Ella continuó lamiéndolo, mordisqueándolo, ondulando las caderas sobre sus piernas, buscando algo que la llenara. Él posó la mano sobre su nuca y le masajeó los músculos agarrotados, y cuando ella comenzó a relajarse, él intentó girarla para poder darle placer tal y como ella se lo estaba dando a él.

—No. Tú primero.

«Haidee».

—No… sólo necesito… un momento… Se me está escapando el control…

Él no supo si se refería a su cuerpo o al hielo, pero de todos modos no le importaba. Ella lo deseaba. Lo necesitaba. Y él quería saborearla, necesitaba saborearla, también.

Mientras ella continuaba lamiéndolo, él le lanzó otra imagen: la imagen de su propia cabeza enterrada entre sus piernas, probando la dulzura que esperaba allí. Succionando su clítoris, acariciándolo con la lengua mientras le pellizcaba los pezones y se los convertía en pequeñas perlas.

Le separaría las piernas todo lo posible y se hundiría en ella todo lo posible, y conseguiría que se sintiera más vulnerable que nunca. Estaría bajo su control, bajo su mando… Él lo tomaría todo, se la tragaría, la devoraría por completo y después penetraría en ella hasta el final. No sería tierno, porque ella no querría ternura. Querría embestidas duras que la llevaran al olvido de todo.

Y él conseguiría que olvidara a su marido, que olvidara a todos los hombres con los que había estado. Sólo él tendría importancia. Sólo él tendría derechos sobre ella. Haidee le pertenecía, y ni siquiera ella podría dudarlo después de aquello.

—Oh, Dios —gimió ella, y siguió lamiéndolo mientras temblaba.

«Me había convencido de que iba a alejarme de ti», dijo él. «Me había convencido de que debía dejarte tranquila».

—No. No lo hagas.

«Pero no puedo», continuó Amun. «Deja que te saboree».

—No —repitió Haidee—. Quiero terminar de hacer esto. Porque te juro una cosa, cariño, y es que vas a tener este recuerdo aunque yo tenga que morir por ello. Y es posible que muera. Eres tan delicioso que...

Con aquellas palabras, volvió a tomarlo en la boca, y en aquella ocasión, tomó toda su longitud.

Finalmente, Amun soltó las riendas del control. Cayó hacia atrás y alzó las caderas, y enredó los dedos en su pelo. Ella lo reclamó salvajemente, con osadía, como si no pudiera vivir un segundo más sin su simiente. Él siguió embistiendo hacia arriba, con el fuego corriéndole por las venas, y aquella simiente brotó en una explosión. Ella tomó todo lo que él tuviera que darle, lo dejó reducido a un caparazón de sí mismo, y Amun se desplomó contra el suelo. Ella no se apartó al instante, sino que lamió y ronroneó como si no quisiera dejarlo ni siquiera entonces. Los espasmos de los músculos de Amun siguieron causándole oleadas de placer.

Él se habría recuperado, finalmente, y podría haberla poseído por completo. Sin embargo, ella quería llamar a

Micah antes de dar aquel paso, y Amun no iba a presionarla. Así que halló las fuerzas necesarias para sentarse, tomarla por los brazos y levantarla hasta que se la colocó a horcajadas sobre su pecho.

Ella tenía los ojos empañados de pasión, las mejillas sonrojadas y los preciosos mechones de pelo enredados sobre sus hombros. Nunca había visto a una mujer tan preparada para amar, ni mejor amada.

—¿Qué estás…?

Él deslizó una de las manos entre sus cuerpos y le hundió un dedo en el cuerpo. Inmediatamente, ella echó la cabeza hacia atrás y gimió.

—¡Sí! Sí, por favor, sí.

Tal y como había imaginado, él la penetró con dos dedos. Ella estaba tan húmeda que le mojó la mano, y tan anhelante que sus paredes internas lo atraparon, intentando mantenerlo cautivo. Así debería estar siempre una mujer: preparada. En la siguiente ocasión, Amun penetró con tres dedos en su cuerpo, como había deseado. Le acarició el clítoris con el pulgar, sin disminuir la presión.

La necesidad de Haidee era tan desesperada, que estalló rápida y violentamente. Su grito reverberó por las paredes de la cueva, y le apretó los costados con las piernas, tan fuertemente, que él pensó que se le iban a romper las costillas. Y le arañó el pecho, dejándole marcas enrojecidas. Y, cuando el último de sus temblores terminó, Haidee se desplomó sobre él, entre jadeos, con los ojos cerrados y la piel cubierta por una delicada capa de hielo.

Amun jadeaba con la misma intensidad que Haidee. Lo que acababa de ocurrir… Él nunca había experimentado nada igual. Aquello no había sido tan sólo la satisfacción de una necesidad. Había sido el origen de una adicción, de una obsesión. Tenía que tener más. Tenía que tenerlo todo. En aquel momento, y siempre.

La falta de inhibición de Haidee, su deseo de deleitarlo,

su absoluta posesión de él, lo habían cambiado por completo. En un instante, el antiguo Amun había quedado reducido a cenizas, y había nacido un nuevo Amun.

El hombre de Haidee.

Había sido un estúpido por intentar alejarla de sí, y por intentar ignorar la atracción que había entre ellos. Sólo había conseguido hacerles daño a los dos, y frustrarlos. Allí, podían estar juntos. Él no podía estar sin ella. No quería.

Cuando salieran del infierno, se separarían. Él no perturbaría su vida más de lo que ya la había perturbado.

Apretó los puños. Dios, tan sólo con pensar en estar sin ella se sentía peor. Sin embargo, no vacilaría. Aunque él sufriera, sabría que Haidee vivía una vida feliz.

Secretos soltó un pequeño gemido, y Amun frunció el ceño. ¿Acaso su demonio tampoco quería perder a Haidee?

«Creía que ella te asustaba mucho».

Sonó otro gemido.

Y Amun lo entendió.

«No has terminado de explorar su mente».

El demonio no respondió, pero no era necesario. Amun ya lo sabía.

«No importa», le dijo. «No podemos quedarnos con ella. Por su propio bien, no podemos quedarnos con ella».

Y Haidee, como si hubiera percibido cuál era la dirección de sus pensamientos, intentó incorporarse. Amun la abrazó y la obligó a seguir tendida sobre su cuerpo.

«Duerme, cariño. Hablaremos más tarde».

–¿Me lo prometes? –preguntó ella, arrastrando las palabras debido al agotamiento.

«Te lo prometo».

–De acuerdo.

Haidee no se había dado cuenta de que no habían especificado de qué iban a hablar, y se quedó dormida en su pecho.

Capítulo 21

Algo fuerte e inexorable sacó a Haidee del sueño más plácido de su vida. Intentó librarse de ello, pero no pudo. El zarandeo continuó. Ella soltó una maldición y abrió los ojos. Entonces, vio a Amun sobre ella, con una expresión tensa y los ojos negros e indescifrables.

Él le puso un dedo sobre los labios antes de que ella pudiera decir una sola palabra.

«Hay alguien ahí fuera», le dijo él. Irradiaba una urgencia muy contagiosa. «Vístete».

Por supuesto que había alguien ahí fuera, pensó ella con ironía. Amun y ella estaban en el infierno, y no se les iba a permitir ni un momento de descanso. Y de ese modo, la charla sobre su relación tendría que esperar nuevamente. Sin embargo, eso era mejor que la alternativa. Era mejor que morir.

Mientras se vestía, se calzaba y tomaba las numerosas armas que él había pedido para ella, Haidee se maravilló del cambio que había experimentado. Pocos días antes se encontraba en plenas facultades físicas y mentales al instante de despertar, y siempre estaba lista para escapar. Sin embargo, en aquel momento, cuando el peligro era tan inminente, había bajado la guardia. Incluso tuvo que recordarse que no debía pensar en lo que habían hecho la noche anterior.

Se estremeció mientras escuchaba atentamente para averiguar qué era lo que había inquietado tanto a Amun. Nada. No oyó nada. Se frotó los ojos para despabilarse y se puso la mochila a los hombros.

Entonces oyó algo, y frunció el ceño. Era… ¿el sonido del viento? No. Eran risas. Un sonido débil, pero inconfundible. Y llegaba de varias fuentes.

Risas en el infierno. No era nada bueno. Miró a Amun para evaluar su reacción.

Él estaba alerta en la boca de la cueva, de espaldas a ella. Llevaba una camisa y unos pantalones negros de tela flexible que le permitirían libertad de movimientos durante una pelea. Haidee se situó silenciosamente tras él.

Él notó que se aproximaba, y avanzó. Ella le siguió de cerca mientras salían de su nuevo lugar favorito del mundo. Deberían haber pasado a otra caverna de paredes rocosas; al menos, eso era lo que había sucedido todas las otras veces. Sin embargo, en aquella ocasión entraron a… Haidee tuvo que agitar la cabeza y pestañear varias veces. Lo que estaba viendo no podía ser cierto.

«¿Un circo?», preguntó Amun con incredulidad.

Entonces, él también lo veía. Un circo. ¡No podía ser verdad! Después del Reino de las Sombras, un circo era como unas vacaciones en un *spa*.

Las paredes del mundo subterráneo se habían ensanchado y acogían un precioso cielo nocturno en el que brillaban las estrellas y la luna. Corría una brisa fresca.

La luna… un cielo… en una caverna. ¿Cómo era posible? Dejó de hacerse preguntas al ver varias hogueras encendidas cerca, alrededor de las cuales había mujeres barbudas y hombres de ojos amarillentos con las manos dentro de las llamas, observándolos con expresión de amenaza.

Bueno, tal vez lo de las «vacaciones en un spa» había sido un poco exagerado.

—¿Amun?

«No lo sé», dijo él para responder a la pregunta que ella no había tenido que formular. ¿Qué demonios ocurría?

Cerca de ellos pasaron hombres gigantes que, afortunadamente, ni siquiera los miraron. Sin embargo, tiraban de unos animales que… El elefante barritó elevando la trompa y, al hacerlo, exhibió dos colmillos más afilados que los de un demonio. Y peor aún, había varios leones alados, dos unicornios con espumarajos en la boca y tres cocodrilos con hojas cortantes en lugar de escamas. Todos estos animales eran conducidos al extremo de una cuerda deshilachada, y todos iban luchando por su libertad, mirando a Haidee, la humana que debía de saber muy bien.

Ella tragó saliva y apartó la vista por miedo a provocarlos.

—No me gusta esto.

«No permitiré que te ocurra nada».

«Igual que yo no permitiré que te ocurra nada a ti», pensó ella.

Estaban situados en un camino de gravilla, y al otro lado de aquel camino, frente a ellos, había una fila de casetas de feria. Al final de aquel camino había una taquilla, y dentro, un hombre obeso y sudoroso. Sobre él brillaba un letrero de neón en el que figuraba un precio: *Un viaje, un corazón humano.*

«Ahora lo entiendo», dijo Amun. «Hemos llegado al Reino de la Destrucción».

Otro reino. Haidee estuvo a punto de soltar un gruñido.

—Anoche no había nada de esto por aquí —dijo—. Yo me habría dado cuenta cuando entramos en la cueva.

«Bueno, pues ahora sí está aquí».

No podía negarlo, pero, ¿cómo? ¿Acaso Amun y ella no tenían que caminar hacia ningún sitio para llegar a un nuevo reino? ¿Acaso los reinos acudían a ellos? Qué raro. ¿Sería lo normal?

En realidad, ¿existía la normalidad en el infierno?, se preguntó, con una carcajada seca.

Amun y ella se detuvieron frente a la taquilla.

—¿Queréis un ticket, o no? —les preguntó el hombre sudoroso, con una voz baja y grave, que tenía ecos de oscuridad más allá de la superficie.

Haidee se estremeció. Iba a decirle que no, pero Amun la detuvo.

«Dile que sí».

Demonios, ¿por qué? En aquel momento, Haidee detestó que tuvieran aquella conexión telepática, y que no fuera mutua.

—Sí —dijo con reticencia—. Queremos tickets.

El hombre los miró con unos ojos rojos y brillantes. Alzó un brazo y abrió la mano. En la palma había un cuchillo ensangrentado.

—Primero necesito vuestros corazones —dijo.

—Su corazón no es humano —respondió Haidee, señalando a Amun con el dedo pulgar.

El hombre miró a Haidee con toda su atención y se lamió los labios.

—El tuyo será suficiente. Puedes pagar por él de otro modo —dijo, y se acarició—. ¿Sabes lo que quiero decir?

Amun se puso muy rígido, y, de repente, comenzó a irradiar una amenaza feroz.

«Saca lo que necesitas de la mochila», le dijo.

Ella pasó la mochila hacia delante.

«Necesito dos corazones humanos», pensó, tragando saliva, y metió las manos en la bolsa.

Estuvo a punto de tener náuseas cuando encontró dos paquetes calientes, envueltos en terciopelo.

—No será necesario que pague de otro modo —dijo.

Le entregó ambos paquetes al hombre, y él rasgó con avaricia la tela. Entonces, tomó un pedazo de cada uno de los corazones con los dientes, y saboreó el tejido como si fuera un buen vino. Haidee tuvo que tragar bilis.

Él asintió con satisfacción.

–Adelante, pasad –les dijo–. Y que disfrutéis. Sé que los artistas van a disfrutar de vosotros.

Por un momento, Haidee no pudo hacer otra cosa que mirarlo. A aquel ser le encantaba torturar a las mujeres y a los animales. No podía decir por qué lo sabía, pero lo sabía. Y quería matarlo.

¿Por qué no iba a hacerlo?, pensó después, mientras notaba que la temperatura de su piel descendía varios grados; estaba cargada de puñales, y con una simple cuchillada, él…

«No puedes matarlo», dijo Amun.

Ella se quedó asombrada. ¿Cómo había sabido él lo que estaba pensando? ¿Podía leerle el pensamiento? ¿O lo había hecho su demonio? Sí, su demonio. Secretos. Había una nube oscura y cálida recorriendo su mente; la misma nube que había notado en las dos ocasiones que Amun le había mostrado partes de su pasado.

Así era como había sabido lo que pensaba aquel hombre. Y aquél era el motivo por el que había bajado tanto su temperatura.

Cuando el demonio reclamaba la atención de Amun, o buscaba la de ella, la piel de Amun se calentaba, y la suya se helaba; lo mismo que sucedía cuando estaban haciendo el amor. En aquel momento, Amun estaba casi ardiendo.

–¿Vais a quedaros ahí plantados? –preguntó el hombre gordo, sacándola de su ensimismamiento.

¡Demonios! Se había permitido una distracción.

–¿Por qué no puedo matarlo? –preguntó.

«Vamos», le dijo Amun. Entrelazó sus dedos con los de ella y rodeó al hombre; entonces giró bruscamente y, con la mano libre, le clavó un cuchillo en la espina dorsal. Sonó un crujido, y después un borboteo, y el hombre cayó entre convulsiones al suelo. Su piel se convirtió en ceniza, y los huesos se licuaron y formaron un charco negro. «Ah, y para responder a tu pregunta, te diré que no podías matarlo porque el privilegio era mío».

Cuando Amun se irguió, mirando a todas partes menos a Haidee, comenzó a caminar de nuevo. Ella se había quedado mirándolo con asombro.

—¿Y por qué era tuyo el privilegio?

«Él estaba pensando en ir a buscarte después y… hacerte cosas».

—¿Y cómo lo sabes? —preguntó Haidee; sin embargo, supo la respuesta antes de terminar de formular la cuestión; su demonio, otra vez.

«Ya te lo he dicho. Puedo leer todas las mentes, salvo la tuya».

—Lo recuerdo. Y gracias.

«¿Me das las gracias? ¿No piensas que soy malo? Acabo de matar a alguien a sangre fría».

—¿Malo por vengarme y protegerme? No. Creo que eres bueno, y que tal vez te hayas portado demasiado bien con ese desgraciado. Yo le habría obligado a comerse sus propios intestinos.

Amun se rió suavemente, mientras le apretaba la mano para darle las gracias también. Haidee se dio cuenta de que él esperaba de verdad que ella expresara reticencias acerca de la muerte de aquel hombre. En algún momento, ella tendría que contarle todas las cosas que había hecho durante su vida, todas en nombre de la venganza y, supuestamente, de la paz en el mundo.

Como si el mundo fuera a ser un lugar mejor sin Amun.

Siguieron recorriendo el camino de gravilla durante varios minutos. Haidee no dejaba de buscar con la mirada a los animales que había visto antes. Tenía miedo de que aparecieran de nuevo y se abalanzaran sobre ella lanzando dentelladas. Se tropezaba constantemente, pero Amun no permitió que se cayera ni una sola vez. Y no le recriminó ni una sola vez la falta de concentración, como habría hecho Micah. Para Micah, las misiones eran lo primero y después los sentimientos.

—Venid —dijo de repente una mujer muy avejentada, que estaba delante de uno de los tenderetes—. Os diré lo que os espera. Me pagáis con un grito.

Haidee respondió antes de pensarlo dos veces.

—No estoy gritando.

—Pero lo harás. Ah, lo harás —dijo la vieja, señalándola con un dedo retorcido y soltando una carcajada—. Lo mejor será que no sigas, chica odiosa. La muerte es lo que te espera. Y el dolor. Mucho dolor. Pronto. Pronto me pagaréis.

La predicción era tan parecida a lo que había soportado Haidee en tantas ocasiones, que no se inquietó. La mujer les había dicho que ocurriría pronto, y ella tuvo ganas de acercarse a ella y zarandearla para que les diera más información. Debería hacerlo, pensó, y dio un paso hacia delante.

—Claro que te voy a pagar —le dijo.

Más carcajadas.

Haidee tuvo la sensación de que alguien, seguramente Amun, tiraba de ella hacia atrás. No le importó. No podía importarle. Cuando intentó zafarse de Amun, él tiró con más fuerza.

—Tengo que ir con ella. Tengo que…

«No le hagas caso. ¿No te acuerdas de lo que nos dijo el ángel? Que no nos fiáramos de nadie».

Haidee tuvo que hacer un esfuerzo sobrehumano, pero consiguió detenerse y apartar la mirada de la mujer. En cuando lo hizo, aquella necesidad imperiosa de acercarse a ella desapareció.

—Gracias. Otra vez —le dijo.

«No tienes por qué darme las gracias, Haidee», dijo él, y se metió un pedazo de papel en el bolsillo. «Sigamos».

Él la llevó por el camino dibujando un zigzag, y se metió por detrás de las casetas sin soltarla. Haidee había sido perseguida durante mucho tiempo, y había sido también la perseguidora, así que sabía lo que estaba haciendo Amun: impedir que alguien los sorprendiera moviéndose de manera impredecible.

—¿Cuál es el plan? –preguntó.

«Mientras charlabas con la vidente, le pedí a la mochila que nos diera instrucciones para atravesar con éxito este reino».

—¿Y?

«Otro rollo de pergamino. Dice que tenemos que encontrar a los Jinetes».

—¿A quiénes?

«A los Jinetes del Apocalipsis».

Oh, Dios.

—Me estás tomando el pelo.

«Ojalá. El pergamino dice que es nuestra única forma de salir de aquí, por la muerte, o por otros medios».

Ella tragó saliva.

—¿Y a qué te refieres con lo de «por otros medios»? ¿Se supone que tenemos que montar con ellos hasta llegar a un lugar seguro?

Amun se rió suavemente, para sorpresa de Haidee.

«No tengo ni idea. El pergamino no decía nada más. Pero sé que los Jinetes están emparentados con William, y…».

—¿Quién es William?

«Todavía no lo conoces. Es inmortal, un dios de algún tipo, creo, y está de nuestro lado».

«Nuestro» lado. Como si fueran compañeros, no enemigos. Como si él confiara en ella completamente. Como si ya no fuera para él la Cazadora que había matado a su amigo, sino una mujer que merecía la pena. Haidee sintió un brillo por dentro, sintió un poco del calor de Amun en el cuerpo.

–Bueno, y si los Jinetes están emparentados con este tal William, y William está de nuestro lado, ellos también deberían estarlo, ¿no?

«Esperemos».

Aquello no era muy prometedor.

A su izquierda oyeron un grito. Haidee se detuvo y miró en aquella dirección.

«Tranquila», le dijo Amun, que se detuvo a su lado. «Alguien está jugando a algo, eso es todo».

¿Eso era todo? Los seres que había en aquel lugar no estaban jugando con dardos, con globos ni con balones de plástico, y los premios no eran peluches. Estaban lanzando cabezas en contenedores de aceite hirviendo, y aunque no tuvieran cuerpo, aquellas cabezas todavía gritaban de dolor cuando caían al aceite y su piel se derretía.

Un niño que acababa de ganar comenzó a saltar y a aplaudir, pateando con fuerza en el suelo con sus pezuñas y levantando nubes de polvo. El propietario de la caseta le entregó un precioso pájaro dorado que intentaba escapar desesperadamente, y el niño le dio un mordisco y le arrancó la cabeza.

Haidee sintió náuseas y apartó la mirada rápidamente. Justo en aquel momento, un grupo de hombres se fijó en Amun y en ella, y comenzaron a acercárseles. Maldición. No debería haberse parado a observar los juegos.

–Amun –susurró.

«Los he visto». Amun la soltó y se preparó para una posible pelea. «Si te digo que corras, corre, escóndete y no vuelvas, ¿entendido?».

Haidee no estaba dispuesta a obedecerlo, pero permaneció en silencio y tomó dos de los cuchillos que llevaba encima. Los hombres ya estaban casi a su altura… Eran muy grandes, más grandes que Amun, y tenían la piel muy fina y muy pegada a los huesos. Los ojos sólo eran dos agujeros negros… y se acercaban más, y más…

Amun se puso rígido.

−¿Puedes leerles el pensamiento?

«Sí».

Él no dijo nada más, pero no era necesario. Aquellos hombres tenían planes perversos. Con respecto a ella, por supuesto.

−Seis contra dos. Vamos a ver si podemos igualar eso −dijo Haidee, y lanzó dos de sus puñales. El primero atravesó la yugular del más grande de todos, y al instante, el hombre se desplomó. El segundo se clavó en la cuenca ocular del que estaba más cerca, y aquél también cayó al suelo, gritando.

Los otros cuatro no prestaron ni la más mínima atención a sus compañeros, sino que continuaron andando.

«Corre», le ordenó Amun.

Ella no lo hizo.

«¡Haidee! ¡Sal corriendo!».

De acuerdo. Tenía que decírselo.

−No voy a dejarte solo. Voy a ayudarte.

Él soltó un gruñido.

Los hombres llegaron hasta ellos y los rodearon. Las cosas no habrían estado tan mal si los dos a quienes había derribado Haidee no se hubieran levantado de repente, se hubieran sacado los puñales del cuerpo y hubieran ocupado sus lugares en el círculo de músculos y amenaza, y mucho más enfadados de lo que estaban antes.

Oh… era imposible matarlos. Haidee sintió terror.

−Queremos a la chica −dijo uno de ellos mirándola de pies a cabeza, deteniéndose en su pecho y entre sus piernas y consiguiendo que ella se estremeciera de repulsión.

−Pues no podéis tenerme −respondió. Prefería morir. Otra vez.

−No estaba hablando contigo −dijo el tipo, sin apartar la mirada de Amun−. Entréganosla y podrás marcharte vivo.

«Pagará caro haberte faltado el respeto, te lo juro», le dijo Amun a Haidee, con un tono tal calmado que podrían haber estado hablando del desayuno. «Pero primero, ya que te has negado a obedecerme, pregúntale si ha visto a los Jinetes».

Haidee sí obedeció en aquella ocasión. Cuando formuló la pregunta, los hombres se acobardaron, y su piel se volvió gris. ¿Los Jinetes eran tan malos que incluso aquellos seres los temían? Asombroso. Entonces, el miedo se convirtió en ira, y los hombres miraron a Amun con más furia que antes, como si lo culparan por lo que habían sentido.

—Olvida a Los Innombrables y dinos lo que quieres a cambio de ella —dijo uno de los tipos.

¿Los Innombrables?

A Amun le vibró un músculo bajo el ojo mientras evaluaba a cada uno de aquellos oponentes.

—¿Es que no puedes hablar, demonio? Queremos a la mujer. Ahora.

Así que sabían lo que era, pero no estaban asustados de él, como sucedía evidentemente con los Jinetes. Entonces, ¿por qué no lo atacaban sin más?

—Puedes quedártela cuando terminemos con ella —dijo otro.

Todos ellos se echaron a reír al unísono.

—Claro que estará hecha pedazos, y seguramente nos quedaremos los mejores trozos, pero puedes quedarte lo que sobre.

«Sal corriendo, Haidee», repitió Amun en su mente. «Y en esta ocasión, hazlo».

No esperó a comprobar si lo había hecho, y se lanzó por los hombres. Haidee no se marchó, y vio a Amun manejar sus cuchillos con una velocidad y una habilidad increíbles.

Los hombres se arrojaron hacia él al mismo tiempo,

lanzándole patadas y moviendo los brazos como si fueran garrotes. Ella no pudo lanzarse a la lucha porque no distinguía qué partes del cuerpo eran de Amun, y qué otras eran de los atacantes. Sus posiciones cambiaban con demasiada rapidez.

Hubo salpicaduras de sangre, en parte roja, en parte negra. Sonaron gruñidos y resoplidos. Entonces, Amun aterrizó a sus pies con el rostro hecho jirones. Al instante, los hombres estaban sobre él otra vez, y su impulso empujó a Haidee hacia atrás.

Se irguió. La imagen de Amun herido le había causado tanta rabia que su sangre comenzó a volverse hielo. Nadie podía hacerle daño a su hombre. Nadie. Cada vez que exhalaba, se formaba una nube de vapor delante de su nariz, y Haidee sabía que quien la mirara vería pequeños cristales en su pelo y sobre su piel. Hacía tanto que no reaccionaba de una manera tan fuerte que casi se había olvidado de que fuera capaz de hacerlo.

El odio la invadió y se unió al hielo. Sintió odio por aquellos hombres, por lo que habían planeado. Odio por el hecho de que vivieran.

No podía permitir que siguieran vivos.

Amun consiguió apartar de sí el montón de cuerpos, y se puso en pie. Le habían arrebatado las armas, así que estaba luchando con los puños, golpeando con todas sus fuerzas. Sin embargo, cada vez que rompía alguna de aquellas caras, o que partía una espina dorsal, los hombres se sacudían el golpe y atacaban con un fervor nuevo. Entonces, uno de ellos se dio cuenta de que Haidee estaba sola.

Sonrió con maldad.

La sonrisa de Haidee fue peor.

—Ven aquí —le dijo, con una calma que la sorprendió incluso a ella misma.

Él entrecerró los huecos de los ojos y sacó la lengua bífida por entre los labios. Aunque era evidente que sentía recelo por la súbita docilidad de Haidee, obedeció y se acercó a ella.

La derribó de un empujón y se tumbó sobre ella, intentando arrancarle los pantalones vaqueros. Haidee se lo permitió, le ayudó, y lo abrazó mientras lo besaba.

Él sacó la lengua e intentó separarle los labios. No tenía que haberse molestado con tanto esfuerzo; ella abrió la boca voluntariamente y exhaló el hielo de su respiración, el odio de su alma, directamente hacia la garganta del hombre. Él tuvo una convulsión, tal vez de sorpresa, tal vez de miedo. Entonces se quedó inmóvil, congelado. Sin embargo, todavía no había sufrido bastante.

Se lo quitó de encima de un empujón y se puso en pie, y vio la lividez de su piel, sus rasgos petrificados, la rigidez de su cuerpo. Más. Necesitaba más. Más hielo, más odio, más muerte. Aquellos hombres merecían morir. Su mente se centró en aquel pensamiento, y ella se deslizó hacia el montón de cuerpos que luchaban, y pasó los dedos sobre uno de ellos, y después sobre otro. Ellos también se quedaron helados al instante, y su piel se endureció como el hielo que los cubrió.

Más. Se lo merecían. Los tres atacantes que todavía permanecían con vida se percataron de la condición de sus amigos, y se apartaron de Amun mirándola con terror.

—¿Qué… qué haces?

—¿Qué eres?

—¡No te acerques!

Amun se puso en pie y se alejó de ella. Tenía una expresión indescifrable.

Más. Se lo merecían. Haidee caminó hacia los hombres, que retrocedieron para escabullirse. Se tropezaron, cayeron. Más.

«Haidee».

—Venid —dijo ella—. Venid conmigo.

«Haidee».

La voz de Amun consiguió abrirse paso por entre el hielo, pero no atravesó el odio. Odiaba a aquellos hombres, y sabía que debían morir. Alargó un brazo; con un solo roce, ella tendría lo que quería: su destrucción. La destrucción de todo el mundo. Sí, la de todo el mundo. Sólo tenía que terminar con aquellos dos, y después podría seguir destruyendo a todo el mundo.

Ellos se arrastraron hacia atrás con desesperación. Uno de ellos no fue lo suficientemente rápido, y ella consiguió agarrarlo del tobillo. Sonrió. Se merecía convertirse en piedra ante sus ojos. Más. Se lo merecían.

«Haidee, cariño. Mírame».

Cariño. A ella le gustaba que Amun la llamara así. Hacía que se sintiera especial. Notó que, dentro de sí, se derretía un poco de aquel hielo. Hasta que se dio cuenta de que su último objetivo estaba a poca distancia. Más. Se lo merecían. La destrucción estaba a su alcance.

«Haidee, cariño. Mírame, por favor».

De nuevo, el hielo se derritió, y en aquella ocasión, la súplica de Amun atravesó incluso su odio. Lentamente, se volvió hacia él.

—¿Qué quieres? —preguntó. La rabia helada de su voz la dejó asombrada. Se disgustó, porque no quería dirigirla a Amun.

«El último de los hombres se ha ido, cariño. Puedes volver conmigo».

¿Volver con él? ¿A qué se refería? Ella estaba allí mismo, delante de él. Frunció el ceño y caminó hacia Amun. Tenía que zarandearlo para que se diera cuenta.

Él retrocedió, como habían hecho sus enemigos.

«Cariño. Tienes los ojos completamente blancos, y a mí me resulta doloroso incluso estar cerca de ti. Necesito que vuelvas conmigo».

Cariño, de nuevo. El hielo siguió derritiéndose, y el

odio disminuyó poco a poco hasta que la emoción se volvió una vibración débil. ¿Ella le hacía daño? No quería hacerle daño a Amun. Nunca. Sólo quería… amarlo.

Le temblaron las rodillas. ¿Amor? ¿Lo quería?

Cuando la pregunta se le formó en la mente, se tambaleó a causa de una oleada de mareo. Justo antes de que cayera al suelo, unos brazos fuertes la agarraron y la mantuvieron erguida.

«Aquí estás, cariño. Sabía que volverías conmigo».

Amun la tenía agarrada y, para su alivio, no se congeló. De hecho, su calor la envolvió y derritió el resto del hielo.

–Lo siento –dijo con la voz temblorosa–. No quería…

«No lo sientas. Nos has salvado. Ahora, vamos. Tenemos que largarnos de aquí antes de que aparezcan con refuerzos».

–Estáis buscando a los Jinetes, ¿verdad? No lo neguéis. Lo he oído –dijo alguien con una vocecita, de repente, a sus espaldas–. Venid, venid. Os los enseñaré.

Amun se volvió con Haidee entre los brazos, y ambos vieron a un pequeño ser femenino con la parte superior del cuerpo humana y la inferior de toro. Con sus manitas, les hacía gestos para que la siguieran.

–Esto es divertido –dijo con una risita–. Venid, venid, os llevaré a su lado.

«Vamos con ella. No tenemos otra elección».

–Sí, la tenemos. Podemos elegir no ir con ella –replicó Haidee. Con la suerte que tenía ella, aquella criatura podía conducirlos a un estanque de pirañas, o de gigantes violadores. Oh, un momento; eso ya había sucedido. Lo que sucediera después podía ser peor, incluso.

«Mi demonio se quedó en silencio en cuanto tú…». Amun se quedó callado. ¿En qué momento? ¿Cuando la había consumido el frío? «Y mi demonio sigue en silencio, lo que significa que no puedo averiguar dónde están los Jinetes. Esa pequeña mujer es nuestra única esperanza.

Sólo tienes que encargarte de que no me pase nada, ¿de acuerdo?», le dijo Amun, en un tono de… ¿diversión?

No, no era posible. No recordaba haberle oído bromear nunca. Y en realidad, no había muchos hombres que fueran capaces de bromear con el hecho de que sus mujeres fueran más fuertes que ellos.

—Yo… eh… sí, me encargaré de ello.

«Gracias», respondió Amun, y en sus labios apareció algo parecido a una sonrisa mientras la invitaba a caminar para seguir a la mujer toro. Aquella incipiente sonrisa la dejó asombrada, mucho más que su broma. Amun era guapísimo, y con tanta diversión como sentía, resultaba una distracción.

Era el amor, pensó Haidee nuevamente.

No, no era posible que lo amara. Ella siempre tenía sumo cuidado de proteger su corazón. Era cierto que sentía deseo por Amun, que sentía afecto por él y quería que fuera feliz. Sin embargo, eso no significaba que se hubiera enamorado de él. El amor causaba debilidad, vulnerabilidad. Sobre todo, el amor no correspondido.

—Es aquí, es aquí —dijo la pequeña criatura que hacía las veces de guía. Se detuvo ante una de las casetas, la más grande de toda aquella zona. Por la puerta de lona salían el sonido de unas carcajadas y volutas de humo—. Están aquí. Esto es divertido.

En aquel preciso instante, Haidee recordó la advertencia de la vieja. Muerte. Dolor. Gritos.

Pronto.

Capítulo 22

Estaban fumando y jugando al póquer.

Amun nunca había visto a Los Cuatro Jinetes del Apocalipsis, pero pese a la multitud de demonios que los rodeaban, los reconoció al instante. Estaban sentados alrededor de una mesa de alambre de espino y rodeados de humo de tabaco. Eran tres hombres y una mujer. Los cuatro eran físicamente perfectos, más incluso de Zacharel, o que William.

Los observó. ¿Eran amigos o enemigos? La mujer tenía el pelo rubio, casi blanco, y largo hasta la cintura. Sus ojos eran morados. Uno de los hombres era moreno, el otro rubio y el tercero carecía de pelo y tenía el cuero cabelludo bronceado, dorado.

Iban vestidos de manera parecida a Amun. Llevaban camisas y pantalones negros. Estaban relajados y se reían de una forma seductora mientras mostraban sus cartas y les tomaban el pelo a quienes habían perdido. Lo que les delataba era el color de sus auras. Amun nunca había distinguido el aura de otra persona, pero aquéllas eran innegables. Eran como una segunda piel que los envolvía. La de la mujer era blanca, y los hombres estaban envueltos en una roja, otra negra y otra verde claro.

La Brigada del Arcoíris, pensó Amun.

Haidee se colocó a su lado y los vio por primera vez. Se le escapó un jadeo.

Amun apretó los dientes. «A mí. Deséame sólo a mí», pensó. Sin embargo, el sonido que había emitido Haidee hizo salir a Secretos de su escondite con tanta eficacia como había conseguido que se escondiera con su frialdad.

Mientras Amun luchaba contra los seis hombres que querían arrebatársela, ella se había convertido en hielo andante. Su pelo se había convertido en cristal, y su piel, y sus ojos… sus ojos habían perdido todo el color.

Amun se había quedado embelesado por su belleza. Haidee se había convertido en la reina de la tormenta de hielo, y lo había asombrado con su fuerza. Secretos había sentido pánico y se había escondido en algún lugar del fondo de su mente. Los otros demonios habían vuelto a sentir el tirón de Haidee, aunque ella ni siquiera tocara a Amun. Habían luchado, habían gritado. Sí, era cierto que habían tenido aquella reacción más veces, pero nunca tan rápidamente, ni con tanta determinación.

Él no sabía qué hacer al respecto.

Había algo que impedía que Haidee muriera eternamente, y fuera lo que fuera, tenía que ser la razón de su cambio. Ningún humano podía hacer eso. Sin embargo, él no sabía qué era lo que la convertía en hielo, y aunque no creía que Secretos tuviera el valor suficiente para intentar averiguarlo, iban a tener que volver a fundirse con su mente.

Él tenía que conocer la verdad. Y tal vez así pudiera encontrar el modo de salvarla de la tortura de su renacimiento. Por supuesto, eso significaba que algún día moriría para siempre, y él no podía pensar en aquello sin sentirse enfermo.

Ella era suya.

E iba a tenerla. Por completo. Cierto, el frío que sentía mientras estaban dándose placer el uno al otro podía dañarlo. Amun lo sabía. Sin embargo, no iba a permitir que algo tan insignificante como la posibilidad de morir por congelación le impidiera estar con ella.

Ya había perdido la batalla de alejarse de ella, al menos mientras estuvieran allí abajo. En el mundo superior tendrían que separarse, y el hecho de pensarlo incrementaba su ansia por poseerla. Aquella noche. Aquella noche, él le borraría a su antiguo novio de la mente y reclamaría su cuerpo.

Por lo menos, Secretos no estaba gimoteando, ni los demás estaban gritando, en aquel momento en que ella estaba a su lado. Eso era un comienzo. Secretos estaba muy concentrado en los Jinetes y en sus pensamientos, disfrutando de aquel rompecabezas. En la cabeza de la Jinete Blanca había un extraño zumbido, en la del Jinete Rojo había gritos, en la del Jinete Negro había gemidos, y en la del Jinete Verde silencio absoluto.

–¿Es ella la que congeló al congo? –preguntó Rojo, aunque sin dirigirse a nadie en particular. Tenía un puro colgando de la comisura del labio.

Por fin, la concurrencia se fijó en Amun y en Haidee. Algunos rugieron y mostraron los dientes, otros se relamieron de alegría. Sin embargo, todos salieron rápidamente de la caseta. Allí sólo se quedaron los Jinetes.

El congo. ¿Los hombres que habían querido llevarse a Haidee para violarla y despedazarla después de matarlo a golpes a él, para que no molestara? Seguramente se refería a ellos. Los tipos eran muy grandes, como orangutanes, y tenían el mismo cerebro que un orangután, así que el nombre encajaba.

–Creo que te he hecho una pregunta, guerrero –dijo Rojo. Lanzó las cartas al tapete y se volvió a mirarlo. Sus ojos azules estaban llenos de crueldad. El volumen de los gritos de su cabeza se incrementó. Secretos se metió entre ellos, buscando pensamientos e intenciones–. Quiero que me respondas ahora.

–Sí –dijo Haidee en su lugar. Su voz sonó segura, sin temor. Sin embargo, por una vez, Amun notó sus emociones. Su valiente mujer estaba aterrorizada, pero también decidida–. Lo hice yo. Los congelé.

Si los Jinetes tenían intención de castigarla... Amun apretó los puños.

–Muy bien –dijo Negro, y les hizo un gesto para que se acercaran. Sonreía, aunque su sonrisa no calmó los temores de Amun–. Sentaos, sentaos. Os estábamos esperando.

¿De veras?

Amun necesitaba descifrarlos mejor, y sospechaba que Secretos lo tendría más fácil si Haidee no estuviera allí. Sin embargo, él no podía separarse de ella. No sólo para protegerla; en realidad, ella no necesitaba protección. Amun todavía se sentía asombrado por su habilidad. Sin embargo, si ella no estaba allí, los demonios de su interior lo dominarían de nuevo, y perdería el conocimiento. Volvería a sumirse en aquella inconsciencia llena de horror y de dolor.

«Quédate detrás de mí, con la espalda pegada a la pared de la tienda», le dijo, y la empujó suavemente en aquella dirección. «¿Tienes algún arma?».

–Sí –susurró ella.

Haidee no lo cuestionó, pero Amun sabía que quería hacerlo. Ojalá la conexión mental fuera mutua; en aquella ocasión, él hubiera querido que ella conociera sus pensamientos y todos sus temores. Su seguridad estaba por delante de todo lo demás.

Amun se sentó en la única silla vacía que había alrededor de la mesa, entre los Jinetes. Observó sus caras con atención y volvió a notar la perfección de sus rasgos, la pureza de sus ojos, la diversión que transmitía su expresión facial.

¿Diversión? ¿Por qué?

Amun supo que Haidee había obedecido y se había alejado un poco de él, porque Secretos suspiró de alivio y se lanzó sobre los Jinetes. Por fin fue capaz de introducirse en el zumbido, en los gritos, en los gemidos y en el silencio.

«Qué aburrimiento…».

«Es lo más divertido que me ha pasado últimamente…».

«Es una pena que tengamos que matarlo…».

«La chica podría ser útil…».

Los otros demonios se rieron. No eran tan ruidosos como para aturdirlo, ni tan fuertes en aquel momento como para que sus impulsos oscuros lo abrumaran. Sin embargo, querían que Amun hiciera cosas por ellos, y Amun sabía cuáles eran aquellos deseos. Probar la sangre de los Jinetes, provocar sus gritos. Llevaban encerrados tanto tiempo que estaban desesperados. También sentían que Haidee estaba cerca, y el hielo de su piel era como una atadura invisible, así que se comportaban medianamente bien. Podía soportarlo.

–Quieres atravesar sin incidentes este Reino –dijo Rojo.

–Pero como siempre, debes ganarte ese privilegio –dijo Blanca. Su voz era tan delicada como un copo de nieve.

Negro sonrió con una expresión amenazante.

–Espero que estés preparado.

Verde no dijo una palabra. Se limitó a observarlos a todos con una expresión enigmática. Amun sintió una cierta relación con él.

Asintió para saludarlos a todos.

–Vamos a jugar dos manos –sentenció Rojo–. Ni más, ni menos. Si pierdes, me darás una mano. ¿Entendido?

Amun oyó, a sus espaldas, el gemido de Haidee.

«No me va a pasar nada, cariño», le dijo, mientras arqueaba una ceja hacia sus oponentes. «Pregúntales qué pasa si son ellos quienes pierden».

Haidee obedeció. Amun se sintió orgulloso de ella. Estaba asustada, pero no se derrumbó. Estaba acostumbrada a tener el control, pero permitió que él llevara las riendas de la situación.

Rojo se encogió de hombros.

—Si yo pierdo, te acompañaré a la salida de este Reino en persona.

Secretos suspiró con inseguridad. Amun conocía los sutiles matices del comportamiento de su demonio, y supo que Secretos percibía algo extraño.

Así pues, había llegado la negociación verdadera.

«Pregúntales qué te pasará a ti durante todo este tiempo», le dijo a Haidee. «Qué pasará contigo si gano, y que pasará si pierdo».

Ella obedeció de nuevo, y los cuatro Jinetes sonrieron.

—¿Por qué habla la mujer en tu lugar? —preguntó Blanca, sin responder a la pregunta de Haidee.

—Dinos lo que queremos saber —insistió ella.

«Buena chica», dijo Amun.

Negro sonrió.

—Nos quedaremos contigo, sea cual sea el resultado. Por supuesto —le dijo a Haidee. Amun se puso en pie de un salto y clavó una de sus dagas en la baraja. La mesa se tambaleó.

—¿Necesitáis que os interprete eso también? —preguntó Haidee con sarcasmo.

Rojo se echó a reír y le hizo un gesto a Amun para que volviera a sentarse.

—Está bien, está bien. La chica tendrá el mismo destino que tú. Si tú pierdes una mano, ella perderá una mano. Si tú ganas, ella gana y se marcha contigo. ¿Contento?

No.

«Diles que, si pierdo la primera vez, yo les daré mis dos manos y tú ninguna».

Por supuesto, Haidee no obedeció.

«A mí volverán a crecerme, Haidee. Díselo».

Ella siguió en silencio.

Amun no podía darse la vuelta para fulminarla con la mirada. Ellos se darían cuenta de que podían comunicarse por telepatía. Como no sabía qué otra cosa podía hacer, expreso su condición con el lenguaje de signos. Para su sorpresa, los cuatro Jinetes lo entendieron, porque asintieron con satisfacción.

–Muy bien –dijo Rojo–. Nos quedaremos con tus dos manos, y con ninguna de las de ella. Pero entonces, no habrá razón para jugar una segunda mano. Tendremos lo que queremos. Tus dos manos.

¿Y para qué las querrían?

«Elegid un premio distinto para la segunda. Por ejemplo, mis pies».

Haidee gruñó como si fuera una depredadora que estaba a punto de atacar, porque leía su pensamiento mientras él hacía signos. Sin embargo, Amun no podía hacer nada para calmarla.

–Yo no estoy de acuerdo con esos términos –dijo.

Todos la ignoraron.

–Sí –dijo Rojo–. Tus pies son una adquisición muy buena para nuestra colección. Aceptamos. Jugaremos dos manos.

–Amun… –dijo Haidee.

Amun alzó una mano para indicarle que guardara silencio, y al instante, notó que ella irradiaba furia. Después se lo haría pagar; pero ella tendría los miembros necesarios para poder hacerlo, así que él no se preocupó. Les hizo más signos a los Jinetes para preguntarles cuáles eran las reglas.

Ellos se miraron con perplejidad.

–¿Qué reglas? –preguntó Blanca.

Bien. Estaba claro que se regían por un código propio.

Secretos se lo confirmó. De repente, Amun supo que no había blanco y negro en ellos, sino matices de gris, y que no dudarían en mentir y hacer trampas para conseguir lo que querían.

No podía confiar en ellos.

«Pídele a la mochila una baraja nueva», le dijo a Haidee.

Segundos más tarde, ella se acercó. Secretos gimoteó, y los otros demonios gimieron de dolor, y después se hizo el silencio en su cabeza. Haidee dejó la baraja en la mesa con un ademán de enfado, y volvió a su sitio malhumoradamente, sin decir una palabra. Cuando estuvieron alejados de nuevo, todos los demonios se asomaron nuevamente.

Secretos estaba un poco más apagado, porque temía que ella se acercara en cualquier momento, pero cuando Rojo se inclinó hacia delante para inspeccionar la nueva baraja, recabó toda la información posible. William había creado a aquellas criaturas. El demonio no averiguó si lo había hecho por métodos convencionales; lo único que pudo saber fue que ellos habían purgado algo de la oscuridad que William tenía en su interior, y que lo odiaban y lo amaban por ello. Querían destruirlo y adorarlo a la vez.

Eran demasiado destructivos como para vivir a su libre albedrío en el mundo, y por eso estaban recluidos en el inframundo. Sin embargo, las ataduras que los mantenían allí habían empezado a deteriorarse el día que William los había dejado, y ya eran débiles. Con cada acto bondadoso, conseguían liberarse un poco más. Sin embargo, la bondad no formaba parte de su naturaleza, y todavía tenían que aprender a ser buenos.

Algún día conseguirían ser libres y salir de aquel lugar. Algún día regresarían con su creador. Hasta aquel momento pasaban el tiempo como podían, se divertían como podían. Y habían planeado utilizar a Amun como entretenimiento.

No tenían intención de hacer trampas. Aquél era su acto bondadoso hacia Amun. Y llevaban siglos pensando cómo hacer aquello. Allí no había pasado ni futuro, sólo existía el presente, y el presente se fundía con el pasado y el futuro que no existían. Ellos sabían que él iba a llegar. Y sabían que iba a perder.

–Todo es aceptable –dijo Rojo–. Trato hecho.

Él tenía a Secretos; podía ganar. Amun asintió.

Negro estuvo a punto de sonreír.

–Vamos, demonio, reparte –le dijo.

Amun barajó las cartas y las repartió. Había jugado más veces al póquer; cualquiera que fuera amigo de Strider habría jugado. Derrota se alimentaba de las victorias, y entre las batallas con los Cazadores, Strider desafiaba a menudo a los demás guerreros.

Pero, en aquella ocasión, Amun no podía permitirse el lujo de perder, y el hecho de que sus contrincantes jugaran limpiamente no quería decir que él lo hiciera también.

«Secretos, te necesito. ¿Qué tienen?». Mientras se lo preguntaba, miró sus cartas. No estaban mal. Un par de ochos. Si conseguía otro y hacía un trío, tal vez consiguiera la primera victoria.

Como de costumbre, Secretos no le respondió directamente, pero de repente, Amun supo que Blanca y Negro eran sus únicos competidores en aquella mano. Blanca tenía un as y un rey, y Negro tenía posibilidades de formar una escalera de color.

También supo que la carta que él necesitaba estaba esperándolo al final de la baraja. Así pues, Amun repartió del fondo de la baraja en la ronda siguiente, y consiguió su trío, tal y como quería. Sin embargo, su alegría no duró mucho. Negro consiguió su escalera de color. Así de rápido, así de fácil.

Demonios. A Amun se le encogió el estómago de miedo. Si había un hombre que necesitara sus manos, era él. Sin embargo, no iba a luchar contra los Jinetes cuando se las quitaran. Después de todo, tenían que jugar otra ronda.

Negro, con una sonrisa, extrajo un cuchillo de sierra de su bota. La hoja ya estaba manchada de sangre.

–Vamos. Veamos el premio.

–¿Cómo va a jugar la siguiente partida sin manos? –gritó Haidee–. No podéis hacer eso. No podéis…

–Supongo que tendrás que jugar tú en su lugar –respondió Blanca.

«No», dijo Amun por signos. Si ella permanecía junto a él en el siguiente juego, su demonio no podría ver las cartas de los Jinetes. Él perdería su ventaja, aunque hasta el momento no le hubiera servido de mucho.

La ropa de Haidee susurró, como si ella se estuviera alejando de su posición.

«Yo he aceptado los términos», le dijo él. «No pasa nada. Al final me recuperaré. Y voy a encontrar la forma de jugar. Necesito que te quedes en tu sitio. Es lo más importante en este momento».

Gracias a los dioses, el movimiento cesó. Él puso los brazos sobre la mesa. A Gideon le habían cortado las manos dos veces durante su vida. Si Gideon había sobrevivido, él también. Sólo lamentaba el hecho de que no iba a poder acariciar a Haidee aquella noche, como había pensado.

Antes de que tuviera tiempo de moverse o de protestar, o de cambiar de opinión, Negro le dio una tajada y le seccionó la mano izquierda por la muñeca, cortando sin problemas el hueso y la carne. La sangre saltó violentamente, y Amun sintió un dolor agonizante que ascendió por todo su brazo y se le extendió al resto del cuerpo. Creyó oír el grito de Haidee, y después, sintió unas manos suaves en la espalda y un susurro femenino en los oídos.

«Ha merecido la pena», pensó Amun entre jadeos. No hubiera podido permitir que le quitaran a ella una de sus preciosas manos.

–Por favor, no le hagáis más daño –dijo ella, llorando–. Por favor, cortadme una mano a mí. No le hagáis esto…

Negro volvió a golpear y cortó la otra mano.

Haidee gritó de nuevo. Amun sintió una oleada de mareo, y también de dolor, pero no se permitió ni siquiera emitir un gemido. Apretó los labios y lo contuvo todo en su interior, mientras veía a Blanca tomar sus manos y estudiarlas.

–Bonitas y fuertes –dijo con satisfacción.

–Creo que me van a gustar más sus pies –dijo Rojo.

Los cuatro Jinetes se echaron a reír.

«Diles… diles que empiecen a jugar la siguiente partida», susurró Amun. No se atrevía a mirar a Haidee. Ella estaba sollozando, y él sintió sus lágrimas heladas en la piel. Aquellas lágrimas lo debilitarían, lo enfurecerían, y aquél no era el mejor momento para meterse en una batalla con los Jinetes.

Ella ignoró su petición y, en silencio, posó sus manos sobre las muñecas de Amun. Al instante, se formó una capa de hielo que detuvo la marea roja. Secretos se escabulló al fondo de la mente de Amun… desapareció. Los otros demonios gritaron, y se escondieron más y más profundamente en su interior.

–Las cartas anteriores están ensangrentadas –dijo Haidee–. Aquí hay una baraja nueva –añadió.

Después lo soltó y comenzó a barajar las cartas. Estaba temblando. Amun no tenía fuerzas para decirle que se alejara, por muy desesperadamente que necesitara la ayuda de Secretos.

La segunda mano comenzó un instante después, pero él tenía el cerebro entumecido, y sus reacciones eran muy lentas. No sabía cómo podía resistir en la silla, pero lo consiguió. Tampoco sabía qué cartas tenían los Jinetes. Su visión era borrosa, y no distinguía números ni figuras.

–¿Qué quieres que haga? –le preguntó Haidee, en un tono de temor.

–Sí –dijo Blanca–. Cuéntanoslo a todos.

«¿Sabes jugar?», le preguntó Amun, ignorando a la Amazona.

Haidee asintió.

Él miró sus cartas, e hizo un esfuerzo por comprenderlas. Obtuvo su recompensa, y finalmente lo consiguió; eran mejores de lo que había esperado. Sólo necesitaba un as de corazones, y tendría escalera real. Si le tocaba cualquier otra carta, no tendría nada. ¿Qué tenían sus oponentes?

Nada con tanto potencial como él. Tendría que aprovechar aquella ventaja.

«Diles que quieres aumentar la apuesta», le ordenó a Haidee.

Ella obedeció después de un momento de titubeo. Los cuatro Jinetes se inclinaron hacia delante con interés. Amun le transmitió a Haidee sus instrucciones, y ella lo miró durante un largo instante. Había palidecido.

«¡Hazlo ya!», le espetó él.

—Tengo una proposición que haceros —les dijo ella, entonces—. Si perdéis, cada uno de vosotros le deberéis a mi amigo un año de servicio cuando, por fin, salgáis de este lugar. Y si él pierde, bueno, os dará algo más que sus pies. Yo seré el premio.

«¡Eso no es lo que he dicho, maldita sea!». Amun le había ordenado que lo ofreciera a él, a él por completo. «Diles lo que te he dicho, ahora mismo».

Ella negó con la cabeza, y él se enfureció aún más.

Los Jinetes reflexionaron sobre las cartas que podría tener Amun. Debían de saber que estaba muy cerca de la escalera real, o pensaban que ya la tenía, puesto que lo había arriesgado todo.

—No obstante, si os retiráis ahora, quedaréis eximidos del nuevo acuerdo.

«¡Haidee, maldita sea! ¡Diles que no pueden quedarse contigo! Si no lo haces, lo haré yo. Empezaré a hablar, y ya sabes lo que pasa entonces».

Ella no dijo nada. Él abrió la boca.

–Las condiciones nuevas son aceptables –dijo Rojo, antes de que Amun pudiera pronunciar una sola palabra.

Y ya no había manera de echarse atrás. La apuesta estaba hecha. Amun tuvo náuseas.

Blanca y Negro se retiraron de la partida, y eliminaron la mitad de la competición. Sólo permanecieron en ella Rojo y Verde, tal y como él había esperado. Se repartió el resto de las cartas, y Rojo estuvo a punto de canturrear de satisfacción.

Verde arrojó sus cartas al centro del tapete y escupió sobre ellas. No había conseguido lo que quería.

–¿Qué tienes? –le preguntó Haidee a Rojo.

Él volteó una carta, y después otra. Un *full* de nueves y reina.

Haidee tomó aire.

–Gana Amun –dijo con una sonrisa, y le lanzó las cartas a Rojo–. Tú pierdes. Tu amigo y tú le debéis a Amun un año de servicio.

Gracias a los dioses; él había conseguido su escalera real.

Los cuatro Jinetes se pusieron en pie, mirándolo con expresiones feroces. Sus auras vibraban con fuerza. Rojo y Verde se abalanzaron sobre él. Sin embargo, todo desapareció en un instante, los hombres, la mujer, el humo, la tienda… Todo desapareció antes de que se estableciera el más mínimo contacto.

De nuevo, Haidee y Amun estaban en la cueva.

Estaban a solas. Amun sintió un tremendo alivio, pero aquel alivio acabó con la adrenalina que lo mantenía erguido, y cayó al suelo. Ya no podía sostener su peso ni un segundo más. Estaba jadeando y sudando; su misión de salvamento ya no podía contener el dolor.

«¿Cómo?», preguntó. Estaba seguro de que había ganado aquella partida final por métodos poco honorables.

Aunque no le importaba. Sólo necesitaba saberlo por si acaso los Jinetes volvían y lo desafiaban de nuevo.

Haidee se agachó a su lado y posó la mochila sobre su estómago.

–El ángel dijo que la mochila nos daría todo lo que necesitábamos para sobrevivir, y yo le pedí una baraja que quedara ordenada de modo que tú consiguieras una mano imbatible, incluso después de que yo barajara –le explicó–. Y ahora voy a pedirle, literalmente, un par de manos –añadió, y metió sus brazos en la bolsa.

El movimiento hizo estallar el dolor y lo trasladó a otro nivel, y Amun se desmayó antes de poder comprobar cuál había sido el resultado.

Capítulo 23

Strider se acomodó en la gruesa rama del roble. Estaba rodeado de hojas y de oscuridad. Aquella noche, las grandes nubes grises eran de lluvia y tapaban la luna. Un ambiente perfecto para luchar. Por supuesto, habría dicho lo mismo si hiciera un sol de justicia.

Poner en marcha una emboscada era mucho más divertido que ir de vacaciones con un inmortal libidinoso de moral más que cuestionable, con un guerrero deprimido en busca de su amor y de una pequeña Arpía que lo ponía de los nervios.

William había decidido que no quería participar en la batalla, y se había puesto en camino hacia el hogar de la familia de Gilly. Paris se había acostado con una extraña elegida al azar y su cuerpo se había recuperado. Estaba reuniendo armas para lo que Strider había dado en llamar «Estúpida Persecución». Sin embargo, Kaia… bueno, ella estaba en el árbol que había frente al de Strider, esperando a que los Cazadores los encontraran.

Habían dejado un rastro sutil, pero bastante claro, comportándose como si sólo quisieran acampar y darse un revolcón.

Bajo ellos había una tienda de campaña y una hoguera que sólo irradiaba una suave luz dorada, un par de salchichas asándose en una barbacoa portátil, y una tumbona plegable en la que habían colocado un muñeco de primeros auxilios. Strider no sabía de dónde había sacado Kaia aquella cosa, pero no iba a preguntárselo. Aquel muñeco se parecía a él, y había recibido numerosas puñaladas. En la entrepierna.

Pensó que tal vez ella lo hubiera usado de diana para sus prácticas de tiro, e intentó no sentirse ofendido. Lo intentó. Sin embargo, no podía dejar de preguntarse qué había podido hacer él para enfadarla tanto, y desde hacía tanto tiempo. Kaia debía de tener aquel muñeco desde varias semanas antes. Tenía demasiados tajos.

De repente, su árbol se movió, y Strider no tuvo que mirar hacia abajo para saber lo que ocurría. Kaia había decidido reunirse con él. Todavía olía a canela, y a él todavía se le hacía la boca agua cada vez que ella se le acercaba.

—Tú tienes tu árbol, mujer —le dijo—. Has dicho que tú te ibas a quedar en el tuyo y yo en el mío.

—Sí, bueno, pues mentí —replicó ella, y se sentó a su lado con total despreocupación—. Esas cosas pasan. Acostúmbrate. Además, tu árbol es más bonito.

Él no se permitió el lujo de mirarla. En primer lugar, ya había memorizado sus rasgos, y podía ver con los ojos cerrados el color del fuego de su pelo brillante, sus ojos grises y dorados, su nariz de duende y sus labios de sirena. En segundo lugar, ella iba a distraerlo. Y, con la letanía de desafíos que le había lanzado, estaba seguro de que no podía permitirse ninguna distracción.

Ojalá su demonio captara el mensaje.

Desde que ella había abierto la boca en el coche, Derrota estaba muy agitado. Estaba ansioso, vibrando de nerviosismo, pero también con una gran impaciencia. Ella era una oponente digna, fuerte, valiente y temeraria. Vencerla le proporcionaría una euforia como ninguna otra, y un placer sexual como ningún otro. Por muchas batallas que hubiera librado durante los años, Strider lo sabía, lo sentía. Lo deseaba.

Y, sí, parte de la ira que sentía contra Kaia se había desvanecido. Ella era muy femenina y agresiva al mismo tiempo, y él admiraba aquellas cualidades. Sin embargo, eso no significaba que estuviera satisfecho con el hecho de que ella le gustara.

La mirada ardiente de Kaia lo devolvió al presente. Ella lo estaba observando atentamente.

–¿Por qué estás aquí? –le preguntó él, colocándose adecuadamente sobre el regazo el rifle que tenía preparado–. ¿Por qué le pediste a Lucien que me encontrara? Y esta vez, dime la verdad.

Ella suspiró.

–Tal vez quisiera estar con Paris.

–No. Inténtalo otra vez. Ya te has acostado con Paris, y sabes que él no puede volver a acostarse contigo –dijo él. Sin embargo, no sabía por qué sentía tanta irritación. ¿Qué le importaba a él que aquella deslumbrante Arpía hubiera aceptado en la cama a su amigo? No era suya, y él no tenía ningún sentimiento posesivo hacia ella.

–Tal vez quisiera poner celoso a William.

–Por favor. Lucien dijo que habías preguntado específicamente por mí, y a mí no me necesitas para poner celoso a William. Él haría cualquier cosa con tal de estar contigo.

Ella se quedó callada, tensa. Después refunfuñó.

–Está bien. Lo admito. Quería estar contigo.

Las Arpías eran unas grandísimas mentirosas, tal y como ella misma había admitido, pero en aquella ocasión, Strider tuvo la sensación de que por fin estaba diciendo la verdad. Sin embargo, no sabía cuál era el motivo.

–¿Y por qué? –insistió–. Y no me cuentes que estabas aburrida, porque también quiero saber por qué has perseguido a mis Cazadores.

–¿A tus Cazadores? –preguntó ella con un resoplido desdeñoso–. Tú ni siquiera te estabas preocupando de ellos.

–Kaia. Por favor.

Ella volvió a suspirar, y la caricia de su respiración hizo que a Strider se le pusieran rígidos los músculos.

—Mira, tú no lo sabes, pero yo estaba en las nubes con Bianka cuando tú llevaste a la Cazadora a la fortaleza. Tú... la deseabas, y yo te odié por ello.

Strider se puso muy tenso. Si había un tema de conversación que podía amargarlo, era Haidee.

—¿Y cómo lo sabes?

—Pues... Cuando estoy en las nubes, puedo ver a quien yo quiera.

—¿Y por qué me has mirado a mí? —preguntó él.

Hubo una pausa y, durante ella, la tensión aumentó.

—Yo... Tú me gustas —admitió Kaia, por fin.

Aquellas palabras volvieron a causarle rigidez a Strider. En su tono de voz había tanta melancolía que él tuvo ganas de taparse los oídos.

—Como amigo, ¿no?

—No —respondió ella—. No como amigo.

Derrota se concentró en la batalla que se avecinaba con la Arpía. Ganarse su corazón sería...

No. Strider apretó los puños. No. No quería ganarse su corazón. Su cuerpo, sí. Ya sentía excitación, desesperación por penetrar en su cuerpo. Sin embargo, negó con la cabeza al darse cuenta de la dirección que habían tomado sus pensamientos. Tampoco quería ganarse su cuerpo.

Tenía que ser muy delicado con ella. Debía tener tacto. Si hería sus sentimientos al rechazarla, ella le arañaría la cara con las garras. Era así de sencillo.

—Te acostaste con Paris. Es uno de mis mejores amigos.

—Cometí un error —respondió ella con la voz ronca—. ¿Es que tú nunca has cometido un error? En realidad, todavía hueles a la stripper con la que te acostaste. La que llevaba el aceite corporal de melocotón...

Entonces, Strider entendió su odio por los melocotones. Kaia había sentido celos. Eso no le gustó.

–Bueno, sí. Claro que he cometido errores, y no te culpo a ti por los tuyos. Pero no me voy a acostar contigo. Algunos de los chicos pueden compartir, pero yo no.

–Yo… no me acostaría con nadie más mientras tú y yo estuviéramos juntos –susurró ella, y a él se le encogió el pecho.

Si no supiera cómo eran las cosas, habría llegado a pensar que Kaia era… vulnerable en aquel momento. Pero sí sabía cómo eran las cosas. Las Arpías eran más duras que el acero. No había nada que pudiera intimidarlas, ni tampoco ablandarlas. Si querían algo, lo tomaban, y eso era todo. Seguramente para ella, él sólo era un desafío, alguien a quien domesticar. Y las mujeres habían intentado hacerlo durante siglos, sin conseguirlo.

–Eso no importa –dijo él, con aquel tono delicado–. No cambia el pasado.

–Tú querías compartir con Amun –dijo ella, temblando–. Deseabas a su mujer. Y la habrías tomado, si ella te hubiera deseado a ti.

–Pero no lo hice, y no voy a hacerlo. ¿Por qué crees que me marché de la fortaleza?

–Bueno –respondió Kaia con un resoplido–. Para que lo sepas, no estoy pidiendo que te cases conmigo. Sólo quería salir contigo alguna vez. Quizá para conocernos mejor.

¿Así que podía acostarse con Paris sin preliminares, y él tenía que invitarla a cenar y a salir primero?

«Y no te atrevas a tomarte esto como un desafío», le advirtió a su demonio. La bestia se había quedado callada, y estaba esperando a que Strider respondiera a Kaia.

–Vamos a retroceder un poco –dijo él. Tal vez, si hablaba con ella razonablemente, el deseo que sentía Kaia por él se desvaneciera–. Tú viste que yo deseaba a la Cazadora.

–Sí. Y me di cuenta de que no me gustaba.

—Así que perseguiste a los otros Cazadores porque…

—Porque no quería que tuvieras que distraerte con ellos.

—Porque…

—Porque quería que te concentraras en mí.

—Pero para salir contigo, no para que nos acostemos juntos.

—Sí.

—¿Aunque sabías que yo deseaba a otra mujer?

—Sí —gruñó ella.

Strider suspiró.

—Voy a ser sincero contigo, Kaia. Últimamente necesito a una mujer que no me desafíe —le dijo, aunque su sentido común intervino: «Eso te aburriría mortalmente». Strider ignoró aquel comentario estúpido de su sentido común, y prosiguió—: Detesto lo que me ocurre cuando pierdo, y contigo, todo sería un desafío —explicó. «Y sería excitante. Emocionante».

—No, yo no…

Él alzó una mano para que ella guardara silencio.

—No podrías evitarlo. Mira dónde estamos, mira lo que estamos haciendo. Me desafiaste a que matara a más Cazadores que tú, por el amor de Dios.

—Eso fue por tu propio bien —replicó ella—. Estabas deprimido, o algo así, y no te estabas ocupando de tus asuntos, lo cual te hacía correr todo tipo de riesgos. ¡Te estaba ayudando, maldita sea!

Tal vez sí, tal vez no.

—Bueno, pues tu ayuda ha asegurado la masacre de todo el que sea tan tonto como para seguirme. Tu ayuda me ha echado a perder unas vacaciones que necesitaba mucho.

Silencio.

Por fin, Strider se permitió mirarla. Ella todavía lo estaba observando, y sus preciosos ojos grises estaban empañados, como si estuviera conteniendo las lágrimas. ¿Una Arpía, llorando? No era posible. Sólo estaba decepcionada porque no conseguía salirse con la suya, pensó Strider. Sin embargo, sintió una punzada de dolor en el pecho, y también una oleada de remordimiento. Le había hecho daño.

—Kaia —dijo. Entonces, se quedó callado. No sabía qué podía decirle.

De repente, se oyó el crujido de una ramita al partirse.

Strider y Kaia se quedaron inmóviles, sin atreverse a respirar. Esperaron… esperaron… pero no se produjo ningún otro sonido. No obstante, ninguno de los dos bajó la guardia. Sabían muy bien que los Cazadores habían llegado finalmente.

¿Cuántos hombres había llevado Haidee consigo?

Derrota comenzó a canturrear de nuevo, y a pasearse por la cabeza de Strider mientras él se concentraba en la batalla. «Ganar, ganar, ganar».

Strider se colocó adecuadamente para utilizar el rifle y escudriñó los alrededores a través de la mira con visión nocturna. La visión nocturna era a la vez una bendición y una maldición. Podría ver en la oscuridad, pero después no podría ver nada sin ella, ni siquiera con luz.

Allí… A lo lejos, Strider vio a seis hombres que se acercaban sigilosamente al campamento. Con un ligero ajuste, vio a otros seis hombres haciendo lo mismo por el otro lateral. Entonces había doce soldados. A menos que hubiera más detrás de él, claro; y Strider estaba dispuesto a apostarse el trasero a que sí.

Se le aceleró el corazón de euforia. Por mucho que hubiera reprendido a Kaia, en realidad le encantaba luchar. Le encantaba sentir aquella inyección de adrenalina y saber que estaba a un paso más de ganar la batalla contra los Cazadores.

De repente, su rama se movió. Strider apretó los dientes mientras las hojas susurraban y anunciaban su posición. Kaia acababa de bajar del árbol. Sin embargo, nadie notó su presencia; ni la de él tampoco.

«Ganar», dijo Derrota. «¡Ganar!».

«Sí, ya lo sé. Vamos a ganar», respondió Strider.

Se oyó un grito. Era el grito agudo de una Arpía.

Un segundo después, Strider oyó silbidos y sonidos secos y amortiguados. Eran disparos hechos con silenciador. Después oyó un impacto, y el muñeco se cayó de la tumbona.

Strider apuntó a un objetivo al pecho, y apretó suavemente el gatillo. Hubo un gruñido y la víctima se desplomó en el acto.

El resto de los Cazadores invadieron corriendo el campamento, y unos cuantos atacaron al muñeco.

–¡Es una trampa! –gritó uno.

–¿Una emboscada?

–Tal vez.

–Manteneos alerta.

–Siempre.

–Dispersaos. Disparad a matar a cualquier cosa que se mueva. No me importa que cualquier demonio enloquecido quede libre. Quiero muerto al huésped. El guardián de la Derrota se merece la muerte.

–Odio a ese maldito –murmuró otro.

Hubo otro grito, pero en aquella ocasión fue de desesperación. Kaia debía de haber atacado con las garras. Maldición, él no podía dejar que lo venciera.

Apuntó y disparó, y abatió a otro Cazador. Volvió a apuntar, a disparar, a abatir. Repitió el proceso una y otra vez, con tanta rapidez que nadie se dio cuenta de lo que estaba haciendo, ni de dónde estaba escondido. Alrededor de su árbol fueron apilándose los cadáveres.

Finalmente, los Cazadores se orientaron y lo vieron. Comenzaron a disparar contra su rama, y Strider saltó al suelo; al hacerlo, una bala le rozó el brazo, y le provocó un dolor ardiente. Sin embargo, eso no fue suficiente para ralentizarlo.

«¡Ganar!».

Como ya sabía, sólo tenía uno de los ojos en buenas

condiciones. Con el otro sólo veía en negro. Sin embargo, percibió la presencia de los pocos Cazadores que quedaban en pie, que ya lo habían localizado. Comenzaron a disparar mientras se le acercaban, y él les devolvió el fuego. Antes de encontrarse con ellos cuerpo a cuerpo, recibió dos balazos, uno en el hombro y otro en el estómago. Bloqueó mentalmente el dolor.

«¡Ganar!».

Soltó el rifle y echó mano de un cuchillo. A tan poca distancia, era arriesgado disparar. Strider dio una cuchillada, y alguien gritó. Volvió a golpear, y volvió a oír un grito. Alguien consiguió hacerle un corte en la muñeca, pero él siguió sujetando con fuerza el arma. Golpeó y acertó en la espalda de uno de sus enemigos.

Aquella danza mortal continuó durante un rato. Él estaba sangrando profusamente, pero sentía energías nuevas. Estaba ganando. Incluso consiguió arrojar a alguien al fuego. Gritos, gruñidos, gemidos.

Sin embargo, para cuando derribó al último de los Cazadores, ya había empezado a debilitarse.

También estaba sonriendo.

Lo había conseguido. Había ganado.

Derrota canturreó de felicidad en su mente y saltó de alegría por la victoria. Strider notó un calor delicioso en las venas. Sabía que muy pronto iba a sufrir el dolor de cada una de sus heridas, pero por el momento, era invencible.

—¿Strider? —dijo Kaia, y se acercó a él.

La luz del fuego iluminó su preciosa piel. Debía de haber sudado y el maquillaje con el que se cubría siempre había desaparecido, porque brillaba con todos los colores del arcoíris.

Al segundo, Strider notó tal excitación que le resultó doloroso.

«Es sólo el placer sexual de la victoria», se dijo. «En realidad no la deseas». Dios, aquella piel… Se le hizo la boca agua al pensar en probarla.

Tenía que concentrarse. No la había visto luchar, pero había oído el resultado. Ella tenía el pelo enredado y salpicaduras de sangre en las mejillas y los brazos.

—¿Y bien? —le preguntó—. ¿Qué tal te ha ido?

Ella frunció el ceño al oír su tono de voz desagradable, y señaló hacia atrás. Strider tuvo ganas de soltar una maldición al ver el montón de hombres a los que había vencido Kaia. No tuvo que contarlos para saber que ella había ganado su competición. Se le encogió el estómago, y esperó que las rodillas le fallaran y el ácido le corriera por las venas y destruyera el placer.

Pasó un minuto y después otro. No sucedió nada.

—No he matado a ninguno de los míos —dijo ella mientras recogía sus garras—. Sólo los he dejado inconscientes. Así pues, puedes hacer los honores tú mismo.

¿Cómo? ¿Ella le había dejado ganar? No, no podía ser cierto. Aquello no era propio de una Arpía.

—Kaia...

—No, no digas nada. El líder, el tipo que quiere verte muerto con muchas más ganas que todos estos juntos, no está aquí. Lo he comprobado. Ya te dije que es astuto, así que no se puede saber dónde estará, ni qué estará haciendo.

—Kaia —repitió él, sin embargo, no sabía qué decir.

Ella le dio la espalda, como si no soportara mirarlo ni un segundo más.

—Bueno, ahora te dejo con tu tarea. Adiós, Strider.

Y se alejó. Las alitas diminutas que tenía en la espalda le permitieron alcanzar una velocidad que él nunca podría igualar.

Strider se quedó allí, donde estaba, durante un buen rato, mirando el montón de hombres inconscientes que le había dejado Kaia. Él había ganado, porque ella se había asegurado de que lo hiciera, pero en aquel momento se sentía más perdedor que nunca.

Y no sabía por qué.

Capítulo 24

Haidee sabía que estaba soñando. De otro modo, ¿cómo podía vislumbrar momentos de la vida de Amun? ¿Cómo iba a poder oír lo que estaba pensando? En aquel momento lo veía caminando en un dormitorio inundado de luz, frotándose los ojos y tapándose los oídos alternativamente para apagar las voces innumerables que hablaban en su mente. Voces que le susurraban un recuerdo humano tras otro.

Amun sabía que él podía soportarlo, pero que sus amigos no. Ellos ya tenían suficientes motivos para sufrir, y no necesitaban saber las cosas horribles que pensaba la gente de ellos, ni las atrocidades que se cometían cada día en los hogares que los rodeaban.

Aquella noche no debería haber ido de patrulla a la ciudad en busca de Cazadores. Strider y Gideon podían haber hecho aquella tarea, pese a sus recientes heridas. Se habían ofrecido, pero él había rechazado su oferta porque tenía la sensación de que habría problemas fuera, y quería que estuvieran a salvo.

Afortunadamente sólo había encontrado a tres soldados enemigos, y no había sido muy difícil matarlos.

Los Cazadores no tenían intención de enzarzarse en una lucha. El demonio de Amun lo había notado enseguida. Los hombres querían que su Cebo estuviera dentro primero. Pensaban que ella había tenido éxito, pero esperaban la confirmación. En cuanto Amun se había dado cuenta, supo que tenía que barrer la mente de uno de los Cazadores para averiguar quién era ella, y cuándo y dónde iba a ponerse en contacto con ellos. Tendría que absorber sus recuerdos, y tal vez fueran recuerdos de mutilaciones de sus amigos. Porque él vería a través de los ojos de un Cazador, como si lo fuera también.

—Amun, tío —alguien lo llamó desde el pasillo. Era Sabin—. Es la hora.

Él caminó hasta la puerta y la tocó un par de veces para dar a entender que lo había oído. En cuanto consiguiera aclararse la cabeza, se reuniría con ellos. Los recuerdos todavía se estaban desenredando, aunque él ya había obtenido la información que quería. Ella le pertenecía a Kane, el guardián del Desastre.

Kane apenas salía con mujeres, porque temía hacerles daño a aquéllos que se encontraran a su lado, pero aquella chica había captado su interés. Tendrían que decírselo. Amun tendría que decírselo.

Siempre era él quien daba las malas noticias.

Primero habría negación. Después, rabia. Finalmente, tristeza y aceptación. Pero, ¡no tendrían que vivir así, demonios! No era justo que siempre debieran sospechar de todas aquellas personas que conocían.

Por un momento, la imagen de Amun desapareció de la mente de Haidee, y sus pensamientos se silenciaron. Ella estaba envuelta en la oscuridad, y pensó que tal vez estuviera tumbada. ¿Qué era aquel cosquilleo que tenía en el vientre?

Antes de poder descubrir la respuesta, las imágenes de Amun regresaron. Estaba pegándole a un hombre, impactando con sus nudillos en el hueso. El humano le pedía misericordia, pero Amun se negaba a concedérsela.

Haidee supo el motivo. Al igual que Amun, sabía lo que le había estado haciendo aquel hombre a su hija, una niña pequeña. Y, cuando Amun terminó, cuando el hombre estuvo muerto, él usó a su demonio para encontrarle a la niña un hogar donde la quisieran, donde pudiera estar segura.

Las imágenes se desvanecieron nuevamente. Las voces se acallaron otra vez. ¿Qué eran aquellas cosquillas? Fuera lo que fuera, le transmitía un suave calor a la piel. Sin embargo, antes de que pudiera entender lo que le estaba sucediendo, las imágenes volvieron a su cabeza y le exigieron atención absoluta.

En aquella ocasión vio a Amun, sin camiseta, jugando al baloncesto con sus amigos. Sonreía y se reía en silencio, y les daba palmadas en la espalda a sus amigos después de cada tiro.

Los chicos lo insultaban entre risas. Insultos que él sólo podía devolver mostrándoles un solo dedo. Nadie respetaba ninguna regla en concreto, así que había muchos pisotones, codazos e incluso puñetazos, pero a Amun le encantaba. Nadie podía ganarlo porque él conocía los movimientos que planeaban los demás antes de que pudieran ponerlos en práctica. Sólo dejaba ganar a Strider; cuando Derrota iba por el balón, Amun se lo cedía ralentizando sus pasos y fingiendo que se tropezaba.

Su pasado era tan variado como el de ella, pensó Haidee. Sin embargo, ella siempre había sido una Cazadora, y su principal impulso siempre había sido el odio. Por el contrario, él era mucho más que un Señor del Inframundo. Eso parecía imposible, porque un demonio debería ser un demonio, un ser malvado y depravado. Sin embargo, Amun era bueno y afectuoso. Y apoyaba a los demás.

Llevaba una carga muy pesada en los hombros, y no la compartía con nadie porque prefería sufrir para siempre que causarles más sufrimiento a sus amigos. Aquello era amor, no maldad.

Amor.

Aquella palabra resonó por su mente. Tal vez, por el hecho de sentirse tan unida a Amun en aquel momento, no podía guardar secretos, ni siquiera a sí misma. Sabía que lo quería. No podía negarlo, ni tampoco merecía la pena que se lo cuestionara. Lo amaba por todo lo que había sido, por lo que era y por lo que iba a ser. Era un guerrero en cuerpo y alma, un guerrero que siempre lucharía por sus creencias y que nunca se desmoronaría bajo presión. Cuando quería a alguien, quería profundamente, y nada ni nadie podría debilitar aquel afecto. Y ella lo amaba.

¿Qué sentiría Amun por ella?

Haidee quería que la amara también. Lo deseaba desesperadamente. Porque, si iban a estar juntos, sus amigos se enfadarían. En realidad, el verbo «enfadarse» era muy suave. Sentirían una rabia intensa, y se lo demostrarían. Sin embargo, si él correspondía a su amor, podría soportarlo.

Pero, ¿cómo podía ella pedirle que lo soportara, aunque la amara de verdad?

¿Cómo iba a pedirle que aguantara otra carga?

Dios, qué lío. Si estaban juntos, sus amigos… No, ésa no era la palabra correcta. Sus compañeros de trabajo también se enfurecerían con ella. No entenderían cómo podía adorar a un demonio. Atacarían a Amun, y la castigarían a ella. Y Haidee sabía que aquél era el motivo por el que Amun había querido alejarla. No quería que sufriera. Tampoco él quería que ella tuviera que soportar esa carga.

Eso era una señal de cariño, ¿no?

Sin embargo, Amun no sabía que nada podría causarle más dolor que tener que vivir sin él. Tenía que hacerle entender que, por él, podía soportar cualquier cosa.

Tal vez algún día, él correspondiera a aquellos sentimientos. Si llegaba aquel día, el perder a sus amigos no sería tan difícil, porque se tendrían el uno al otro para consolarse, para apoyarse.

Su sangre se había mezclado muchos siglos antes, y había creado un vínculo mucho más poderoso que el odio que ella siempre sentía por dentro. Eran el uno para el otro, Haidee lo sabía. También tendría que hacérselo entender.

Sí, ella había odiado a su raza durante siglos. Sí, le había hecho daño, y sí, él le había hecho daño a ella. Sin embargo, todo eso había quedado en el pasado. En aquel momento sólo quería mirar hacia delante.

Mirar hacia delante. De nuevo, oyó aquellas palabras en su mente, y tuvo que enfrentarse a la verdad. No podía pedirle a Amun que se separara de sus amigos. No podía permitir que cortara los lazos con los amigos de toda su vida, pudiera o no pudiera soportar su pérdida, pudiera apoyarse en ella, o no. ¿Cómo iba a pretender semejante cosa? Aquellos guerreros habían ayudado a Amun a ser el hombre maravilloso que era. Él los necesitaba y ellos lo necesitaban a él.

Si Amun le diera una oportunidad, ella haría todo lo posible por suavizar las cosas. Y, si después de un tiempo, sus amigos no podían aceptarla de todos modos, hiciera lo que hiciera, ella se marcharía.

Tantas condiciones… tantas posibilidades.

Separarse de él la mataría, pero por Amun, por su felicidad, lo haría. Lo único que necesitaba era tener una oportunidad.

«Haidee. Despiértate, cariño».

Oyó la voz grave de Amun, mucho más fuerte que en sus sueños, y se despertó. Abrió los ojos, pero pasaron varios segundos antes de que pudiera orientarse. Cuando lo consiguió, revisó su entorno. La cueva estaba iluminada por una luz tenue. A distancia se oía el goteo del agua. Estaba tendida boca arriba, prácticamente… ¿sudando?

«Haidee, cariño. ¿Me oyes?».

Amun, de nuevo.

–Sí –respondió ella. Estiró los brazos por encima de la cabeza y arqueó la espalda. El suelo era blando debajo de su cuerpo, como si estuviera descansando sobre almohadones.

«Por fin. Ahora, mírame».

–¿Dónde estás?

Notó un cosquilleo en el vientre, otra vez, y miró hacia abajo. Lo que encontró la dejó boquiabierta. Amun estaba de rodillas, sin camisa, y se había colocado sus piernas abiertas sobre los muslos. Él llevaba pantalones. Ella llevaba braguitas. Sólo braguitas.

Amun tenía ambas manos posadas sobre su estómago, y estaba haciendo dibujos alrededor de su ombligo, en sus caderas, y justo encima del diminuto triángulo de rizos que protegía el centro de su feminidad.

–Tienes manos –dijo ella. Había tenido tanto miedo, tanta inseguridad…

Él sonrió, mostrando un buen humor que rara vez dejaba entrever.

«Sí, tengo manos. Me alegro de que te hayas dado cuenta».

Ella le había metido los brazos heridos en la mochila y lo había tendido en el suelo cuando él se había desmayado, y después, había comenzado a pasearse, a vigilarlo, a rezar. Había tomado un baño para intentar calmarse, y después había vuelto a comprobar su estado, había vuelto a rezar, había maldecido, había vuelto a vigilarlo, hasta que se había quedado dormida a su lado. La última vez que había comprobado en qué estado se hallaban sus brazos, él todavía no tenía manos.

–¿Cómo?

«La mochila, tal y como tú pensaste. Lo que ocurre es que tardaron un rato en regenerarse. Bueno, ya está bien de hablar de eso. ¿Te acuerdas de cuando me despertaste acariciándome con la lengua?».

Ella tragó saliva y se humedeció los labios.

–Sí.

A él se le oscureció la mirada y se posó las palmas de las manos en los muslos, como si no confiara en sí mismo lo suficiente como para seguir acariciándola.

«Bien. No puedes negar que ahora me toca a mí despertarte adecuadamente».

Eso quería decir que él iba a saborearla a ella... Oh, sí, por favor, sí. Sin embargo, Amun no inclinó la cabeza. No hizo ningún movimiento hacia ella, y todos los nervios del cuerpo de Haidee se pusieron en alerta, se prepararon para sus caricias. Anhelaron sus caricias.

–Amun –le rogó.

«Primero», dijo él, y alargó el brazo hacia atrás, «vas a llamar a Micah».

Un momento. ¿Cómo?

Él le mostró un teléfono móvil negro y pequeño.

«Le he pedido a la mochila un teléfono para poder hablar con el mundo exterior».

–Pero... no es necesario –dijo ella, agitando la cabeza–. No tengo que... Ya no, porque yo...

«Querías llamarlo, y vas a hacerlo». Amun le entregó el teléfono y la obligó a que lo aceptara.

Haidee se quedó mirando el aparato durante unos momentos, sin saber si Amun estaba confiando en ella o estaba poniéndola a prueba. Si hacía aquella llamada, ¿le haría daño? ¿Pensaría él que no estaba dispuesta a aceptarlo en cualquier momento y en cualquier sitio, sin que él cumpliera ciertas condiciones?

«En cuanto tú termines, yo comenzaré». La sensualidad de su tono de voz no dejó duda alguna sobre sus intenciones. «Pero tienes que ser consciente de que, al hacer esto, estás abandonando para siempre a tus amigos. Nunca podrás volver con ellos. Te despreciarán».

¿Le estaba dando una oportunidad? ¿La oportunidad que ella deseaba?

–Lo sé –respondió Haidee suavemente.

«Tal vez, incluso, te persigan a ti también».

–También lo sé.

«¿Y no te importa?».

–No. Te tendré a ti.

«Oh, sí, me tendrás a mí», respondió él, y su expresión se volvió un poco feroz. «Creía que me conformaría con tenerte durante un tiempo, pero ahora sé que eso no sería suficiente. Voy a hallar la manera de volver, y me voy a quedar contigo. Ahora y siempre».

La deseaba ahora… y para siempre. Haidee casi no podía asimilar la noticia. Amun, con ella, para siempre. No le había dicho palabras de amor, y ella no iba a pedírselas. Eso llegaría más tarde. Por el momento, aquello era suficiente.

«Bueno, ¿y a qué estás esperando? Haz ya esa llamada».

Haidee marcó el número sin más vacilación, y se quedó asombrada al oír el tono de la llamada. Quería terminar con aquello de una vez, quería despedirse de Micah.

Su antiguo novio respondió enseguida, con un gruñido.

–¿Diga?

–¿Micah? –preguntó ella con un titubeo. Miró a Amun para saber cómo reaccionaba, pero él no la estaba mirando a ella, sino más allá, y su cara tenía una expresión vacía.

–¿Haidee? –preguntó Micah con incredulidad. Parecía que sentía alivio y alegría, y también enfado, todo a la vez–. ¿Dónde estás? Dímelo, vamos.

A cada palabra, su tono se volvía de determinación.

Ella sintió una punzada de culpabilidad.

–Estoy viva, y estoy bien, pero no puedo decirte dónde estoy. Yo…

–¿Están controlando esta llamada esos canallas?

–No. Escucha, yo…

–Dime dónde estás, e iré a buscarte.

—No. No te he llamado para eso. Sólo quería que supieras...

—Creía que habías muerto —le dijo él, interrumpiéndola. Ahora, su voz tenía un matiz de acusación y de reproche—. Sufrí por ti. Intenté encontrarte y salvarte. Dímelo, maldita sea. Dime dónde estás.

—No. Estoy viva, y eso es todo lo que necesitas saber. Y tienes que escucharme. Yo...

—¿Quién es? —preguntó una voz femenina y somnolienta que estaba junto a Micah.

Hubo algo de ruido, y después unos pasos, como si él estuviera echando a su compañera. En aquel momento, Haidee supo que él se estaba acostando con alguien. Tal vez lo hubiera estado haciendo mientras ellos salían juntos. Sin embargo, no le importó.

¿La había deseado Micah alguna vez? Con ella se conformaba manteniendo una relación platónica. Ella no se había preguntado por qué estaba satisfecha con aquel arreglo. Sin embargo, si él no la deseaba, ¿por qué se había quedado con ella?

—Si estás viva, eso significa que los estás ayudando —dijo Micah—. De lo contrario ya te habrían matado.

—Sí —dijo ella, y no explicó nada más. Que él tomara la respuesta para la pregunta que quisiera—. Sólo te llamo para decirte que hemos terminado. No quiero salir más contigo.

Se dio cuenta de que Amun se ponía tenso y se clavaba los dedos en los muslos, con tanta fuerza que seguramente se iba a dejar moretones. Él no tenía ni idea de lo que estaba diciendo Micah, y del motivo por el que ella había dicho que sí a aquel hombre, pero no estaba interfiriendo.

Haidee se dio cuenta de que estaba confiando en ella.

—Escúchame, zorra —rugió de repente Micah, con tanto odio que ella se quedó sin habla—. Dime dónde diablos estás, con quién estás y qué estás haciendo. Voy a encontrarte y a recuperar lo que es mío. Después te voy a cortar el cuello y voy a bailar en tu sangre. No te mereces...

Clic. Haidee colgó antes de que él pudiera continuar insultándola. Se sintió muy disgustada y confundida por lo que acababa de ocurrir.

Amun la miró por fin. No le hizo ninguna pregunta. Tomó el teléfono y lo tiró hacia atrás, por encima de su hombro. Después, sin decir una palabra, le elevó las caderas y le quitó las braguitas, y las arrojó también hacia atrás. Entonces volvió a colocar sus cuerpos en la posición en la que estaban al principio.

A ella se le llenaron los ojos de lágrimas. ¿Cómo podía haberle dicho aquellas cosas Micah? Él había sido amigo suyo, ¿no? Y, sí, ella sabía que los Cazadores iban a darle la espalda, pero no se esperaba que fuera tan deprisa, ni con tanta violencia.

«¿Te has entristecido por perderlo?», le preguntó Amun, y aunque sus palabras fueron suaves, Haidee percibió la furia, e incluso la inseguridad que había en ellas.

—No —dijo, y en aquella ocasión, fue ella quien lo miró fijamente—. Él... me ha insultado, me ha dicho cosas horribles.

«¿Qué te ha dicho? ¿Cómo te ha insultado?».

Amun no estaba furioso antes, lo estaba en aquel momento. Si Micah hubiera entrado en la cueva entonces, Amun lo habría matado sin vacilar.

—¿Tú piensas que soy... una zorra?

«No», dijo él al instante. «Pienso que eres perfecta, y dulce... y mía. Y ahora también pienso que él no puede ser descendiente mío. Es un imbécil».

—¿De veras? —preguntó ella, y se enjugó las lágrimas con el dorso de la mano—. Quiero decir que si de veras tú no piensas mal de mí.

«De veras. Tú y yo vamos a estar juntos para siempre, ¿no te acuerdas?».

—Sí, me acuerdo —respondió Haidee, y notó que el dolor se apagaba. Estaba con el hombre al que amaba, y eso era lo más importante—. ¿Amun?

«Sí».

Cuando, por fin, sus miradas se cruzaron de nuevo, a ella se le aceleró el corazón. Amun tenía una expresión ardiente, los párpados entornados, las cejas levemente fruncidas, con un gesto de determinación. Sus labios estaban muy rojos, ¿acaso le corría la sangre por las venas tan rápidamente como a ella? Haidee notó que, entre sus piernas, su miembro se hinchaba más y más, y se le hizo la boca agua. Conocía su sabor, y se había hecho una adicta a él, para siempre.

—Te deseo —susurró.

«Entonces, por los dioses, me vas a tener».

Sí. Por fin iban a hacer el amor. Las restricciones que ella había impuesto en su relación física habían terminado. Sin embargo, aunque no hubiera hablado con Micah, de todos modos se habría entregado a Amun por completo, aquella noche.

«Qué rosa tan bonito», musitó él mientras observaba su sexo. «Y qué húmedo está ya, para mí».

Incluso sus palabras la excitaban.

—Me duele por ti. Me duele ahí y en todas partes.

Él le deslizó las manos por la cara interna de los muslos y extendió los dedos, rozando a Haidee donde más lo necesitaba. Con delicadeza. Pasó un dedo y después dos, por su hendidura, y ella tembló y gimió.

«Como la seda».

Ella quería sentir aquellos dedos de nuevo, deslizándose y recreándose. Presionándola. Elevó las caderas, haciendo una petición silenciosa. Él le dio lo que quería… más o menos. Volvió a acariciarle aquellos labios rosados, y se recreó allí, pero no exactamente en el lugar en el que ella deseaba, desesperadamente, que lo hiciera. Él penetró en su cuerpo con un dedo, pero no profundamente. Empujó lo justo para avivar su fuego y su necesidad.

«Juega con tus pechos. Enséñame cómo te gusta que te acaricie».

Haidee no puso objeciones, ni una sola. Se masajeó los pechos y se pellizcó los pezones mientras él la observaba. El calor se intensificó dentro de ella.

—Quiero que me lleves hasta el final del camino. Ahora —dijo Haidee entre jadeos. No sabía cuánto podría aguantar—. Por favor.

El silencio reinó durante un momento antes de que él asintiera. Sin embargo, no bajó la cabeza para lamerla entre las piernas, como ella esperaba, sino que se inclinó hacia delante y se apretó contra su cuerpo. Como los muslos de Haidee le rodeaban las caderas, aquella acción la abrió más, puso en contacto el centro de su feminidad con el miembro masculino de Amun, todavía cubierto por el pantalón, y le creó una deliciosa sensación de fricción entre las piernas y en los pechos. Los pezones se rozaron contra los pectorales de Amun.

—Creía que ibas a…

«Voy a hacerlo. Pero primero voy a prepararte».

Ella jadeó y deslizó las manos por su cuello, y le clavó las uñas en la espalda. Él bajó la cabeza y atrapó uno de sus pezones con la boca. El calor era casi insoportable, pero tan necesario que a ella ni siquiera se le pasó por la cabeza apartarlo. Por fin él la estaba lamiendo y succionando, provocándole sensaciones intensas en todo el cuerpo.

—Quítate los pantalones —consiguió decirle, entre jadeos, mientras se arqueaba contra él—. Deja que te sienta por completo.

«No. En cuanto lo haga estaré dentro de ti».

—Ése es el objetivo. Estoy preparada, te lo prometo.

«Vamos a tomarnos el tiempo necesario, mujer. Hazte a la idea».

A Haidee le encantaba que pudiera hablarle y, al mismo tiempo, seguir atormentándola con aquella succión en los pezones. Y él lo hizo. La atormentó. Le arañó delicadamente el delicado botón con los dientes y, rápidamente, se lo besó para aliviar el escozor. Cuando ella ya estaba retorciéndose contra él, suplicándole más, Amun le dedicó a su otro pezón el mismo tratamiento. Pareció que pasaban horas mientras él se recreaba con sus pechos, acariciándoselos y masajeándoselos como había hecho ella, sin dejar de bañarle los pezones con el calor húmedo de su boca.

«Eres bellísima», le dijo.

—Amun, por favor, más.

«Eres tan fuerte, y valiente. Y mía. ¿Te lo había dicho ya? Eres mía».

—Tuya —susurró ella.

Le tiró del pelo para obligarlo a levantar la cabeza; Amun la miró fijamente con sus ojos de ónice y una expresión tensa. No estaba tan relajado como le había dado a entender.

—Bésame. Necesito tu sabor en mi boca.

Con un gemido, él ascendió y curvó más aún su cuerpo, y la besó con fuerza. Inmediatamente, su lengua entró en la boca de Haidee y comenzó a girar y a danzar con la de ella. Él tenía un sabor a menta y a algo dulce. Algo exclusivamente suyo.

Él soltó sus piernas y le tomó la cara entre las manos. Ella cruzó los tobillos por detrás de su espalda y se deslizó contra el grosor de su erección, seguramente, humedeciéndole el pantalón, pero no tenía importancia. Su deseo era muy intenso y, al igual que cuando lo había besado otras veces, su mente se concentró en el clímax.

Pronto, él perdió su afectada despreocupación, y sus movimientos se volvieron tensos. Embistió con su erección contra ella y se frotó contra su cuerpo, arrancándole jadeo tras jadeo. Él se tragó todos aquellos jadeos, besándola profundamente, con dureza.

Haidee sólo había sentido tanta fiebre con él; el calor de Amun continuó latiendo en su interior, consumiéndola, y, de algún modo, aquello liberaba el frío que ella había conseguido esconder. En segundos, se había convertido en una olla de calor y hielo, de pensamientos fragmentados y murmullos incoherentes.

—Por favor... —susurró. Necesitaba que la llenara. Necesitaba algún tipo de liberación. Aquello era demasiado, pero no era suficiente, y no podía soportarlo más—. Por favor, cariño, dame más.

Entonces, Amun se apartó de ella, y ella gruñó. Pero él no la decepcionó. Por fin lamió su cuerpo entre las piernas, y ella gritó de gozo mientras las caderas se le subían involuntariamente hacia el rostro de Amun. Él lamió, mordisqueó y succionó.

«Podría estar haciendo esto toda la vida, cariño».

—Para siempre.

«Y nunca tendría suficiente».

—Nunca.

Ella sabía que sólo estaba repitiendo parte de lo que decía Amun, pero no podía remediarlo. No podía concentrarse en otra cosa que no fuera el placer. Sin embargo, mantuvo un férreo control sobre su frío interno, no permitió que el hielo saliera y tocara a Amun.

Él la llevó hasta el límite, después, con un giro de la lengua, la lanzó al vacío. Ella gritó al llegar al orgasmo y dio sacudidas contra él, sin poder contenerse. Cuando los temblores cesaron, Haidee cayó al suelo entre jadeos. Sabía que su cuerpo había obtenido lo que necesitaba, pero su mente no. El hielo todavía crujía dentro de ella... Su mente no quedaría satisfecha hasta que le diera todo a Amun.

«Me he imaginado tomándote en todas las posiciones, pero esta primera vez, quiero que estés frente a mí. Mirándome, viéndome», le dijo él. «Así que abre los ojos, cariño, y te daré todo lo que soy».

Ella no se había dado cuenta de que tenía los ojos firmemente cerrados. Los abrió y vio al hombre que había conquistado su corazón. Él se había erguido y también la estaba mirando. Cuando sus miradas se cruzaron, él metió una mano entre sus cuerpos y le rozó el clítoris con los nudillos mientras se desabrochaba el pantalón. De nuevo, Haidee comenzó a dar sacudidas, porque ya necesitaba más, ya estaba al borde de la desesperación.

En aquella ocasión quería la satisfacción total.

Él no perdió un segundo bajándose los pantalones. Estaban abiertos, y tal y como había prometido, perdió la noción de todo lo demás. El extremo grueso de su miembro se posó en la entrada del cuerpo de Haidee para penetrar en él. Pero Amun se contuvo, mordiéndose el labio.

«Eres mía, Haidee, mía por completo. Te cuidaré siempre, y no te pondré en peligro. No pienses que puedes quedarte embarazada… No te preocupes».

Haidee sabía que él estaba intentando tranquilizarla, pero en aquel punto, ya nada le importaba.

–Hazlo. Hazlo, por favor. Te necesito. Amun, deja que yo también me entregue por completo

Antes de que Haidee pudiera terminar su ruego, Amun entró en su cuerpo, y ella se arqueó para unirse a él y acogerlo profundamente. Su alivio fue tan potente que gritó sin poder evitarlo. Tenía la sensación de que había estado toda la eternidad esperando aquel momento.

Llevaba mucho tiempo sin estar con un hombre, y nunca se había sentido tan excitada. Quería experimentarlo todo, sin reprimir nada.

–Todo –prometió.

«Todo», prometió él también.

Entonces la besó, y se metió en su boca, en su sangre, en sus huesos y en su alma, y comenzó a acometer hacia delante y a retirarse, y a repetir aquellos movimientos una y otra vez. La llevó más y más alto, hacia los límites de la locura. Ella se agitó y se aferró a él, como si temiera caerse.

«Déjate llevar, cariño».

—El frío…

«Déjate llevar. No me importa lo que ocurra. Te necesito. Te necesito por completo, tal y como me has prometido».

Ella percibió la tensión de su voz y supo que él también estaba a punto de llegar al clímax. Así pues, finalmente, se dejó llevar. Confió en él completamente, se abrió y bajó la guardia.

Al instante, la satisfacción se apoderó de ella. Su cuerpo salió expelido hacia el cielo y ella vio estrellas detrás de los párpados, y perdió de vista la amada cara de Amun. Durante todo aquel instante, el fuego se extendió por su cuerpo, más y más caliente, y el hielo se endureció más, cada vez más frío…

Amun tembló y la embistió con tanta ferocidad como ella lo embestía a él, y rugió debido a la intensidad de su orgasmo. Ella pensó que su cuerpo había estado sediento de él durante muchos siglos, y que en aquel momento estaba bebiendo por fin, y que, seguramente, nunca volvería a tener sed. Sin embargo, el fuego siguió extendiéndose cada vez con más furia. El hielo no; el hielo comenzó a desaparecer, y la tormenta cesó en su cuerpo, porque aquella tormenta estaba pasando al cuerpo de Amun.

Al principio, a Haidee le encantó aquel calor. Lo aceptó e intentó conseguir más del cuerpo de Amun mientras le traspasaba el hielo, sin poder evitarlo. Sin embargo, él comenzó a jadear y a gruñir, y se separó de ella para interrumpir el contacto.

Pero incluso sin aquel contacto, ya era demasiado tarde para ella. Haidee se sentía como si la estuvieran devorando las llamas, porque no le quedaba ni un ápice de hielo. Gritó de dolor, de agonía. No sabía qué hacer. Se estaba muriendo; tenía que estar muriéndose.

«Oh, por todos los dioses, cariño, ¿qué te ocurre? ¡Dime qué te ocurre!». Él le pasó las manos por la cara y, por primera vez, Haidee no sintió el calor de su cuerpo, sino frío. Y lo envidió.

Quiso decirle que no sabía qué le ocurría, pero tenía la mandíbula atenazada porque el dolor le impedía mover los músculos.

Sin embargo, de algún modo, Amun la oyó, porque respondió:

«Yo tampoco lo sé, cariño».

«Ayúdame, por favor».

«Encontraré el modo de ayudarte. Te juro que lo encontraré».

Aquel juramento fue lo último que ella oyó de sus labios. La oscuridad la engulló por completo, como un aceite negro que la asfixiaba, que la destruía…

Se dio cuenta de que eran demonios, y gimió. Los demonios de Amun formaban ahora parte de ella.

Capítulo 25

¿Qué le había hecho?

Amun sintió pánico. Físicamente, nunca había estado mejor. Tenía la cabeza clara, y se notaba lleno de energía y relajado a la vez. Frío, sí. Jamás había tenido tanto frío, pero aquel frío le proporcionaba fuerzas. Y, sin embargo, su mujer estaba sufriendo insoportablemente en aquel momento. Tenía la piel enrojecida y dolor le había crispado el cuerpo. Estaba encogida sobre sí misma, gritando sin poder contenerse.

Él le había prometido que iba a ayudarla, pero no sabía cómo hacerlo. Recordó la mochila y le pidió algún remedio para Haidee. Esperó un par de segundos y metió las manos en el interior de la bolsa, pero no halló nada.

Volvió a pedirle ayuda, pero la mochila no se la proporcionó. Amun soltó una maldición. ¿Acaso aquello significaba que Haidee no tenía salvación? No. Se negaba a aceptarlo. Haidee tenía que recuperarse; él la necesitaba. Nunca había necesitado tanto a una persona. Ella era la parte que le faltaba a su alma, y no sabía cómo había podido vivir tanto tiempo sin ella. Adoraba su fuerza, su valor, su inteligencia y la ternura con la que se ocupaba de él, tan en contraste con su apariencia sexy de chica dura. Adoraba la manera en que se entregaba a él, en que le entregaba su cuerpo para que él hiciera lo que quisiera, sin inhibiciones.

Él sólo tenía que besarla para que ella se llenara de vida entre sus brazos. Ninguna otra mujer le había respondido de aquella manera. Ella se deleitaba de verdad con sus caricias, y no se avergonzaba de pedir más. Hacía que él olvidara que tenían una misión, que olvidara que existía alguien más aparte de ellos dos.

Y lo había elegido a él. Haidee sabía cuáles eran las consecuencias de cortar lazos con los Cazadores, y de convertirse en su mujer, pero de todos modos lo había elegido a él.

No iba a abandonarla. Antes había pensado que podría hacerlo, que su tiempo terminaría cuando salieran del infierno. Se había equivocado. Iba a quedársela para siempre, tal y como le había dicho.

«Tengo mucho calor», gimió ella. «Calor».

Estaba hablando dentro de su mente, y Amun se dio cuenta de que su conexión era completa. La barrera que la había mantenido fuera de su mente, fuera cual fuera, se había caído. Seguramente, porque él había bajado la guardia por completo cuando había penetrado en su cuerpo.

Tenía que salvarla.

La tomó en brazos con delicadeza y la colocó sobre su regazo. Al principio, ella forcejeó, y, probablemente, cada uno de sus movimientos fue una tortura. Después, la nueva frialdad de la piel de Amun traspasó la suya, y, al sentir alivio, ella frotó la mejilla contra su pecho, gimió y se acurrucó contra él.

«Demasiado malos», gimió.

«¿Quiénes, cariño?».

«Los demonios».

¿Los demonios? Amun se quedó paralizado, sin atreverse a respirar. Había notado que Haidee tiraba de ellos, que ellos se resistían, pero su placer, el frío… le habían hecho perder la noción de todo lo demás.

«¿Están dentro de tu cuerpo?».

«Sí».

«¿Los míos?».

«Creo que sí».

¿Cómo era posible? Amun cerró los ojos y buscó en su mente, pero no encontró ningún rastro de la esencia repugnante que había estado a punto de destruirlo antes de que Haidee apareciera en su vida. No había impulsos viles, ni criaturas retorciéndose en su conciencia, ni recuerdos dolorosos esperando su oportunidad de salir a la luz.

Sólo Secretos permanecía con él. Amun oyó el suspiro de alivio y de alegría de la criatura. Los dos solos, otra vez. Él también debería sentirse feliz, pero estaba furioso consigo mismo, y no entendía cómo era posible que Haidee hubiera absorbido a todos los demonios salvo a Secretos. No lo sabía, pero podía averiguarlo… Y tal vez así pudiera salvarla.

«Vas a encontrar todas las respuestas, y vas a ayudarla».

Con entusiasmo, Secretos se abrió paso en la mente de Haidee. Se deslizó dentro con facilidad, porque no encontró barreras. La compuerta estaba abierta, y el demonio podía extraer todo lo que deseara.

Amun nadó por el mar interminable y agitado de los recuerdos en busca de lo que necesitaba. Tuvo que descartar muchas cosas, pero finalmente, sus esfuerzos tuvieron recompensa. La historia de la vida de Haidee se le reveló como si fuera un libro abierto.

Después de que los Señores del Inframundo fueran expulsados de los cielos y arrojados al mundo, Themis, la diosa griega de la Justicia, decidió equilibrar la balanza. El mundo había recibido a los demonios, y, por lo tanto, requería la presencia de asesinos de demonios. Ella controlaría a aquellos ejecutores, porque los ángeles, que ya eran asesinos de demonios, se negaban a obedecerla. Como no podía crear seres como Zeus, el dios de los reyes, Themis se vio obligada a encontrar otra manera de hacerlo.

Cuando oyó las plegarias de los padres de Haidee, supo la respuesta. La pareja era estéril y estaba desesperada por tener hijos. Y, en su desesperación, aceptaron la proposición de Themis. La diosa bendeciría el vientre de la madre y le daría una hija. La pareja podría criar a su hija durante diez años, y al final de aquel periodo, deberían entregársela a una persona elegida por Themis para que comenzara su adiestramiento. Sin embargo, no tendrían de qué preocuparse, porque la diosa los bendeciría con muchos más hijos.

Todo estaba decidido.

Los padres intentaron distanciarse de aquella primera niña y reservar su amor para el resto de sus hijos. Sin embargo, con una sola sonrisa de su pequeña, perdieron la batalla. La niña era dulce, dócil, buena. Observaba el mundo que la rodeaba pensativamente, siempre pensativamente.

Cuando se acercó su décimo cumpleaños, los padres se dieron cuenta de que preferían morir a separarse de ella.

Themis exigió que cumplieran su parte del trato. Sin embargo, la pareja impidió que una asesina de demonios aprendiera cómo llevar a cabo la voluntad de la diosa, así que la diosa decidió que morirían a manos de un demonio. Se haría justicia, una vez más.

La diosa ordenó al guardián del Odio que matara a toda la familia, Haidee incluida, porque Themis iba a empezar de nuevo, iba a encontrar a alguien nuevo a quien educaría en persona desde su nacimiento.

Odio obedeció con satisfacción.

Después de matar a los padres y a la hermana de Haidee, el inmortal se giró hacia la niña tocada por la diosa. Sin embargo, al mirarla a los ojos, recordó que Themis había querido, una vez, servirse de ella, y se dio cuenta de que tal vez aquella humana pudiera salvarlo. Si ella podía destruir al demonio que él llevaba dentro, le proporcionaría la salvación.

Así que Odio tomó a Haidee en brazos, con intención de esconderla hasta que pudiera averiguar cómo funcionaba su habilidad. Sin embargo, en cuanto la tocó sintió un frío extraño que le rasgó las entrañas. Tuvo una reacción instintiva, la apuñaló y la soltó, y huyó corriendo, porque el dolor que le había causado aquella niña era insoportable.

Con el paso de los días, Odio se dio cuenta de que la humana le había arrancado una parte pequeña de su demonio. Y poco a poco, se dio cuenta de lo que les ocurría a los guardianes que se separaban de sus demonios... En vez de seguir deseando romper las ataduras con la criatura, quería recuperar la parte que le faltaba. Sin embargo, cada vez que se encontraba con Haidee, ella moría antes de que él pudiera tocarla, como si Themis lo hubiera maldecido para siempre por no haber destruido a la niña, tal y como había prometido.

Secretos se maravilló ante la avalancha de información, como un niño en Navidad.

Y, sin embargo, todavía quedaban muchas preguntas por contestar... ¿Cómo había tomado Haidee un pedazo del demonio de un Señor? ¿Cómo era posible que el huésped de Odio no hubiera muerto? ¿Por qué Haidee no sabía que tenía a Odio dentro? ¿Por qué no sabía lo que pensaba, sentía o deseaba su demonio? Amun siempre lo sabía, y sus amigos también. ¿Por qué ignoraba ella que Odio era la causa de sus renacimientos y de las pérdidas de memoria? ¿Acaso era Themis la responsable?

¿Por qué se había quedado el demonio con ella, incluso después de que ella hubiera muerto, cuando el demonio de Baden había quedado libre cuando él fue asesinado, y el de Aeron también había quedado libre después de que él muriera?

Surgieron más respuestas… Aquella pequeña parte de Odio se había escondido dentro de ella, y aunque era lo suficientemente fuerte como para influirla, era débil para hacer cualquier otra cosa. Por eso, ella no sabía que aquel ser estaba allí, ni lo que sentía. Ella creía que los deseos y las necesidades del demonio eran suyas.

Y no era Odio quien le había devuelto la vida todas aquellas veces, sino Themis. Como Haidee había nacido de un vientre humano bendecido por una diosa, nunca había sido completamente humana. Así pues, nunca había muerto de verdad, como las almas que eran reanimadas en el infierno. La única diferencia era que su forma corporal podía caminar también en la tierra, como en el infierno.

Tanta información… Y sin embargo, no era suficiente.

Como había hecho con Odio, Haidee había absorbido los demonios de Amun. Secretos, sin embargo, era un Señor, más fuerte, y estaba vinculado a Amun por lazos divinos, mientras que los otros demonios sólo eran sirvientes y no tenían aquel vínculo.

Sin embargo, ella también había podido absorber a Secretos, pero no lo había hecho. Había tenido cuidado, aunque no se había dado cuenta de lo que les estaba pasando, tanto a Amun como a ella.

Entonces, ¿los demonios habían pasado a ser parte de Haidee?

No. ¡No! No podía permitirlo. Sabía lo perversas que eran aquellas criaturas y lo repugnantes que eran sus pensamientos, y no iba a permitir que Haidee sufriera de aquel modo. Sin embargo, ¿qué podía hacer? Esperó a que Secretos se lo dijera, pero en aquella ocasión no obtuvo respuesta. El demonio todavía estaba perdido en los recuerdos.

Haidee seguía acurrucada en posición fetal, gimiendo y llorando. Sus lágrimas le quemaban el pecho a Amun. Él dedujo el resto de lo sucedido: Haidee era una niña cuando había sufrido el primer ataque de Odio, y seguramente se había aferrado a aquella parte del demonio porque necesitaba una emoción para sobrevivir a las espantosas muertes de sus padres y de su hermana, que había tenido que presenciar.

Odio era parte de ella de igual modo que Secretos era parte de él, pero aquellos otros demonios eran nuevos y no habían tenido tiempo de formar ataduras con ella. Eso esperaba él. Además, los demonios tampoco desearían estar atados a ella y lucharían contra la conexión. Después de todo, Themis había conseguido que Haidee fuera una ejecutora de demonios. Eso significaba que Haidee tenía el poder necesario para vencer a la oscuridad que había en su interior, aunque no lo supiera, y los demonios tenían que notarlo.

No era de extrañar que la temieran tanto, que temieran su atracción y su frío.

Amun sintió una terrible culpabilidad porque, al entender todo aquello, se había dado cuenta de que él era el causante de su tormento. Ella lo había salvado, y él le había hecho daño.

«Haidee, cariño», le dijo, estrechándola con fuerza. «Necesito que me escuches».

«Me duele», gimió ella. «Me duele mucho».

«Ya lo sé, cariño, pero intenta concentrarte y escúchame. ¿Puedes hacerlo?».

Una pausa, y otro quejido. Después, un «sí» vacilante.

«Sí, Amun, me estás leyendo el pensamiento. ¿Cómo es posible?».

«Creo que, instintivamente, construí un muro mental para bloquearte cuando esos demonios estaban dentro de mí. En cuanto tú los tomaste, esa barrera desapareció. Ahora necesito que tú luches contra los demonios, cariño. Échalos de tu cuerpo, de tu piel».

«¿Cómo? Cada vez que me aproximo a ellos en mi mente, se escapan corriendo en todas direcciones».

«Acorrálalos».

«¡No puedo!».

«Sí puedes. Y lo harás. Hazlo, vamos», le ordenó él, adoptando un tono tan autoritario y desagradable como para enfadarla. «Hazlo, o te cederé a Strider. Si ahora crees que estás sufriendo, no te imaginas lo que te ocurrirá cuando él te ponga las manos encima. Te torturará, y yo lo animaré. Después haré el amor con otra mujer delante de ti».

Haidee se puso muy rígida.

«Canalla».

«Ya lo sé. Pues vamos, ponte bien y castígame».

«Lo estoy… intentando», respondió ella, y con dificultad estiró el cuerpo. Quedó tan tensa como la cuerda de un arco. «Siguen corriendo de un sitio a otro… como si fueran pequeñas moscas… No, estoy cerca, cada vez más cerca, y no pueden ir a ninguna parte… Están ahí…».

Arqueó la espalda, emitiendo un gruñido de dolor.

«¿Haidee? Háblame. Dime lo que está pasando».

«Los estoy empujando. Gritan porque quieren salir».

«Así, cariño. Lo estás haciendo muy bien. Estoy orgulloso de ti. Sigue empujándolos», le dijo él, y pasó las palmas de sus manos frías por su cuerpo para intentar refrescarla. «Empújalos hacia fuera, y después corta los lazos que te unen a ellos, ¿entiendes?».

Lentamente, la piel de Haidee comenzó a oscurecerse, a volverse de un gris enfermizo. Lo estaba logrando. Los estaba eliminando. Él sentía la malevolencia que salía de ella.

El alivio intensificó su urgencia. Siguió moviendo las manos por su cuerpo, intentando tocarla por completo, a la vez.

«Así debes hacerlo».

«El hielo. Sí, el hielo. Lo necesito. Lo necesito…». Haidee comenzó a gritar. Gritó hasta que se le quebró la voz mientras la oscuridad salía de ella y se traspasaba al aire como si estuviera hecha de motas de polvo, antes de escapar de la cueva.

Ella lo arañó hasta que le hizo sangrar. Se agitó salvajemente y luchó, pero él no la soltó. Por fin se desplomó en su regazo, en silencio, como si hubiera perdido todas las fuerzas y no pudiera casi ni respirar.

Amun no dejó de arrullarla. Le susurró todo lo que había averiguado sobre su pasado, porque sabía que ella querría conocer hasta el último detalle. Le prometió que nunca permitiría que nadie, ni dioses, ni demonios, ni humanos, le hicieran daño. Y poco a poco, ella fue recuperándose.

«Siempre tuve la sospecha de que eras, en parte, diosa. ¿Sabes?», le preguntó Amun.

Una sonrisa débil, triste.

«Casi no puedo asimilarlo. Elegida y traicionada por la diosa de la Justicia. En el punto de mira de Odio. Y en parte, Odio yo misma. Es decir, que soy un demonio, pese a que me he pasado toda la vida luchando contra demonios. Varias vidas. Es irónico, extraño, y yo... yo... Lo odio. Odio», dijo, y soltó una carcajada amarga. «Ahora todo tiene sentido».

«Nadie puede echarte la culpa de lo que ha pasado».

«Yo sí. Yo me culpo».

«No deberías hacerlo».

«Quiero negarlo todo, pero no puedo».

«Eres una mujer maravillosa, y lo que hemos averiguado hoy no altera eso».

«Gracias, Amun. Gracias por todo lo que has hecho, y por todo lo que has dicho. Por seguir apoyándome, pese a todo».

«Ahora, duerme, cariño».

«Sí».

Al final, su carne y su piel perdieron el matiz grisáceo, y recuperaron su precioso color dorado. Incluso la fiebre bajó. Amun también se desplomó de cansancio, con un alivio tan grande que casi era asfixiante.

Haidee pasó horas durmiendo mientras su cuerpo se

fortalecía. Aunque él estaba exhausto, no durmió. Permaneció despierto, alerta, vigilante. Y, como siempre, se excitó sólo con estar cerca de Haidee. Y más que nunca, al pensar en lo cerca que había estado de perderla.

Ella estaba desnuda, él estaba desnudo, y su olor suave le impregnaba las fosas nasales. Tenía sus senos apretados contra el pecho y sus piernas estaban entrelazadas. Pronto, Amun estaba sudando, y el frío de su interior había desaparecido. Necesitaba confirmar que su mujer vivía, que su vínculo no se había roto.

«Está demasiado débil. Necesita tiempo para recuperarse».

Además, había estado a punto de matarla al hacer el amor con ella. No volvería a correr ese riesgo. Estaría con ella, la protegería y la cuidaría, pero nunca volverían a hacer el amor.

—No estoy demasiado débil —murmuró ella en tono somnoliento, y le acarició el pecho con la frialdad de su respiración—. Nunca estaré demasiado débil para eso.

Él tomó aire. En aquel momento lo supo. Supo que ella iba a ponerse bien. La abrazó con tanta fuerza que temió romperle los huesos, pero no podía contener su reacción ni mitigar la necesidad de abrazarla y no soltarla nunca.

—Hazme el amor —le dijo ella—. Recuérdame que estoy viva.

«No, cariño. No. Sólo vamos a abrazarnos».

—Pero, ¿por qué?

«No sé si hay más demonios dentro de mí, o si vas a arrastrar a Secretos a tu interior. Secretos es un Señor, y los demonios que tú absorbiste sólo eran sirvientes. Puede ser muy peligroso».

—Pero había cientos de demonios.

—Ni siquiera miles de demonios podrían compararse a un Señor.

Ella suspiró.

—Seguramente, eso es cierto.

«¿Todavía tienes ese fragmento de Odio dentro de ti? ¿O lo has eliminado también?».

—Todavía está conmigo. Siento la emoción. Es más débil que antes, pero sigue ahí.

«Bien».

—¿Bien?

«No quiero correr el riesgo de perderte. Yo moriré si me separo de Secretos, y me temo que a ti te ocurriría lo mismo si te separas de Odio».

—Ah… sí —dijo ella con decepción—. Eso se me había olvidado.

«¿Te molesta que yo siempre vaya a ser un demonio?».

—No, en absoluto —respondió ella—. Te acepto tal y como eres.

Hasta aquel momento, Amun no se había dado cuenta de lo mucho que deseaba oír aquellas palabras.

Haidee le dio un beso en el esternón.

—Todavía estoy impresionada. Pero todo esto explica muchas cosas, ¿sabes? Explica por qué me costaba tanto querer, y por qué la gente siempre sentía desagrado hacia mí al conocerme. Y por qué, a veces, la gente se pone de mal humor en mi presencia.

«Lo siento. Siento que te ocurriera todo esto».

—Yo también debería sentirlo. Pero ha sido lo que me ha llevado a ti, así que…

Él le dio un beso en la sien para agradecérselo.

«Me pregunto cómo pudiste atraer a ese fragmento de Odio a tu interior sin matar al huésped. Y me pregunto cómo es posible que absorbieras a Odio, pero no a Secretos».

—Por lo que tú me has dicho, el huésped de Odio quería que yo lo liberara, por lo menos hasta que comenzó a sentir dolor. Después cambió de opinión. Tú no querías que yo me llevara a Secretos. Tal vez eso tenga algo que ver.

«Tal vez».

–O tal vez yo quisiera hacerle daño a él, pero no a ti.

«Eso parece más lógico. Pero de cualquier modo, yo no quiero que tengas que pasar por esto de nuevo».

Entonces, Haidee frunció el ceño, se incorporó y se sentó a horcajadas sobre la cintura de Amun.

–Entonces, ¿piensas negarnos el estar juntos para el resto de nuestra vida?

«Sí».

Aquella palabra que pasó de la mente de Amun a la de Haidee tenía un tono de irritación. La deseaba, y resistirse a ella iba a ser una tarea casi imposible. Ella no se lo iba a poner fácil, sino muy difícil.

Haidee arqueó una ceja, y sus ojos adquirieron un brillo de picardía. Posó las palmas de las manos sobre sus pectorales y dijo:

–No puedo creer que me hagas recurrir a la violación, Amun.

«Haidee…».

Al instante siguiente, ella alzó las caderas y, de golpe, acogió su erección en el cuerpo. Ya estaba húmeda, y lo tomó con facilidad. Emitió un gemido silencioso de gozo. Dejó caer la cabeza hacia atrás y le clavó las uñas.

–Haré lo que sea necesario para demostrarte que el único modo en que puedes hacerme daño es negándome esto. Pero bueno, tenías que haberte esperado este comportamiento, porque soy un demonio…

«No deberías haberlo hecho… Tienes que… Oh, por los dioses…».

Amun no fue capaz de reprimirse, y arqueó la espalda para clavarse completa y profundamente en ella. Emitió un grito ronco que reverberó en las paredes de la cueva, y temió que las palabras comenzaran a brotar de sus labios. No ocurrió. Así que se obligó a recuperar la inmovilidad, jadeando, entre el temor y la esperanza.

Mientras ella le presionaba los costados con las rodillas, mientras temblaba por el placer de tenerlo dentro, Amun pensó que nunca la había visto tan bella. Nunca la había visto tan pagana, tan… suya.

«Haidee…», jadeó, «no debería haberme permitido entrar en tu cuerpo. Tienes que quitarte… tienes que moverte, demonios».

Ella no lo hizo. Permaneció quieta, observándolo.

Él la agarró con fuerza por la cintura. Ella estaba tan húmeda, tan maravillosamente fría por dentro, que lo estaba matando con su negativa a apartarse de él.

Por fin, Amun se desplomó contra el suelo. No tenía fuerzas para empujarla, pero tampoco tenía valor para urgirla a que continuara. No quería hacerle daño, no quería ponerla en peligro.

«Haidee», dijo de nuevo.

—No te preocupes, cariño —le susurró ella con la voz ronca—. Esta mujercita va a hacer todo el trabajo.

Capítulo 26

«Todo el trabajo…».

Por los dioses, verdaderamente lo iba a matar.

Sobre todo, teniendo en cuenta que ya no había secretos entre ellos, y Amun sabía que ella podía leerle el pensamiento con tanta facilidad como él a ella, y sabía también por qué Haidee estaba haciendo aquello. Había notado su miedo, su decisión de no volver a hacer el amor con ella, y aunque ella también tenía miedo, estaba dispuesta a arriesgarse. A intentarlo otra vez.

Pero había algo que él deseaba por encima de aquel exquisito placer, y era que Haidee estuviera segura.

«Secretos, ¿sabes lo que le ocurrirá si… vuelvo a tomarla?».

Su demonio seguía perdido en la mente de Haidee, empapándose de todos sus recuerdos.

¡Maldición! Haidee no había vuelto a moverse desde su anuncio; quería darle el tiempo necesario para que asimilara sus planes. Seguía allí sentada, con él dentro de su cuerpo; si él hubiera sido más fuerte, la hubiera apartado. Pero no lo era; era un guerrero que por fin había encontrado a su mujer. Un guerrero que quería poseerla en cuerpo y alma. Un guerrero que necesitaba dejar clara su posesión, advertirles a todos los demás hombres que se mantuvieran alejados.

–Lo haré despacio, ¿de acuerdo? Suéltame las caderas y te llevaré al paraíso.

«No», consiguió decir él. «Tengo que protegerte, incluso de mí mismo».

–Entonces, ¿quieres que lo haga deprisa?

«¡No!». Oh, por todos los dioses, sí.

–Bueno, ¿y qué tengo que decir para que cambies de opinión? Necesito tu fuego, Amun. Tu calor –le respondió ella. Y mientras hablaba, se inclinó hacia delante, y movió con su cuerpo la erección de Amun, haciéndolo gruñir. Apoyó las manos a cada lado de su cabeza y posó los senos en su pecho. Sus pezones lo apuñalaron, y su boca descarada quedó justo encima de la de él–. Y creo que, tal vez, tú necesites mi frío.

Aquella ligera vacilación reveló algo que sus pensamientos y su tono de voz no habían dejado entrever. Incertidumbre. Ella temía no ser capaz de satisfacerlo sexualmente, ser demasiado fría, hacerle daño.

Amun no podía permitir que Haidee se atribuyera defectos, ni que se cuestionara el poder que tenía sobre él. Cuanto mejor entendiera lo profundos que eran sus sentimientos por ella, más segura se sentiría, y él quería que se sintiera segura.

Mientras Haidee le mordisqueaba el labio inferior, él le soltó las caderas y deslizó las manos bajo las de ella, junto a sus sienes. Ella lo miró con sus ojos luminosos, y con desconcierto, como si no entendiera lo que él le estaba ofreciendo.

«Esta vez tampoco tengo preservativo», dijo.

A ella se le dilataron las pupilas al darse cuenta de lo que significaban aquellas palabras. Rendición. Él se estaba entregando, le estaba dando lo que quería e iba a compartir aquel momento con ella.

–¿Te importa? –le preguntó Haidee con una expresión radiante.

«No», dijo él. Al imaginársela embarazada, tan radiante como estaba Ashlyn embarazada de los mellizos de Maddox, estuvo a punto de alcanzar el orgasmo sin una sola acometida. «¿Y a ti?», le preguntó con la voz ahogada.

—No —susurró ella.

«Entonces muévete, cariño. Deja que te dé mi fuego mientras me deleito con ese hielo». Cuando ella intentó levantarse, él le apretó las manos y la mantuvo en la misma posición. «Así».

—Sí —susurró ella. Usó las piernas como apoyo y se deslizó por su longitud, consiguiendo que los dos jadearan.

«Ahora, bésame».

Ella obedeció, e inmediatamente él abrió la boca y acogió su lengua. Estaba fría y húmeda, tal y como a él le gustaba. Ella tenía el sabor de sus fantasías más apasionadas; borró todos sus pensamientos y sus preocupaciones, y dejó sólo el deseo. Él tuvo que contener la necesidad de acometer con dureza, con rapidez. En aquella ocasión harían las cosas despacio; si en algún momento, le parecía que Haidee sufría algún dolor, encontraría la fuerza para apartarse de ella.

Ella se movió hacia arriba y hacia abajo sobre su cuerpo, hasta que los dos estaban jadeando en la boca del otro, susurrando sus nombres, creando una fricción deliciosa. Él tenía la sangre hirviendo, y le transmitía su calor a ella. Y la sangre de Haidee debía de estar congelándose, porque ella le transmitía su frío a él. Ambos estaban envueltos en hielo y en fuego, y una sensación alimentaba la otra.

«Demasiado rápido», murmuró él, aunque se estaban moviendo a un ritmo lánguido. «¿Sientes algún dolor?».

—Me siento tan… bien…

Él deslizó la lengua por sus labios hasta su mandíbula, y después, por su oreja. La mordisqueó con delicadeza y bajó hacia el cuello, y se detuvo en el lugar donde su pulso latía enloquecidamente, y succionó para atraer la sangre hacia su lengua. Aquello le produjo un estremecimiento de placer a Haidee.

—¿Amun?

«Sí, cariño…».

—Yo… te quiero.

«¿Q-qué?», balbuceó él. ¿Podía albergar la esperanza de que ella le hubiera dicho que…?».

—Te quiero —repitió Haidee.

«Oh, cariño». Ella lo era todo para él. Todo. Después de aquella declaración no hubo más contención. No hubo languidez, ni lentitud, ni un camino seguro hacia el clímax. Amun la hizo rodar y le soltó las manos; agarró sus rodillas y la abrió tanto como pudo. «Dímelo otra vez».

—Te quiero.

Él salió de ella casi por completo, y volvió a hundirse en su cuerpo.

«Otra vez».

A ella se le escapó un grito de entre los labios.

—Te quiero.

«De nuevo».

Dentro y fuera, rápido, con fuerza. El calor fue extendiéndose, y el hielo consumiéndolo todo. Él la miró a los ojos y se perdió en ellos.

—Te quiero —repitió Haidee, y le clavó las uñas en la espalda mientras movía la cabeza de un lado a otro.

Los movimientos bruscos continuaron; él le soltó una de las piernas y la situó entre las suyas, y aquella nueva posición disminuyó el espacio que había entre el centro de su feminidad y su erección; el extremo redondeado le rozaba el clítoris a cada embestida.

Ella comenzó a jadear incoherencias, y él también. Pero eran expresiones de placer, no de dolor. Y, si Amun había pensado que su primera vez había sido muy intensa, supo que estaba equivocado. Haidee lo quería. Él poseía el corazón de Haidee, igual que Haidee poseía el suyo. Sus cuerpos estaban unidos, pero también su espíritu, y formaban parte el uno del otro para siempre.

El alivio y el éxtasis se adueñaron de él y, sin pensarlo, Amun mordió aquel punto del cuello que había estado acariciando con la lengua. Inmediatamente, ella jadeó y se puso rígida. Arqueó la espalda, alzó las caderas y lo acogió tan profundamente como pudo, y sus paredes internas lo estrecharon para extraerle toda la simiente.

Amun explotó. Le dio hasta la última gota, la lleno, la marcó, la reclamó por completo.

«Mía, mía, mía». No era ningún secreto. Ni para él, ni para su demonio, ni para Haidee.

Finalmente, cuando no le quedó nada, se desplomó encima de ella. Y ella no se quejó, porque estaba tan agotada como él. Él viró un poco el cuerpo para no aplastarla, pero no se apartó ni salió de su cuerpo. No quería perder aquella conexión.

«¿Te duele?».

Ella tenía los ojos cerrados.

–No. Estoy muerta.

Él se echó a reír suavemente.

«Entonces, ¿mi mujer está satisfecha? ¿Aunque haya tenido que hacer la mayor parte del trabajo?».

Haidee abrió los ojos.

–Entonces, ¿soy tu mujer?

Amun se puso serio.

«Para siempre».

–¿Y no…? –preguntó ella, pero se interrumpió y se humedeció los labios–. ¿No vas a decirme esas palabras?

Amun le acarició la frente con una mano temblorosa. Él había querido oírlo, y era lógico que ella también lo deseara. Se avergonzó por no habérselo dicho antes. Había sido un egoísta al disfrutar de su declaración y no hacer la suya.

«Te quiero, Haidee. Te quiero tanto que me duele».

Ella se relajó, aunque él no había sentido que se pusiera tensa.

—¿Y me perdonas por lo que hice hace tantos siglos?

«Cariño, ¿qué tengo que perdonarte? Estabas tan dominada por tu demonio como yo lo estaba por el mío.

Las lágrimas comenzaron a correr por las mejillas de Haidee, mojándole la piel.

—Mi demonio. No creo que consiga acostumbrarme a esas palabras con respecto a mí misma.

«Pero es cierto. Tomaste una parte de Odio, pero no sabías cómo expulsarlo. Esa parte se fundió contigo, se convirtió en parte de ti, en tu impulso».

Ella posó la palma de la mano sobre su corazón.

—Tus amigos no lo entenderán nunca. No me aceptarán.

Él le tomó la barbilla y la obligó a mirarlo.

«Tú eres lo primero para mí. Te aceptarán, o me perderán a mí».

—Pero yo no quiero que los pierdas a ellos. Los necesitas.

«Te necesito a ti».

—¿Y si absorbo accidentalmente sus demonios?

«No lo harás».

—¿Y cómo lo sabes?

«Porque igual que en mi caso, no querrás hacerlo. Por lo tanto, no sucederá».

—¿Confías tanto en mí?

«Sí».

Ella le rodeó el cuello con los brazos y escondió la cabeza en el hueco de su hombro. Continuó llorando, y las lágrimas se convirtieron en cristales de hielo que a Amun le rompían el corazón. Los sollozos sacudieron el esbelto cuerpo de Haidee.

«¿Qué te ocurre, cariño? Quería que te sintieras feliz, no triste».

–Soy feliz. Nunca había sido feliz. Bueno, durante un tiempo sí, con mis padres, cuando decidieron que se quedarían conmigo, supongo. Pero después, cuando Odio los torturó, le pidieron que me llevara consigo, y eso me hizo daño. Ahora, sé que tú siempre me pondrás por delante de todo, y no debería dejar que lo hicieras. Ni por mí, ni por nadie. Sé que estoy balbuciendo, pero si dejo que hagas eso, después serás infeliz.

«¿Infeliz? ¿Por qué, estás pensando en dejarme?».

«No, hombre deliberadamente obtuso. Soy demasiado avariciosa».

Él se echó a reír de nuevo.

«Siempre y cuando esté contigo, nunca podré ser infeliz».

–Tus amigos…

«Te aceptarán».

Secretos permaneció en silencio. Tal vez el demonio conociera la verdad de sus reacciones, o tal vez no. De todos modos, Amun tenía planeado hacer todo lo posible para que sus amigos aceptaran de verdad a Haidee.

Si no podían hacerlo, bien. Él se marcharía. Los echaría de menos, y siempre los querría, pero se marcharía. Si la amenazaban, se marcharía. Si intentaban hacerle elegir entre ellos y Haidee, lo perderían. Sin duda.

Su corazón latía por aquella mujer. Vivía por aquella mujer. Ella había soportado muchos horrores, y se merecía sentir placer. Y él se lo proporcionaría. No había nada que pudiera interponerse en su camino.

Era increíble. Había sobrevivido del único modo que sabía, con agallas, valor y decisión, sin darse cuenta de que estaba luchando consigo misma, además de con el mundo. Con Odio formando parte de ella, seguramente no habría sido capaz de amar; ella misma había admitido que el amor no era fácil para ella. Sin embargo, de nuevo había demostrado lo increíble que era. Su amor era más fuerte que la oscuridad que reinaba en su interior.

La tuvo entre sus brazos hasta que se calmó, acariciándola y susurrándole palabras de consuelo. Entonces, le besó la sien.

«Quiero que sepas que no me voy a separar de ti, cariño, y que no me voy a arrepentir de haberte elegido. Estaré contigo para siempre, como te dije».

–¿Cómo puedes quererme? –le preguntó ella entre hipos.

«¿Y cómo puedes quererme tú a mí?

–Te quiero porque eres parte de mí.

«Exacto».

Ella volvió a estrecharlo contra sí, y él sintió un suspiro frío.

–Has expulsado a los demonios –dijo Haidee somnolienta–. Ya no tenemos por qué quedarnos aquí.

Tenía razón. Su misión había terminado. Sin embargo, él todavía no quería salir de su cueva. Quería tener a aquella mujer para sí durante un poco más de tiempo.

«Será mejor que durmamos, y cuando despertemos, llamaremos a Zacharel. Él nos trajo aquí, así que podrá llevarnos de vuelta a la fortaleza».

–De acuerdo.

«Pero antes de irnos, vamos a pedirle a la mochila las herramientas para tatuarte».

Amun quería borrar el nombre de Micah de su piel, y añadir el suyo.

–Buena idea. Tu nombre puede ser el primero en figurar en el brazo que no tengo tatuado.

«Más que mi nombre. Vas a llevar un párrafo entero explicando lo mucho que me quieres».

Haidee se rió, y el sonido de su risa deleitó a Amun. Lo excitó. Demonios, todo en ella lo excitaba.

«¿Quiénes son los demás? ¿Skye? ¿Viola?».

–Skye me salvó la vida una vez. Éramos prisioneros, y yo estaba herida y no podía huir sola. Y Viola está poseída por el demonio del Narcisismo. Luchamos. No recuerdo quién venció.

Secretos podría ayudarla con eso.

«Tendremos que enviarte notas sobre ti, entonces. Y también fotografías». Si podía encontrar una cámara que fuera capaz de capturar una imagen de su cara, claro. Su demonio se las arreglaba para distorsionar todas sus imágenes, incluso los dibujos. De todos modos, no iba a correr ningún riesgo. Haría todo lo que estuviera en su poder para defenderla, incluso moriría por ella, pero de todos modos, iba a cubrirse las espaldas en todos los sentidos. Por si acaso.

–Otra buena idea –respondió Haidee con un bostezo.

«Ahora, duerme, cariño».

–Sí.

Se quedó dormida casi al instante, y su cuerpo se relajó contra el de él.

Él quería que todas las noches terminaran exactamente así, con Haidee encima de su cuerpo, saciada y segura. Y quería despertarse todas las mañanas con ella entre los brazos. Harían el amor, hablarían y compartirían su vida.

Amun estaba sonriendo mientras él también se quedaba dormido.

Capítulo 27

Unas garras arañaron una pared cercana.

–Haidee.

Aquel aullido sobrenatural resonó cerca, junto al susurro de una túnica.

«Sangre, un río de sangre entre su madre y su padre. Los dos indefensos… muertos».

Haidee abrió los ojos de golpe, con un nudo de miedo en el estómago. Conocía aquellos sonidos, y aquella voz. Se dijo que sólo era una pesadilla, u otro reino del infierno. No podía confiar en nadie, ni en nada. Sólo en Amun. Había aprendido bien la lección.

–Pequeña Haidee –dijo la voz, canturreando–. Sé que estás cerca. Te huelo.

Por favor, que sólo fuera una pesadilla u otro reino del infierno.

–No puedes esconderte de mí, pequeña Haidee. Tienes algo que es mío. Mío, mío, mío. Y por fin, vas a devolvérmelo.

«Sangre, un río de sangre entre su madre y su padre. Los dos indefensos… muertos».

–Haidee… También te escondías cuando eras pequeña. ¿No te acuerdas? Yo sí. Los gritos y la sangre. Las súplicas. Tu hermana gritó como un cerdo cuando le hundí la hoja del cuchillo en el vientre. Tu madre me rogó que parara, que te llevara si quería. Tu padre… bueno, él fue el primero en morir, ¿no?

Haidee se encogió. Tuvo que contener una náusea. No era una pesadilla; había demasiada alegría en aquella voz. Había demasiados recuerdos espantosos y reales.

Odio estaba allí.

El demonio la había encontrado y había ido a buscarla. Otra vez.

Mientras la negación se repetía en su cabeza, «por favor, ahora no, por favor», Haidee se puso en pie de un salto, mirando a su alrededor. No lo vio, pero eso no disminuyó su pánico. Todavía estaba en la cueva, y Amun estaba tendido en el camastro que había preparado para ellos dos.

Él debió de despertarse al sentir sus movimientos, o tal vez hubiera oído las provocaciones de Odio. Tenía los ojos abiertos. Se sentó, se puso los pantalones y tomó dos cuchillos sin tomarse tiempo para poder aclararse la cabeza.

No hizo preguntas. Tal vez no lo necesitara. Desde que habían hecho el amor por segunda vez, estaban totalmente conectados, y ella había sentido las emociones que Amun albergaba hacia ella, la dulce profundidad de su amor.

—Haidee —dijo Odio. Cada vez estaba más cerca—. Sal, sal de donde estés.

Amun la agarró del brazo y se la llevó hacia la única entrada de la cueva, y la protegió detrás de su cuerpo. Se preparó para atacar y esperó.

—Haidee, muchacha. Muchacha muerta. Tienes lo que es mío. No vas a morir antes de que yo pueda tomarlo. Esta vez no. Eso llegará después.

Ella apretó los dientes.

—¿Qué es lo que has planeado? —le susurró a Amun—. No es humano.

«Ya lo sé», respondió él. «Secretos lo sabe». Es más

que un inmortal. Es hijo de la diosa Themis. Siempre disfrutó matando y torturando. Por eso lo enviaron al Tártaro.

Ella no pudo disimular su repentino terror. Se le aceleró la respiración. Odio era hijo de una diosa, y por lo tanto, él también era un dios. ¿Cómo iban a vencer a un dios?

Secretos proyectó imágenes de Odio a través de la cabeza de Amun, y de Amun, a ella. Odio era muy rápido y muy fuerte. Haidee era la única persona que había conseguido escapar de él, y lo había conseguido sólo porque su frío le había sorprendido. En aquella ocasión no se dejaría sorprender.

—No podemos enfrentarnos a él. Vamos a perder.

«Yo luchaba contra los dioses todo el tipo cuando vivía en los cielos», dijo Amun.

—Sí, pero eso fue hace miles de años, y tenías un ejército inmortal de tu lado. En este momento sólo estamos tú y yo. Nos va a matar.

«Se nos ocurrirá algo».

Secretos no estaba de acuerdo, y ella lo percibió también.

—Hagamos lo que hagamos, vamos a morir hoy —dijo Haidee sin ambages. El demonio ni siquiera estaba intentando ocultárselo. Sin embargo, ella no sentía que aquél fuera el momento de su muerte. Necesitaba más tiempo.

«No. Tú no vas a morir. No lo permitiré».

Pese a sus palabras, Haidee notaba el miedo de Amun con tanta claridad como la seguridad de Secretos. Tuvo que contener el pánico, porque de lo contrario sólo conseguirían alterarse más el uno al otro. Alguien tenía que permanecer en calma. Alguien tenía que sacar de allí a Amun con vida.

Para ella era demasiado tarde.

—Escúchame —dijo. Mientras hablaba, se obligaba a aceptar el futuro. Iba a morir, e iba a sufrir, pero, ¿y qué?

Ya le había sucedido antes. Y en aquella ocasión lo haría por Amun. No había un motivo mejor–. Dentro de pocos días estaré en mi cueva. No –le dijo apresuradamente cuando él le clavó la mirada–. No digas nada. Y no… no vengas a buscarme. No te recordaré, y te atacaré. Pero creo… –o al menos, ésa era su esperanza–, que soñaré de nuevo contigo y, cuando el odio se calme, iré a buscarte. Estaremos juntos de nuevo.

«Tú no vas a morir. Esta vez no. Yo moriré antes».

Aquél era el mayor miedo de Haidee.

–Sólo… deja que él intente atacarme –le rogó–. Ya lo has oído. Quiere recuperar a su demonio, y no se va a marchar sin él.

«No va a marcharse de ninguna manera».

Oh, Amun. Obstinado hasta el fondo.

–Hay algo distinto esta vez. Antes, él siempre mantenía la distancia cuando me encontraba, porque tenía miedo de tocarme. Esta vez no creo que esté asustado.

«Sí lo está. Un poco».

Pero no lo suficiente.

–Bien –dijo ella, intentando fortalecerse–. Puedo aprovechar esa ventaja. Tú quédate aquí, y yo…

«¡No!».

Sabía que estaba insultando al guerrero que había en Amun, pero no quería que arriesgara la vida. Ella volvería; él no.

–Amun, por favor, escúchame. No quiero que luches con él. Es un dios.

«Es un semidiós». Y no puedes impedírmelo.

–Como quieras. Ya sabes cuál será el resultado. Los dos lo sabemos. Tu demonio no es…

–Haidee… mío, mío. Tienes algo que es mío…

Odio no entró por la boca de la cueva. Atravesó las paredes de roca y apareció ante Amun.

–Por fin estamos juntos de nuevo. Por fin, la ladrona

tendrá que devolver lo que robó. Me quitaste algo que es mío. Lo quiero.

—¿No te repites demasiado? —le preguntó ella.

Sin embargo, tuvo náuseas al verlo. Como siempre, llevaba una túnica negra, y la cara cubierta por la capucha, entre sombras impenetrables. Flotaba a pocos centímetros del suelo.

«No te acerques a él», le gruñó Amun, y dio un paso hacia delante para separarse de ella, «y no me toques, ¿de acuerdo?¿Necesitamos trabar conversación con él para averiguar la mejor manera de vencerlo».

«De acuerdo», pensó ella. Mintió. Tal vez. No estaba segura. ¿Y por qué no podía tocar a Amun? Cuando su hombro la presionaba, ella podía leer su mente, a su demonio. En aquel momento no tenía nada.

Amun asintió con tirantez para que ella supiera que había oído su respuesta antes de que su conexión se hubiera disipado.

Odio no había dicho nada, se había limitado a observarlos. En aquel momento emitió un rugido.

—Habéis estado juntos. Demonio y Cazador —dijo con ira—. Tú no mereces placer, Haidee, muchacha mía. Mía. Después de lo que me hiciste, sólo te mereces el dolor.

—Lo que ha pasado aquí no es asunto tuyo —replicó ella, alzando la cabeza.

«Haidee, ten cuidado. He dicho que trabemos conversación con él, no que lo enfurezcamos».

Bien, todavía podían hablar el uno con el otro.

«¿Y qué puedo decirle para que quiera charlar, en vez de hacer lo que ha venido a hacer?».

«No lo sé».

Antes de que ella pudiera responder, Odio habló de nuevo.

—Quiero lo que es mío, y vas a dármelo.

Amun extendió un brazo para evitar que Haidee se adelantara, o que Odio la atacara. Ella estuvo a punto de apartar aquel brazo, pero recordó que él le había dicho que no debían tocarse. Demonios, quería salvarlo, no ofrecerlo como sustituto de la cena de Odio.

—¿Es que no vas a responder, pequeña Haidee? ¿Haidee muerta?

—¿Y si decido quedármelo para siempre? —inquirió ella, pese al mandato de Amun.

«Maldita sea», dijo él. «¿Es que quieres empezar el combate? Necesito un poco más de tiempo. Me cuesta descifrar sus pensamientos».

Odio apretó las garras que asomaban por las largas mangas de su túnica.

—Vas a darme lo que es mío. Dámelo ahora.

—No —dijo ella, con una calma fingida—. No creo.

Comenzó a soplar un viento fantasmal que agitó el bajo de la túnica.

—Te obligaré.

—¿De verdad? ¿Y por qué no lo has hecho ya?

Viento. Viento, mucho viento.

Si no tenía más cuidado, aquel monstruo iba a atacarla hiciera lo que hiciera, o dijera lo que dijera.

—¿Moriré si te doy lo que quieres? —preguntó para darle la impresión de que estaba sopesando su petición.

«Bien», dijo Amun. «Eso está mejor».

—Dámelo.

Haidee se dio cuenta de que él no había respondido a su pregunta.

—¿Sabes una cosa? Si quieres recuperar tu pedazo de demonio, tendrás que venir aquí por él.

«¿Cómo?», gritó Amun, y la roca de la caverna vibró al recibir el impacto de su rabia.

«Como ya te he dicho, él no puede hacer esto solo, o lo habría hecho ya. Necesita mi colaboración. Sólo se lo estaba recordando».

Odio irradiaba tensión.

—Vamos, Haidee, ¿Qué manera es ésa de hablarle a tu amante?

Por primera vez en tantos siglos, Odio se apartó la capucha de la cabeza y dejó ver su rostro. Haidee se quedó boquiabierta y espantada. Era grotesco. Tenía la piel podrida y le faltaba la mayoría del pelo. Sólo tenía algunos parches de cabello fino y quemado. En vez de ojos tenía un par de agujeros negros de desesperación.

—Tú nunca has sido mi amante —le espetó ella.

—¿Estás segura? —preguntó él. Ante sus ojos, se transformó. Su piel se suavizó y se oscureció. Le creció un pelo espeso y negro, brillante como la seda. En las cuencas oculares aparecieron dos preciosos ojos castaños.

En pocos segundos, el guapísimo Micah apareció ante ella. Era idéntico a Amun, pero no le producía la misma chispa de atracción.

—No —dijo ella, agitando la cabeza violentamente—. ¡No!

Debería haberlo sabido. Debería haberse dado cuenta. Tenía que haber analizado las señales, como por ejemplo, el hecho de que no estuvieran bien juntos. Micah y ella nunca habían sido amantes.

«Él no era el Micah con el que tú estabas, cariño», le dijo Amun, para calmar su disgusto.

—Sí —dijo Odio—. Te conozco mejor de lo que tú misma te conoces, y sabía que querías esta cara. Por lo tanto, te la di.

«Está mintiendo, te lo juro. Pero haz que siga hablando. Mi demonio está investigando toda su mente y estamos muy cerca de saber cómo podemos vencerlo».

—¿Cómo me has encontrado? —gruñó ella.

Odio la fulminó con la mirada, pero respondió.

—Por la llamada telefónica. Cuando oí tu voz, sólo fue cuestión de horas encontrarte. Admito que no esperaba que estuvieras aquí, apestando a otro demonio.

–Entonces, ¿tienes el rostro de Micah? ¿Cuánto tiempo llevas siendo él? ¿Dónde está el Micah verdadero?

–Tal vez fuera tu Micah durante todo el tiempo.

«No», dijo Amun. «Se convirtió en Micah pocos días después de que Strider te atrapara».

¿Le estaba revelando Secretos la verdad? Porque ella creía a Amun. Siempre. Lo que significaba que nunca había besado a aquella criatura, ni había estado a su lado en las misiones. Sólo con Micah. Su alivio fue enorme.

–Y ahora, él está...

–¿Muerto? Sí. Yo lo maté. ¿Y sabes una cosa? Mientras estaba muriendo, le mostré tu cara –dijo Odio–. Le dije lo mucho que lo despreciabas.

«Eso es verdad. Lo siento».

Muerto. Micah había muerto. Odio lo había matado con crueldad, haciéndole pensar que ella lo detestaba. Aunque nunca lo había amado de verdad, sufrió por su pérdida. Pese a sus defectos, él siempre había luchado por aquello en lo que creía.

–¿No tienes nada más que decir, Haidee muerta, antes de que mate también a este guerrero? Y mientras lo hago, te obligaré a mirar, a menos que me des lo que quiero. Ahora, ahora, ahora.

Haidee miró a Amun.

«¿Has hallado el modo de matarlo sin luchar con él?».

Amun apretó la mandíbula. Pasaron varios segundos.

«No».

Aquel titubeo... Amun estaba mintiendo. Y de repente, aunque no se estuvieran tocando, ella entendió lo que él quería ocultarle.

«Si le quito el demonio por completo, morirá, como morirías tú si te despojaran del tuyo, ¿verdad?».

«Haidee, no puedes hacer eso. Te quedarías para siempre con Odio, y el demonio te dominaría. O lo eliminarías, y morirías».

«No me importa. Si muero, volveré».

«Y no quiero que lo toques».

Ella tampoco quería tocar al ser que había matado a su familia. Sin embargo, por Amun estaba dispuesta a hacer cualquier cosa.

–Está bien. Estoy dispuesta a darte lo que quieres –le dijo a Odio.

«Haidee», le dijo Amun en tono de advertencia.

Ella continuó de todas maneras.

–Para que te devuelva el fragmento de tu demonio, tienes que dejar que te toque. Y como ya sabes, no puedo tocarte sin hacerte daño. Esa pequeña parte de tu demonio te hizo daño al salir de ti, así que es lógico que te haga daño también al volver. Así que no luches contra mí, ¿de acuerdo?

Porque ella no iba a devolverle aquel fragmento. Iba a quitarle a Odio por completo, fueran cuales fueran las consecuencias.

Odio se quedó rígido mientras pensaba si debía confiar en ella o no. Finalmente, debió de darse cuenta de que no podía tener lo que quería de ninguna otra manera, y asintió.

–Dejaré que me toques.

Ella sintió otra ráfaga de esperanza. Hasta que…

–Después de que me haya asegurado tu cooperación –añadió Odio–. Si me traicionas, tu guerrero morirá, ¿entendido?

La esperanza se borró por completo. Y no había más tiempo para pensar ni para prepararse. Al segundo siguiente, Odio estaba delante de ella. La empujó salvajemente, con cuidado de no tocar su piel, y le dio un puñetazo a Amun en la cabeza. El guerrero se tambaleó hacia un lado, pero se enderezó rápidamente y giró sobre sí mismo, lanzándole una cuchillada a Odio.

Odio predijo el movimiento y se desmaterializó, y apareció de nuevo detrás de Amun. La criatura no tenía armas, pero no las necesitaba, porque usaba sus garras. Se las clavó a Amun en la nuca, y las arrastró hacia abajo.

Amun aulló de dolor, aunque de sus labios no salió un solo sonido. Se volvió y se arrojó hacia Odio por segunda vez. Aquella túnica negra susurró cuando la criatura se apartó de su camino con facilidad, y por la cueva resonó una carcajada espeluznante.

–Eres más fuerte que los otros a quienes he matado por Haidee, pero tú también caerás. Sin embargo, no te voy a matar. No, sólo te voy a mantener en el límite. Y después, cuando tenga a mi demonio, te dejaré marchar.

Una mentira. Haidee lo supo con certeza. Odio no pensaba dejarlos marchar a ninguno de los dos.

Entrecerró los ojos y los clavó en la criatura que había causado todo su dolor. Era Odio en su forma más pura. Y ella tenía un fragmento suyo. Tenía a Odio. Dejó que aquella emoción se desbordara y la llenara, que la consumiera. Y el hielo que siempre estaba presente en sus venas se expandió y heló su sangre. Sí. Después de todo, aquél era su propósito. Aquello era lo que la diosa había querido que hiciera.

Destruir.

Los guerreros continuaron luchando entre golpes y sangre. Amun era más rápido de lo que ella hubiera imaginado, y consiguió dar algunos puñetazos. De hecho, cuanto más luchaba, más rápido se volvía, como si aprendiera y pudiera prever dónde, exactamente, iba a reaparecer Odio. Pronto, Amun estaba dando más golpes y más cuchilladas que su enemigo.

Sin embargo, eso no iba a impedir que ella hiciera lo que tenía que hacer. Iba a terminar con aquello, por fin.

Los dos se golpearon contra una pared de la cueva, y el polvo se levantó como una nube a su alrededor. Por todo el espacio reverberaron gruñidos y rugidos, crujidos de huesos, las rasgaduras de la carne.

Haidee iba a tener que ponerse en medio de ellos de un salto. Aunque estaba temblando, porque sabía que aquello le iba a hacer más daño a ella que a Odio, Haidee se concentró en los pensamientos de Amun. No se estaban tocando, pero él estaba demasiado ocupado como para continuar bloqueándola y pronto, ella oyó un montón de órdenes, mezclados con su conocimiento y su furia, y se movió entre aquella avalancha de información en busca de lo que necesitaba: los impulsos de su demonio.

¡Allí estaban! De repente, Haidee supo lo que planeaba Odio con tres movimientos de antelación. Observó. Esperó. Amun estaba tan concentrado en su oponente que no le prestó atención a su invasión, ni a sus intenciones. Ella observó, esperó el momento más propicio y, finalmente, se lanzó hacia la batalla. Embistió a Odio justo cuando él reaparecía, y su cabeza chocó contra su estómago mientras le rodeaba el cuello con las manos. Cayeron al suelo, piel con piel, y se alejaron del alcance de Amun.

En cuando conectaron, ella liberó su frío. Odio gritó mientras lo envolvía una capa de hielo y absorbía su calor. Aquella capa unió a Haidee y a la criatura de modo que él fue incapaz de separarse.

«Haidee», gritó Amun dentro de su cabeza.

Ella lo bloqueó y se concentró en su tarea. Cuando había tomado aquellos demonios de Amun, había tenido que bajar la guardia. Había tenido que dejar de luchar contra él y permitirle que entrara. Darle la bienvenida. En aquel momento, hizo lo mismo con Odio. Bajó la guardia, dejando de luchar contra él.

Quería a su demonio, e iba a tenerlo.

Al principio, el demonio, que era una oscuridad caliente con el cuerpo cubierto de escamas y los ojos rojos, huyó corriendo de ella, como los otros demonios a los que había absorbido. Sin embargo, ella no se lo permitió. Lo siguió por todas partes mientras extendía el hielo. En poco tiempo, el demonio aterrorizado no tuvo ningún otro sitio al que huir. Ella había consumido el cuerpo completo de Odio.

Lo enganchó por una de las garras. En cuanto estableció contacto con él, sintió un dolor inmenso. Quiso retroceder y alejarse todo lo posible, pero siguió aferrada a él para sacarlo del cuerpo de Odio y acogerlo en el suyo. En aquel pulso, ella iba a vencer.

Pese al hielo, Odio se agitó ferozmente y la empujó. Ella siguió aferrada a él, tirando. Entonces, el hielo comenzó a fundirse y la abandonó. E igual que antes, el fuego ocupó su lugar y se fue extendiendo como un ácido que le invadía las venas. Se le nubló la visión y sucumbió al mareo.

Aquella oscuridad que había formado parte de ella durante tantos siglos emitió un grito de alegría cuando el resto del demonio se introdujo en Haidee, fragmento a fragmento. Ella no tuvo que seguir tirando. El demonio quería ya entrar en ella, y estaba ayudándola en su desesperación por estar completo de nuevo.

Casi había terminado, pensó Haidee. Sentía tanto dolor que las lágrimas le caían por las mejillas.

De repente, notó un dolor de otro tipo que le rasgaba la garganta y la espalda. Amun empezó a gritar de nuevo, tal vez a llorar, pero ella apenas se dio cuenta. Se estaba quemando por dentro.

Y entonces, la apartaron del anterior huésped de Odio. Ella no protestó. Ya tenía al demonio. La criatura estaba rebotando por su mente, contra su cráneo. La estaba llenando y la consumía.

«Haidee, cariño. Por favor. Deja que vea esos preciosos ojos».

Haidee abrió los párpados, y vio que Amun estaba sobre ella, bañado en sangre. ¿Sangre? Nunca había visto una sangre que brillara tanto…

«Cariño, oh, cariño», susurró él.

Ella abrió la boca para responder, pero de su boca no salieron palabras, sino un líquido caliente.

«¿Ha muerto?», preguntó mentalmente.

«Sí, cariño, ha muerto», respondió él, con los ojos llenos de lágrimas brillantes.

«¿Y estás triste? No te pongas triste. Hemos ganado».

Intentó incorporarse para secarle las lágrimas, pero no tenía fuerzas.

«Oh, cariño». Él le acarició la frente con los dedos.

Haidee notó que su corazón latía con lentitud, con suavidad. Sin embargo, afortunadamente, el frío estaba volviendo a su cuerpo y estaba apagando el fuego. Cuando regresara el hielo, podría expulsar al demonio, y Amun y ella podrían estar juntos.

Amun temía que ella no pudiera eliminar a la criatura, y que formara parte de ella para siempre. Si eso sucedía, ella se las arreglaría de todos modos.

«Él… se resistió. Luchó contra ti, y te destrozó la garganta».

Haidee pestañeó sin comprenderlo.

«Cariño, te estás… desvaneciendo».

¿Desvaneciéndose? El brillo rojo que iluminaba el rostro de Amun era cada vez más apagado. ¿Significaba eso que…?

«¿Me estoy muriendo?».

«¡No! Haré algo. ¡Tiene que haber algo que pueda hacer!», exclamó él.

Se puso en pie de un salto y tomó la mochila. Con las manos temblorosas, sacó vendas y otras cosas, con las que iba a intentar salvarla.

«No pierdas el conocimiento, ¿de acuerdo?».

No podía evitarlo. Se estaba muriendo.

Intentó obedecer a Amun con todas sus fuerzas. No porque temiera el dolor que la esperaba, sino porque quería estar siempre con aquel hombre. No quería herirlo con imágenes de su muerte, no quería que sintiera el sufrimiento que ella había sentido siempre al recordar la muerte de su familia. Y, mientras resistía, se dio cuenta de que podía eliminar al demonio, porque de su piel emergió una criatura con escamas, con colmillos afilados y con garras, y con unos ojos de color rojo.

Amun lo vio todo con horror. Ella también lo vio, y se quedó asombrada por no haber tenido que acorralarlo y obligarlo a salir. También le causó asombro el hecho de que ya no sentía dolor. Sin embargo, cuando la bestia salió corriendo de la cueva, rugiendo con histeria, ella se dio cuenta de que ya no había nada que la atara a su cuerpo. La oscuridad tiraba de ella.

Sus órganos estaban fallando, y el hielo que la había salvado antes, ahora la estaba matando. Conocía bien aquel sentimiento. Lo había experimentado muchas veces. Aquél era su final.

«Te quiero», le dijo a Amun.

Él no dejó de vendarle las heridas.

«Entonces quédate conmigo, maldita sea. Resiste. ¡Haidee! ¿Me oyes? ¡No me dejes!».

«Te quiero», repitió ella, y entonces, como no podía luchar más, permitió que la oscuridad la envolviera por completo.

Capítulo 28

Amun se estaba volviendo loco. Haidee había muerto. Su corazón se había parado y su cuerpo destrozado se había quedado inmóvil. Se le habían puesto los ojos vidriosos. No respiraba, aunque él le había dado un masaje cardíaco durante horas, y se había quedado con las manos ensangrentadas. Después, ella había desaparecido. Se había desvanecido como si no hubiera existido nunca.

Él gritó durante mucho tiempo, y Secretos gritó también.

Mientras Amun hacía el amor con Haidee por segunda vez, el demonio se había dado cuenta de que ella nunca iba a hacerles daño, por muy poderosa que fuera, y había sabido que ella siempre se esforzaría para que sus vidas fueran mejores.

Y al saber aquello, Secretos había sentido afecto por ella. No sólo porque tuviera tantos secretos propios, sino por ella. Aunque Haidee fuera una asesina de demonios, una justiciera, era el cuarto de juegos preferido del demonio.

¿Cómo podía Themis haber sentenciado a muerte a un ser tan precioso? ¿Qué justicia había en un acto tan vil?

Amun se alegró de que la diosa estuviera pudriéndose en el Tártaro con el resto de los griegos. Después de todo lo que había hecho, se merecía eso y más.

Salvo que, sin sus actos, él nunca habría tenido aquella segunda oportunidad con Haidee. Ni siquiera se habrían conocido. Ella era un regalo. Su regalo. Y él le había fallado en todos los sentidos. Haidee había muerto dos veces por su culpa, y ella odiaba morir, temía el dolor y la pérdida de recuerdos.

«Culpa mía», pensó.

La primera vez había sido un accidente, pero en aquella segunda ocasión, ella se había lanzado de cabeza al peligro por salvarlo. Él estaba demasiado concentrado en matar a su enemigo como para haberse dado cuenta de cuáles eran los planes de Haidee. Había sido un estúpido. ¡Él era el guardián de los Secretos! Debería haber supuesto lo que se proponía y habérselo impedido.

Cuando ella se había abalanzado sobre Odio y se había quedado enganchada con él, Amun no había podido separarlos. Secretos sabía que si rompía el vínculo entre ellos dos, Haidee sufriría más lesiones que si la dejaba que primero absorbiera al demonio. Sin embargo, Odio había empezado a luchar contra ella, lanzándole dentelladas y golpes de garra, y Amun no se había preocupado por su dolor, sino sólo por salvarle la vida. Los había apartado, desgarrándolos.

Pero era demasiado tarde.

La herida que había recibido Haidee en el cuello era mortal.

Amun se paseó por la cueva como un león enjaulado. Si llamaba a Zacharel, el ángel lo llevaría a casa, pero él no podía marcharse de allí. Aquél era el último lugar donde había visto a Haidee, donde la había abrazado, y no quería irse y perder aquel olor dulce que ella había dejado en el ambiente.

Necesitaba elaborar un plan. Sin la interferencia de sus amigos.

Haidee le había dicho que no tratara de encontrar su cueva. Eso lo ignoraría; iría en busca de la cueva. La ayudaría a superar aquellas oleadas de odio. Sí acaso ella todavía retenía algún fragmento del demonio en su interior, claro. Cuando la criatura había emergido de ella, parecía intacta. No le faltaba nada.

Sin embargo, aunque ya no tuviera el demonio dentro, Haidee no iba a seguir muerta. Ella misma lo había dicho. Volvería con él.

De repente, Amun sintió esperanzas. Primero tenía que encontrarla, y si ella no lo recordaba, tendría que seguirla y protegerla a distancia. Había conseguido superar sus defensas una vez y lo conseguiría de nuevo.

Sólo tenía que encontrarla.

Una vez decidido lo que iba a hacer, llamó a Zacharel a gritos. El ángel apareció pocos segundos después, y miró a Amun con sus brillantes ojos verdes con una expresión de satisfacción en el rostro.

—Te has salvado.

«Sí», respondió Amun. «Ahora, llévame con mi mujer».

Zacharel negó una sola vez con la cabeza, pero no mostró ni una sola emoción.

—No puedo. Está muerta.

«Resucitará en Grecia. Llévame con ella ahora mismo».

—No. No está en Grecia.

«Sí, sí está allí».

El ángel respondió con frialdad.

—Cuando absorbió el resto de Odio, el demonio quedó completo de nuevo. Al liberarlo, lo expulsó entero, incluso el fragmento que se había fundido con ella. Sin ese vínculo, ella ya no podía sobrevivir sin Odio, igual que tú no podrías sobrevivir sin tu demonio. Esto ya lo sabías.

Sí, lo sabía, pero Amun luchó contra todas aquellas nociones.

«Está viva, lo sé. Aeron murió, pero después vivió de nuevo».

–Amun, Haidee ya había muerto. Era un alma, como las que habitan en el cielo y en el infierno. Su alma se ha marchitado para siempre, porque ha perdido la fuente de la vida.

«¡No! Está ahí fuera, viva. Las almas se reaniman en el infierno. Yo lo he visto, y tú mismo lo has dicho».

–Esas almas nunca se vincularon a un demonio, y nunca lo perdieron.

«¡No!», gritó Amun. «Ella fue bendecida por una diosa».

–Esa diosa le volvió la espalda.

«Haidee está viva. Una bendición es una bendición, y no se puede retirar».

–¿Igual que los elegidos no pueden perder el favor de los dioses y ser expulsados del cielo?

«Eso no es lo mismo, y tú lo sabes. ¿Por qué seguía resucitando después de que la diosa le volviera la espalda, entonces?».

–Porque todavía estaba intacta. En esta ocasión no era así. Puedo llevarte a su cueva, si quieres. Aunque te advierto que está vacía. Lo he comprobado de antemano.

Amun no se dejó dominar por el pánico. Respiró profundamente para aclararse la cabeza. Sin embargo, al hacerlo, su demonio distinguió por fin lo que era la fantasía que deseaba Amun y lo que era la realidad que temía.

Haidee no había vuelto a Grecia.

No había forma de salvarla.

Había muerto.

Zacharel les había dicho la verdad. Como siempre.

El grito de Amun casi le partió la cabeza en dos. Se agarró las orejas para intentar terminar con aquel ruido, pero no lo consiguió. Le estallaron los tímpanos, y la sangre le salpicó los hombros. Al final, le fallaron las rodillas y cayó al suelo. No. No, no, no. Ella no podía estar muerta.

Sí, estaba muerta.

«Me está esperando en su cueva».

No, no lo estaba esperando en la cueva.

«Me recordará».

No recordaría nada. Haidee estaba muerta. Para siempre.

Cualquier ilusión que él intentara crear, su demonio la destruía al instante. En aquel momento odió a Secretos con todas sus fuerzas. La verdad… Oh, aquella verdad… Nunca nada le había hecho tanto daño como aquella verdad. Haidee estaba muerta, y no podía hacer nada para recuperarla.

No debería haber muerto. Era él quien debería haber muerto.

¿Por qué no había muerto?

Entre su dolor se formaron nuevas preguntas, y Amun miró al ángel.

«¿Sabías lo que iba a ocurrir cuando nos trajiste aquí?».

—Claro —dijo Zacharel sin vacilación—. Su muerte era el único modo de salvarte.

Amun no reaccionó. Todavía no.

«¿A qué te refieres?».

Ella había absorbido a sus demonios y los había expulsado con éxito, sin molestar a Secretos. Después estaba sana y completa. Hasta que había llegado Odio. Sin embargo, Odio no era parte de él, así que después de haberlo curado a él, los dos podrían haberse ido.

Oh, por todos los dioses. Ella podría haberse marchado.

Si él hubiera llamado antes a Zacharel…

—¿Todavía no lo entiendes? No necesitabais venir al infierno para que tú consiguieras liberar a esos demonios. Sólo teníais que aprender a confiar el uno en el otro. Ésa era la única manera de que Haidee descubriera la verdad sobre sus habilidades. Era la única forma de que te permitiera acercarte lo suficiente como para poner en práctica esas habilidades.

«Entonces, ¿por qué nos enviasteis aquí? ¡Yo habría preferido morir! ¡Morir yo, no ella!».

–Te enviaron aquí porque no hay nada que una antes a las personas que las situaciones peligrosas. Además, no me dijeron que salvara a Haidee. Sólo a ti.

«Pero ella no tenía que morir. Podría haberse marchado antes de que Odio la encontrara».

–Iba a morir aunque Odio no la encontrara. Ella te quería, y, al final, ese amor habría debilitado a su demonio. Igual que tu demonio se alimenta de secretos, el suyo se alimentaba de odio. Al final, ese amor la habría matado.

«No. Ella había querido antes. Y otros la habían querido a ella».

–¿De veras? No, ella no había querido, ni había sido querida. Muchas personas superaban el desagrado inicial que sentían por Haidee, y algunos llegaban a tomarle afecto, pero nadie la quiso con todo su corazón. Hasta que llegaste tú.

Secretos no encontró ningún engaño en aquella afirmación.

Así pues, él la había matado. Otra vez. Su amor por ella era lo que la había condenado. Ella habría seguido viviendo si él la hubiera dejado en paz, si se hubiera negado a llevarla al infierno. Si no se hubiera rendido al deseo que sentía por ella.

Se odió a sí mismo.

Y odió también a Zacharel.

Ellos habían movido a Haidee como si fuera una figura de ajedrez, y la habían sacrificado. ¿Y para qué? Para salvarlo a él.

Si Haidee hubiera sobrevivido a aquello, él habría podido continuar con su vida. Aunque ella lo hubiera odiado, él habría seguido viviendo, hubiera sabido que ella estaba bien, en algún lugar… Pero aquello…. Aquello lo destrozaba. Haidee se había ido para siempre, y él era el culpable. Al pensarlo, se quedó devastado. Recibió una herida que quedaría abierta para toda la eternidad. No podría curarse. Y no necesitaba que Secretos se lo confirmara.

Sólo le quedaba una cosa por hacer.

«Llévame a casa», le pidió al ángel por signos. Estaba tan decidido como derrotado.

—Me siento… afectado de un modo extraño por tu reacción. No me esperaba esto, ni entiendo lo que estoy sintiendo. Lo que sé es que no me gusta y que tengo que hacer algo.

En menos de un segundo, todo el entorno cambió alrededor de Amun. Desaparecieron las rocas salpicadas de sangre, y aparecieron las paredes blancas de su habitación. Sin embargo, verse en aquel sitio tan familiar no le sirvió de consuelo.

Se sentó al borde de la cama. Zacharel no volvió a aparecer, y seguramente aquello era lo mejor. Amun quería matarlo por haberle ocultado la verdad, y por permitir que él se salvara condenando a su mujer. Él mataría al ángel. Lo haría pronto, pero todavía no, porque esa acción le valdría otra sentencia de muerte. Una sentencia que él aceptaría gustosamente en cuanto se hubiera despedido de sus amigos.

Eso era lo que le quedaba por hacer.

No iba a vivir sin Haidee. Tan fácil como eso.

Después de que Zacharel informara a Torin de todo lo que les había ocurrido a Amun y a Haidee, reunió al resto de los ángeles. Por fin, se marcharon de la fortaleza, porque habían terminado su trabajo. Torin observó a su amigo a través de los monitores de vigilancia. Todavía no habían desactivado las cámaras que Strider había colocado en la habitación de Secretos, así que Torin tenía una visión clara de su amigo, desde múltiples ángulos.

Aunque pareciera que el guerrero había recuperado la normalidad, estaba muy lejos de sentirse feliz. Parecía que estaba sumido en la desolación. Tenía la piel apagada y los ojos más hundidos que nunca.

Torin sufrió por él. No podía entender cómo era posible que Amun se hubiera enamorado de aquella mujer, pero no iba a juzgarlo. Los demás sí iban a hacerlo, y Torin sabía que lo que Amun necesitaba en aquel momento era compasión y apoyo. Torin iba a dárselo.

Una vez, Torin había matado a una mujer a la que deseaba. La había adorado a distancia, pero al final había cedido a la tentación y la había tocado. Sólo había sido un roce de sus nudillos en la mejilla, pero poco después, la había visto enfermar y morir. Y no había podido hacer nada por ayudarla.

Aquello seguía destrozándolo por dentro. Y, si Zacharel tenía razón, Amun estaría culpándose por la muerte de Haidee. Torin sólo había sentido deseo por aquella mujer y su sentimiento de culpabilidad había sido insoportable. Si Amun se había enamorado, el dolor de su amigo no podría compararse con nada.

Torin se tiró del lóbulo de la oreja. Allí las cosas estaban en calma. Los Cazadores no habían dado señales de vida todavía y seguían desapareciendo sin motivo aparente. Además, Rhea también había desaparecido. Como había hecho Cronos con Strider, el dios había aparecido de repente y le había informado de ello. Así que…

Aunque los guerreros no comprendieran que Amun se hubiera enamorado de Haidee, su amigo los necesitaba. Necesitaba distraerse de su dolor. Eso no sería lo mismo que la compasión y el apoyo, pero esas dos cosas llegarían después. O eso esperaba él, al menos.

Torin envió mensajes a los teléfonos móviles de todos ellos, y segundos después, comenzó a recibir respuestas de todos ellos, diciéndole que estaban de camino. Se sintió satisfecho por aquella muestra de lealtad en mitad de una crisis; después de unos minutos, se apoyó en el respaldo de la silla y esperó.

Capítulo 29

Los amigos de Amun intentaron animarlo. Lo abrazaron, le dieron palmadas en la espalda y le contaron lo que habían hecho últimamente. Strider, luchar contra los Cazadores. Aeron, jugar con su Olivia entre las nubes. Lucien, custodiar la Jaula de la Coacción con Anya. Gideon, pasar su luna de miel con Scarlet. Kane y Cameo, recorrer la ciudad en busca de señales de peligro. Maddox, hacer de enfermera para Ashlyn, que estaba «tan grande como una casa», en palabras de él, no de Amun. Sabin, rogarles a los Innombrables que le devolvieran el artefacto que había perdido Strider. Reyes, protegiendo a Danika mientras ella pintaba visiones del futuro. Paris, consumiendo ambrosía mientras se preparaba para ir a la guerra en los cielos.

Amun pasó dos días con ellos. Nadie mencionó a Haidee. Todos evitaron hablar de ella. Sin embargo, cuando se sentaban a la mesa, Amun decidió cambiar aquello. Los demás no lo sabían, pero aquélla iba a ser su última cena con ellos. Al día siguiente iba a salir de la fortaleza, e iba a desafiar a Zacharel.

Al día siguiente iba a perder la cabeza.

Sabía lo que había experimentado Aeron después de su muerte. El alma del guerrero había ido a otro reino, a un lugar donde, supuestamente, estaban atrapados los inmortales que habían sufrido la posesión de un demonio, para que no pudieran contaminar a otros seres con su oscuridad. Baden estaba allí. Pandora también.

Pero Aeron, Baden y Pandora habían muerto como los mortales. Sus cuerpos no habían quedado reducidos a cenizas. Y eso era lo que le iba a ocurrir a él cuando lo tocara la espada de fuego de un ángel.

Ésa era la muerte que Amun deseaba para sí. Un final completo, absoluto.

Sin embargo, primero quería que aquellos hombres supieran qué clase de mujer era Haidee. Quería que la conocieran como él la había conocido, con su luz y su dulzura. Y con su valor. Era la mejor de todos ellos, y él quería que supieran todo lo que les había concedido. Así que, mientras sus amigos se servían la comida, él comenzó a hablar.

—Haidee no era el monstruo que nosotros pensábamos. Era fuerte y valerosa.

Todas las conversaciones cesaron al instante, y todos lo miraron con incredulidad y asombro. Él nunca había iniciado una conversación. Apenas hablaba de casi nada, salvo de los recuerdos de otras personas, desde que había sido poseído.

Continuó antes de que Secretos decidiera tomar las riendas y soltar todo lo que sabía de los demás.

—Ella tenía muchos motivos para despreciarnos. Un demonio, como nosotros, mató a sus padres y a su hermana. Y tal vez fuera uno de nosotros el que mató también a su marido. Nosotros estábamos allí cuando sucedió. Y después, yo fui el causante de su muerte. Yo. La puse delante de la espada de mi enemigo. No es de extrañar que volviera por nosotros. Para vengarse. Nosotros hubiéramos hecho lo mismo. Hicimos lo mismo, en realidad.

Afortunadamente, nadie intentó detenerlo. Ni siquiera Secretos.

—El demonio que mató a su familia infectó a Haidee y

le traspasó un fragmento de sí mismo. Era Odio. Y, sin embargo, aunque ella era poco más que una humana, consiguió dominar los impulsos más oscuros de ese demonio. Murió una vez tras otra, y aunque siempre que resucitaba le arrebataban todos los buenos recuerdos que pudiera tener, aunque sólo conocía la tristeza y el dolor, encontró una manera de quererme, de salvarme y de morir por mí. Ésa es la mujer a la que hemos estado odiando todo este tiempo. Nosotros le hicimos daño primero, y ella tenía el poder de matarnos a todos, pero prefirió salvarnos con su propia muerte.

El silencio reinó en el comedor.

Sus amigos continuaron mirándolo sin decir nada, sin moverse, casi sin respirar. Sus pensamientos y sus emociones se intensificaron, y Secretos los capturó. Algunos sentían pena por él. Otros se sentían culpables por haber condenado a Haidee. Sólo Sabin se negó a superar su propio odio.

Sin embargo, Strider… Strider fue el peor.

«Ha sido una suerte que muriera», pensaba el guerrero. «Al final lo hubiera traicionado. No habría podido evitarlo. Y cuando ella le hubiera hecho daño a él, o a alguno de nosotros, él se habría culpado. Tampoco habría podido perdonarse a sí mismo».

Aquello hizo que Amun se pusiera en pie de golpe.

Mientras la silla caía al suelo, él se abalanzó sobre Strider y lo agarró por el cuello. Empujó a su amigo hasta la pared con tanta fuerza que el yeso saltó en pedazos.

—¿Qué te pasa, tío? —preguntó Strider malhumoradamente.

—¡No ha sido una suerte que muriera! Era una mujer magnífica, maldito seas. Se merecía vivir. ¡Yo era quien debía haber muerto! Y tú puedes buscarte cientos de excusas para embellecerlo, pero eso no cambia el hecho de que no te importa que haya muerto.

–Está bien, está bien. Tranquilízate. Estás en tu derecho de tener tu opinión, y yo de tener la mía.

–¡La mía es la única que importa! –rugió Amun, y volvió a lanzarse contra Strider. Los dos cayeron al suelo en un enredo violento.

–¡Basta! –gritó Lucien–. ¡Parad ahora mismo!

–Deja que terminen –dijo Sabin.

Amun los borró de su mente. Se concentró en darle puñetazos y patadas a Strider. Strider, por supuesto, respondió. Giraron y cayeron sobre la mesa, y tiraron platos y comida al suelo. Ambos sabían luchar bien, y luchar sucio. Sabían cómo parar un corazón, cómo aplastar una tráquea y cómo impedir que el oxígeno llegara a los pulmones. Sabían todo eso, y más.

Pero siguieron peleándose sin que nadie intentara separarlos. A Amun se le hincharon las manos de impactar tantas veces con el hueso, y se le agarrotaron los dedos. Sintió un fuerte mareo y se le nubló la visión, pero ni siquiera con eso se detuvo. Cuando aquello terminara, Strider iba a lamentar lo que había dicho y lo que había pensado. Strider iba a admitir que Haidee había sido una mujer especial.

Amun le rompió la nariz a Strider de un manotazo brutal, y la sangre saltó en todas direcciones. Aquella marea roja le recordó lo que Odio le había hecho a Haidee, hundirle los colmillos en el precioso cuello, y su rabia se multiplicó.

–¡Dime que agradeces lo que hizo por nosotros! ¡Dímelo!

–¿Quieres que mienta? Era una Cazadora –gritó Strider, a quien le faltaban varios dientes–. Una asesina.

–¡Nosotros somos asesinos! –rugió Amun. Dio otro golpe, y otro, y vio saltar dos dientes blancos por los aires.

–¡Maldita sea!

La rabia de Derrota se incrementó también, y le dio un rodillazo en las ingles a Amun.

—No era digna de confianza. Yo me di cuenta, ¿por qué no puedes verlo tú? —le preguntó Strider. Había empezado a arrastrar las palabras al hablar debido a la falta de los dientes.

Amun ignoró el dolor. ¿Qué era el dolor físico, después de sentir tal agonía emocional por la pérdida de su mujer? Embistió a Strider en el estómago y lo derribó. Strider perdió el aliento por el impacto, pero se recuperó rápidamente y ambos rodaron por el suelo sin dejar de golpearse. Hasta que chocaron con la mesa y le partieron las patas.

Amun se quedó inmóvil, mirando con odio a un hombre a quien había llamado «hermano».

—Confiaba en ella más que en ninguna otra persona. Más, incluso, que en ti.

Strider lo empujó y lo envió al otro extremo de la habitación.

—¿Cómo puedes decir eso?

—No, no hables —dijo Amun, y una vez más se acercó al guerrero. Sin piedad. Secretos supo que Strider pensaba darle una patada, así que Amun se apartó de su camino, giró y le dio un puñetazo, y se agachó. Repitió aquellos movimientos mientras continuaba—: Tú la deseabas, pero estabas dispuesto a torturarla. La habrías destrozado.

—No —dijo Strider, que consiguió esquivar algunos de los golpes.

—Tal vez tú hubieras podido quererla, pero sólo después de destruirla.

Por fin, contacto.

Strider se dobló hacia delante, intentando recuperar el aliento.

—¿No ves lo que está pasando? Ella ha muerto, pero de todos modos nos está separando. Yo te quiero. Me marché de esta fortaleza por ti. Para que tú pudieras estar con ella.

—Te marchaste de esta fortaleza por ti mismo —dijo Amun—. No podías conseguirla, y lo sabías —le dio un rodillazo en la barbilla, y lo envió hasta la otra pared–. Yo me habría casado con ella, y habría esperado que todos la aceptarais. Pero tú no lo habrías hecho, ¿verdad? Sólo era otro reto para ti. ¿Pero sabes una cosa? Ella te rechazó, y tú te alejaste de ella sin el más mínimo dolor. Eso va a cambiar ahora. Tú vas a sentir dolor. ¿Y sabes por qué? Porque yo te he desafiado, y has perdido.

Y con eso, Amun volvió a golpearlo, en aquella ocasión con tanta fuerza que le dislocó la mandíbula.

Strider perdió el conocimiento. Incluso inconsciente, siguió gimiendo por el dolor que le causaba la angustia mental de la derrota.

Amun le dio una patada. Y otra. Y otra, hasta que alguien lo agarró por detrás y lo apartó de Strider. Lo agarró con tanta fuerza que no le permitía respirar, pero de todos modos, Amun siguió luchando. Habían insultado a su mujer, y él no iba a detenerse hasta que se sintiera aplacado. Y nunca iba a aplacarse.

–Me marcho con ella –gritó–. ¿Me oís? ¡Voy a morir con ella! ¡Y si no tenéis cuidado con lo que decís, os llevaré conmigo!

Strider gimió de nuevo, en aquella ocasión con más intensidad.

Los guerreros que sujetaban a Amun debieron de sentir la fuerza de su decisión, porque aflojaron los brazos e intentaron calmarlo.

–Te necesitamos –dijo alguien.

–No digas eso, ¿quieres?

–Lo superarás.

–¡No!

Tenía el cuerpo apaleado y debilitado, pero siguió luchando lleno de rabia.

–Todo va a mejorar, tío.

–¡No!

Ellos lo estrecharon con fuerza nuevamente.

–Deja que te ayudemos.

–¿Y si hablamos con el ángel? ¿Y si se puede hacer algo?

–Se puede hacer algo –gritó él.

Siguieron sujetándolo cada vez con más fuerza.

«Haidee», gritó él de nuevo, pero en aquella ocasión, mentalmente. «Pronto estaré contigo. Estaremos…». Sus pensamientos comenzaron a fragmentarse. Sus movimientos se ralentizaron. «Estaremos juntos otra vez».

La oscuridad se le clavó como si fueran cientos de flechas envenenadas. Y él aceptó la tormenta con los brazos abiertos.

Capítulo 30

—Amun —dijo una voz suave.

Amun intentó salir de la oscuridad, golpeando el vacío con tanta fuerza como recordaba haber golpeado a Strider. Aquella voz era muy familiar y muy necesaria para él, pero la había perdido para siempre.

—Amun, cariño. Despierta.

Su lucha se intensificó hasta que, por fin, asombrosamente, pudo abrir los párpados. Y lo que vio le cortó el aliento. Haidee. Su preciosa Haidee. Estaba sobre él, mirándolo con sus ojos de color gris.

¿Lo habían matado los guerreros, tal y como él quería? No, no era posible. Secretos estaba en su cabeza, suspirando de alivio, descubriendo algo, un misterio, una verdad, pero sin poder descifrar los detalles.

¿Cómo era posible que Haidee estuviera allí?

«¿Estoy soñando?».

No se atrevía a hablar de nuevo. Sólo por si acaso. No iba a estropear aquel momento con un torrente de secretos. Además, si aquel momento era falso, no quería saberlo.

«Espera. No me lo digas. Sólo quédate ahí quieta, donde estás».

La observó. Estaba seguro de que aquello tenía que ser un truco. Tenía el pelo rubio, con mechones teñidos de rosa, y enredado alrededor de los hombros. Tenía los labios hinchados, como si se los hubiera humedecido y mordido. Y tenía los ojos iluminados de amor y de calidez.

—No es ninguna ilusión —dijo—. Soy de verdad.

«Pero si habías muerto. Te vi morir. Me dijeron que Odio ya no podía reanimarte».

—Y era cierto. Me reanimó otra persona, en esta ocasión.

«No lo entiendo».

—No te preocupes. Yo casi tampoco lo entiendo. Lo que me ocurrió fue parecido a lo que le ocurrió a Aeron; me enteré de lo que hablaste con el ángel. Sólo que yo no necesitaba un cuerpo nuevo, porque ya era un alma. Bueno, así es como me lo han explicado: los demonios son el negativo y los ángeles son el positivo. Felicidad, Alegría, Fuerza, etcétera. Así que, igual que yo había tomado un fragmento de Odio, podía tomar un fragmento de esas otras emociones sin matar al donante. Y lo hice. Primero, de ti, y después de otro.

«¿De mí?».

—Oh, sí. Tomé tu amor. Sólo un poco, y expulsé la mayoría cuando eliminé a Odio. Sin embargo, la pequeña cantidad que retuve fue suficiente para reanimarme otra vez. Aunque luego comencé a desvanecerme, y muy rápido.

«¿Y qué más tomaste? ¿De quién?».

—Bueno —dijo ella—, Zacharel me dio... otro fragmento de amor.

«¿Zacharel? ¿El ángel?», preguntó él, y notó una punzada de celos. Sin embargo, desapareció al instante. Haidee estaba allí. Estaba viva, y estaba con él. Zacharel podía compartir todo lo que quisiera con ella.

—Sí. El ángel.

«¿Por qué? ¿Por qué iba a darte algo suyo? ¿Y él es el guardián del Amor?».

Ella sonrió.

–Es curioso. Resulta que las emociones más fuertes tienen varios guardianes, y él tiene su parte de Amor guardada en un frasco, encima de la mesilla de noche. Es lo más raro que he visto en mi vida. Era como su caja de Pandora personal. Me dijo que no lo estaba usando, y que podía tomar un pellizquito. Unos cuantos de sus amigos ángeles se enfadaron con él por eso, y he oído que le va a causar problemas, pero ahora… Yo… ¡Estoy balbuceando! ¡Di algo!

«Lo primero es que le debo una disculpa a ese ángel. Y tengo que darle las gracias. Lo segundo es que no puedo creer que esté sucediendo esto».

Alargó el brazo y le acarició la mejilla con una mano temblorosa. Tenía la piel tan fría como antes. Y era real. Por un momento, se quedó tan entumecido por la sorpresa, la esperanza y la alegría que no pudo moverse.

Haidee estaba allí. A su lado. Viva.

Y aquélla era la verdad que Secretos había estado intentando descifrar. Ella había desafiado a la muerte, a la verdad, y había vuelto con ellos. Ya no era Odio, sino Amor. Tal y como había dicho.

La alegría superó al instante todos los demás sentimientos. La agarró y se la tendió sobre el cuerpo, y la abrazó con fuerza.

«Creía que te había perdido; no podía soportarlo. Dime que me recuerdas». Él sabía que sí lo recordaba, pero quería oírlo de sus labios. «Por favor, dímelo. Sé que es cierto, y que estás aquí, pero necesito esas palabras».

–Oh, sí –dijo ella, y le devolvió el abrazo antes de alzar la cabeza y sonreírle–. Lo recuerdo todo de ti.

«Dios, Haidee», murmuró él, y la estrechó de nuevo. Necesitaba estar en contacto con todo su cuerpo. «Cuéntame el resto. ¿Qué te ocurrió… después? Tengo que saberlo».

Secretos había estado desentrañando el resto de los detalles, pero Amun quería oírlos de ella.

Haidee posó la cabeza en el hueco de su cuello y posó la palma de la mano sobre su corazón.

–Después de morir, abrí los ojos y me vi en mi cueva, con Zacharel.

«Espera. Tal vez no le dé las gracias después de todo. Él me dijo que estabas muerta y que no podría recuperarte. Por eso no he hecho nada salvo sufrir tu pérdida. De hecho, iba a desafiarlo mañana y a permitir que me matara. No puedo vivir sin ti, Haidee».

–No mintió, Amun. Yo morí. Estuve muerta durante un rato. Créeme, me quedé tan asombrada como tú cuando resucité. Él estaba visitando mi cueva porque algo de lo que le dijiste le llegó al corazón. Por lo menos, creo que ése es el motivo. No me dio demasiadas explicaciones. Y para que lo sepas, yo tampoco puedo vivir sin ti. Así que no se te ocurra volver a pensar en morirte. Yo siempre encontraré la manera de volver contigo.

Él la hizo rodar y la tendió boca arriba, y la cubrió con su cuerpo.

«No moriré si tú no mueres», respondió con más felicidad de la que nunca hubiera sentido. Tenía a su mujer entre los brazos. «¿Sigues siendo inmortal, y puedes ir y venir?».

–Sí. Estás conmigo para toda la eternidad –dijo ella. Le abrazó el cuello y le besó la barbilla–. Y ya está bien de hablar de la muerte.

Aquel beso no fue suficiente, pero él no la presionó para que le diera más. Todavía.

«¿Y cómo has llegado hasta aquí?».

–En cuanto Zacharel se dio cuenta de que yo iba a sobrevivir a todo, me trajo a la fortaleza.

«¿Cómo se le dan las gracias a un ángel? No sé por qué, pero me da la sensación de que con una cesta de frutas no va a ser suficiente».

Ella sonrió.

–Yo tampoco lo creo.

Él no pudo remediarlo. La besó profundamente y disfrutó de su dulzura, de su sabor. Ella abrió las piernas para acogerlo, y él se estrechó más contra ella, notando que su miembro se endurecía. Ella gimió y arqueó las caderas hacia arriba.

Iban a perder el control en cualquier momento.

Amun gimió también, alzando la cabeza. Haidee tenía las mejillas sonrojadas y los labios hinchados. Nunca la había visto tan preciosa.

«Cuéntame lo demás. ¿Qué han dicho mis amigos? Si te han ofendido, nos marcharemos. Ya te he dicho que no puedo vivir sin ti».

Haidee volvió a sonreír.

–Oh, ya me han aceptado.

«Entonces, ¿has hablado con ellos?».

Haidee asintió.

–No esperaba que me acogieran con los brazos abiertos después de que Zacharel me dejara en la puerta. Él llamó al timbre y desapareció como un cobarde. Pero pocos minutos después, el Señor llamado Torin me abrió y me permitió pasar. Pensaba que me iban a llevar directamente al calabozo, pero no fue así. Me hicieron unas cuantas preguntas, y después me trajeron aquí contigo. Creo que se han dado cuenta de que prefieren aguantarme que verte sufrir.

«Un momento. ¿Qué preguntas?».

–Todo lo que tú me preguntaste a mí, y más.

«¿Qué más?».

Ella se ruborizó.

–Que si íbamos a tener relaciones sexuales telepáticas en la mesa de la cena. Que si sabía cocinar algo más que sándwiches de mantequilla de cacahuete. Que si estaba de acuerdo con los jueves nudistas. Bueno, y cuanto yo te vi aquí, dormido, también hice preguntas.

«¿Qué preguntas?», repitió él.

Haidee se encogió de hombros.

—Que con quién te habías peleado. Y que dónde estaba Strider.

Amun arqueó una ceja e intentó no reírse.

«¿Y qué pasó?».

—Y Torin me lo dijo. Yo me fui a la habitación de Strider, dispuesta a… Por favor, no te enfades, pero iba a apuñalarlo. El fragmento de Amor quería que lo perdonara, pero yo iba a hacerlo.

«Me gusta esta historia. Continúa».

Ella suspiró.

—Pero al final no lo hice. Estaba sufriendo mucho. Estaba despierto, pero sufría, y supongo que Amor venció al final. Strider y yo tuvimos una conversación.

Amun se puso tenso.

«¿Te insultó?».

—No. Nada de eso, te lo prometo. Me dijo que no quería pelearse nunca más contigo, ni siquiera en la Xbox. Me dijo que una determinación como la tuya es algo raro y precioso, y que la respeta. Me dijo que te quiere y que un día, me querrá a mí también. Como a una hermana. Pero que no me espere que ese día va a llegar pronto.

«¿De verdad?».

—Sí. De verdad.

Aquello era completamente inesperado.

«Entonces, lo perdonaré. Tal vez. Algún día».

—Claro que sí —dijo ella—. Yo no quiero ser la causante de más odios. ¿Y por qué iba a serlo? ¡Ahora soy Amor! —añadió con una carcajada—. No creo que me canse nunca de decirlo.

Amun estaba dispuesto a hacer cualquier cosa que ella le pidiera, incluso aquello.

«Tienes razón. Lo perdono».

—Gracias.

«Siento mucho todo lo que has pasado, cariño».

–Lo sé –respondió ella, acariciándole las mejillas–. Lo sé. Yo también siento mucho que hayas sufrido. Pero ahora debemos mirar hacia delante. Estamos juntos.

«Voy a hacer todo lo que esté en mi poder para que seas feliz, te lo prometo».

–Debes de estar leyéndome el pensamiento.

Finalmente, él la besó tal y como ella necesitaba que la besara. Fue más que un beso; fue una promesa. Un beso que sería para siempre.

Hasta que, por supuesto, alguien los interrumpió desencajando la puerta de la habitación. Las astillas de madera saltaron en todas direcciones, y Haidee y Amun se separaron de un salto. Amun tomó el cuchillo de la mesilla de noche y se colocó delante de Haidee para protegerla. Sin embargo, se calmó al instante, al ver a la pequeña y pelirroja Kaia en el hueco de la puerta.

Tal vez debería sentir pánico…

–No vuelvas a hacerle daño, Secretos –gruñó ella. Tenía los ojos negros; su Arpía la había dominado–. Se merecía lo que le has hecho esta vez, así que no voy a castigarte. Pero si lo haces de nuevo, sea cual sea la provocación, tendré que herirte. Malherirte.

Amun no tuvo que preguntar a quién se refería. Soltó el cuchillo y dijo por medio de signos:

«Strider es mi amigo, mi hermano, y pese a todo, lo quiero. ¿Al igual… que tú?».

Kaia no respondió. Se limitó a marcharse.

–¿Quién era? –preguntó Haidee.

Él la miró y sonrió.

«Creo que es la perdición de Strider. Y ahora, ¿dónde estábamos?».

–Tú estabas adorándome.

«Ah, claro. Eso es lo que voy a hacer ahora, y para siempre».

–Demuéstramelo –dijo Haidee con una sonrisa.

Él la besó.

«Te lo demostraré como mínimo cinco veces al día, y seguramente, los jueves más, porque estaremos desnudos».

Ella se echó a reír.

–Me da la sensación de que el jueves va a ser mi día favorito de la semana.

«El mí también, cariño. El mío también».

Y, después de decirle aquello, se puso a demostrarle cada una de sus afirmaciones.

*Glosario de personajes y términos
de los Señores del Inframundo*

Aeron: Antiguo guardián de la Ira.
Ángeles guerreros*:* Asesinos de demonios celestiales.
Amun: Guardián de los Secretos.
Anya: Diosa de la Anarquía.
Ashlyn Darrow: Mujer humana con habilidades sobrenaturales.
Baden: Guardián de la Desconfianza. (Muerto).
Bianka Skyhawk: Arpía; hermana de Gwen y consorte de Lysander.
Cameo: Guardiana de la Tristeza.
Capa de la Invisibilidad: Un artefacto de los dioses, que tiene el poder de esconder a quien la lleva de los ojos de los demás.
Cazadores: Enemigos mortales de los Señores del Inframundo.
Cebo: Mujeres humanas, cómplices de los Cazadores.
Cronos: Rey de los Titanes, guardián de la Avaricia.
Danika Ford: Mujer humana, objetivo de los Titanes.
Dean Stefano: Cazador; mano derecha de Galen.
*dimOuniak***:** La caja de Pandora.
El Ojo que Todo lo Ve: Un artefacto de los dioses, que tiene el poder de ver en el cielo y en el infierno.
Galen: Guardián de la Esperanza.
Gideon: Guardián de la Mentira.
Gilly: Mujer humana.
Griegos: Antiguos líderes del Olimpo, actualmente prisioneros en el Tártaro.
Gwen Skyhawk: Medio Arpía, medio ángel.
Haidee: Cazadora inmortal.
Hera: Diosa de los griegos.
Jaula de la Coacción: Un artefacto de los dioses, que

tiene el poder de esclavizar a todo aquel que está en su interior.

Kaia Skyhawk: Arpía; hermana de Gwen.

Kane: Guardián del Desastre.

La Vara Cortadora: Un artefacto de los dioses, de poder desconocido.

Legion: sirviente demonio, amiga de Aeron.

Leora: Amiga humana de Haidee. (Muerta).

Los Innombrables: Dioses prisioneros de Cronos.

Lucien: Guardián de la Muerte. Líder de los guerreros de Budapest.

Lucifer: Príncipe de la oscuridad. Gobernante del infierno.

Lysander: Guerrero de elite de los ángeles, y consorte de Bianka Skyhawk.

Maddox: Guardián de la Violencia.

Marcus, El Hombre Malo: Un anciano Cazador.

Micah: Un Cazador.

Odio: Un semidiós, guardián del demonio del Odio.

Olivia: Un ángel.

Pandora: Guerrera inmortal que custodiaba dimOuniak. (Muerta).

Paris: Guardián de la Promiscuidad.

Reyes: Guardián del Dolor.

Rhea: Reina de los Titanes. Era la esposa de Cronos, pero están separados. Guardiana de la Lucha.

Sabin: Guardián de la Duda. Líder de los guerreros griegos.

Scarlet: Guardiana de las Pesadillas.

Señores del Inframundo: Guerreros de los dioses griegos, que están exiliados y albergan un demonio en su interior.

Sienna Blackstone: Cazadora humana fallecida. Nueva guardiana de la Ira.

Solon: Marido de Haidee. (Muerto).

Strider: Guardián de la Derrota.
Taliyah Skyhawk: Arpía. Hermana de Gwen.
Tártaro: El dios griego del Confinamiento; también, prisión para inmortales del Monte Olimpo.
Themis: Diosa griega de la Justicia.
Titanes: Actuales dirigentes del Olimpo.
Torin: Guardián de la Enfermedad.
Una Verdadera Deidad: Líder de los ángeles.
William: Guerrero inmortal, amigo de Anya.
Zacharel: Un ángel guerrero.
Zeus: Rey de los griegos.